中印经典和当代作品
互译出版项目
CHINA-INDIA TRANSLATION PROJECT
普拉萨德作品集

普拉萨德戏剧选

Selected Plays of Jaishankar Prasad

【印】杰辛格尔·普拉萨德◎著
冉　斌◎译

中国大百科全书出版社

图书在版编目（CIP）数据

普拉萨德戏剧选 /（印）杰辛格尔·普拉萨德著；冉斌译.
— 北京：中国大百科全书出版社，2020.1
（中印经典和当代作品互译）
ISBN 978-7-5202-0666-2

I. ①普… II. ①普… ②冉… III. ①剧本—作品集
—印度—现代 IV. ①I351.35

中国版本图书馆CIP数据核字（2019）第283529号

审　　校　姜景奎
责任编辑　鞠慧卿
封面设计　许润泽　叶少勇
责任印制　常晓迪
出版发行　中国大百科全书出版社
地　　址　北京阜成门北大街17号　　邮政编码　100037
电　　话　010-88390636
网　　址　http://www.ecph.com.cn
印　　刷　小森印刷（北京）有限公司
开　　本　710 毫米 × 1000 毫米　1/16
印　　张　31.25
字　　数　426 千字
印　　次　2020 年 1 月第 1 版　2020 年 1 月第 1 次印刷
书　　号　ISBN 978-7-5202-0666-2
定　　价　128.00 元

中印经典和当代作品互译出版项目
中方专家组

主　　编	薛克翘　刘　建　姜景奎
执行主编	姜景奎
特约编审	黎跃进　阿妮达·夏尔马（印度）
	邓　兵　B.R. 狄伯杰（印度）
	石海军　苏林达尔·古马尔（印度）

总序：印度经典的汉译

一、概念界定

何谓经典？经，“织也”，本义为织物的纵线，与“纬”相对，后被引申为典范之作。典，在甲骨文中上面是“册”字，下面是“大”字，本义为重要的文献，例如传说中五帝留下的文献即为“五典”[①]。《尔雅·释言》中有“典，经也”一说，可见早在战国到西汉初，“经”“典”二字已经成为近义词，“经典”也被用作一个双音节词。

先秦诸子的著作中有不少以“经”为名，例如《老子》中有《道经》和《德经》，故也名为《道德经》，《墨子》中亦有《墨经》。汉罢黜百家之后，“经”或者“经典”日益成为儒家权威著作的代称。例如《白虎通》有“五经何谓？谓《易》《尚书》《诗》《礼》《春秋》也”一说，《汉书·孙宝传》有“周公上圣，召公大贤。尚犹有不相说，著于经典，两不相损”一说。然而，由印度传来的佛教打破了儒家对这一术语的垄断。自汉译《四十二章经》以来，“经”便逐

① “典，五帝之书也。”——《说文》

渐成为梵语词 sutra 的标准对应汉译，“经典”也被用以翻译“佛法”（dharma）[①]。随着佛教在中国的传播和发展，类似以“经典”指称佛教权威著作的说法也多了起来。[②] 到了近代，随着西学的传入，“经典”不再局限于儒释道三教，而是用以泛指权威、影响力持久的著作。

来自印度的佛教虽然影响了汉语“经典”一词的语义沿革，但这又可以反过来帮助界定何为印度经典。汉译佛经具体作品的名称多以 sutra 对应“经”，但在一般表述中，“佛经”往往也囊括经、律（vinaya）、论（abhidharma）三藏。例如法显译《摩诃僧祇律》（*Mahasanghika-vinaya*）、玄奘译《瑜伽师地论》（*Yogacarabhumi-sastra*），均被收录在“大藏经”之中，其工作也统称为“译经”。来华译经的西域及印度学者多为佛教徒，故多以佛教典籍为“经典”。不过也有一些非佛教徒印度学者将非佛教著作翻译为汉语，亦多冠以“经”之名，其中不乏相对世俗、与具体宗教义理不太相关的作品，例如《婆罗门天文经》《婆罗门算经》《啰嚩拏说救疗小儿疾病经》（*Ravankumaratantra*）等。如此，仅就译名对应来说，古代汉语所说的“经典”可与 sutra, vinaya, abhidharma, sastra, tantra 等梵语词对应，这也基本囊括了印度古代大多数经典之作。

然而，古代中印文化交流也有一定的局限性，若以现在对经典的理解以及对印度了解的实际情况来看，吠陀、梵书、森林书、奥义书、往世书等古代宗教文献，两大史诗、古典梵语文学著作等文学作品，以及与语法、天文、法律、政治、艺术等相关的专门论著都是印度经典不可或缺的部分。从语言来看，除梵语外，巴利语、波罗克利特语、阿波布朗舍语等古代语言，伯勒杰语、阿沃提语等中世纪语言，印地语、孟加拉语、乌尔都语等现代语言，以及殖民时期被引入印度并在印度生根发芽的英语都在不同的历史时期承载了印度经典的传承。

① “又睹诸佛，圣主师子，演说经典，微妙第一。”——《妙法莲华经》卷一《序品》（T09, no. 262, c18-19）

② “佛涅槃后，世界空虚，惟是经典，与众生俱。”——白居易《苏州重玄寺法华院石壁经碑》

二、古代中国对印度经典的汉译

经典翻译，是将他者文明的经典之作译为自己的语言，以资了解、学习，乃至融合、吸纳。这一文化行为首先需要一个作为不同于自己的“他者”客体具有足以令主体倾慕的经典之作，然后需要主体“有意识”地开展翻译工作。印度文明在宗教、哲学、医学、天文等方面的经典之作具有较高的知识水平，在不同时代对中国社会各阶层产生了独特的吸引力。中印文明很早就有了互通记录，有着甚深渊源，在商品贸易、神话传说、天文历法等方面已有学者尝试考证。[①] 随着张骞出使西域，佛教传法僧远来东土，中印之间逐渐建立起“自觉”的往来，古代中国对印度经典的汉译也在汉代以佛经翻译的形式得以展开。

1. 佛教经典汉译

毫无争议，自已佚的《浮屠经》[②] 以来，佛教经典汉译在古代中国对印度经典的翻译中占有主流地位。译经人既有佛教僧人，也有在家居士，既有本土学者，也有西域、印度的传法僧人。仅以《大唐开元释教录》以及《贞元新定释教目录》的统计为例，从东汉永平十年至唐贞元十六年，这 734 年间，先后有 185 名重要的译师翻译了佛经 2 412 部 7 352 卷（见表 1），成为人类历史上少有的翻译壮举。

---

① 季羡林：《中印文化交流史》（北京：新华出版社，1993 年）及薛克翘：《中国印度文化交流史》（北京：昆仑出版社，2008 年）中部分内容均介绍了相关观点。

② 学术界关于第一部汉译佛经的认定，历来观点不一。不少学者认为，《四十二章经》是第一部汉译佛经；但有学者经过考证发现，西汉哀帝元寿元年（公元前 2 年）大月氏使臣伊存口授的《浮屠经》应该是第一部，可惜原本失佚，后世知之甚少。目前，学术界基本倾向于认为《浮屠经》为第一部汉译佛经，并已意识到《浮屠经》在中国佛教史及学术史上的重要地位。参见方广锠：《〈浮屠经〉考》，《法音》，1998 年第 6 期。

表 1　东汉至唐代汉译佛经规模[①]

朝代	年代	历时	重要译师人数	部数	卷数
东汉	永平十年至延康元年	154 年	12	292	395
魏	黄初元年至咸熙二年	46 年	5	12	18
吴	黄武元年至天纪四年	59 年	5	189	417
西晋	泰始元年至建兴四年	52 年	12	333	590
东晋	建武元年至元熙二年	104 年	16	168	468
前秦	皇始元年至太初九年	45 年	6	15	197
后秦	白雀元年至永和三年	34 年	5	94	624
西秦	建义元年至永弘四年	47 年	1	56	110
前凉	永宁元年至咸安六年	76 年	1	4	6
北凉	永安元年至承和七年	39 年	9	82	311
南朝宋	永初元年至升明三年	60 年	22	465	717
南齐	建元元年至中兴二年	24 年	7	12	33
南朝梁	天监元年至太平二年	56 年	8	46	201
北朝魏	皇始元年至东魏武定八年	155 年	12	83	274
北齐	天保元年至承光元年	28 年	2	8	52
北周	闵帝元年至大定元年	25 年	4	14	29
南朝陈	永定元年至祯明三年	33 年	3	40	133
隋	开皇元年至义宁二年	38 年	9	64	301
唐[②]	武德元年至贞元十六年	183 年	46	435	2 476

自东汉以后的约 6 个世纪中，大量佛教经典被译为汉语，其历程与佛教在中国的传播历程基本同步。在这一过程中，涌现出许多重要译师，仅译经 50 部或 100 卷以上的译师就有 16 人（见表 2），其中又以鸠摩罗什、真谛、玄奘、义净、不空做出的贡献最为卓越，故此他们被称为“汉传佛教五大译师”。他们的生平事迹和具体贡献在许多佛教典籍中均有叙述，此不赘述。

① 本表主要依据《大唐开元释教录》整理而成，其中唐代的数据引用的是《贞元新定释教目录》。

② 唐代数据至德宗贞元十六年（800）为止，并不完整。但考虑到贞元年后，大规模译经基本停止，故此数据亦有相当高的参考价值，至贞元十六年，唐代已经译经 435 部 2 476 卷，足以确立其在中国译经史上的地位。

表 2　译经 50 部或 100 卷以上的译师

时代	朝代	人名	译经部数	译经卷数
三国西晋	吴	支谦	88	118
	西晋	竺法护	175	354
东晋十六国	东晋	竺昙无兰	61	63
		瞿昙僧伽提婆	5	118
		佛陀跋陀罗	13	125
	北凉	昙无谶	19	131
	后秦	鸠摩罗什	74	384
南北朝	宋	求那跋陀罗	52	134
	陈	真谛	38	118
	北魏	菩提留支	30	101
隋唐	隋	阇那崛多	39	192
	唐	玄奘	76	1 347
		实叉难陀	19	107
		义净	68	239
		菩提流志	53	110
		不空	111	143

自唐德宗之后，译经事业由于政局等多方面因素影响而受阻，此后又经历了唐武宗和后周世宗两次灭佛，佛教在中国的发展受到冲击。直到 982 年，随着天竺僧人天灾息和施护的到访，北宋朝廷才重开译经院，此时距唐德宗年间已有约两百年，天灾息等僧人不得不借助朝廷的力量重新召集各地梵学僧，培养本土翻译人才。在此后的约半个世纪中，他们总计译出五百余卷佛经。此后，汉地虽有零星译经，却再也不复早年盛况，古代中国对印度经典的汉译逐渐落下帷幕。

2. 非佛教经典汉译

佛教经典汉译占据了古代中国对古代印度经典汉译的主流，除此之外，其他一些印度经典也被译为汉语。这些文献大致可以分为两类：一类是在翻译佛教经典的过程中无意之中被译为汉语的，尤其是佛教文献中所穿插的印度民间故事等。[①]一类是在翻译佛教经典之外，有意翻译的非佛教经典，例如婆罗门教哲学、天文学、医学著作等，尽管数量无法与佛教经典相提并论，但这些非佛教经典的翻译在一定程度上体现了古代中华文明对古代印度文明的关注开始逐渐由佛教辐射到印度文明的其他领域，不过从译者的宗教信仰以及对经典的选择来看，这类汉译大部分是佛教经典翻译的附属产品。

3. 其他哲学经典汉译

佛教自产生以来，与印度其他思潮之间既有争论，也有共通之处。因而在佛教经典的汉译过程中，中国人也逐渐接触到古代印度的其他哲学。有关这些哲学派别的基本介绍散见于包括佛经、梵语工具书、僧人传记的作品中，例如《百论疏》对吠陀、吠陀支、数论、胜论、瑜伽论，甚至与论释天文、地理、算术、兵法、音乐法、医法的各种学派相关的记载、注释和批判也可以在这些作品中找到。[②]很有可能出于佛教对数论派和胜论派知识的尊重，以及辨析外道与佛法差别的需要等原因，真谛和玄奘才分别译出了数论派的《金七十论》和胜论派的《胜宗十句义论》。[③]这两部经典的汉译在一定程度上拓宽了中国知识界对印度哲学的视野，但其翻译在很大程度上受到了佛教对其他哲学派别好恶的影响，依然是在佛教经典汉译的主导思路下完成的。

4. 非哲学经典汉译

除宗教哲学经典外，古代印度的天文学、数学、医学在人类科

---

① 新文化运动以来，这一领域已有多部论著问世，此不赘述。

② 宫静：《谈汉文佛经中的印度哲学史料——兼谈印度哲学对中国思想的影响》，《南亚研究》，1985 年第 4 期，第 52~59 页。

③《金七十论》译自数论派的主要经典《数论颂》（*Samkhya-karika*），相传为三四世纪自在黑（Isvarakrsna）所作。《胜宗十句义论》的梵文原本已佚，从内容看属于胜论派较早的经典著作。参见黄心川：《印度数论哲学述评——汉译〈金七十论〉与梵文〈数论颂〉对比研究》，《南亚研究》，1983 年第 3 期，第 1~11 页。

学史上也具有重要地位，其中一些著作也被译为汉语。古代印度天文学经典多以佛教经典的形式由传法僧译出。[①] 隋唐时期，天文学著作汉译逐渐出现了由非佛教徒印度天文学家主导的潮流。据《隋书》记载，印度天文著作有《婆罗门天文经》《婆罗门竭伽仙人天文说》《婆罗门天文》。[②] 瞿昙氏（Gautama）、迦叶氏（Kasyapa）和拘摩罗氏（Kumara）三个印度天文学家氏族曾先后任职于唐代天文机构太史阁，其中瞿昙氏的瞿昙悉达翻译了印度天文学经典*Navagraha-siddhanta*，即《九执历》。[③] 此外，印度的医学、数学、艺术经典也因其实用价值通过不同渠道被介绍到中国，其中一些著作或部分或完整地被译为汉语。

5. 落幕与影响

中国古代的印度经典汉译在唐代达到巅峰，此后逐渐走向低谷，无论是数量还是质量都难以达到唐代的水平。造成这一现象的原因主要有两个方面：一方面，唐代中后期，阿拉伯帝国的崛起以及唐朝与吐蕃关系的恶化阻断了中印之间两条重要的陆路通道：西域道和吐蕃道，之后五代十国以及宋代时期，这两条通道均未能恢复，只有南海道保持畅通。[④] 另一方面，中国宗教哲学的发展和印度佛教的密教化这两种趋势决定了中国对印度佛教经典的需求逐渐下降。在近千年的历程中，佛教由一个依附于黄老信仰的外来宗教逐渐在汉地生根发芽，成为汉地宗教生活不可缺少的一部分，其作为“中国佛教”的独立性日益增强。甚至权威如玄奘，也不能将沿袭至那烂陀寺戒贤大师

---

① 例如安世高译《佛说摩邓女经》、支谦等译《摩登伽经》、竺法护译《舍头谏太子二十八宿经》等。

②《隋书·经籍志》，北京：中华书局，1982 年，第 1019 页。

③ 参见 P.C.Bagchi, *India and China: A Thousand Years of Cultural Relations*. 1981, Calcutta, Saraswat Library, p.212. 此后，依然有传法僧翻译佛教天文学著作的记载，具体参见郭书兰：《印度与东西方古国在天文学上的相互影响》，《南亚研究》，1990 年第 1 期，第 32~39 页。

④ 菩提迦耶出土的多件北宋时期前往印度朝圣的僧人所留下的碑铭证明，宋代依然有僧人前往印度朝圣，且人数不少。法国汉学家沙畹（E. Chavannes）、荷兰汉学家施古德（G. Schlegel）、印度学者师觉月（P. C. Bagchi）等国外学者在这方面均有讨论，具体参见周达甫：《改正法国汉家沙畹对印度出土汉文碑的误释》，《历史研究》，1957 年第 6 期，第 79~82 页。

的“五种姓说”完全嵌入汉地佛教的信仰之中。汉地“伪经”的层出不穷也从某种角度反映了佛教的中国本土化进程。不空等人在中国传播密教虽然形成了风靡一时的“唐密”，但未能持久。究其根本在于汉地佛教的发展受到本土儒家信仰的影响，很难与融合了婆罗门教信仰的佛教密宗契合。此外，本土儒家、道家也在吸纳佛教哲学的基础上有了新的变革。至宋代，三教合一的趋势逐渐显现，源自印度但已本土化的佛教与儒家、道家的融合进一步加深，致使对印度经典的诉求越来越少。由此，义理上的因素使得中国的知识分子不再追求印度佛教的哲学思想；再者，随着佛教在印度的衰落，以及中国佛教自身朝圣体系的建立和完善，前往印度朝圣也失去了意义。

古代中国对古代印度经典的汉译始于佛教，也终于佛教。尽管如此，古代中国对以佛教经典为主的古代印度经典汉译已经在中国历史上烙下了深刻的印记，其影响是持久和多方面的。在这一过程中，译师们开创的汉译传统给后人翻译印度经典留下了巨大财富：

其一，汉译古代印度经典除早期借助西域地方语言外，主要翻译对象都是梵语经典，本土学者和外来学者编写了不少梵汉工具书。其二，一套与古代印度宗教哲学术语对应的意译和音译相结合的汉译体系得以建立。由于佛教经典的流传，很多术语已经成为汉语的常用语，广为人知。其三，除术语对应外，梵语作品译为汉语需要克服语法结构、文学体裁等方面的限制，其实践在一定程度上影响了汉语的一些表达法。[①] 如此等等都为后人继续翻译印度经典提供了便利之处。

更为重要的是，历史上重要的译师摸索出一套大规模翻译经典的方式方法，他们的努力对于后继的翻译工作来说具有很高的参考价值。经过早期的翻译实践，鸠摩罗什译经时便开始确立了译、论、证几道基本程序，并辅之以梵本、胡本对勘和汉字训诂，经总勘方

① 例如汉语中常见的“所 + 动词”构成的被动句就可能源自对佛经的翻译。参见朱庆之《汉译佛典中的‘所 V’式被动句及其来源》（载《古汉语研究》，1995 年第 1 期，第 29~31、45 页）及其他相关著述。

定稿。在后秦朝廷的支持下，鸠摩罗什建立了大规模译场，改变了以往个人翻译的工作方式，配合翻译方法上的完善，大大提高了译经的效率和质量。唐代译场规模更大，翻译实践进一步细化，后世记载的翻译职司包括译主、证义、证文、度语、笔受、缀文、参译、刊定、润文、梵呗等十余种之多。

此外，先人还摸索出一套翻译人才的培养模式，隋代译师彦琮曾以“八备”总结了译师需具备的一系列条件，具体内容为：

一诚心受法，志在益人；二将践胜场，先牢戒足；三文诠三藏，义贯五乘；四傍涉文史，工缀典词，不过鲁拙；五襟抱平恕，器量虚融，不好专执，耽于道术，淡于名利，不欲高衔；六要识梵言；七不坠彼学；八博阅苍雅，粗语篆隶，不昧此文。[①]

这八备之中，既有对译者宗教信仰、个人品行的要求，也有对梵语、汉语表达的语言技能以及对佛教义理的知识掌握等方面的要求，今天看来，依然有很大的借鉴意义。

三、近现代中国对印度经典的汉译

佛教在印度的衰落及消亡使中印失去了最为核心的交流主题。中国对印度经典的汉译停留在以梵语为主要媒介、以佛教经典为主要对象的时代，自 11 世纪末[②]至 20 世纪初，这一停滞状态持续了数个世纪之久。19 世纪中后期，印度士兵和商人随着欧洲殖民者的战舰再次来到中国，中印之间的交往以一种并不和谐的方式得以恢复。中印孱弱的国力和早已经深藏故纸堆的人文交往传统都不足以阻挡西方诸国强势的物质力量和文化力量，中印人文交往便在这新的格局中，借助西方列强构建起来的“全球化”体系开始复苏。

---

①《释氏要览》卷 2，T54, no. 2127, b21-29。

② 宋神宗元丰五年（1082）废置译经院，佛教经典汉译由此不再。

由于缺乏对印度现代语言和文化的了解，早期对印度经典的译介在语言工具和主题设置两个层面均在一定程度上受制于西方的话语体系。20世纪上半叶中国对泰戈尔作品的译介便是明证。1913年，泰戈尔自己译为英语的诗集《吉檀迦利》以英语文学作品的身份获得诺贝尔文学奖，这在当时的世界文坛引起了轩然大波，对当时正在探索民族出路的中国知识分子来说同样具有很大的震撼力和吸引力。陈独秀在1915年10月15日出版的《青年杂志》上刊载了自己译自《吉檀迦利》的四首《赞歌》，为此后持续了近一个世纪并且至今依然生机勃勃的泰戈尔著作汉译工程拉开了序幕。据刘安武统计，至1949年中华人民共和国成立止，“我国翻译介绍了印度文学作品40种左右（不包括发表在报刊上的散篇）。这40种中占一半的是泰戈尔的作品”。[①] 泰戈尔之所以在中国受到格外关注固然始于西方学术界对他的重视，但他的影响如此之大亦在于他的作品恰好满足了当时中国在文学思想领域的需求。首先，从语言文学来看，泰戈尔的主要创作语言是本土的孟加拉语，而非印度古典梵语。这引起了当时正致力于推广白话文的中国知识分子的广泛关注，并被视为白话文替代古文的成功榜样。[②] 此外，泰戈尔的文学创作，尤其他的散文诗为当时正在摸索之中的汉语诗歌提供了一个重要的参考对象。其次，从思想上来说，泰戈尔的思想与当时作为亚洲国家“先锋”的日本截然相反，为当时正在探索民族出路的中国知识分子提供了另一个标杆。于是，泰戈尔意外地成为中印之间自佛教之后的又一重大交流主题。尽管中国知识分子对其思想和实践的评价并不一致，许多学者依然扎实地以此为契机重启了中国翻译印度经典的进程。当时中国尚未建立起印度现代语言人才培养机制，因此早期

---

① 刘安武：《汉译印度文学》，《中国翻译》，1991年第6期，第44~46页。

② 胡适向青年听众强调泰戈尔对孟加拉语文学的贡献时说：“泰戈尔为印度最伟大之人物，自十二岁起，即以阪格耳（孟加拉）之方言为诗，求文学革命之成功，历五十年而不改其志。今阪格耳之方言，已经泰氏之努力，而成为世界的文学，其革命的精神，实有足为吾青年取法者，故吾人对于其他方面纵不满足于泰戈尔，而于文学革命一段，亦当取法于泰戈尔。”（载《晨报》，1924年5月11日）

对泰戈尔作品的汉译多转译自英语。凭借译者深厚的文学功底，不少经典译作得以诞生，尤其是冰心、郑振铎等人翻译的泰戈尔诗歌，时至今日依然在中国广为流传。

与泰戈尔一同被引介到中国的还有诸多印度民间故事文学作品。[①] 如前文所述，古代翻译印度经典时就有不少印度民间故事被介绍到中国，但多以佛教经典为载体。[②] 近现代以来，印度民间文学以非宗教作品的形式被重新介绍过来。这在很大程度上是因为“中国缺少创作儿童文学的传统”[③]，印度丰富的民间文学正好满足了中国读者的需求。与此同时，印度民间文学与中国文学之间的关系也日益进入中国学者的视野，“中印文学比较研究”这一新的研究领域开始初露端倪，其研究领域最广为人知的课题之一便是《西游记》中孙悟空形象与《罗摩衍那》中哈奴曼形象的渊源，当时许多新文化运动的大家都参与其中，鲁迅、叶德均认为孙悟空形象源于本土神话形象“无支祁”，胡适、陈寅恪、郑振铎则认为孙悟空形象源于哈奴曼。[④]

自西方语言转译印度经典的尝试为增进对印度的认知、重燃中国知识界和民众对印度文化的兴趣起到了积极作用，许多掌握西方语言的汉语作家投身其中，其翻译作品受到读者喜爱。然而，转译的不足也显而易见，因此，对印度经典的系统汉译需要建立一支如古代梵汉翻译团队一样的专业人才队伍。

1942 年，出于抗战需要，民国政府在云南呈贡建立了国立东方语文专科学校，设有印度语科，开始培养现代印度语言人才。1946 年，季羡林自德国学成回国，在北京大学创设东语系；1948 年，金克木加盟东语系。1949 年，国立东方语文专科学校并入北京大学东

① 参见刘安武：《汉译印度文学》，《中国翻译》，1991 年第 6 期，第 44~46 页。

② 参见薛克翘：《中国印度文化交流史》，北京：昆仑出版社，2008 年，第 261~265 页。

③ 刘安武：《汉译印度文学》，《中国翻译》，1991 年第 6 期，第 44~46 页。

④ 参见鲁迅：《中国小说史略》，《鲁迅全集》第 9 卷，北京：人民文学出版社，1981 年；鲁迅：《中国小说的历史的变迁》，《鲁迅全集》第 9 卷，北京：人民文学出版社，1981 年、胡适：《〈西游记〉考证》，《胡适文存》第 2 集第 4 卷，上海：亚东图书馆，1924 年；陈寅恪：《〈西游记〉玄奘弟子故事之演变》，《金明馆丛稿二编》，上海：上海古籍出版社，1982 年、郑振铎《〈西游记〉的演化》，《郑振铎全集》第 4 卷，石家庄：花山文艺出版社，1998 年；叶德均：《无支祁传说考》，《戏曲小说丛考》，北京：中华书局，1999 年。

语系。东语系开设梵语－巴利语、印地语、乌尔都语三科印度语言专业，并很快培养出第二代印度语言专业队伍。随之，印度经典得以从原文翻译。第一代学者季羡林、金克木领衔的梵语团队翻译了印度大史诗《罗摩衍那》及以迦梨陀娑为代表的印度古典梵语文学作家的许多作品，如《沙恭达罗》《优哩婆湿》《云使》《伐致呵利三百咏》等，并启动了《摩诃婆罗多》等经典作品的翻译；旅居印度的徐梵澄翻译了《五十奥义书》[①] 及奥罗宾多创作、注释的诸多哲学著作。季羡林、金克木的弟子黄宝生等延续师尊开创的传统，完成了《摩诃婆罗多》、奥义书[②]、《摩奴法论》、古典梵语文论、故事文学作品等一系列著作的翻译。与此同时，由第二代学者刘安武领衔的近现代印度语言团队译介了大量的印地语、乌尔都语、孟加拉语等语言的文学作品，其中尤以对印地语 / 乌尔都语作家普列姆昌德和孟加拉语作家泰戈尔的作品的汉译最为突出。[③] 殷洪元对印度现代语言语法著作的翻译以及金鼎汉对中世纪印度教经典《罗摩功行之湖》的翻译也开拓了新的领域。巫白慧等学者陆续将包括“吠檀多”在内的诸多婆罗门教哲学经典译为汉语。[④] 文献资料是学术研究的基础，这一系列经典汉译成果打破了古代中国对古代印度经典汉译中存在的“佛教主导”的局限，增加了现代视角，并以经典文献为契机，首次较为全面系统地介绍了印度文明，奠定了现代中国印度学研究的基础。由这两代学者编订的《印度古代文学史》《梵语文学史》和

① 参见徐梵澄译：《五十奥义书》，北京：中国社会科学出版社，1995 年。

② 参见黄宝生译：《奥义书》，北京：商务印书馆，2010 年。

③ 刘安武自印地语译出的普列姆昌德作品（集）有《新婚》（贵阳：贵州人民出版社，1982 年）、《如意树》（上海：上海译文出版社，1983 年）、《普列姆昌德短篇小说选》（北京：人民文学出版社，1984 年）、《割草的女人：普列姆昌德短篇小说新集》（长沙：湖南人民出版社，1985 年）等，加之其他学者的译介，普列姆昌德的重要作品几乎全被译为汉语。此后，刘安武又主持编译出版了 24 卷本《泰戈尔全集》（石家庄：河北教育出版社，2000 年），泰戈尔的主要作品均被收录其中。

④ 其中重要的译著成果包括巫白慧译《圣教论》（乔荼波陀著，北京：商务印书馆，1999 年）、姚卫群译《古印度六派哲学经典》（节译六派哲学经典，北京：商务印书馆，2003 年）、孙晶译《示教千则》（商羯罗著，北京：商务印书馆，2012 年）等。

《印度印地语文学史》等著作成为中国现代印度学研究的必读文献。[1]

由于印度文化的独特之处及其在历史上形成的巨大影响力，以现代学术研究的方式开展的印度经典汉译所产生的影响进一步辐射了包括语言、文学、哲学、历史、考古等多个学科领域，并形成了一些跨学科研究领域：

其一，中印文化比较研究。由胡适等老一辈学者开创的中印文学比较取得了新的进展，其中一部分研究形成了中印文化交流史这一新的学术研究领域；另一部分研究成为东方文学研究领域最重要的组成部分，东南亚、西亚等区域文学研究也受益于印度文学研究的开展和所取得的成就。此外，从具体作品到文艺理论的印度文学译介也从整体上进一步拓展了比较文学研究的视野。

其二，佛教研究。现代中国对印度经典汉译的范围不再局限于传统的汉语系佛教传统经典，在许多领域都取得了新的突破。在佛教文献来源方面，开拓了对巴利语系和藏语系佛教的研究。[2]由于梵语人才的培养，中国学者得以恢复梵汉对勘的学术传统。[3]对非佛教宗教思想典籍的译介也使得对佛教的认识跳出了佛教自身的范畴，对其与其他宗教思想之间的互动与联系有了更加全面的认识。

其三，语言学研究。对梵语及相关语言的研究推动了梵汉对音，以及对古汉语句法的研究。一些接受了梵语教育的汉语言学学者结合古代语料，尤其是汉译佛经，对古汉语的语音、句法等做出研究。

---

① 单就印度文学翻译而言，据不完全统计，1950~2005 年，中国翻译印度文学作品（以书记）约 400 余种，其中中印关系交好的 1950~1962 年约有 70 种，关系不好的 1962~1976 年仅有 4 种，关系改善后的 1976~2005 年则有 300 余种。不过，2005 年之后，除黄宝生、薛克翘等少数学者仍笔耕不辍外，其他前辈学人逐渐“离席”，这类汉译工作进入某种冬眠期。

② 相关成果包括郭良鋆译《佛本生故事选》（与黄宝生合译，北京：人民文学出版社，1985 年）、《经集：巴利语佛教经典》（北京：中国社会科学出版社，1998 年），以及段晴等译《汉译巴利三藏·经藏·长部》（上海：中西书局，2012 年）等。

③ 自 2010 年以来，黄宝生主持对勘出版了《入菩提行论》（北京：中国社会科学出版社，2011 年）、《入楞伽经》（北京：中国社会科学出版社，2011 年）、《维摩诘经》（北京：中国社会科学出版社，2011 年）等佛经的梵汉对勘本，叶少勇以梵藏汉三语对勘出版了《中论颂》（上海：中西书局，2011 年）。

四、现状和汉译例解

尽管取得了上述成就，但由于印度文明积累深厚、经典众多，目前亟待翻译的印度经典还有很多。其中，以梵语创作的经典包括四部吠陀本集、梵书、森林书、往世书、《诃利世系》《利论》《牧童歌》等；以南印度语言创作的经典包括桑伽姆文学、《脚镯记》《玛妮梅格莱》《大往世书》《甘班罗摩衍那》等；以波罗克利特语创作的经典包括《波摩传》等；以中世纪北印度地方语言创作的经典包括《地王颂》《赫米尔王颂》《阿底·格兰特》《苏尔诗海》《莲花公主》，以及格比尔、米拉巴伊等人的作品等；以现代印度语言创作的经典包括帕勒登杜、杰辛格尔·普拉萨德、般吉姆·钱德拉·查特吉、萨拉特·钱德拉·查特吉、拉默金德尔·修格尔、默哈德维·沃尔马、阿格叶耶等著名现当代文学家的作品以及迦姆达普拉沙德·古鲁、提兰德尔·沃尔马等人的语言学著作等。此外，20世纪以来，一些印度思想家、政治家、文学家以英语创作的作品也可列入印度现代经典之列，目前中国仅对圣雄甘地、贾瓦哈拉尔·尼赫鲁、辨喜、纳拉扬、安纳德、拉贾·拉奥、奈都夫人等人的个别作品有所译介，大量作品仍然处于有待翻译的名单之中。

这些经典汉译的背后离不开相关学者的努力。进入21世纪以来，中国从事印度经典汉译工作的人员大致有两支队伍：第一支是自20世纪四五十年代以来成型的印度语言专业队伍，其人员构成以高等院校和研究机构从业人员为主，兼有相关外事机构从业人员，他们均接受过系统、专业的印度语言训练。第二支是20世纪初译介包括泰戈尔作品在内印度文学作品的作家和出版业者，随着80年代改革开放以来，越来越多接受过英语教育的人或全职或兼职地参与到印度作品的汉译工作之中。相比第一支队伍，这支队伍的人员构成较为复杂，水平也参差不齐，但在市场经济的推动下，一些能够成为市场热点的著作往往很快就翻译过来，例如两位与印度相关的诺贝尔文学奖得主泰戈尔和奈保尔的作品一版再版，四位印度裔布克奖得主萨尔曼·拉什迪、阿兰达蒂·罗伊、基兰·德塞、阿拉文德·阿迪加的作品也先后译出；此外，由于瑜伽的普及，包括克里希那穆提在内的一些现代宗教家的论著也借由英语转译为汉语。一方面，随着市场化改革的需求，第二支队伍日益蓬勃发展，但其翻译质量往往难以保障。另一方面，由于现行科研体制对从事翻译和研究者的不利状况，第一支队伍也面临着诸多问题。如何在接下来的实践中取长补短，或者说既要尊重市场机制的要求，又要以学术传统克服市场失灵的状况等，这也是需要进一步思考的问题。

应该说，印度经典汉译主要依靠第一支队伍，原文经典翻译比通过其他语言转译更为重要。20 世纪 80 年代以来，这支队伍勤勤恳恳，笔耕不辍，为印度经典汉译做出了巨大贡献，取得了丰硕成果。然而，就现状看，除黄宝生、薛克翘等极少数学人外，这支队伍的第一代和第二代学人已然“离席”，后辈学人虽然已经加入进来，但毕竟年轻，经验不足，加之现行科研体制自身问题的牵制，后续汉译工作亟需动力。好在已有些年轻人在这方面产生了兴趣，其汉译意识很强，对印度梵文原典和中世纪及现当代原典的汉译工作的理解也令人刮目。可以预见，印度经典汉译将会迎来又一个高潮，汉译印度经典的水平也将有新的提升。

从某种角度说，在前文罗列的种种有待翻译的印度经典中，印度中世纪经典尤为重要。中世纪时，随着传统婆罗门教开始融合包括佛教、耆那教等在内的异端信仰与民间的大众化宗教传统，加之伊斯兰教的进入，印度进入了一个新的“百家争鸣”时代。这一时期留下了许多经典之作，它们对后世印度的宗教、社会、文化均产生了重要影响。长期以来，中国对印度中世纪经典的译介几乎一片空白，仅有一部《罗摩功行之湖》和零星的介绍。近年来，笔者组织团队着手翻译印度中世纪经典《苏尔诗海》，并初步总结了以下心得：

第一，经典汉译并非简单的语言转换，除需要精通相关语言外，还需要译者具备与印度文化相关的背景知识，以便能够精准地理解原文含义。例如，在一首描写女子优雅体态的艳情诗中，作者直接以隐喻的修辞手法描述了包括莲花、大象、狮子、湖泊等在内的一系列自然景象和动植物，若不熟悉印度古代文学中一些固定的比喻意象，则很难把握这首诗的含义。[①] 由于审美标准不同，被古代印度诗人视为美丽的“象腿”在当今语境中已经成为足以令女子不悦的比喻。此类审美视角需要辅之以例如《沙恭达罗》中豆扇陀国王对沙恭达罗丰乳肥臀之态的称赞才能理解。

第二，古代中国对古代印度经典汉译的传统在很大程度上为现代翻译经典提供了以资可鉴的便利，譬如许多专有词汇在汉语中已有完全对应的词汇可供选择，省去了译者的诸多麻烦。但是，这也要求译者了解相关传统，并能将其中的一些内容为己所用；同时，还应避免由于古代中国对古代印度经典翻译在视角、理解上的偏差所带来的问题。例如，triguna 这一数论哲学的基本概念已由真谛在《金七十论》中译为“三德”，后来的《薄伽梵歌》等哲学经典的汉译也已沿用，新译经典中便不宜音译为“三古纳”之类的新词。此外，由于受佛教信仰的影响，一些读者在看到“三德”时往往容易将之与佛教中所说的法身德、般若德、解脱德等其他概念联系起来，对此需要给出注释加以说明以免误解。

第三，现代中国对现代印度经典的汉译虽然已经取得了不俗的成绩，但由于时间、人员等条件的限制，在翻译体例、内容理解等方面依然存在不少可改进之处。

笔者以《苏尔诗海》中黑天的名号为例予以说明。黑天是印度教大神毗湿奴最重要的化身之一，梵语经典中通常称之为 Krsna，字面义为“黑”，汉语之所以译为“黑天”，很可能是因为汉译佛经将婆罗门教诸神（deva）译为“天”，固在 Krsna 的汉语译名“黑”之后加上了“天”，大约与 Brahma 被译为“梵天”、Indra 被译为“帝释天”，以及 Sri 被译为“吉祥天”等相当。后世对相关经典文

① 参见姜景奎等:《〈苏尔诗海〉六首译赏》，载《北大南亚东南亚研究》（第一卷），北京：中国青年出版社，2013 年，第 261~262 页。

献的介绍都沿用了这一名称。然而，若实际对照各类经典，可以发现毗湿奴名号繁多。[①]中世纪印度语言继承并发扬了这一传统，在伯勒杰语《苏尔诗海》中，黑天的名号有数十种之多，其中仅字面义为"黑"的常见名号就有四个，分别是 Krsna, Syama, Kanha, Kanhaiya。这四个名号之中只有 Krsna 是标准的梵语词，且使用最少，只用于黑天摄政马图拉之后人们对他的尊称；其他三个均为伯勒杰语词，多用于父母家人、玩伴女友对童年和少年黑天的称呼。因此，汉译中如果仅使用天神意义的"黑天"一名就违背了《苏尔诗海》所描述的黑天的成长情境。为此，结合不同名号的使用情状以及北印度农村生活的实际情况，笔者重新翻译了其他三个名号，即将多用于牧女和同伴对少年黑天称呼的 Syama 译为"黑子"，多用于父母和其他长辈对童年黑天称呼的 Kanha 和 Kanhaiya 分别译为"黑黑"和"黑儿"。此外，还有一些名号或表明黑天世俗身份，或描述黑天体态，或宣扬黑天神迹，笔者也重新进行了翻译，例如：nanda-namdana"难陀子"、madhava"摩图裔"等称呼说明了黑天的家族、家庭身份，kesau"美发者"、srimukha"妙口"等以黑天身体的某一部分代指黑天，giridhara"托山者"、manamohana"迷心者"等以黑天在其神迹故事中的表现代指黑天，等等。

结合以上几方面的思考，《苏尔诗海》汉译实际上兼具深入而系统的研究性质，包括四部分：第一，校对后的原文。到目前为止，印度出版了多个《苏尔诗海》版本，各版本虽大同小异，但仍有差异，笔者团队搜集到影响较大的几个主要版本，并进行核对比较，最后确定一种相对科学的原文进行翻译研究。第二，对译。从经典性和文献性出发，尽可能忠实于原文，在体例选择上尽量保持诗词的形态，在内容上尽量逐字对应，特殊情况则以注释说明。第三，释译。从文献性和思想性出发，尽可能客观地阐明原文所表现的文献内容和宗教思想。该部分为散文体，其中补充了原文省略的内容

① 参见葛维钧:《毗湿奴及其一千名号》（载《南亚研究》，2005年第1期，第48~53页）及相关著述。

并清楚地展现出情节的发展、人物的心理变化以及作品的思想内涵。第四，注释。给出有关字词及行文的一些背景知识，例如神话传说故事、民间信仰、生活习俗、哲学思想等，以及翻译中需要说明的其他问题。

试以下述例解说明：

【原文】略[①]

【对译】

此众得乐自彼时

听闻诃利[②]你之信，当时即刻便昏厥。
自隐蔽处蛇[③]出现，欣喜尽情吸空气。
鹿[④]心本已忘奔跃，复又撒开四蹄跑。
群鸟大会高高坐，鹦鹉[⑤]言称林中王。
杜鹃[⑥]偕同自家族，咕咕欢呼唱庆歌。
自山洞中狮子[⑦]出，尾巴翘到头顶上。
自密林中象王[⑧]来，周身上下傲慢增。
如若想要施救治，莫亨[⑨]现今别耽搁。
苏尔言，
如若罗陀[⑩]再这般，一众敌人大欢喜。

【释译】

黑天离开牛村很久了，养父难陀、养母耶雪达以及全村的牧人牧女都非常思念他，希望他能回来看看。牧女们对黑天的思念尤为

① 由于原文字体涉及较为复杂的排版问题，这里仅呈现该首诗的对译、释译和注释三部分，原文略。本诗为《苏尔诗海》（天城体推广协会版本）第 4 760 首，参见 Dhirendra Varma, *Sursagar Sara Satika*, Sahitya Bhavan Private Ltd., 1986, No. 181, p.334.

② 诃利，原文 Hari，“大神”之义，黑天的名号之一。

③ 此处以蛇代指罗陀的发辫，意在形容发辫柔软纤长、乌黑发亮。

④ 此处以鹿的眼睛代指罗陀的眼睛，意在形容眼睛大而有神、灵动美丽。

⑤ 此处以鹦鹉的鼻子代指罗陀的鼻子，意在形容鼻子又挺又尖、美妙可爱。

⑥ 此处以杜鹃的声音代指罗陀的声音，意在形容声音甜美悠扬、清脆嘹亮。

⑦ 此处以狮子的腰代指罗陀的腰，意在形容腰身纤细柔顺、婀娜灵活。

⑧ 此处以大象的腿代指罗陀的腿，意在形容腿脚步态从容、端庄稳重。

⑨ 莫亨，原文 mohana，黑天的名号之一。

⑩ 罗陀，原文 Radha，黑天最主要的恋人。

强烈，其中又以罗陀最甚。罗陀是黑天的恋人，两人青梅竹马，两小无猜，曾经你欢我爱，形影不离。可是，黑天自离开后就再也没有回来过，甚至连信也没有寄过一封。伤离别，罗陀时刻处于煎熬中。为了教育信奉无形瑜伽之道的乌陀，也为了看望牧区故人，黑天派乌陀来到牛村，表面上让他传授无形瑜伽之道，实则置他于崇尚有形之道的牛村人中间，让他迷途知返。乌陀的到来，打乱了牛村人的生活，一者，牛村人沉浸在思念黑天的离情别绪之中，乌陀破坏了气氛，于表面的宁静之中注入了不宁静。二者，牛村人本以为乌陀会带来黑天给予牛村的好消息，但适得其反，乌陀申明自己是为传授无形的瑜伽之道而来，甚至说是黑天派他来传授的，牛村人对此不解、迷茫。他们崇尚有形，膜拜黑天，难道黑天完全抛弃了他们？他们陷入了更深一层的痛苦之中。三者，对牧区女来说，与黑天离别本就艰难，但心中一直抱有再次见面再次恋爱的期望，乌陀的到来打消了她们的念头，从精神上摧毁了她们。其中，罗陀尤甚，她所遭受的打击要比别人更甚。由此，出现了本诗开头提及的罗陀晕厥以及晕厥之后乌陀"看到"的情况，具体内容是乌陀向黑天口述的：

乌陀对黑天说道："黑天啊，你的恋人罗陀非常思念你，她忍受离别之苦，渴望与你相见。可是，你却让我去向她传授无形的瑜伽之道。唉，她一听到是你让我去的，当即就昏了过去，倒在地上，不省人事。唉，真是凄凉啊！这边罗陀昏迷不醒，那边动物界却出现了一派喜气景象：黑蛇从洞里出来了，它高兴地尽情享受空气；此前，罗陀的又黑又亮的长发辫曾使它羞于见人，认为自己形体丑陋，不得不躲藏起来。已经忘记奔跑的小鹿出来了，它撒开四蹄，愉悦地到处奔跳；此前，罗陀那明亮有神的大眼睛曾使它羞于见人，认为自己的眼睛丑陋，不敢出来乱逛。鹦鹉出来了，它参加群鸟大会，坐在高高的枝丫上，声称自己是林中之王；此前，罗陀又尖又挺的鼻子曾使它羞于见人，认为自己的鼻子丑陋，躲藏起来。杜鹃鸟出来了，它和同族一起，咕咕叫个不停，欢庆胜利；此前，罗陀那甜美悠扬的声音曾使它感到拘束，认为自己的声音难听，不敢开口。狮子从山洞中出来了，他得意扬扬，悠闲自在，尾巴翘到了头顶上；此前，罗陀纤细柔软的腰肢曾使它羞于见人，认为自己的腰肢粗笨僵硬，不敢示人，躲进山洞。大象从茂密的森林里出来了，它一步一昂头，傲慢自大，目中无人，盛气凛然；此前，罗陀稳重美丽的妙腿曾使它自惭形秽，认为自己的腿丑陋不堪，羞于展露，躲进森林。唉，黑天啊，你快救救罗陀吧，如果再不行动，稍后想要施救就来不及了……”

“此众得乐自彼时”是本诗的标题，意思是罗陀晕倒之时，即是众动物高兴之时，它们羞于与罗陀相比，虽然视罗陀为敌，却不敢直面罗陀，纷纷逃遁躲藏。听说罗陀遭到黑天抛弃，晕厥不醒，它们自然高兴，便迫不及待地恢复了原来的自由生活。“如若罗陀再这般，一众敌人大欢喜”，是诗外音，是苏尔达斯的总结性话语。在这首诗里，苏尔达斯主要展现了罗陀的美，但整首诗中没有出现任何对罗陀的溢美之词，没有提到罗陀的名字，更没有提到她的发辫、眼睛、鼻子、声音、腰肢和腿等，甚至没有提到蛇、鹿、鹦鹉、杜鹃鸟、狮子和大象的相关部位，仅以这些动物对罗陀晕厥不醒后的反应进行阐释，这就给听者和读者留下了巨大的想象空间，似形似景，情景交融。这种手法似乎是印度特有的，其审美视角值得深入研究。

上述例解仅为笔者及笔者团队之于印度中世纪经典汉译的一己之见，希望能开拓印度经典汉译与研究的新视角、新路子，以期印度经典在中国能得到更为深入系统的翻译与研究。

五、中印经典及当代作品互译出版项目

2013年初，笔者与中国大百科全书出版社社长龚莉女士、副总编辑马汝军先生和社科分社社长滕振微先生合作，提出了“中印经

典和当代作品互译出版项目”的动议。该动议得到相关单位的积极回应。2013 年 5 月李克强总理访印期间，国家新闻出版广电总局和印度外交部签署合作文件，决定启动“中印经典和当代作品互译出版项目”，并写入两国发表的联合声明（第 17 条）。2014 年 9 月，习近平主席访问印度，该项目再次被写入两国发表的联合声明（第 11 条）。该项目成为中印两国的重大文化交流项目之一。双方商定，双方各翻译对方的 25 种图书，以 5 年为期。2016 年 5 月，国家新闻出版广电总局印发“关于实施《“十三五”国家重点图书、音像、电子出版物出版规划》的通知”，该项目被列入“‘十三五’国家重点图书出版规划”。在此期间，笔者与薛克翘先生商量组织翻译团队事宜。我们掰着指头算，资深的老辈学人几乎都不能相扰，后辈学人又大多刚刚走上工作岗位，有的还在求学，翻译资质存疑。我俩怎一个愁字了得！然，事情得做，学人得培养。我们决定抓住机遇，大胆启用后辈学人，为国家培养出一支新的汉译团队。因此，除薛克翘、刘建、邓兵等少数几位前辈学人外，我们的翻译成员绝大多数在 40 岁左右，有的还不过 30 岁。两三年的实践证明，我们的决定完全正确。新生代学人知识全面，学习能力强，执行能力更强。从已完成待出版的成果看，薛克翘先生对审读过的一本书的评价最能说明问题：“字里行间，均见功夫。”译文质量是本项目的重中之重。除薛克翘、刘建和笔者外，我们邀请了黎跃进教授、石海军研究员和邓兵教授作为特约编审，约请了尼赫鲁大学的狄伯杰（B. R. Deepak）教授以及德里大学的阿妮达·夏尔马（Anita Sharma）教授和苏林达尔·古马尔（Surinder Kumar）先生作为印方顾问，对译文质量进行全面把关。译者完成翻译后，译稿首先交予编审审校，如遇大问题时向印方顾问咨询，之后返予译者修改。如有必要，修改稿还需经过编审二次审校，译者再次修改。这以后，稿件才会交予出版社编辑进行审读，发现问题再行修改……我们认为，唯如此，译文质量才能得到保障，译者团队才能得到锻炼。

本项目是中印两国的重大文化交流项目之一。因此，印度方面也有相应团队，负责汉译印的工作，由上文提及的狄伯杰教授领衔，由印度国家图书托拉斯负责实施。需要指出的是，双方翻译的作品并非译者自选，而是由双方专家通过充分沟通磋商确定。汉译作品的选定过程是这样的，笔者先拟定了50多种印度图书，这些书抑或是中世纪以来有重要影响的经典巨著，比如《苏尔诗海》《格比尔双行诗集》和《献牛》等，抑或是印度独立以后获得过印度国家级奖项的作家之名作，如默哈德维·沃尔马、毗什摩·萨赫尼、古勒扎尔的代表作等。而后，笔者请相熟的印度学者从中圈定出30种。之后，国家新闻出版广电总局的相关领导、中国大百科全书出版社的龚莉社长和滕振微先生以及笔者本人专赴印度，与印方专家组进行面对面的交流探讨，最终确定了25种汉译印度图书名录。印度团队的印译中国图书名录的选定过程与此类似。具体的汉译书单如下表：

序号	书名	作者	备注
1	苏尔诗海 *Sursagar*	苏尔达斯 Surdas	诗歌
2	格比尔双行诗集 *Kabir Dohavali*	格比尔达斯 Kabirdas	诗歌
3	献牛 *Godan*	普列姆昌德 Premchand	长篇小说
4	帕勒登杜戏剧 *Bharatendu Natakavali*	帕勒登杜 Bharatendu	戏剧
5	普拉萨德作品集 *Prasad Rachna Sanchayan*	杰辛格尔·普拉萨德 Jaishankar Prasad	戏剧、诗歌、短篇小说
6	鹿眼女 *Mriganayani*	沃林达温拉尔·沃尔马 Vrindavanalal Verma	长篇小说
7	献灯 *Deepdan*	拉默古马尔·沃尔马 Ramkumar Verma	独幕剧
8	灯焰 *Dipshikha*	默哈德维·沃尔马 Mahadevi Verma	诗歌
9	谢克尔传 *Shekhar: Ek Jeevani*	阿格叶耶 Ajneya	长篇小说
10	黑暗 *Tamas*	毗什摩·萨赫尼 Bhisham Sahni	长篇小说
11	肮脏的边区 *Maila Anchal*	帕尼什瓦尔·那特·雷奴 Phanishwar Nath Renu	长篇小说
12	幽闭的黑屋 *Andhere Band Kamare*	莫亨·拉盖什 Mohan Rakesh	长篇小说

序号	书名	作者	备注
13	宫廷曲调 *Raag Darbari*	室利拉尔·修格勒 Shrilal Shukla	长篇小说
14	鸟 *Parinde*	尼尔莫勒·沃尔马 Nirmal Verma	短篇小说
15	班迪 *Aapka Bunti*	曼奴·彭达利 Mannu Bhandari	长篇小说
16	一街五十七巷 *Ek Sadak Sattavan Galiyan*	格姆雷什瓦尔 Kamleshwar	长篇小说
17	被抵押的罗库 *Rehan par Ragghu*	加西纳特·辛格 Kashinath Singh	长篇小说
18	印度与中国 *India and China*	师觉月 P. C. Bagchi	学术著作
19	向导 *Guide*	纳拉扬 R. K. Narayan	长篇小说
20	烟 *Dhuan*	古勒扎尔 Gulzar	短篇小说、诗歌
21	那时候 *Sei Samaya*	苏尼尔·贡戈巴泰 Sunil Gangopadhyaya	长篇小说
22	一个婆罗门的葬礼 *Samskara*	阿南特穆尔蒂 U. R. Ananthamurthy	短篇小说
23	芥民 *Chemmeen*	比莱 T. S. Pillai	短篇小说
24	印地语文学史 *Hindi Sahitya ka Itihas*	罗摩金德尔·修格勒 Ramchandra Shukla	学术著作
25	棋王奇着 *The Chessmaster and His Moves*	拉贾·拉奥 Raja Rao	长篇小说

毫无疑问，这些作品均是印度中世纪以后的经典之作，基本上代表了印度现当代文学水准，尤其反映出印地语文学的概貌。我们以为，通过这些文字，中国读者可以大体了解印度现当代文学的基本情况。

就本项目而言，笔者在这里需要表达由衷谢意：

首先，感谢国家新闻出版广电总局的相关领导，没有他们的认可，本项目不可能正式立项。其次，感谢中国大百科全书的前社长龚莉女士、前副总编辑马汝军先生和前社科分社社长滕振微先生，没有他们的奔走，本项目不可能成立。再次，感谢中国大百科全书出版社社长刘国辉先生，社科学术分社社长郭银星女士、副社长王宇女士以及诸位编辑大德，没有他们的付出，本项目不可能实施。感谢另两位主编薛克翘先生和刘建先生，两位前辈不仅担当主编、审校工作，还是主要译者；他们是榜样，也是力量。十分感谢黎跃进和邓兵两位教授，两位是特邀编审，邓兵教授也是译者，他们认真负责的精神令人起敬。感谢印度尼赫鲁大学的狄伯杰教授以及德里大学的阿妮达·夏尔马教授和苏林达尔·古马尔先生，他们的付出为本项目的实施提供了某种保障。特别感谢石海军研究员，他是特邀编审之一，可惜天不假年，他于 2017 年 5 月 13 日凌晨突然辞世，享年仅 55 岁，天地恸哭，是中国印度文学研究的一大损失！最后，感谢翻译团队的诸位译者，他们是新时代的精英，是中国印度研究领域的后起之秀，他们的成就由读者面前的文字可见一斑。

祝福诸位，祝福所有为本项目的立项和实施有所付出的先生大德们！

自《浮屠经》以来，汉译印度经典已有两千多年的历史。这一人类历史上少有的浩大文化工程背后既有对科学技术的追求，也有对宗教信仰的热忱；既有统治者的意志，也有普通民众的需求。印度经典汉译一方面极大地丰富了中华文化，另一方面也保存和传播了印度文化；既形成了自己的学术传统，又推动了许多相关领域研究的发展。时至今日，在中印关系具有特殊意义的大背景下，继续推进对印度经典的汉译在两国关系层面有助于加深两国之间的认知和了解，构建更为均衡、更为深厚的国际关系，在学术研究层面也有助于推动相关领域研究的继续发展。

姜景奎

北京燕尚园

2017 年 12 月 31 日

2019 年 12 月 25 日修订

目　录

关于杰辛格尔·普拉萨德的戏剧创作

杰辛格尔·普拉萨德（Jaishankar Prasad, 1889~1937）是现代印地语文学史上最有影响的作家之一，他在诗歌、戏剧和小说领域都有不同程度的建树。印度文学评论界一般认为普拉萨德是印地语阴影主义诗歌流派的开创者，近现代印地语文学史上继帕勒登杜（Bharatendu）之后最有成就的剧作家，独树一帜的小说家。这里介绍一下普拉萨德的戏剧创作概貌。

古代印地语文学中只有零星的戏剧创作，而且水平不高。19世纪末叶，帕勒登杜和他的文学友人创作、翻译了不少戏剧作品，为印地语文学性的戏剧创作奠定了基础。他们创作的戏剧在形式和结构方面基本上是对古典梵语戏剧规范的模仿，也有孟加拉语戏剧和帕尔西剧[①]影响的痕迹。帕勒登杜之后20多年的时间里，印地语戏剧创作一直处于低潮，没有重要的作家和作品出现。普拉萨德进入

① 帕尔西剧是19世纪孟买的帕尔西人模仿西方戏剧创造的一种戏剧形式，剧本大多是用乌尔都语写成的，内容庸俗，表现手法程式化，一味追求低俗的趣味和娱乐性，缺乏艺术性，一向为文学史家和评论家所排斥。

戏剧领域后，印地语戏剧又焕发出了活力，并找到了新的发展方向。学者们对普拉萨德的戏剧创作给予了高度的评价，把他戏剧创作的高峰期即20年代和30年代前期称作印地语戏剧史上的“普拉萨德时代”，并且说：“普拉萨德时代是印地语戏剧史上兴盛的黄金时代。在这期间，普拉萨德在文艺领域里对戏剧做出了非凡的贡献，他使戏剧富有文学性、艺术性、独特性和自然性。并且能使它健康地发展起来，这首先要归功于普拉萨德的天才。在普拉萨德时代，印地语戏剧艺术从风格、技巧方面来看，已得到了充分的发展。”[①] 因此，人们认为，在印地语现代文学史上，普拉萨德在戏剧领域拥有的地位相当于普列姆昌德（Premchand）在小说领域拥有的地位。

普拉萨德一生创作或计划创作的戏剧共有16部，它们分别是：《君子》（1910）、《幸福的婚姻》（1912）、《忏悔》（1912）、《慈悲场》（1913）、《拉杰谢利》（1915年初次发表，1937年出版修订本）、《耶雪特尔木·德沃》（具体年份不详）、《维夏克》（1921）、《阿阇世王》（1922）、《欲望》（1923~1924创作，1927年发表）、《镇群王的蛇祭》（1926）、《健日王塞健陀笈多》（1928）、《满满一口》（1929）、《旃陀罗笈多》（1931）、《特路沃斯瓦米尼》（1933）、《火友王》（未完成）、《因陀罗》（计划中）。需要说明的有以下三点：（1）《耶雪特尔木·德沃》是一出篇幅很长的历史剧，普拉萨德在《维夏克》的《前言》中提到此剧，说已经写好，即将发表，但后又将它毁弃了，据传原因是剧中情节赖以成立的历史背景被学者证为不实。（2）《火友王》一剧已经写成了几场，在著名文学史家拉默金德尔·修格尔建议下改写成历史小说，更名为《伊拉沃蒂》，也未完成。（3）普拉萨德最

① 转引自刘安武编选：《印度现代文学研究》，中国社会科学出版社，1980年，第316页。

后的岁月里计划根据因陀罗的传说创作一部戏剧，已经写好了前言《古代印度和她的第一个皇帝》，发表在贝拿勒斯印地语普及协会编纂的《辞典纪念文集》和《印地语普及杂志》上，但也因过早去世未能实现夙愿。因此，普拉萨德可供分析和讨论的剧本有 13 个。这些剧本中，除了象征剧《欲望》和介于象征剧和现实生活剧之间的《满满一口》，其余 11 个或取材于神话传说，或取材于历史，都可以归为历史剧一类，原因是普拉萨德把神话传说也当作历史记载看待，并下功夫对其中的神话因素进行了合理的解释，再则，印度上古历史由于确凿的史料稀缺，一定程度上也属于传说。

普拉萨德 1915 年前的剧作都是试验性质的，从中可以清晰地看到一条从亦步亦趋地模仿帕勒登杜戏剧风格到摆脱其影响的发展轨迹。此后近六年的时间里，普拉萨德没有发表戏剧作品，但酝酿着突破。1921 年《维夏克》的发表标志着他找到了比较适宜于表达自己的思想感情的戏剧形式和艺术风格。综合他此后发表的主要剧作的特点，可以看出，这一戏剧形式在语言风格、题材的选取和感情的表现等方面接近于古典梵语戏剧，尤其是迦梨陀娑（Kālidāsa）的戏剧，而在幕和场次的划分、矛盾冲突的设置、人物塑造等方面抛弃了梵语戏剧的陈套，更接近英语戏剧（主要是莎士比亚的戏剧）和同样受到英语戏剧影响的孟加拉语戏剧（其中又以受到莎士比亚影响的德维金德尔·拉尔·罗易的剧作为主）。这样，普拉萨德的戏剧创作可以分为前后两个时期：（1）前期——探索阶段，1910~1915 年，包括 5 个剧本；（2）后期——成熟阶段，1921~1933 年，包括 8 个剧本，其中以《健日王塞健陀笈多》《旃陀罗笈多》和《特路沃斯瓦米尼》三部剧最为重要。

普拉萨德的戏剧创作面临着一个难题，即没有合适的印地语舞台表演艺术形式可供其参照，这大大制约了其戏剧形式走向完善。普拉萨德的主要剧作不同程度地都存在着情节复杂、结构松散、主题不突出的问题，而且场次太多，不经过大量改编难以搬上舞台。有评论家十分惋惜地指出："要是他像泰戈尔那样外向和活跃，那么，泰戈尔为孟加拉语创建的那种舞台艺术，普拉萨德也能为印地语创建。普拉萨德不能为自己设想的舞台艺术赋予实用的形式，结果，尽管他的戏剧作品从其他角度看都很优秀，但从表演的角度看却是失败的。"[①]

普拉萨德戏剧创作的主要成就在历史剧方面。针对他的历史剧，同时代的印地语文豪普列姆昌德曾发出过这样的抱怨："他为什么要弹古代光荣的老调，为什么不写能够解决现实问题和矛盾的东西。"[②]而事实上，普拉萨德的历史剧创作也是着眼于现实的，他曾在《维夏克》的《前言》中说："我的愿望是，在印度历史上鲜为人知的那部分中，指出那些在我们当前这种局面的形成中起了重大作用的事件。"[③]20 世纪 20~30 年代，印度的主旋律是民族独立运动。当时，民众已经发动起来，但他们手无寸铁，根本无力与掌握着强大的物质力量的殖民统治者相抗衡。在这样的情况下，从历史中吸取力量，树立民族理想，在精神上武装民众，正是时代的需要。普拉萨德主要的历史剧涉及的都是作家心目中的雅利安民族的光荣历史，上及史前神话传说时代，下至公元 7 世纪喜增王时代。他让人们看到，这片屡遭外族入侵的大地曾经是哲人、艺术家、英雄辈出的地方，有毗耶娑、佛陀这样的哲人，有迦梨陀娑这样不朽的诗人，有旃陀罗笈多、塞健陀笈多这样的统帅人物，有考底利耶（又名阇那迦）

① 那根德罗主编：《印地语文学史》，国家出版社，1995 年第 24 次重印本，第 565 页。
② P. 马杰维：《杰耶辛格尔·伯勒萨德》，拉杰巴尔父子出版社，第 81 页。
③ P. L. 古伯德：转引自《伯勒萨德的戏剧》，印地语普及出版社，1979 年，第 6 页。

这样的智谋之士。将这些光辉人物的美德、力量和崇高通过文学的形式展现给大众，无疑可以起到恢复民族自尊心、激发民族自豪感的作用。同时，印度社会也面临着种族矛盾、教派冲突和一系列其他社会问题的困扰，从普拉萨德的历史剧中不难看出，他也试图在历史中寻找解决这些矛盾和问题的办法。总而言之，普拉萨德的历史剧既充满了包括爱国主义和某些社会进步思想在内的时代精神，也蕴含着宽容、仁慈、非暴力这样一些体现独特的印度文化精神的思想。因此，“将普拉萨德视为‘畅游在过去的黄金时代’或‘挖掘坟墓里的死尸’的作家是不公正的。他的倾向无疑是浪漫的，但他也不缺乏社会觉醒意识”。[①]

① 那根德罗主编：《印地语文学史》，国家出版社，1995 年第 24 次重印本，第 565 页。单引号中的话也是对普列姆昌德的尖锐批评。

拉杰谢利

主要人物

拉杰谢利	塔内萨尔国公主，曲女城王后
羯罗诃跋摩	曲女城国王
阿姆拉、葛姆拉、薇姆拉	拉杰谢利之三女伴
曷利沙伐弹那	塔内萨尔国王子，即后来的喜增王、戒日王
罗阇伐弹那	塔内萨尔国太子
潘底	塔内萨尔国将军
纳兰德拉笈多	高达国国王
补罗盖辛	遮娄其国国王
德沃笈多	摩腊婆国国王
摩图格尔	德沃笈多之随从
那罗达多	摩腊婆国军士
日友	修道圣人

玄奘	大唐僧人
苏尔玛	女花匠
尚蒂德沃	一比丘，后化名怖声，落草为寇
达摩西提、师罗西提	二比丘

第一幕

第一场

（河岸边，花园里）

尚蒂德沃 苏尔玛，现在还不是时候。

苏 尔 玛 至爱的人啊，什么不是时候？你看，我给茉莉花浇水，它也不辜负我，用阴凉、香气和花朵回报我。可是，你！你是多么无情啊！你的眼里一丝怜惜的影子也没有。

尚蒂德沃 苏尔玛，我是出家人啊！世界把我推向一边，我就在那道斜坡上滚落，不容我停下，不容我思想。你的话语，你的情意，我都觉得是那么虚妄，那么不真实。

苏 尔 玛 相信我！即便有人说，一辈子给国王编织花环是我的命运，那我也不能听天由命。你会消除我生命气息中的饥、眼中的渴吗？

尚蒂德沃 你可以不听天由命，可是，我想要什么，我自己眼下也无法明白。

苏 尔 玛 我明白了。你平日里趁着来买花跟我花言巧语，原来我在你眼里只不过是个寻常的卖花女子而已！可是你，你毕竟是出身名门的刹帝利啊，何况还是个出家人！

尚蒂德沃 苏尔玛，别这样！人生的道路十分漫长，切莫被欲望搅动得如此躁动不安。

苏 尔 玛　无情的人哪，你不解我心中的风情。出家人！你的信条在我这份情意面前……

尚蒂德沃　苏尔玛，冷静点！我要去参加一场考试，同时也测试一下自己的命运！近日王后拉杰谢利要为比丘们举行布施大会。我也去看看，命运会把我引向何方。然后我再来见你。（下）

（德沃笈多上场）

德沃笈多　啊！女花匠跟这花园一样美！这个，敢问姑娘芳名？

苏 尔 玛　（羞涩地）我叫苏尔玛。

德沃笈多　多雅致的名字啊！我可以在你的花园里小住几日吗？

（苏尔玛看着德沃笈多）

德沃笈多　你怎么不说话呢？这个茉莉花拂尘还没有完工呢，你真是心灵手巧啊！

苏 尔 玛　我一个人住在花园里，您一个外乡人……

德沃笈多　这有什么？谁不是一个人行走在这世上啊？遇见谁都是缘分。瞧，要是没有遇见你，谁给我安身之所呢？（笑）

苏 尔 玛　（独白）哪来的怪人呀？答非所问。怎么办呢？

德沃笈多　好吧，我肯定是要在你的花园里休息半个时辰的。然后，想赶我走就赶我走吧。

苏 尔 玛　好吧，我要把花饰送去王宫，这会儿您就在这里休息吧。

德沃笈多　你也要去王宫？

苏 尔 玛　是呀，我就是靠王宫生活的呀！

德沃笈多　很好，苏尔玛，你去吧，我趁这会儿恢复恢复体力。

（德沃笈多在一棵树下坐下来；苏尔玛一边编织花环，一边瞟他）

德沃笈多　啊，风儿多么馥郁！花香沁入鼻腔，渗进大脑，怡悦心情，令倦怠一扫而光。苏尔玛，你这地方太美了！（向苏尔玛看去）呀，拂尘做好了，真漂亮！真想吻吻那双柔软的巧手。

苏尔玛　（微笑）您好坏……我走了啊。

（带着花饰袅袅婷婷地走了）

第二场

（曲女城王宫一大殿）

揭罗诃跋摩　（忧心忡忡地与拉杰谢利进入大殿）亲爱的，不知为何我今天感到情绪低落，怎么也高兴不起来。心中冒出种种愁绪，把本来就脆弱的心搅扰得更加不安了。

拉杰谢利　夫君啊，您的心像喜马拉雅山一般沉稳。莫非您这样的人也会被不良情绪撼动或击垮？永远不会！

揭罗诃跋摩　虽然身处这无边的荣华富贵之中，可是今天，种种忧虑令我心力交瘁。

拉杰谢利　至爱的人啊，您为何事忧虑？

揭罗诃跋摩　这福德之地的王位，这纯朴善良、忠心耿耿的臣民，这河流纵横的肥沃国土，这北国大地上最美丽的花朵——你圣洁无瑕的面庞，都属于我，都是我自己的，可是……

拉杰谢利　（神色严峻起来）可是什么？

揭罗诃跋摩　可是这寥廓的蓝天上演了多少悲喜剧，上演了多少变幻无常。这天幕又是多么的黑，多么的……

拉杰谢利　别讲了，夫君，别讲了！为何要自弱心志，自添苦痛呢？

揭罗诃跋摩　人心天生就柔弱。种种贪念就像列强环伺一个小国一样围绕着它，一有机会就会站出来将它据为己有。

拉 杰 谢 利　您这是无谓的担忧。让心情高兴起来吧！也许歌声能为您消愁解闷，我把歌姬们叫来吧？

揭罗诃跋摩　不，亲爱的，打猎才是刹帝利的消遣方式。我想到边境地区的森林里去散心数日。

拉 杰 谢 利　悉听尊便，我今天也还要向比丘们布施呢。

揭罗诃跋摩　太好了。（下）

第三场

（苏尔玛的花园）

德沃笈多　我本是摩腊婆国国王，乔装周游列国。那天在爱神节上看到的那令人赏心悦目的一幕岂能忘怀？啊，多么迷人，多么美丽的容颜！

（摩图格尔上）

摩图格尔　大王，摩腊婆的信使来了。

德沃笈多　叫他进来吧，摩图格尔。我要在这里住上几日。

（摩图格尔出去把信使带入）

信　　使　大王万岁！

德沃笈多　说吧，有何消息？

信　　使　托大王的福，一切安好。宰相大人给陛下发来了一封信函。（呈上信函）

德沃笈多　（读）吾王万福……维罗森谨遵圣谕已率军移至约定地点；另有千名着各色民服之将士已随使者前至圣上附近，只待号令便可集结。臣唯有一事禀告圣上，万望谨慎从事。（笑，将信撕碎）宰相老朽了！去歇息吧！

（信使退下，苏尔玛上）

德沃笈多 来，苏尔玛。我的一位商人朋友也来了，你不会觉得麻烦吧？

苏 尔 玛 （把花饰放在一边）哈，麻烦！我已经习惯麻烦了。这不？我刚从王宫回来，听说大王到边境打猎去了。我一路走回来，眼看着王宫的富丽堂皇无所不有，忍受着对我寒酸贫苦的讥笑。这个花饰，这个茉莉花拂尘怎么办？这可是我一整天辛劳的所得啊！

德沃笈多 （同情地）苏尔玛，我可以把它买下来。

苏 尔 玛 您？拿去吧！

德沃笈多 你的国王不会不高兴吧？

苏 尔 玛 不高兴就不高兴吧。商人啊，我见到国王就害怕，每次去王宫都感觉是上刀山下火海，双脚发抖，好像发生了地震一样。

德沃笈多 苏尔玛，要是我也是哪个地方的国王呢？

苏 尔 玛 （朝德沃笈多看了一眼）您！您不可能是国王，不可能。您就跟我们这些人一样，您脸上的神采——唔，不管您是别的什么，反正您不可能是国王。

德沃笈多 哇，苏尔玛，你还会相面呢！

苏 尔 玛 （在德沃笈多旁边坐下）啊哈，多么宜人的夜晚——月儿澄明如洗，明净的天空闪烁着众神的灯盏——多么美妙！

德沃笈多 （独白）真是一个多愁善感的姑娘，她的内心一定隐藏着远大志向。（对白）苏尔玛，这样的夜晚需要美妙的歌声相伴，你会唱歌吧？

苏 尔 玛 （假装生气）哦哟！您倒得寸进尺起来了！

德沃笈多　（恳求）美丽的姑娘，唱一曲吧。请宽恕我的冒犯。异国他乡的这个夜晚将令我终生难忘。求你了！

苏尔玛　我不知道自己会不会，但是我唱歌——有时候当然要哀哭一下自己悲苦的人生喽！

德沃笈多　那就对了，苏尔玛！

苏尔玛　（唱道）

春梦已残，
渴盼未消。
你曾经情意绵绵，
如今却踪影不见，
恰似那清凉的湖水一去不返。
眼睑低垂，恹恹无力，
新起的乌云中雷声响起，
我似乎也听不见。
啊，无情的痛苦啊，我认输，
我已伤痕累累，气息奄奄，
苦人儿终日以泪洗面。
忘掉那人生的块垒吧！
春梦已残。

第四场

（大殿里，曲女城宰相）

信　使　（进入大殿）大人！出大事了，出大事了！

宰　相　快快禀报！

信　使　大王在边境地区游猎散心，可是……

宰　相　快说，快说，出什么事了？

信　　使　要打仗了！我们和摩腊婆王的国土接壤，他的军队最近在边界集结，故意找碴儿激怒我们大王，所以大王叫大将军赶快把军队带去。

宰　　相　可是，近日获得的关于都城的消息也让我担心啊。我已查明，曲女城的居民中混入了一些可疑的人。（略做思考）好吧，你跟大王说，我会派军队来，但始终要保持警觉。我会留下少量军队保护都城，因为塔内萨尔的援军无法及时赶到。我会向他们发出求援的信息。（信使下）应该把这消息也告诉王后。想起来了，今天她应该在布施大会上，我是先去那里见她，还是要先去派遣军队。多么可怕的危局！哎，我们每天目睹苦境，可是有谁像如来佛那样得益于此情此景？我在业海沉浮如此多时日，竟至今意犹未尽！先去找大将军还是先去找王后？（想了想）还是先去找大将军为好。

第五场

（神庙里，王后拉杰谢利和众出家人布施物品）

拉杰谢利　（向出家人布施衣服和钱财，尚蒂德沃上前）出家人，请问您尊姓大名？

尚蒂德沃　王后万福！我是尚蒂比丘……（停下来看拉杰谢利）

拉杰谢利　出家人，你是受过戒的人，可是你的心仍然……

尚蒂德沃　积善行德的人啊，您是说我吗？我的罪过……

拉杰谢利　是的，就是你！你德行有亏，而这是你首先应该拥有的。

尚蒂德沃　王后啊，我什么都欠缺！（独白）世上竟有此等尤物！而我，仅仅抬头仰望那不可企及的巅峰就会失足跌倒，迈步攀登就更别提了！

拉杰谢利 出家人，你在想什么？

尚蒂德沃 仅仅是在想自己的卑微渺小……

拉杰谢利 出家人，你要管住自己的心！你早已舍弃荣华富贵这条道路。假如你有什么特别的需要，我都可以满足，我能够设法让你一心修行。

尚蒂德沃 （独白）美貌、财富和力量竟能如此集于一身！

拉杰谢利 出家人，你为何沉默不语？

尚蒂德沃 我想要的是不可能得到的，所以，我什么都不要。

拉杰谢利 出家人！你这样会让我无法实现誓言。

尚蒂德沃 不，我不会接受施舍，我什么都不需要。（下）

拉杰谢利 薇姆拉，我为此事感到难过。

薇 姆 拉 王后啊，请别伤心。法事不是已经完成了吗？我们走吧。

拉杰谢利 好的，我们走吧！我的心告诉我，大王的圣旨就要到了。

薇 姆 拉 思夫心切多半会让人产生错觉。

（宫廷侍臣进）

侍　　臣 王后娘娘吉祥！宰相大人前来觐见王后。

拉杰谢利 让他来。

宰　　相 （进来后）王后娘娘吉祥！禀报王后……

拉杰谢利 快说，快说！

宰　　相 边境传来了备战的消息。

拉杰谢利 （沉静下来）宰相啊，禀报此事您竟吞吞吐吐！对一个刹帝利女人来说，还有比这更好的消息吗？您尽管去安排，我毫不畏惧。

（宰相下）

拉杰谢利 走，我们大家为胜利再祈祷一次吧。

（所有的人来到神像前祈祷、献花。神庙里响起狂笑声，拉杰谢利昏倒，周围一片漆黑）

第六场

（苏尔玛的花园）

德沃笈多　苏尔玛，看到你艰难地给花园浇水，辛苦地挑选花朵，还要把它们编成花环，我的心在痛。

苏 尔 玛　为什么？到今天为止，还没有人这么可怜过我呢！

德沃笈多　我的心知道，我会怎样回答你的这个“为什么”。这朵鲜花可以在祭拜爱神的时候为王冠增辉。

苏 尔 玛　生意人啊，过分赞美一个人是对他的欺骗。你的……

德沃笈多　别往下说了，苏尔玛！我不是生意人。今天，我把你当成自己人。告诉你一个秘密吧——我是摩腊婆国国王。

苏 尔 玛　（吃惊地）什么？！

信　　使　（进来之后）大王万岁！塔内萨尔国国王伯勒帕格尔伐弹那死了，罗阇伐弹那眼下还在五河地区跟白匈奴人作战。

德沃笈多　好了，退下吧！

（信使下）

苏 尔 玛　你，您——摩腊婆国的……

德沃笈多　是的，苏尔玛。跟我走，好吗？

苏 尔 玛　这是真的吗？不，大王！正如您的衣服是假的那样，您这话也不会是真的吧？

德沃笈多　不，亲爱的，我是你的仆人。

苏 尔 玛　啊，大神啊！这是多大的好运啊！不，一定是命运在耍弄我。

德沃笈多　美人儿，这不是耍弄，这是真的。

苏 尔 玛　可是我还要等尚蒂比丘啊!

德沃笈多　尚蒂比丘是谁?你想给他布施点什么，是吗?

苏 尔 玛　不是，已经布施过了!

德沃笈多　把这花园也布施给他吧，你不会再需要它了。

苏 尔 玛　好吧。

德沃笈多　你给我的布施让我得以延续生命，但是，苏尔玛，在我们离开这里返回摩腊婆国之前，此事切莫让他人知晓。

苏 尔 玛　好的，相信我吧。我走了。(神色慌乱地起身离去)

(摩图格尔上)

德沃笈多　边境有什么消息?我对大将军维尔赛纳的勇猛有信心，可对手也不弱啊。我带着这么多人身处他国都城，情势危殆，真不知该怎么办。

摩图格尔　边境上胜算很大。倘若没能取胜，您就迅速赶回摩腊婆，把全部罪责都推到宰相头上，自脱其咎，同时向曲女城国发出议和文书，因为世人都知道，摩腊婆王外出朝圣已有好些日子了。

德沃笈多　摩图格尔，我德沃笈多可是威震整个南瞻部洲的笈多王族的后裔!如今山中无老虎，猴子称大王了。我誓要荡平塔内萨尔和曲女城，复兴大业。

摩图格尔　有老天相助，您定能实现宏愿。

(探子上)

探　　子　大王万岁!大将军维尔赛纳在曲女城援军抵达之前发起进攻，我军在边境之战中取胜，揭罗诃跋摩重伤，眼下都城城堡内兵力也十分空虚。

德沃笈多　我估计，我的兵力比他们多。摩图格尔!听着——(对摩图格尔耳语数句之后说）——等更多的曲女城军队开往边境，你就按我讲的办法在城堡里集合我的全部士兵。口令是“胜利”。好了，去吧！

（众下）

第七场

（大殿里，昏迷的拉杰谢利及其女伴们）

薇 姆 拉 姐姐，怎么办？

葛 姆 拉 我也说不上来呀。神庙里发生那件事之后，我到现在也还是惊魂未定啊。妹妹，这件事太蹊跷了，难道是那天那里闹鬼了？

薇 姆 拉 姐姐，我倒是觉得，就是那个比丘发出的狂笑，而王后却以为那是神像发出的凶兆而害怕不已。

葛 姆 拉 瞧，瞧，她动了，好像想说什么话。

（宰相进。拉杰谢利坐起来，哭诉）

拉杰谢利 它笑我，是的，它笑我！它笑我祈祷！难道我的祈祷有什么差池吗？我说的话那么可笑吗？不，不，它是在笑我弱小。笑吧，接着笑吧！让我的祈祷淹没在你刺耳的狂笑中去吧！哈哈哈哈！

宰　　相 我还能对谁说什么呢？仅仅是自己的错觉就把她吓成了这样。要是把实情禀报给她，结果会怎样呢？厄运啊！你看看，你把一个金色的世界糟蹋成什么样子了！

（侍臣惊慌地跑来）

侍　　臣 大人！不知为何城堡里聚集了大批人群。百姓们说，他们要知晓大王的真情实况。

宰　　相 告诉他们，我马上就来。

（侍臣退下。拉杰谢利站起来，六神无主地走来走去）

侍　　臣　（返回后）大事不好啦！

宰　　相　快说，怎么啦？

侍　　臣　成千上万的敌兵跟那些百姓们混进了城堡。

宰　　相　啊？！那些想方设法进入城堡的人不是老百姓？那是敌人……（思索）

（一士兵进）

士　　兵　宰相，御林军总兵正集合将士抵御来犯之敌，他差我来禀报宰相——领头作乱的正是那个乔装成商人的万恶的摩腊婆国王。

宰　　相　（吃惊地）什么？摩腊婆国王？好，去吧，不要后退！只要有一个曲女城士兵活着，德沃笈多就占领不了城堡。

（士兵退下）

拉杰谢利　宰相！它笑我！

（后台响起鏖战声）

宰　　相　薇姆拉，王后待在这里不妥。

拉杰谢利　王后还能去哪里？

宰　　相　敌人已经进入了城堡。

拉杰谢利　去，去恭恭敬敬地把他们领进来。

宰　　相　天哪！

（德沃笈多率领取胜的士兵进。拉杰谢利拔出宰相的佩剑向德沃笈多挥去，德沃笈多抓住了她。王后昏倒）

（落幕）

第二幕

第一场

（苏尔玛的花园，尚蒂德沃独自一人）

尚蒂德沃 为什么要让我无缘俗世？父亲把我献给佛寺，难道因此我就要做一辈子僧人吗？他的心里对我没有丝毫的怜悯！当愿望的藤蔓在心之林中茁壮长成之时，我却发现，我在俗世已无用武之地了。苏尔玛，我人生中的第一粒火星，她也不见了！啊，那熊熊燃烧的火焰——拉杰谢利！（沉思）真笨！我竟无法确定，我这颗燃烧的行星该围绕苏尔玛转还是该绕着拉杰谢利转？曲女城发生了如此大的变故！在这里，苏尔玛也不知所终！我该怎么办？回寺庙去？不，寺庙不是我的安身之所。眼下就在这茅舍住下吧。难道我要在这里修苦行？不，好吧，且看命运如何安排。（看了看四野）啊，多么黑暗的夜晚啊！（躺下睡觉，二强盗上）

强 盗 甲 今天我们看到的那支军队是谁的？

强 盗 乙 是罗阇伐弹那的，来为拉杰谢利和揭罗诃跋摩报仇。

强 盗 甲 拉杰谢利也被杀了吗？

强 盗 乙 那倒没有，只是被囚禁起来了。我们就是来这儿蹚浑水的。这么说吧——要是我们把拉杰谢利弄到手，那就发大财了。

（尚蒂德沃翻身）

强 盗 甲 （看到尚蒂德沃）你是谁？

尚蒂德沃　我是怖声！

强 盗 乙　这倒可以从你那粗胳膊粗腿粗嗓子看出来。不过，你是干什么的？

尚蒂德沃　笨蛋，我是曲女城的强盗！你俩咋跑到爷的地盘上来了？

匪 强 盗　怖声大哥！我们也拜您为带头大哥。

怖　　声　那还差不多！你们可别单独去劫拉杰谢利呀。听明白了吗？！

二 强 盗　那哪儿能呢！可是，大哥，高达国的一股军队也开来了。把拉杰谢利从两股大军的夹缝中抢出来可没那么容易。

怖　　声　怂包！没这点儿能耐还能出来混？

二 强 盗　不，我们都是杀人不眨眼的亡命徒。

怖　　声　那就好。走，我们今晚去摸清两股大军都想干些啥。

二 强 盗　走！

（三人下）

第二场

（林中路上，潘底与几名兵丁上）

潘　底　呃，我估计，曲女城的边境离这里不远了。

兵丁甲　假如不是因为要浪费时间等高达国国王，我们今天就已经到了。

潘　底　讲好高达国国王纳兰德拉笈多今天到的，而且就在这片林子里，可是他怎么这时还没到呢？

兵丁乙　管他来不来。大将军，我可是为这份没缘由的友谊心里打鼓。太子殿下不知为啥这么相信他。难道我们自己就没能耐教训那可恶的摩腊婆国王吗？

潘　底　你说得对，可是，如果通过交好可以达到政治目的，那就不宜激起纷争。他也想跟塔内萨尔交好，为什么？不就是因为他服膺伐弹那王族的武力！

兵丁丙　请大将军进帐休息。如太子殿下有话，小人会禀报于您。您的营帐就在近旁。

潘　底　好吧。（向前看去）走过来的那三个陌生人是谁？

（怖声带二同伙上）

怖　声　（行礼）但愿我的心愿在大将军的照拂下得以实现。

潘　底　你有何心愿？

怖　声　我们是绿林好汉，但现在希望改邪归正，做英雄豪杰。德沃笈多是我们的宿敌，向他复仇是我们的夙愿。

潘　底　可是我怎么才能相信你们呢？

怖　声　难道您惧怕我们三个好汉吗？难道我们区区三个人骗得了一支大军吗？大将军，这样的蠢事我想都不会想！

潘　底　可是……

怖　声　我不知道怎么回答您的“可是”。大将军，英雄好汉不会随身携带证明信！假如无法取信于您，我们走便是。

潘　底　介绍介绍吧。

怖　声　我名叫怖声，他俩是我的生死兄弟。我将为您效劳，帮助您赢得胜利。

潘　底　你说什么？

怖　声　我知道曲女城城堡的暗道，借助暗道您很容易取得胜利。

潘　底　（略加考虑）你们无法给我造成任何损害，所以，我把你们编入五河营。（命令一兵丁）士兵！领他们去五河营。

（众下）

第三场

（营帐里，罗阇伐弹那、纳兰德拉笈多和潘底）

纳兰德拉笈多 恶魔德沃笈多真会乘人之危！你们兄弟俩正遭受着丧父之痛的折磨，他倒寻着了兴风作浪的机会！好吧，您要镇定自若地向前……

罗阇伐弹那 高达国国王啊，哪能镇定自若啊！向这帮恶敌复仇，立即对他们施以惩罚，是我人生的第一件大事。我要奋力复仇，否则我无法平复心情。

纳兰德拉笈多 您必将如愿以偿。

罗阇伐弹那 不是必将，而是已经开始。罗阇伐弹那绝非敌人怎么吹也吹不燃的死灰一堆。我满腔的复仇之火必将烧遍整个北印度才会平息。高达国国王啊，你是伐弹那王族的兄弟，你一定看到了，昌盛的塔内萨尔被许多国王视为眼中钉。我在五河地区痛击匈奴人，把他们赶到了贾兰塔尔一带。可是我发现，在赶走匈奴人之前我必须先在自己家里打一仗。

潘　　底 殿下，这何须担心！我们的刀剑惩罚敌人从不留情。高达国和摩揭陀国都是我们的朋友，只有西印度有战火。

纳兰德拉笈多 您丝毫不要担心，高达国和摩揭陀国的全部力量与您同在。

罗阇伐弹那 潘底，你决定用什么办法拿下城堡？我不想将它摧毁，围困则又旷日持久。

潘　　底　殿下，您别为此担忧！时候一到，您什么都会看到。您请歇息。

（信使上）

信　　使　殿下万福！

罗阇伐弹那　有何消息？

信　　使　城堡内军队很少，王后拉杰谢利也被囚禁在里面。

罗阇伐弹那　我想立刻发起进攻。

潘　　底　殿下别急，且静待一日。明日您将看到，胜利女神在欢迎您。

罗阇伐弹那　那就依你吧，潘底！

第四场

（城堡内一殿，拉杰谢利和薇姆拉）

薇 姆 拉　王后，头痛减轻了些吗？

拉杰谢利　薇姆拉，我浑身痛彻骨髓啊！苏醒之后，那些已经忘却的痛苦和折磨，这个世界给予我这短短人生的累累创伤，都一一复活了。好姐妹！要是你给我喂的不是药而是毒，那你就于我有莫大的恩德了。

薇 姆 拉　您要相信大神。

拉杰谢利　相信大神？！姐妹啊，我的一呼一吸都承载着我对大神的敬信。可是我觉得，我的祈愿，我的哀告，他根本就没有听见。

薇 姆 拉　不可一世的人都一个德性——他们的耳朵外面挂着珍珠圈圈，里面只容得下好听的话和悦耳的音乐，他们才不想听谁哀号呢。

拉杰谢利　随他们便吧。整个城堡都被敌人占领了吗？

薇 姆 拉　是的，所有的不幸全都发生了。

（德沃笈多上）

拉杰谢利　他是谁？！

德沃笈多　是我，德沃笈多。拉杰谢利，看到你安然无恙我十分高兴。

薇 姆 拉　恐怖的风暴把含苞待放的花朵打落在滚烫的尘埃中，竟还大言不惭地说“你安然无恙”。发疯的大象冲进平静的湖水，恣意践踏盛开的睡莲，竟还想对它施以抚慰。

德沃笈多　拉杰谢利，管管你这些婢女！我想跟你谈谈。

拉杰谢利　你？德沃笈多？你没资格跟我说话。我不是你的婢女。无耻之尤的骗子竟敢如此嚣张！

德沃笈多　美人儿！

拉杰谢利　住嘴！我清醒着呢，德沃笈多！我支配着自己的生命。我没有能够诛杀你，难道我还不能结束自己的生命吗？

德沃笈多　莫非你想把这王宫变成监狱？

拉杰谢利　即便住进地狱也没什么不好！

德沃笈多　那我就成全你。（击掌，四兵丁上）听着，从今天起，这些人就是囚犯。务必严加看管！让她们好好尝尝做囚犯的滋味。（下）

第五场

（夜晚，大殿里，摩图格尔）

摩图格尔　我来瞅瞅有什么情况。

（怖声在他身后拍了他脑袋一巴掌）

摩图格尔　（挠头）难道就是这情况？兄弟，你是谁？你我可曾相识？怎么见面就拍我？

怖　　声　难道你忘了？！我们曾在一起念书。你打了我一巴掌，然后就从学堂逃出来，当上国王的侍臣享起洪福来了。我这一巴掌是还给你的。记起来了吗？我的名字叫怖声。

摩图格尔　（做思考状）兴许有这回事！兄弟，兴许有这回事。那时候我是学生娃不懂事，现在你我都是大人了。可是，你我还是不该这样。

怖　　声　不打不相识嘛。你认出我来了，是吗？

摩图格尔　是的！你叫什么来着？

怖　　声　怖声。

摩图格尔　噢！难怪您说话像打雷。您拍我脑瓜儿干啥？这么晚了还来做客？

怖　　声　我马上就走。

摩图格尔　是啊，没必要惹上大麻烦。您会走得远远的吗？

怖　　声　闭嘴！你还没问我是来干啥的呢。

摩图格尔　您走吧，我这就问。请往那边走——（指路）

怖　　声　我是来会你们王后的。

摩图格尔　那您也该收拾得风度翩翩一些啊！瞧您那两道凶巴巴的胡须，翘起来活像蝎子的尾巴，不，不，像两根毒刺！呜呜，您这样子太吓人了——别让它们翘着，好吗？（伸手去理怖声的胡须）

怖　　声　（拍开摩图格尔的手）别兜圈子，告诉我，该怎么走？

摩图格尔　有两条路。一条通往富丽堂皇的王宫，那里住着苏尔玛；另一条通往牢房，那里住着拉杰谢利。您想会哪一个王后？

怖　　声　（吃惊地）苏尔玛！她是谁？

摩图格尔 什么？她是这个国家的新王后啊！难道您以为，打下江山之后，那帮国王还会留着前朝的王后吗？

怖　　声 她是哪国的公主？

摩图格尔 哎呀呀，就凭你这脑子还要去会王后？（见怖声拔刀，害怕）先把那玩意儿放进去，要不然我的小命就要飞出来了。

怖　　声 那就赶快说！

摩图格尔 是曲女城本地的一个女花匠。您进去……（害怕地看着刀）

怖　　声 （一边把刀送回刀鞘一边想）苏尔玛？王后？去德沃笈多的老婆那儿？去她那儿走哪边？

摩图格尔 这边（指了指面前），走那边您可以见到拉杰谢利。

怖　　声 好吧，现在该你休息休息了。

（开始捆摩图格尔的手脚）

摩图格尔 这，这是干啥？您就这样对待朋友吗？

怖　　声 闭嘴！（向一同伙挥手示意，同伙过来。把摩图格尔留在那里，怖声自己离去。同伙将摩图格尔拽走）

第六场

（花园里，苏尔玛和德沃笈多）

德沃笈多 苏尔玛，今天你要让我喝个够。明天我就要打一场恶仗。苏尔玛，你真美！

苏 尔 玛 至爱啊，你的赞美令人心醉！我飘飘然，快要把原来的自己忘个干干净净。啊，我竟然如此幸运！

德沃笈多 苏尔玛！此生我还从未遇到过如此销魂的时刻。护佑我此次冒险取得胜利的女神啊，你就是一杯洋溢着青春和美丽的佳酿，不为你疯狂才是咄咄怪事一桩！

苏 尔 玛　（左看看右看看）我在哪里？这光辉灿烂的未来从前藏在何处？眼前的良辰美景莫非都是幻境？（抓住德沃笈多的手）这一切都是真的吗？

（苏尔玛斟满酒杯递给德沃笈多）

德沃笈多　跟我夺取了曲女城国王宝座一样真实不虚。苏尔玛，不要怀疑！再给我添上一杯吧。

德沃笈多　（饮酒）苏尔玛，你看！天空撒播着星辰的花雨，柔情似水的月光在向你微笑，人生难得这美景良宵！苏尔玛，唱一曲吧！

苏 尔 玛　好吧，亲爱的！（唱道）

情如涟漪阵阵泛起，

谁能如何将它阻止？

它让你泪满眶，

它让你苦难当；

它让你哭泣，让你欢笑，

它让你企盼与心上人长相厮守，

它像一株不胜娇弱的含羞草。

德沃笈多　苏尔玛，甜美的苏尔玛！你是我人生的北极星！

幕 后 人　她是给你带来厄运的灾星！

德沃笈多　（吃惊地）谁？

幕 后 人　是我，苏尔玛花园的夜叉。仔细听着！赶快离开那不祥的祸水，否则你将在战争中丧命。

德沃笈多　夜叉？不可能！夜叉不是别的什么玩意儿，就是人。骗子，你是谁？

幕 后 人 我是夜叉。要是愿意，你可以射支箭试试，看它会不会掉过头来扎中你。我再次警告你——立刻让苏尔玛从你身边离开，否则你会后悔的。

德沃笈多 那我……

幕 后 人 是的，是的，就是你。如果你不想拥抱死神，那就让自己从苏尔玛的怀抱脱身吧。

（德沃笈多惊恐地看着苏尔玛，苏尔玛绝望地看着德沃笈多；远处传来喧哗声）

德沃笈多 这是什么声音？

幕 后 人 这是终结你美梦的声音——敌军攻进来了。笨蛋，还不快逃！

（德沃笈多惊恐地弃苏尔玛而去）

苏 尔 玛 我的至爱，你听我说，你听我说！（怖声上）啊，天哪！

怖　　声 美人儿！叫你走路的时候，你开始感到脚痛；歇脚的时间到了，你却脚底生风。你情意绵绵，温柔如水，可又是那么铁石心肠！你这女人，比霓虹还要艳丽多彩。你……

苏 尔 玛 你是谁？你不是夜叉，你的声音我似曾相识。

怖　　声 （脱下假发）相识？与你俩的相识犹如天边即将沉入地平线的星星，短暂的闪耀之后就会被黑暗湮没。哈哈，即便在你像一朵娇嫩的花儿楚楚可怜地伏在一个傻瓜的胸膛上嘤嘤啜泣的时候，你的内心也在笑他傻！你说自己愿意为爱献出生命，多少人会为你这句话奋不顾身！年轻美貌的苏尔玛，你这个骗子！认出我来了吗？

苏 尔 玛 认出来了，你是尚蒂比丘。你会宽恕我的罪过吗？

尚蒂比丘　苏尔玛，你现在知道自己错了？我当时跟你说，现在还不是时候，稍微等一等。可是你当时急如疾风，根本无法停下来等一等。啊，你这个骗子！

苏 尔 玛　尚蒂比丘，请你宽恕我！

尚蒂比丘　苏尔玛，现在不能！还不是时候。

（众下）

第七场

（牢房里，拉杰谢利）

那罗达多　谁不说大人物们的荣华富贵不是靠卑劣伎俩得来的呢？其中的秘密听一听就会让人冒一身冷汗。所谓的社会贤达其实是恶贯满盈的家伙；所谓的大王其实是搜刮民脂民膏，弄得多少人一无所有的家伙；所谓的判官其实是玩弄法律，害得老天要花时间为他重新断案的家伙。要是一个平头百姓干了大王德沃笈多干的那些事，他就会被冠以“小偷”“淫棍”“下流坯”这样的“美名”。（看了看拉杰谢利）啊，真是貌若天仙啊！看一眼就让人心生崇敬之心。

（其他看守上）

那罗达多　怎么，你们都到哪里去了？这么晚才来！

看 守 甲　您还不知道？出大乱子了。

那罗达多　什么？快讲！我不是一直待在这里嘛！

看 守 甲　罗阇伐弹那的军队打进来了。

纳罗达多　我们大王呢？

看 守 甲　还能去哪里？正在城堡大门口激战。

（幕后传来战鼓声和厮杀声）

那罗达多 好，你们在这里警戒。我去看看就回来。（下）

看 守 乙 哎，这个女妖精真是个累赘，要不然我们早逃命去了。

拉杰谢利 （苏醒过来）怎么，这厮杀声？

看 守 甲 你怕啥？不知有多少人战死之后才会轮到你！

拉杰谢利 有福的人啊，你竟如此惧怕死亡！问一问那些破碎的心吧，死亡对于它们是多么快乐的遐想。

看 守 乙 死神降临之前想象起来无论有多么美丽，但一旦到来，死亡的恐惧实在难以抵御。

拉杰谢利 问一问那骄傲的落日吧，它是多么急于投入大海的怀抱！问一问那绝望的心，它是否把如飞蛾扑火一样燃烧成灰烬视为幸运！你们身为士兵，慷慨赴死才是你们的本分！

看 守 乙 活着是你的本分，是吧？

（厮杀声起，怖声上）

怖 声 怎么，还有时间斗嘴？快去，赶快去参加战斗，大王有令。我受命把拉杰谢利转移到另一个地方去。

看 守 甲 那您一定带着书面命令吧。我们哪儿能随随便便就被支开！

看 守 丙 说什么疯话！他还能说假话？我们走吧。（独白）总算甩掉包袱了！

（众看守下）

怖 声 尊贵的王后！快走。太子罗阇伐弹那命令我带您远离战场。

拉杰谢利 什么？我的兄长罗阇伐弹那？

怖 声 是的。他说，战事可能非常激烈，您须尽快去一个安全的地方。

拉杰谢利 那好，走吧。

怖声 （略加思考，击掌，二同伙上）你俩带王后从那条暗道走，我随后就来。

（拉杰谢利和二强盗下。幕后传来苏尔玛的哭声和厮杀声，怖声带回苏尔玛，苏尔玛几乎人事不省）

怖声 苏尔玛，醒一醒！要不就没命了。

苏尔玛 谁？（清醒后）尚蒂？

怖声 别作声。不管你变得多坏，我还是要……

苏尔玛 我的尚蒂，我亲爱的尚蒂！

怖声 别演戏了。听，厮杀声越来越近了。啊呀，他们打过来了。

（怖声带苏尔玛离开。德沃笈多从一边上，罗阇伐弹那从另一边上）

罗阇伐弹那 卑鄙的摩腊婆人，你跑不了了！听着，你的卑劣马上就要完蛋了。

德沃笈多 爷奉陪到底。

（二人交手，德沃笈多亡）

（落幕）

第三幕

第一场

（路上）

苏尔玛 我们去哪儿？

怖声 随你的便，苏尔玛！你的急性子毁了两个人——我落草为寇，你沦为服侍一个好色之徒的娼妓。

苏　尔　玛　你把拉杰谢利藏到哪里去了？

怖　　　声　我也不知道。我的两个兄弟带着她逃走了。

苏　尔　玛　怎么，难道你迟迟不接受我的爱不是因为她的美貌？

怖　　　声　可是，是你唤醒了我对美貌的渴望。我那时想，该往哪里去？美色和荣华富贵征服了我，可是，苏尔玛，我没有忘记你！

苏　尔　玛　那现在我俩可以在这尘世一路同行啊。你考虑考虑吧！

怖　　　声　苏尔玛，让我们在这沦落的道路上一直走到底吧！不要半途而废。世界过去懒得抬眼看我们一眼，将来也不会抬眼看我们，那我也就不理会它了。要是我能干点什么，让它来关注我，来找我，那就对了！

苏　尔　玛　正合我意。你就这么做，我会伺候在你身边。

怖　　　声　那就走吧，去高达国军队的营地。

苏　尔　玛　到那儿去干啥？

怖　　　声　去了再告诉你，先要想办法进去。

苏　尔　玛　你谋划什么事情都特别快！

怖　　　声　这正好说明我单纯啊，苏尔玛！现在道德禁忌已经吓不倒我了。已经在这条路上走得太远，不可能回头。

（纳兰德拉笈多带着一个随从上，怖声和苏尔玛隐藏）

纳兰德拉笈多　朋友，这真是一个难题。罗阇伐弹那今天要来我的营帐，只有这一个机会。摩揭陀笈多王族的荣耀竟匍匐在伐弹那王族的脚下！我实在看不下去了。摩揭陀如今就像一条遭到诅咒的蛇，它已经吐不出信子，发不了威，这份憋屈我看不下去了。

随　　　从　正因为如此，您才被封在了偏远的高达国。同族诸王也十分忌惮您的勇武。

纳兰德拉笈多　可是，熊熊燃烧起来的火焰用什么办法都难以熄灭——那些办法反而让我洗雪耻辱的火焰烧得更旺。难道因为有亲缘关系他们就可以怠慢我？难道我只能靠谨守美德遮羞而处处甘居人下？不可能！今天就做一个了断。罗阇伐弹那将落在我的手里，结果了他之后，黄口小儿曷利沙伐弹那还不是任由我摆布？

随　　　从　可是，难道您要亲手杀了他？

纳兰德拉笈多　不，这怎么行？我需要一位勇士和一个妓女，这样他不仅丢了性命，也毁了名声。不过，先要找到这样的人才行啊！

随　　　从　要把这事办得纯属偶然发生的那样。请您吩咐，我这就去找人。

（怖声示意苏尔玛，两人现身）

纳兰德拉笈多　你们是谁？

怖　　　声　我们是歌人。

纳兰德拉笈多　（打量了一下，独白）嗯，这家伙会不会是帮我成大事的人？（对怖声说）你不是歌人。你脸上看不出一丝艺术气质来，倒是分明有几分杀气。

怖　　　声　人生艰难，只好铤而走险！说实话，为了追寻幸福人生，我愿意做任何事情。

纳兰德拉笈多　这才是男子汉大丈夫讲的话。你是个好汉！（朝苏尔玛看过去）你倒是一定会唱歌的。走，我需要你俩。

怖　　　声　那给我什么奖赏呢？

纳兰德拉笈多　事成之后论功行赏。今天我们邀请了罗阇伐弹那来我们营地，你俩要去的就是那个场合。

怖　　　声　（单独对苏尔玛说）罗阇伐弹那是你命里的扫帚星，对我来说，谁都可以成为敌人。说吧，怎么办？

苏　尔　玛　你想怎样就怎样，我全听你的。（独白）唉，没有第二条路，要是我说不去，那……就这样吧；走哪条路都要命。

怖　　　声　（对纳兰德拉笈多说）我们去。

纳兰德拉笈多　那就走吧。

（众人下，摩图格尔上）

摩　图　格　尔　老天爷啊，救救我吧，我再也不跟这些国王搅在一起了。哎哟，让那个怖声倒霉吧，不知道这家伙是从哪里蹦出来的！拉杰谢利也不知在哪里漂泊。苏尔玛真不走运！她王后才当了几天啊？我发了一个要找到拉杰谢利的誓言，这才得以脱身。可是我去哪儿找啊？那儿有一大片营帐，我就去那里吧。嗯，还有一股香气飘来。去那儿？不，现在就逃走吧。婆罗门啊，乞食度日也没啥不好，但绝对不去任何一个国王那里……（下）

第二场

（树林里，两强盗带着拉杰谢利）

拉　杰　谢　利　两位壮士啊，我很难过。你们想要钱财，可是我偏偏没有。在这广大的世界里，没有分毫快乐属于我。唉！人活着就是一口气啊，气尽则命绝。你们明明是人，为什么要让那些凶残的野兽相形见绌？我已经形同焚尸堆上的几捧骨灰，除了几块烧焦的碎骨头，你们还能掏出什么来呢？

强　盗　甲　可是我怎么能放过你呢？我怎么办？你总该给我弄点钱来吧。

拉杰谢利　你竟然如此愚蠢！我失去了王国，我失去了一切，我到哪里给你弄钱？

强　盗　甲　那我就把你卖了。（对同伙说）怎么样？这合适吧。

强　盗　乙　还能咋办？

拉杰谢利　那我还是死了的好！大神啊，愿你的心愿得遂！

（幕后传来歌声）

世人哪，
到如今你还在让灵魂沉沦？
赶快用爱之甘霖浇灌这苦难的大地，
赶快把你的脖子从贪欲的罗网中拔出，
赶快去慈悲的圣湖中沐浴，洗去身心的污泥。

强　盗　甲　啥情况？

强　盗　乙　我们这是在干啥呀！

（修道圣人日友上）

日　　友　刹那生灭的世界！谁没有被你在这广大的虚空里布下的幻象迷惑！我遍读经书，驳倒过多少饱学之士，让多少能言善辩者闭上了嘴巴，可是我的内心得到平静了吗？没有。那怎么办呢？还有大神的慈悲可以依靠。慈悲的大神啊，让这苦难的大地在你的怀抱里获得恒久的平静吧，让它消停下来吧！（看到有人）咦，这森林女神般的女子是谁？她为何如此满面愁容，郁郁寡欢？两位兄弟，你们是谁？

强　盗　甲　我们是打家劫舍的强人。

日　　　友　你呢，尊贵的女子？

拉杰谢利　当厄运降临，当困顿潦倒给一个人披上污浊的阴影，提及自己显赫的家世岂非辱没门楣？圣贤啊，我是一个孤苦无依的女人！我想了却自己的生命——我一心求死。

日　　　友　罪过啊罪过！尊贵的女子啊，自杀或者求死都有违天意。正如我们必须承受的苦与乐都是上天赐予的那样，生命也是它的馈赠。你且平静平静。两位兄弟，你们想要钱财还是想要她的命？

强　盗　甲　我要钱财。

日　　　友　那你去我的茅舍，把所有的物件都拿走吧。

强　盗　乙　可是，我只想请您赐给我内心的平静！圣贤啊，我为自己的所作所为感到痛苦。请让我拜倒在您的脚下吧。

日　　　友　（笑）好，我答应你。走，大家都到我的道院去吧。曷利沙伐弹那王子和遮娄其国的补罗盖辛在莱瓦河畔鏖战，伤亡众多。你们可以去照料那些受伤的人吗？

拉杰谢利　什么？曷利沙伐弹那王子？

日　　　友　是的，尊贵的女子。走吧，道院就在近旁。

（众人下）

第三场

（莱瓦河畔的战场上，战鼓声声。曷利沙伐弹那和补罗盖辛率领各自的军队上）

曷利沙伐弹那　遮娄其王，你是英雄！

补罗盖辛　北印度之王啊，此时此刻，我要检验检验自己的锋芒，因为今天我就要直面踏平了外敌匈奴大军的大英雄曷利沙伐弹那的剑锋。

曷利沙伐弹那　但是今天这仗我不打了。（举起手）停，谁也不要再舞枪弄刀。

（战鼓声停歇下来）

补罗盖辛　这是为何？为何休战？

曷利沙伐弹那　我并不想扩大帝国疆土。大地需要英雄治理，南印度已经有了这样的豪杰。马哈拉施特拉是一个治理得井井有条的英雄辈出之地。我的任务是保卫印度的北大门。

补罗盖辛　不行，不行，北印度之王！哪能靠嘴皮子结束一场战争？今天我要履行一个刹帝利的职责，跟你一决雌雄！

曷利沙伐弹那　绝不！你可以宣布取得了胜利，因为我的象军已经在你的马军面前畏缩不前。无论如何，这仗我不打了；我不会让这么多人白白丧命。遮娄其王，我请求议和。还想听我讲下去吗？我们不想建立一个大帝国。摩揭陀国力衰微，北印度因此遭到匈奴人的侵扰，我只好奋起迎战。另外，我的姐夫曲女城国王揭罗诃跋摩遭人暗算身亡，我的兄长罗阇伐弹那也被人杀害。我不是无缘无故侵吞别国领土的强盗。从迦摩缕波到索拉施特拉、从迦湿弥罗到莱瓦河畔形成了一个大一统的国家，这纯属巧合。[1]我别无他求。如果我能够给这么多国民带来福祉，如果我能够在这么大一片国土上履行为王之道，那我就不负此生了。

补罗盖辛 胸襟开阔的伟丈夫啊！我多么想跟你交交手，亲身体验你那痛击匈奴人的双手的威力！

曷利沙伐弹那 我敬佩你的英雄气概和你的万丈豪情。遮娄其王啊，我的心痛苦无比。我听说，我孤苦无依的姐姐就流落在这文迪亚山中。我想现在就走。

补罗盖辛 拉杰谢利王后还活着？

曷利沙伐弹那 是的，补罗盖辛！探子刚刚告诉我这个消息。南印度之王啊，我想就此告辞！

补罗盖辛 大英雄，您请自便！无论与您战还是和，我都视之为幸运。

曷利沙伐弹那 （张开双臂）那就来吧，兄弟！

（二人拥抱）

第四场

（萨罗逾河岸，无忧林。怖声与同伙坐在一起，面前摆着一尊面目狰狞的女神像）

怖声 苏尔玛，苦涩的酒到了你的手里怎么变得如此甘甜，如此绵柔？亲爱的，给我斟满！

苏尔玛 （递酒）接着。

怖声 到现在人还没到齐！苏尔玛，那个大唐僧人一定很

---

① 迦摩缕波指现在的阿萨姆一带，索拉施特拉指现在的古吉拉特沿海一带，迦湿弥罗指现在的克什米尔一带。此句描述的地区基本上涵盖整个北印度。

有钱！唱支歌吧。

苏尔玛 （唱道）

心中既然没有丝毫情意，
口中为何如此花言巧语？
旧时情意早已远远离去，
如今你又对我笑眼迷离。
遇见你我心中空余苦楚，
为这份甘甜我自讨苦吃；
痴情女以满腔情意相许，
负心人却让她望穿秋水。

怖　声 苏尔玛，你的心中竟然怀着如此之深的幽怨！苏尔玛，为了你，我从仙界堕入凡间——仅仅是为了得到你，可是你竟如此怨我！（做醉酒状）

（几个强盗带着玄奘上）

怖　声 哈哈哈哈！来了！怎么，来求取真经，总该带了些银两吧？

玄　奘 大头领，我没带银两。我懂一点点佛法，内心还有些许平静。你若想要，就拿去吧。

怖　声 笨蛋！我在多少具遗骸中见识过安详平静！我在多少穷人行乞时见识过安详平静！我诅咒那种平静。我追寻过佛法，发现它在故纸堆里、在大师们晦涩的言辞里哭泣，我不需要它。

玄　奘 那你需要什么？

怖　声 要么拿钱来，要么拿命来。拿不出钱来的，统统都要血祭给我的女神。

玄　　奘　知道谁需要饮血止渴吗？魔鬼需要，猛兽需要，而你是人啊。

怖　　声　哈哈！我的神像——我的凶暴女神——想要人给她作祭品。外国人，你看上去很健康。不久前我的手刚刚沾过王族的鲜血。啊，那血真红啊！那感觉真美啊！苏尔玛，还记得杀罗阇伐弹那那一幕吗？

苏 尔 玛　亲爱的，那一幕太可怕了！当时，我唱着歌，罗阇伐弹那手里端着酒杯，你站在那里。他醉眼迷离地看着我，他的随从一个个都喝得烂醉如泥。突然，趁着他向我递过酒杯要酒的当儿，你圆睁双眼，手起刀落，狠狠地劈了下去。就算心脏是石头做的，这一刀也能劈开，何况那罗阇伐弹那只不过是肉骨凡胎。

怖　　声　讲得好，苏尔玛！现在我看到血就高兴！外乡人，今天就拿你献祭，准备好了！

玄　　奘　让我做个祈祷吧。

苏 尔 玛　向女神致敬！

（众人跟苏尔玛一起狂舞，大唐僧人祈祷。突然，一阵狂风把四周吹得天昏地暗。众人纷纷惊叫起来——“大王，放了那和尚吧。”“是他带来了灾祸。”“放了他！”众人把正在祈祷的玄奘推了出去）

第五场

（日友的苦行道院）

拉杰谢利　除了痛苦，我的一生别无他物！但是现在，我也要将它抛却。圣贤啊，请允许我谨守妇道，与这无常的世界告别吧。让焚尸堆的火焰解除我每日遭受的煎熬吧！

日　　友　王后啊，我绝不能叫你这么做。这不是遵守正法，这是自杀。不能用烧死自己的办法来守贞。我无法说明白为什么造物主要造出这副躯壳让它受苦，让它在无尽的旅途上旅行，可是，我为什么对这副躯壳如此敬畏呢？因为大慈大悲的造物主的仁爱正是通过它才得以显现。王后啊，众生身陷诸苦方知向大神寻求庇护。他……

拉杰谢利 可是，圣贤啊，我的心已经失去了力量。请允许我自焚殉夫，请不要阻拦我追寻最后的快乐。（祈祷）

礼赞你海洋般宽广的慈悲之心，
礼赞你这贫苦无依之人的至亲；
礼赞这无限美好的世界，
礼赞这悦人心目的人间；
礼赞你救苦救难于深渊，
礼赞你造福信徒的圣殿；
礼赞大神，你这美德的化身，
礼赞大神，你这世界的主人。

（柴堆燃起来了，拉杰谢利正准备踏入火中，突然有人喊“停！停！”，出家为徒的那个强盗跑来了）

拉杰谢利 怎么了？

出 家 人 曷利沙伐弹那大王正在赶来。

拉杰谢利 谁？你是曷利沙，我的弟弟？

（曷利沙上）

拉杰谢利 过来，曷利沙！在这最后时刻，你的到来驱走了我所有的悲伤。

曷 利 沙 啊，大神！为何是这幅景象！在复仇的血海中淬炼过的心啊，你再坚硬些吧！姐姐，我杀戮无数，难道就是为了看到拉杰谢利自焚而死？难道就是为了让如此耀眼的王权再次讥笑我无能为力？北印度所有的国王如今都已匍匐在我脚下。这不是赴死的时刻，走，去看看你那些卑鄙的敌人有何下场。你要让我看到，伐弹那王族的女子有能力稳坐曲女城的王位。

拉杰谢利 曷利沙弟弟，大神把镶满宝石的王冠托付给你，不是要你砍下千百万人头用脚踢。为了寻回我的平静，你竟犯下如此暴行！曷利沙！你想想，你伤害了多少像我这样的女人！你这是怎么了？

曷利沙 （低下头）我错了！可现在如何是好？

拉杰谢利 你这就允准我自焚殉节，为你忏悔吧。

曷利沙 姐姐！伐弹那王族就我俩幸存。兄长罗阇伐弹那已经遇害，如今你也要离我而去，伐弹那王族竟沦落至此！那就随它这样吧，拉杰谢利！

拉杰谢利 兄长罗阇伐弹那也不在了？

曷利沙 是的，姐姐！他诛灭恶棍摩腊婆王、救下曲女城之时，表面上称兄道弟的卑鄙家伙纳兰德拉笈多将他谋害了！纳兰德拉笈多逃走了，潘底将军还在追击他。可是，我怎么办？（对日友说）圣贤啊！也给我一袭袈裟吧。

拉杰谢利 （从柴堆边退下来）弟弟！你也——！不，不能这样！为了你，我要活下去，我唯一的亲人！原谅我吧，我刚才太狠心了。

曷利沙 姐姐！在这如梦幻泡影的广大世界里，人生是多么短暂！所有的荣耀，所有的勇武，无尽的财富，无边的富贵，在伤心人眼中，在受难人面前，都了无意义。

拉杰谢利　弟弟，人生即苦。但是，我不知道你竟如此懦弱！我是女人，天生柔弱。弟弟，别跟我学！走，我们去分担他人的苦，分享他人的乐。

曷利沙　走，让我把自己靠勇武和刀剑夺来的财富分给应得之人吧。我们王族要习惯过清苦日子。

拉杰谢利　走，弟弟！尽我们所能为世人服务吧。到了晚年，我俩一起身披袈裟，出家修行。

（众下）

第四幕

第一场

（树林里，怖声一身出家人装束）

苏尔玛　今天怎么这身打扮？

怖声　苏尔玛，曲女城里下起了金银财宝雨！拉杰谢利要布施掉全部财物。我们是不是也该到那里去干一票？

苏尔玛　这下明白了！看到你这个样子，刚才我心里很不踏实。

怖声　是不是担心我又回去当比丘了？（笑）

（他的劫匪同伙扮成出家人上）

强盗甲　可是，我们现在去哪里？曲女城的布施大会快结束了。听说还会在钵罗耶迦这里布施，那个大唐僧人也会一道来这里。

怖声　大唐僧人！不知道为什么他竟然得到如此多的敬重！

强盗乙　（补充道）还有钱财！听说，五河国的乌底德拉杰王、迦摩楼波国的古马拉杰王和伐腊毗的特鲁沃帕德王也要来这里，曷利沙伐弹那大帝要布施掉自己的一切。

苏尔玛　那我也去吧。

怖　声　就这身打扮？

（苏尔玛去幕后把自己装扮成比丘尼出来）

苏尔玛　（唱道）

大神啊，

你的名字是所有信徒的福之所依，

你是我们人生的指路明灯。

大神啊，

吉祥的歌谣唱给你，

愿得到你的眷顾，你的庇荫。

（众人唱着歌离开，二比丘上）

达摩西提　奇耻大辱！那大唐和尚竟然如此博学！

师罗西提　大乘佛教！充满秘咒崇拜的歪理邪说！竟然坐大到了这种程度！如来大佛啊，你的至真至理竟然被糟蹋成了这个样子！

达摩西提　愚昧常得势，虚妄更魅惑，但那大唐和尚和曷利沙两人才是主因。

师罗西提　那怎么办呢？

达摩西提　会有办法的。瞧，那伙强盗扮成出家人过来了。这布施太离谱，这帮人都来掺和，布施本身也会走样的。走，还得向长老禀报情况呢。

师罗西提　长老可相当受刺激啊。

达摩西提　赶紧走吧。

（二人下）

第二场

（钵罗耶迦，恒河岸边，曷利沙及家人）

拉杰谢利　弟弟，潘底将军禀报了何事？

曷利沙　笈多王族的不肖子孙纳兰德拉笈多贪生怕死，他乞求讲和，说什么我们兄长遇害跟一个妓女有关，跟他没关。

拉杰谢利　饶了他吧，毕竟是亲戚。弟弟，放他走吧。我们今天要去布施，饶恕他吧，弟弟。

曷利沙　那就依你的吧。我的心不会宽恕他，我做不到。

（一卫士上）

卫　士　大王万岁！

曷利沙　快快禀报。

卫　士　玄奘大沙门今天遭到凶险的袭击，但他幸免于难。

曷利沙　大沙门遇袭！乱贼抓到了吗？

卫　士　没有，大王！他们逃走了。似乎有人因为教派仇恨策划了这起杀害大沙门的阴谋。

曷利沙　佛法也出了这么大的乱子！姐姐，你瞧，宽恕在任何地方都是有限度的！（对卫士说）去，让人击鼓通告：胆敢伤大唐高僧一根毫毛者，一律活活烧死！

拉杰谢利　走，弟弟！我们站在远处观看这场布施大会吧。

（众下，二“比丘”从另一边上）

比丘甲　就该这样干。这下佛法要遭殃了。

比丘乙　没有别的办法。

比丘甲　就该这样干。

比丘乙　他来了。

比丘甲　那就走吧。

（二人下）

第三场

（钵罗耶迦的另一个地方，苏尔玛上）

苏 尔 玛　好像戏要演完了！今天会出啥事？就听凭这么大的乱子发生？不行。那么，怎么办呢？我没有阻止他，再说他也不会听我的呀——成天砍砍杀杀的，他已经变成一个铁石心肠的家伙了！我在往哪里走？我还是那个我，可是水流已不再平静！我放声大笑，我狂歌乱舞，为的是在死水般静止的生活中激起波澜，不，这不真实，不能这样下去了！看到拉杰谢利我才知道自己身处何地，才知道自己在哪里！走，我能阻止！

（苏尔玛下，二市民慌慌张张上）

市 民 甲　出了这么大的乱子！

市 民 乙　简直是以怨报德嘛！

市 民 甲　不，兄弟！是混进来的那伙坏人干的。积大善行大德也可能造大孽哟！

市 民 乙　可大王真是神武！听说了吗？那卑鄙刺客的手抖得太厉害，没搞成事儿。

市 民 甲　逮住刺客没有？

市 民 乙　走，看看去。

（二人下）

第四场

（佛像前，曷利沙伐弹那大王、各路王侯和大唐高僧玄奘。曷利沙伐弹那将其金银珠宝等全部财产施舍净尽）

曷 利 沙　（对拉杰谢利说）姐姐，布施我一件衣服吧。（拉杰谢利给他衣服）人们不是为了争夺我的这些财富而大开杀戒吗？今天，我让它们全部离开我。即便有敌人想要我的命，我也可以布施给他。

（众人齐呼：“万岁！王中之王曷利沙伐弹那万岁！”）

玄　　奘　大王啊，看到这天神也难得一见的景象，我相信，这就是阿弥陀佛降生之地。

（卫士押怖声上）

拉杰谢利　高僧，也布施我一件衣服吧。

玄　　奘　施舍尽所有财产的女神啊，给您布施，我何其幸运！请您恩准我把在印度所学带回中土广为传扬。给您，女神！（给她衣服。曷利沙和拉杰谢利各持一件衣服站着）

潘　　底　大王，布施大会结束了，现在我也要索要点东西——请您伸张正义。

曷 利 沙　是他！那个壮士！你为何要取我性命？

（怖声不语）

潘　　底　大王，正是这厮杀害了大王的兄长罗阇伐弹那！当时我在追赶纳兰德拉笈多，眼睁睁看着他溜走了。

曷 利 沙　什么？是他？

众　　人　杀！杀！

拉杰谢利　安静！（看了看怖声）我想起来了，是的，就是他！你是尚谛比丘！

怖　　声　是的，王后！

曷 利 沙　什么？比丘！

拉杰谢利　是的，弟弟，他以前是比丘！我曾对他说：你要管住自己的心！你早已舍弃荣华富贵这条道路。可是，大神哪！

怖　　声　降旨处死我吧。呜呼，我的生命在燃烧，我的每个毛孔都在迸出火星……处死我！处死我！啊，大神哪！

拉杰谢利 弟弟，我们今天已经施舍掉所有的财产。今天是大斋戒的礼成之日，为何要留下一项布施呢？弟弟，把他的命施舍给他吧。

（众呼“女神拉杰谢利万岁”）

苏 尔 玛 （跑过来）王后，也对我施以惩罚吧。妇德的典范、慈悲的化身哪！请降罪于我吧！

拉杰谢利 是你！女花匠！

苏 尔 玛 是的，女神！我可以忏悔罪孽吗？

拉杰谢利 高僧，让所有的人今天都披上袈裟忏悔罪孽吧。请您给这两人也各施舍一件袈裟。

（玄奘上前给二人袈裟。有人给怖声松了绑）

玄　　奘 ‘大头领！我没带银两。我懂一点点佛法，内心还有些许平静。你若想要，就拿去吧。’有一天我曾对你这么说，今天我还这么讲。

（怖声和苏尔玛匍匐在地，向玄奘行触足礼。古马拉杰、乌底德拉杰等用大托盘端着王冠、珠宝首饰和衣物等上场）

曷 利 沙 这是为何？

古马拉杰 为了护持佛法，请您发愿行菩萨道。您若出家，谁来造福万民？君临天下您方能完成自己的本分。为芸芸众生服务的誓愿您怎可抛却？

玄　　奘 诚如斯言！大王，为了这正法之国的长治久安，您必须戴上王冠，接过权杖。

拉杰谢利 弟弟！你怎能出家为僧？你的职责是服务万民。你要树立治国理政的典范，给雅利安大地带来盛世太平。

（曷利沙低头接过王冠和权杖，众呼“万岁！王中之王曷利沙伐弹那万岁！”“万岁！女神拉杰谢利万岁！”。舞台上大放光明，天降花雨）

众　　人（齐声唱道）

愿天降慈悲的乌檀花雨，

愿饱受痛苦煎熬的大地重新焕发生机；

愿人间充满爱，愿人们广施怜悯，

愿纷争消弭，愿万物众生共享和平安宁。

（剧终）

维夏克

主要人物

纳尔德沃	迦湿弥罗国王
默哈宾格尔	迦湿弥罗国王的扈从，丑角
苏谢尔瓦	蛇族头人
维夏克	婆罗门青年
普列姆南德	维夏克的师尊
真戒	迦尼尔佛寺的住持
金德尔列卡	苏谢尔瓦之女
伊拉沃蒂	金德尔列卡的姐姐
拉姆尼	苏谢尔瓦的妹妹、金德尔列卡的姑姑
德尔拉	默哈宾格尔之妻
王后	纳尔德沃之妻
萨尔拉	歌女

第一幕

第一场

（迦湿弥罗的一片林地，附近有绿色田野，刚刚完成学业的婆罗门青年维夏克坐在一块岩石上）

维　夏　克　（独自吟诵道）

平静的心海边，
升起了第一抹红色的朝霞；
童年像初开的莲花，
散发着仁慈的花香；
美丽化身为森林，
礼赞着无始无终的大神；
杜鹃鸟啼鸣，
快乐地高唱着吉祥的歌谣，
生生世世的记忆，
化作朵朵鲜花纷纷绽放；
他是谁？他在何处？无人知晓，
快乐的人无心他顾。
美好时光一去不回，
沉沉暮色已将它湮没，
未来在何方？不羁的心付与谁人？

（独白）童年啊！自从你弃我而去，不满意、不知足以及种种强烈的欲念便在我的心里筑下了巢。巢中的鸟儿叽叽喳喳，不让我的心得到片刻安宁。青春为快乐而来——此言差矣！应该说，为了将来的幸福，青春时期充满了艰苦的拼搏。为了出人头地，我也踏上了追名逐利之旅。我要看看，命运给我都安排了些什么。小憩一会儿再

走吧。（靠在一棵树上）

（金德尔列卡和姐姐伊拉沃蒂穿着破衣烂衫来到田地摘豆角，维夏克向她们看去）

维　夏　克　（暗忖）如此美貌的姑娘穿得如此褴褛！真可谓——美人褴褛亦有色，娇花沾粉更添香。造化弄人啊！不过也对，宝石不也出自泥土吗？（又向她们看去）贫穷逼得她们只有靠吃豆角为生了。

（摘完豆角，姐妹俩来到一棵树下休息、唱歌）

金德尔列卡　（唱道）

姐妹啊！快乐是什么？

度过的时日，唯有苦相伴。

慈悲和爱怜，哪里看得见？

无情的世界，铁石的人心，

姐妹啊！快乐哪里寻？

维　夏　克　（来到姐妹俩面前）两位姑娘，你们是谁？可否告诉我，怎样才能分担你们的痛苦？你们的美貌胜过天仙，却为何如此悲伤？还有，你们为何要采摘豆角？

伊 拉 沃 蒂　（害怕地）对不起，我们以后再也不来这里摘豆角了。我家穷，没吃的，所以要摘些豆角填饱老父亲和我们姐妹俩之腹。要是您不让我们摘，我们就把豆角留下来。（把豆角全部倒了出来）

金德尔列卡　啊，无情的大神啊！

维　夏　克　别怕，别怕。我只是个过路人，不是这片林子的主人。你们叫什么名字？可以认识一下你们吗？

伊 拉 沃 蒂　我们是蛇族人苏谢尔瓦的女儿。我父亲曾经是这片土地的主人。那时候，我俩的童年充满了欢乐。可是，唉！

维 夏 克　别让过去那些事伤自己的心。请把你们的芳名告诉我吧。

伊拉沃蒂　我叫伊拉沃蒂，我妹妹的名字叫金德尔列卡[1]。

维 夏 克　果然是——

一如浓密的乌云间泻下的那道月光，
一如黑色试金石上留下的那抹金黄，
那身褴褛衣衫，竟衬得她美若天仙。

（金德尔列卡害羞，躲开）

伊拉沃蒂　公子，我们是穷人，您怎可如此取笑羞辱！

维 夏 克　姑娘，请原谅，我绝无此意。（稍顿）呃，你们怎么会落魄至此呢？

伊拉沃蒂　公子，刹帝利国王把我们蛇族人的土地全部抢去施舍给一家佛寺了。

维 夏 克　（独白）可不是吗？正是这样的勾当现如今叫作正法。谁有权把不择手段弄来的钱财用来“弘扬”正法？这样的人算善男信女还是恶棍？他们不知道，纵然他们用掠夺来的钱财建福舍、佛寺和神庙也洗不尽他们的罪孽。

伊拉沃蒂　从那时起，我们就过着衣食无着的苦日子，就算偷偷捡拾掉在地上的粮食粒儿，我也是提心吊胆的。

维 夏 克　哪里能见到你们的父亲？我刚从呾叉始罗完成学业，正在返家的路上，尚不谙世事，言辞不当之处还请两位姑娘见谅。

---

① 意为“月光”。——译者注

伊拉沃蒂　那您为何要蹚这浑水呢？

维夏克　师尊曾教导我说，必须帮助困苦之人。所以，我希望能为你们排忧解难。

伊拉沃蒂　公子，您是大慈大悲的人，可是，请您别惹这个麻烦。

维夏克　（独白）倘若不是因为我离开师尊踏入社会的第一天就遇见金德尔列卡，我绝不会惹这个麻烦。（对白）人生在世，谁能躲得过麻烦呢？

金德尔列卡　（独白）碰到好人了。可他怎么斗得过那些人呢？

伊拉沃蒂　我父亲住在罗姆纳格湖边，您可以在那里见到他。（看见佛寺住持走过来）这个住持特别凶，您一定要多加提防。瞧，他来了。我们赶紧走吧，不然……

维夏克　怕他作甚？你们走吧，我跟他谈谈。

（金德尔列卡和伊拉沃蒂离开，住持上）

住持　（自言自语）这片农田谁也不许碰。哦，对了，比起那些四足动物，更需要防范的是那些叫作人的两足动物。

（唱道）

有吃有喝莫戒忌，
人生一世且尽欢。
人说此乃贪念如黑蛇缠身须离弃，
人说世间快乐如梦幻泡影切莫恋，
我问苦求解脱为哪般？
娘亲动手打孩儿，
悲切痛哭后，孩儿依旧把娘唤。
眼前世界即一切，
它让你悲让你哭，

它也让你欢歌展笑颜——

追寻快乐唯有在这人世间。

维　夏　克　（现身）长老，后生有礼了。

住　　　持　神佛保佑。可是，你倒是讲讲，你为啥躲在这儿？我的庄稼……

维　夏　克　没被我啃光，您不用担心。

住　　　持　不，不是那个意思。这片地要养活好多像我这样的出家修道的人，所以必须得看紧点儿。

维　夏　克　这片地是谁施舍给你们的？你们对这片地有哪些权利？

住　　　持　（怒）你是谁呀？国舅大人？国王陛下的外孙了？关你啥事？

维　夏　克　我仔细想了想，觉得您没有必要吃下这么大一片农田产出的粮食，把自己喂得更肥吧。

住　　　持　莫非你有必要？滚，马上给我滚！不然我就让人把你当偷庄稼的贼抓起来，看你到时候还记不记得耍贫嘴。滚！滚！

维　夏　克　（向一边看去）哎呀，瞧，狼来了！

（住持吓得跌倒在地，维夏克迅速离去）

住　　持　（向四周看了看，爬起来）该死的家伙！这混蛋还真滑头。他幸好跑了，要不然我一棍一棍地砸碎他的脑壳（用棍棒狠杵地面）。

（苏谢尔瓦唱着歌上）

狂风起，绿波涌，舵朽怎堪渡？

四方静，阒无声，纷争起何处？

朔日夜，无星辰，舟楫横中流，

勿忧惧，可抵岸，此语谁人出？

住　　持　嘿，别踩庄稼！小心打断你的腿。

苏谢尔瓦　不，大人，我走的是小道。

住　　持　你当我是瞎子？

苏谢尔瓦　这本来是我们祖辈的土地，现在连过过路都不让？

住　　持　啥！啥！啥！你祖先的土地？笨蛋，你要看眼下归谁。你说这地方是你祖先的，那没准还是我爷爷、太爷爷、太太爷爷的呢。你在这里瞎转悠，是不是想证明这地方还是你的呀？滚远点，滚！（推苏谢尔瓦，苏谢尔瓦倒地后又站起来）

苏谢尔瓦　你那么贪心，还不如我一个有家有口的在家人呢。你逼得我把埋藏在心底的显赫过去搬出来，却又为什么那么容易发火？知道不，我就是当年威震罗姆纳格国的蛇族人苏谢尔瓦！我这两只老胳膊到今天都还有足够的力气灭了你这样的可怜虫！

住　　持　（尽管害怕但仍然吓唬道）老老实实走开，不然就对你不客气了。

苏谢尔瓦　老老实实走开？我犯啥罪了？你想吃我几棍？（举起棍子）

住　　持　（独白）我自己也有棍子，但还是喊几嗓子为妙。（大声喊）来人哪！打死人啦！庙里有没有人哪——

（五六个年轻比丘跑出来抓住年迈的苏谢尔瓦。金德尔列卡跑来）

金德尔列卡　我这正找他呢，他转眼就跑出来了。对不起，请原谅！请你们放他走吧。你们打我吧。请你们放了我的

老父亲。（下跪）

住　　持　啊呀呀呀，这是谁来了呀！放了他，把老头儿放了！按她自己说的做，放了老头儿，把她抓走！

（众比丘互相使了个眼色，放苏谢尔瓦，抓走金德尔列卡。住持离去，苏谢尔瓦昏倒在地）

（换场景）

第二场

（王宫大门附近的小树林，默哈宾格尔与维夏克）

默哈宾格尔　怎么，你认识我？我是谁？

维　夏　克　对不起，还不完全认识。不管怎么说，您是人，这我敢肯定。

默哈宾格尔　笨蛋，大笨蛋！看样子你还是个初生牛犊，刚挣脱学堂的枷锁跑出来，是吧？没学过朝堂的规矩，是吧？快说，你是谁调教出来的？我这就给他上上课。

维　夏　克　调教我的人跟您不一样，他后脑勺上不留小尾巴[①]，他的名字里没头衔，可正是他的道院调教出了一批批像您这样人模狗样的朝中重臣。

默哈宾格尔　我乃当今圣上——他的智力跟戏剧里的独白一个德性——的眼睛、鼻子和耳朵，你可知道？

维　夏　克　眼睛、鼻子和耳朵？不可能，脚或者脚上的灰尘还差不多。

默哈宾格尔　住嘴！瞎咧咧啥呢？

维　夏　克　瞎咧咧，谁比得过您啊。您快说说，智力怎么会跟独

① 印度教高种姓男子后脑勺上留小辫。——译者注

白一个德性呢？

默哈宾格尔 剧本里的人物独白的时候，观众听得见，站在跟前的其他剧中人却听不见——他们向祖师爷婆罗多[1]发誓没听见。同样，国王的智力足以让全国臣民守规矩，可就是无法教会自己做个公道人。

维　夏　克 那你们怎么跟他周旋？

默哈宾格尔 哎呀，真笨！笨得跟刚开始识字的娃娃似的！你应该问：没有我们这些留小尾巴的人，可怜的国王可咋办？他的日子怎么过？他动弹得了吗？谁为他出谋划策，排忧解难？

维　夏　克 好吧，好吧，您讲讲，您讲讲。

默哈宾格尔 大王若没有我们这帮人溜须拍马，他的脑子就会生锈；没有人在他面前唯唯诺诺，他就会气脉不畅，郁结于胸；我们不巧立名目向顺民征税，大王就只能守斋喝西北风。

维　夏　克 （转移话题）我想听你唱歌。

默哈宾格尔 你以为这里是戏院？

维　夏　克 只有风雅之士才懂文学和音乐，您美妙的歌喉有口皆碑，我早有耳闻啊。

默哈宾格尔 （乐滋滋地）算你有点儿品味。好，好，我唱。等等，让我酝酿酝酿情绪。（清嗓子）

维　夏　克 （独白）傻子，我这是跟你套近乎，想利用你。（对白）还要为情绪匹配合适的音色音调！唱好歌可真不简单……

默哈宾格尔 你这话说得也真够内行的了，心里先要定好调，然后

① 此处指古代印度戏剧理论大师婆罗多。——译者注

才能定好乐器的调。

维　夏　克　对，心中定好调，喉咙才定得好调。

默哈宾格尔　讲得好，讲得好，讲得太对了！好了，我献唱了啊。（清了清嗓子，然后扯着粗哑的嗓子唱起来）

天下乱纷纷，
黑白颠倒是非分不清。
瞎猫死耗子个个愚笨，
你要去把他人钱财吞。
你要吧嗒吧嗒说不停，
或早或晚你会变聪明。
别人无语你鹤立鸡群。
天下乱纷纷。

维　夏　克　太好了，唱得太好了！唱的是啥玩意儿呀？

默哈宾格尔　唱你脑袋瓜呢！还能是啥？从来没见过这么笨的人。你是哪里来的？滚远点儿！来人哪！

维　夏　克　对不起，对不起，可是我犯啥罪了呀？我只是个想寻求您庇护的卑微小人。

默哈宾格尔　好你个小犊子！你通过考试了。大人物的情绪都是阴晴不定的，他们动不动就发火，过会儿又忘掉了，没准儿突然想起来又会发脾气，这时候你就要像刚才那样说些中听的话帮他们泄泄火气。你现在可以跟我去觐见大王了。

维　夏　克　（独白）天哪，这个人难道不比会咬人的狗更可怕吗？他是染上了乱发脾气的怪病，还是在为显示自己高人一等找借口？（对白）大人，什么时候？

默哈宾格尔 另外找个时间再来吧。大王哪能这么快就见谁？对了，你觐见国王有何目的？讲讲吧。

维　夏　克 不为别的，只是想让大王听听一个姑娘的悲惨遭遇，求大王解救她。

默哈宾格尔 区区小事！那我很快就带你朝见大王，但是，到时候你可不要胡言乱语。

维　夏　克 大人到底是大王的近臣啊。有个佛教长老把一个姑娘关进了寺庙，我想让大王听听这个长老的恶行。

默哈宾格尔 什么？姑娘出家了，住进了佛寺，当上了长老。这个故事多么富有文学色彩！你这样没有文学品味的家伙竟然还想从中作祟？

维　夏　克 大人，您的耳朵又愚弄了您的智慧。有个长老抓走了一个姑娘，没有哪个姑娘出家。

默哈宾格尔 果真是这样？身为佛教僧人，竟然在神庙里养女人！

维　夏　克 不是神庙，是寺庙。

默哈宾格尔 好，走吧，我带你去觐见大王。

（换场景）

第三场

（王宫大殿，大王纳尔德沃坐在宝座上；一舞女跳着舞，唱着歌）

舞　　女（唱道）

林间响起笛声！

音符牵动我心。

为何理智相阻，

令我欲往不能？

黄昏如歌笛声飞扬，

一路小跑我奔情郎，
见他身影我抛羞怯，
笛声伴我舞伴我唱！

纳尔德沃　唱得美！再唱一曲！

舞　　女　（向大王敬礼，接着唱道）
青春之花已开，快来把花蜜采，
心之林间晨辉，如此清凉静谧，
布谷鸟的歌声，在把快乐传布。
看哪，一簇簇杧果花轻轻摇摆，
青春之花已开，快来把花蜜采。
微风在檀香树荫中漫步，
且让我呼出气息，它会令谁心动神迷？
黑蜂为何已与柔美的蓓蕾约会？
青春之花已开，快来把花蜜采。

纳尔德沃　侍卫，传旨赏赐舞女！

侍　　卫　遵旨。（舞女下）

纳尔德沃　今天默哈宾格尔没有上朝，他在哪儿？

朝　　臣　大王，今天他家设宴，我们都受到了邀请。他应该在忙这事儿。

默哈宾格尔　（跑来）救命啊，大王！胡说，完全是胡说！这帮人就想把我家吃空。他们一个劲儿地夸你大方，然后就把你吃得家徒四壁。也不管我邀请没邀请，他们都不请自来啊。

朝　　臣　大王，他是个吝啬鬼。成天说请客请客，可他从来没请人洗过手。[1]

默哈宾格尔 来人哪，端水来，请他洗洗手。瞧着点儿他长啥样，先给他洗！不管是从哪里搜刮来的，凡是属于你名下的钱财，都拿来请客吃饭吧！请吧！你们这些家伙，刚吃饱喝足就像个大学问家似的在那里指指点点起来了——这个太咸那个太淡，牛奶粥不够甜，乐都糖丸太稀松了，是不是啊？

朝　　臣 那得等我们傍晚到你家之后才会知道。

默哈宾格尔 哎呀，我的爷啊，想吃大餐，你咋不到富得流油的王公贵族们的府上去呀？那些人的府上天天都做马尔布阿甜油饼和乐都糖丸。要是你学狗儿守在大门外，残羹剩饭也能把你肚儿撑得圆圆的。

朝　　臣 你也太不斯文了！

默哈宾格尔 是啊，那些不请自到混吃混喝的人特别斯文。算了，算了，要是你去那些大寺院里混日子，你就不会馋乐都糖丸了。

纳尔德沃 眼下好多人对进寺院做住持趋之若鹜，有那么好吗？

默哈宾格尔 大王，我现在就要行苦行，好下辈子投胎做住持，不用交皇粮赋税，坐拥大片良田肥地，王公贵族见了也要鞠躬行大礼，还有徒子徒孙给揉脚捶背，简直是要啥有啥呀。

纳尔德沃 住嘴，蠢货！不许拿僧人开玩笑，他们是可敬的人。

默哈宾格尔 大王恕罪！刚才斗嘴浪费了好多时间。眼下就有个人

---

① 印度人通常徒手用餐，餐前需洗手。因此，“请人洗手”在这里的意思是“请人吃饭”。——译者注

在大殿门口等着来给大王讲述僧人们的懿德良范呢。您下旨，我就把他叫进来。

纳尔德沃　什么？有人等着？

默哈宾格尔　是的，有个人来诉冤情。

纳尔德沃　宣他上殿。

默哈宾格尔　遵旨。（出去领维夏克上殿）

维夏克　大王万岁！愿国祚绵长，万民安康！

纳尔德沃　向您敬礼，人间之神婆罗门！请讲，您有何事？

维夏克　大王啊，不让善业蜕变成罪孽是您这样威武圣明人君的责任。

纳尔德沃　这是何意？请细细道来。

维夏克　迦尼尔寺院的长老享用着王国施舍的无尽财富，却已变得忘乎所以，目中无人。身边簇拥着一群肥头大耳的闲人使他为所欲为，穷苦百姓的哀告他充耳不闻。他毫无缘由地把一个贫苦蛇族姑娘抓起来关进寺院，姑娘的老父亲四处哀告却求助无门。

纳尔德沃　什么？我的王国里竟会发生如此伤天害理的事情，而且就在都城附近！这姑娘是谁家的？

维夏克　大王啊，是蛇族人苏谢尔瓦的女儿。正是他的土地被您已经仙逝的父王抢来施舍给了寺院。

大臣　住嘴，笨蛋！朝堂上说话的规矩你不懂，怎么是“抢”呢？率土之滨，莫非王土，他想赐给谁就赐给谁。

维夏克　对不起，大臣！对不起！说话的规矩我懂，但朝堂上就不能说真话吗？倘若是这样，那就敬请原谅。因为，我初出茅庐，对朝堂的规矩还一无所知。

纳尔德沃 好了，人间之神婆罗门，您讲得足够了。（问大臣）怎么回事？这是王国的安排吗？太遗憾了。即刻调查这位婆罗门上奏的事情，要秘密进行。听好了，不得懈怠！本王要亲自断案。

默哈宾格尔 主子啊，这些都是扎在国王，哦，呸呸，王国身上的刺，必须用针给挑出来。古书上不是说嘛，“以牙还牙，以眼还眼”。

纳尔德沃 闭嘴，狗嘴里吐不出象牙来！大臣，赶紧去安排！退朝！

（大臣、维夏克和默哈宾格尔退下）

（换场景）

第四场

（寺院旁的大路上，一个神采奕奕的出家人唱着歌走来）

出家人（唱道）

你在寻找谁人？
哦，你在寻找快乐的化身！
爱是快乐之源，
它像醇酒一样使我们痴狂。
此即真，此即天堂，
此即功德之声，
此即善行善念之居所，
谁说世界虚幻不真？
谁说世界黑暗似陷阱？
奉献，利他，爱与真，
此乃颠扑不破之理，

与之相悖的夸夸其谈皆谎言。

愿天下太平人心安宁，

此乃原初力量之本心。

世间一切它拥有，

它乃一切之根本。

它是有还是无？

荒唐的问题且莫问，

在它浩瀚的慈悲之洋里摆渡吧。

它不是别的，

这广大世界正是它的显形，

你还在苦苦追寻？

嘿，它就是快乐的化身。

比　　丘　（从寺院出来）向您致敬！

出 家 人　祝你平安喜乐！请问你家寺院是何名称？住持是谁？

比　　丘　尊者，我家寺院名叫迦尼尔寺，住持是真戒大师。

出 家 人　寺院是否为客人提供膳宿？过路的沙门可否进寺歇歇脚？

比　　丘　尊者名号可否一闻？我好去向住持禀报。

出 家 人　就说普列马南德来了。

（比丘进寺后又出来了）

比　　丘　请您进寺用斋歇息。

（维夏克一路唠叨着走过来）

维 夏 克　（自言自语）真是哪壶不开提哪壶，不过也没关系，反正都要来这里。麻烦总是来得飞快，要是去得也一样快就好了！惹上这个麻烦对我有什么好处？完全是行善利他！别，兄弟，撒谎是罪过。要是没遇见金德尔列卡，说不定就生不出这份高尚情怀了。听说我的师尊普列马南德大师来了，就歇息在这家不正不经的寺院里。那个比丘一发现我准会扑上来咬我，不过还是没啥担心的，我非见到师尊不可。（高声地）嘿，有人吗？

比　　丘　（从寺院走出来）啥事呀？喊啥呀？

维 夏 克　我师父大驾光临，我想见他。

比　　丘　谁？你师父是谁？倒是来了个叫普列马南德的出家人，莫非他就是你师父？

维 夏 克　莫非你是抓走了一个姑娘的那个长老的弟子？

比　　丘　怎么，你想闹事？

维 夏 克　你是不是没学过戒律啊？

比　　丘　对没有教养的人，我用另一种“礼遇”相待。立马从这里给我滚蛋，这对你有好处。

维 夏 克　烂泥巴做的瓦器小火一烧就碎，年龄小的畜生一下子就会被惹急。这是官家的大道，你没权把我从这里赶走。倒是你赶快钻进你的牲口棚里去吧。

比　　丘　（束了束腰带）你不滚是吧？

维 夏 克　小心点，可别打成死结了。到时候解不开，勒得疼死你。（笑）

（真戒和普列马南德出来）

真　　戒　怎么了？为何争吵？（打量维夏克）

普列马南德　维夏克！你怎么在这里？（维夏克行礼）

维 夏 克　师尊，听说您来这里了，我也就来了。

普列马南德　你还没回家，是吗？

维　夏　克　刚走出师父的道院我就遇到了一件义不容辞的事情。您曾经教导我说，一个人的主要职责是无私服务、利乐众生和扶危助困。

普列马南德　做得对！把你遇到的事情讲给我听听吧。

维　夏　克　有些不好开口。

普列马南德　有什么不好开口的？你就明明白白讲出来吧。

维　夏　克　刚才款待过您的这位长老给一个家庭带来了巨大的痛苦，他把这家的一个姑娘关进了他的寺院里。

普列马南德　真戒长老，这是真的吗？

真　　　戒　你算老几啊？你说，你在哪门哪派受过戒？告诉你，仅仅剃个光头成不了沙门。你先说说，你有什么资格质问我？难道这就是你对款待的回报？你走，走远点儿吧！

普列马南德　我是永恒真理派的信徒，我的职责是唤醒世人的爱。俗世的规约给社会带来和谐，人人都应当遵守，你却明知故犯。你还不放了那姑娘？难道你要披着正教的外衣犯下滔天的罪孽吗？

真　　　戒　你走还是不走？

维　夏　克　师父，容忍也是有限度的。您别跟这个伪君子费口舌了。恶贯满盈时，报应必然到。

普列马南德　（诵道）

一人尚苦尔莫乐，
世人皆乐尔方乐。
莫以苦人了不起，
苦人终究苦自己。

（独白）好吧，我今天放过你，进你的寺院行乐去吧。但是，你记住我这句话——报应会来找你的。

真　　戒　来吧，来吧！哼，我见得多了！

（真戒和另一比丘走进寺院）

普列马南德　（对维夏克说）孩子，你现在去哪儿？

维 夏 克　师父，请您先告诉我，您怎么来这里了？至于我嘛，哪儿有使命召唤，我就去哪儿。

普列马南德　（想了想）对，你有不同的道路，你也需要走不同的道路。只有享受了种种快乐，心不再为之所动的时候，一个人才会达到完全离欲的境界。你必须在滚滚红尘中去做完你应当做的事。

维 夏 克　师父，好多人即便享受了快乐，满足了欲念，对欲念却不心生畏惧，他们的内心得不到平静，是吗？

普列马南德　是的。也能看到好多人从未享受过任何世俗的快乐，青春年少就获得了彻底的平静，达到了完全的离欲境界。这其中唯一的原因就是天性。所以，离欲的境界不是刻意求来的。当它成于内心，当纠缠的结被解开，心自然会充满极乐——

风儿爱抚，蓓蕾不会绽放，

时节一到，花儿自然芬芳。

维 夏 克　师父，就是说不必苦苦追寻，它该来就会来。

普列马南德　维夏克，看那边，莲花上的黑蜂群——

蜂群黄昏吸足花蜜，

蜜甜醉心彻夜不眠；

蜂群清晨翩翩飞舞，

莲花又把花蜜奉献。

（独白）傍晚吸食的花蜜让蜂群快乐得通宵不眠。早晨，蜂群又采到了花蜜，又心满意足了一整天。当心这朵莲花发育成熟的时候，意识这只黑蜂就会一直不停地吸食花蜜，并沉醉其中，欲罢不能。善行可以净化你的心，可以让高尚趣味占据你的心。所以，你要把行善行化为自己的理想，这等于给自己拓宽了一条提升灵魂的洁净道路。

维 夏 克 您还有何嘱咐？

普列马南德 还要嘱咐你的是：在有一颗纯净的心之前，哪怕是出于自私自利，你也要行善行。你要心怀高尚的目的，无所畏惧地去做你应该做的事。

维 夏 克 （向师父行触足礼）师父，弟子一定谨遵教诲！师父，您为何离开了道院？现在有谁在那里？

普列马南德 那里哪有空地方？觉得那里什么都不如意，就想做个游方僧人，看看大自然——

不要惧怕这纷乱的凡尘，

也不要用坏心眼吓别人。

择一条正直的路勇往直前，

莫上当受骗也莫把别人骗。

困顿无力之时亦勿弃正道，

破人生迷局纯净之心可靠。

（二人下。换场景）

第五场

（寺院一隅，被囚禁的金德尔列卡）

金德尔列卡 （唱道）

目光落在他身上的那一瞬，
他俊逸的身姿如一道闪电；
黑蜂吸食花蜜后沉沉入睡，
莲花却泛起了浅浅的红颜；
眼睑沉沉如饮甘醇含醉意，
双颊绯红幸有秀发来遮掩。

（独白）哈！爱情刚刚萌芽，灾祸就来取笑。灾祸像烈火烧烤我的心，爱情像清凉的月光洒在烈火上，心的沙漠一下子变成了绿洲。我闭上眼睛，在这间破屋里憧憬着爱情，好像置身天堂。那个凶神恶煞的老家伙百般引诱我，哼，看他敢让我再看到他！他们放了父亲，姐姐伊拉沃蒂会照顾他的。我已经准备好了作别这半是甘甜半是苦涩的人生。

（一比丘神色慌张地上场，屋外传来嘈杂声）

比　　丘 贱人，快滚！你给寺院带来了灭顶之灾。出去！站不起来了吗？

金德尔列卡 什么？怎么回事？我可以走了？

比　　丘 是的，是的，你走吧。赶紧走！

（纳尔德沃和被抓的真戒上）

纳尔德沃 （看了一眼金德尔列卡，独白）啊，这等美色在我后宫里也找不到啊！（对白）真戒，这就是你的“真”和“戒”的证明？

真　　戒 大王，她是来剃度出家的。

金德尔列卡 绝对不是！他撒谎。他殴打我年迈的父亲，我来求他放过他，结果他就把我抓到这里关起来了。大王，他是坏人。

纳尔德沃　（独白）美貌的力量就是这么强大，谁能不为之所动呢？（对白）真戒，你这卑鄙的蛆虫！作为惩罚，我要把你们从大地上抹掉，不然你们会让这个世界充满乌烟瘴气。将军！派人烧掉所有的寺院，整个王国所有的寺院！

将　　军　遵旨！

纳尔德沃　把这个“假戒”就关在这间屋子里，也点火烧了这家寺院。立即执行！

将　　军　遵旨！

（国王、金德尔列卡和其他人看着寺院被点燃。普列马南德和维夏克急奔而来）

普列马南德　大王！愤怒带不来公正。这是造什么孽呀？你到底是要匡扶正教，还是要毁灭正教？别的寺院和比丘何错之有？

纳尔德沃　（冷笑）您跟他们是一丘之貉，是吧？这帮家伙就该受到这样的严惩。住嘴吧您。

普列马南德　我跟他们不一样。大王呀，请不要滥用王权。权力是强者用来保护弱者的，不是拿来吓唬他人的。臣民有罪，应当受到恰如其分的惩罚，这才是正义。君王不可用更大的罪孽来惩罚罪孽。正义包括两个方面——惩罚和怜悯。君王应当以自己的行为垂范万民，让怜悯心等美德在臣民中大行其道。

纳尔德沃　（低头）谨遵教诲！

普列马南德 请收回成命，不要烧毁所有的寺院，不要把这片有着虔诚信仰和慈悲之心的土地变成野蛮横行之邦。你可曾听闻“民如其君”这句话？

纳尔德沃 一定按您吩咐的办！

维夏克 快离开这里！看，墙壁快被烧塌了。

（众人离开，墙塌）

（幕终）

第二幕

第一场

（山泉边，维夏克和金德尔列卡）

维夏克 金德尔列卡，这真是一个美丽的住所！林地是那么秀丽迷人，我怎么从前就没注意到呢？我们能永远像这样欣赏着风情万种的大自然度过一生吗？

金德尔列卡 维夏克，谁说得准呢？看到天边升起的乌云，谁知道它会降下甘霖还是冰雹呢？老天爷把未来小心翼翼地隐藏起来，还让它显得充满希望。

维夏克 亲爱的，今天我是不是也可以憧憬那充满希望的未来？可不可以在心里奏响情意绵绵的笛声？可不可以……

金德尔列卡 （打断维夏克的话）好了，好了，让它留在心里留在脑海里吧，说出来就没意思了。

维夏克 （急不可耐地）我还是要说——

即便忍受你百遍千遍斥责，

我也要道出心中万般苦愁；

让我说吧，说完我就闭嘴，
到你爱的江河里随波逐流；
我早已把这颗心交给了你，
不对，是你狠心把它抢走。

金德尔列卡 你现在倒是告诉我，我该说些啥？我可不能像你那样出口成章！心里的那堆货我也理不清，可是……

维　夏　克 可是，可是什么？把可是什么讲出来就行了。

金德尔列卡 就是——，跟你说话的时候，心里边不知冒出了多少心思。你说的话我都想答应下来，可是……

维　夏　克 可是，又来一个可是！喂喂，可是什么呀？

金德尔列卡 就是——，你想把我从我老父亲身边抢走，这也太吓人了吧。

维　夏　克 你以为我有那么无情？我不会把你带到任何地方去。我只是想……

金德尔列卡 （打断维夏克的话）不行！

维　夏　克 那我就什么都不说了。（装出要走的样子）

金德尔列卡 喂，你这是要去哪儿呀？

维　夏　克 看命运带我去哪儿吧。

金德尔列卡 你这人还真憨呢。好了，过来，走，我们去那片林子摘几个石榴。

维　夏　克 （严肃起来）不，金德尔列卡，现在可不是开玩笑的时候。你瞧，不远处就是深渊，可你却不想拉住我。

金德尔列卡 （往悬崖那边看了看，吓得一把抓住了他）不，不，你不能跳下去。我答应你，我是你的人了。

（幕后有人说："到底还是答应了。"）

金德尔列卡 伊拉沃蒂，姐姐，是你吗？

维 夏 克 我只是打个比方，可你真被吓住了。好吧，你这一怕帮了我的忙。

（伊拉沃蒂上）

伊 拉 沃 蒂 他让这可怜的姑娘缴械投降了。（金德尔列卡害羞）金德尔列卡，姑姑来这里了，她想跟你们说几句话。

（拉姆尼上）

拉 姆 尼 好孩子维夏克，看到你俩相恋我十分高兴。我兄长苏谢尔瓦这两天也要来这里。大王纳尔德沃把所有的田产从寺院收回后还给他了。（对金德尔列卡说）好闺女金德尔列卡，我对你说的话，永远都不要忘记。

金德尔列卡 姑姑，您的教导我放在心坎儿上啦。

（拉姆尼下，几个女伴上）

女 伴 甲 好哇，金德尔列卡，你竟敢私定终身！连问都不问我们一声。

女 伴 乙 喂喂喂，这有什么好问的！你也会这么做的。

女 伴 丙 去去去，你以为谁都学你？

女 伴 丁 几个疯丫头！先向人家姑娘、小伙儿道贺呀。来，伊拉沃蒂，你也加入我们当中来。

（大家围着维夏克和金德尔列卡载歌载舞）

你甜美的微笑刺穿了我的心，
你含情的目光摄走了我的魂；
生命中的第一首情歌令我心慌意乱，
一对纯洁无瑕的人儿从此心心相印。

（换场景）

第二场

（默哈宾格尔的家里）

默哈宾格尔 谁说我没情趣呀？要是把我心中的爱情抽出来，能装好几大水桶呢。我要谈情说爱了，我要谈情说爱了。可是，跟谁谈情说爱呢？可得想好了，免得被人笑话。对了，那天坐在维德斯达河边的那个长发飘飘的姑娘好是好，可是她的头发长得像把扫帚。嗯，她不行。对了，对了，那一个！可是也不行，她的鼻子太长了，长得都会招来鹦鹉当香蕉啄。不行，不行，她配不上我的爱。对对对，她比较合适。不不不，天哪，她的眼睛太吓人！好像被人打过，都鼓出来了。哎呀，真想不出谁合适呀！（左看看右看看）家里连个帮忙出主意的人都没有，难怪大人物都带着个跟班。（想了想）哈哈哈，真笨，兜了那么大一圈都不知道在身边找找，老婆不是现成的吗？不行，不行，她的两个鼻孔大得跟两个可怕的隧道口似的，可别啥时候打盹儿掉进去。啊，想起来了，那天去蛇族人苏谢尔瓦家，一个叫金德尔列卡，另一个叫啥来着？哈哈，叫伊拉沃蒂！哈哈，我恋爱啦！大王迷上了金德尔列卡，我呢，我迷上了伊拉沃蒂。问题解决了！现在，我开始恋爱了。让我来几声长吁，来几声短叹，洒几滴清泪，小亲亲，宝贝儿，给你当牛做马我也……（做陶醉状，其妻德尔拉上来抽他一耳光）

德　尔　拉 都这把年纪了还去抽爱情这口大烟呢。

默哈宾格尔 （吓得双手合十求饶）不，不，我不抽大烟，我抽大麻。这会儿就有大麻抽，是吧？

德　尔　拉　我给你抽，给你混着砒霜抽。哪个下流货撩得你这个糟老头子甘愿为她死呀？

默哈宾格尔　没有谁，没有谁，骗你是小狗。

德　尔　拉　没有谁？刚才你在说啥，老东西！老娘朝谁笑一下你都要吃一坛子醋，好像我真做了什么不正经的事。你都是六十岁的糟老头子了，还在那里闹第二春。

默哈宾格尔　（生气地）啥？你说我六十岁了？是可忍，孰不可忍！你瞧，我胡子还黑着呢，我眼睛还亮着呢！（掰着指头算）四十加五等于四十五，四十五加三等于四十八。我是四十八岁零十一个月零三周零六天零七个半时辰，也就是说，还不到五十岁呢。

德　尔　拉　（抓着默哈宾格尔的一绺头发拔下）那这是什么？！

默哈宾格尔　救命啊！那不是我的头发。我的头发是黑的，是的，是的，沾上了点儿石灰。根据经书的规定，我现在还可以结婚、谈恋爱，好多乱七八糟的事情我还都可以做。救命啊！我的头发是黑的。

德　尔　拉　沾上石灰的是你的嘴巴。

（默哈宾格尔擦嘴；德尔拉笑，又拔下了默哈宾格尔的一些头发）

默哈宾格尔　这个玩笑不好玩，别拔了。

德　尔　拉　还要谈情说爱吗？

默哈宾格尔　哎哟，你真是个大笨蛋。那都是闹着玩儿的。没有大王那样的威仪，能捞着啥呀？到现在还没能给你挣回一条月光项链呢。等大王哪天对我言听计从了，事儿就好办了。

德　尔　拉　这倒是实话。给我拿回一条月光项链来。

默哈宾格尔　瞧，一下子就融化了，就像酥油倒进了热锅里。一听到首饰的名字，立刻就变得温柔如水。

德　尔　拉　别贫嘴，把项链给我拿回来。

默哈宾格尔　好吧，好吧。

（二人手牵手唱道）

从头顶，到脚底，浑身像个首饰摊，
有啥吃，有啥穿，没有哪个把它管；
鼻穿孔，耳扎眼，又有哪个不情愿？
半身金，半身银，我俩爱情才圆满。

（看门人上）

看　门　人　大人，大王召您立即入宫。

默哈宾格尔　哎呀，我不……（跑，看门人跟在后面）

（换场景）

第三场

（御花园，国王纳尔德沃独自一人）

纳尔德沃　（唱道）

世界之美令人称奇，
杜鹃啼鸣歌声甜蜜；
南风送来馥郁檀香，
黑蜂呼唤鲜花绽放。

（独白）是心换了一个，还是时节变换了？心突然迷恋上了一个美丽的身影，而且越陷越深。慵懒倦怠，对什么都提不起兴趣，就像醉酒了一样，把自己折磨得伤痕累累的心竟然还在期盼受更多的伤害。来人！侍卫！

（侍卫上）

侍　　卫　大王万岁！请问有何旨意？

纳尔德沃　赶快把默哈宾格尔叫来。

侍　　卫　遵旨。大王，首相大人在外等候召见。

纳尔德沃　没时间。告诉他改天再来。去吧！（侍卫低头离去，纳尔德沃独白）心绪不宁的时候，一分钟也不想处理朝政。内心不平静，要这王国何用？只会令人徒增烦恼。荣华富贵只是拿来炫耀的，它不能给人带来快乐。一个坐在山泉边跟自己的爱人相依相偎的贫苦农夫不是也比我快乐吗？每个国家的智者都创制了一套规则让民众遵守，君王也受到这些规则的束缚。真想把那个美人儿强抢到身边，可是法律道德的那些条条框框！唉！

默哈宾格尔　（上场后）大王万岁！怎么，为伊消得人憔悴？

纳尔德沃　是的，默哈宾格尔！今天心情特别糟糕，怎么也安不下心来。

默哈宾格尔　呆呆坐着就会思绪万千，到处转转心情就会平静下来。

纳尔德沃　我该去哪儿转转呢？

默哈宾格尔　大王，没有比打猎更好的消遣方式了。

纳尔德沃　去维沙姆森林？

默哈宾格尔　不，不，那里有吃人的猛兽。去罗姆尼雅森林吧，那里可以找到好吃的东西。

纳尔德沃　胆小鬼！好吧，就去那里吧。

默哈宾格尔　（独白）真是一拍即合啊，那片森林香气袭人。（对白）好吧，我去叫人备马。

纳尔德沃　赶快去吧！（默哈宾格尔离去）在那里可以踏春，还可以见到梦中的女神。啊哈！

（默哈宾格尔跑来）

默哈宾格尔　大王，就在这里散心吧。她来了，歌女萨尔拉来了。今天就看她唱歌跳舞吧，明天再去打猎。

纳尔德沃　好吧。

（萨尔拉上）

萨　尔　拉　（唱道）

偷走我的心，你把它带去了何方？
情人啊，你为何要将我遗忘？
你为何要离我远去，
让我在爱情的烈焰中煎熬？
你为何要化作疾风离去，
让我们爱情的藤蔓枯萎？

（换场景）

第四场

（罗姆尼雅森林，维夏克的家，金德尔列卡和维夏克）

维　夏　克　亲爱的，我走了。我很快就会回来看你满月般美丽的面庞。

金德尔列卡　不，不，我不让你走。你必须走吗？我怎么办？

维　夏　克　我在这里不缺少任何东西。可是，一个无事可做的人会日渐懈怠，他的心会怠惰下去，所以，出去随便做点事情，我的心情会愉快一些，再说也可以挣些钱。

金德尔列卡　难道这么几天你就厌倦了？难道你已经讨厌我了？挣钱只是个借口，是吧？

维　夏　克　难道我也要像你那样闲待着？让你生活得更快乐一些难道不是我的职责？没有钱财难道能过上快乐的生活？我该怎么向你解释呢？

金德尔列卡　够了，够了，别解释了。得到了你，我的快乐就不再有缺憾——

享乐无止境，世上日日都会出现新奇的事物，
欲壑有多深，便有多少花样翻新的东西将它填满；
在这个世界上，只有知足者才能获得真正的快乐，
充满欲望的心湖里，只有宁静淡泊的莲花开得恬然。
爱人哪，得到你之后，我不再需要任何其他东西。
可是，不知你的心里藏有多少欲念？

维　夏　克　人要追名逐利，这是世道。难道我应当自外于世道？难道你认为这表明我对你的爱不够深？

金德尔列卡　我不知道世人想要什么，但我只想拥有你。我小小的心没有地方装下别人的事情，但是我——

不许丢下我孤身一人离去，
不许把爱情一分为二离去，
不许你离开这个家，
不许心灵离开身体。

维　夏　克　那你允许我做什么？

金德尔列卡　爱人啊——

我只想你做我的眼珠，
我只想你与我长相伴。

维　夏　克　你这么央求，我哪儿也不想去了。我在附近转转，你跟我去吗？

金德尔列卡 我在这儿看护秧苗，你去去就回来哦。

（一匹马在稻田里吃秧苗，金德尔列卡把它赶走了。纳尔德沃和默哈宾格尔上）

纳尔德沃 汗涔涔的马背上怎么留下了一只小巧的手印儿？默哈宾格尔，地方到了，是吗？啊——

见到她，我内心的煎熬顷刻间烟消云散，

多希望，她用金手印接受我对爱的礼赞。

（默哈宾格尔向纳尔德沃示意金德尔列卡在那边）

默哈宾格尔 您倒是说说，怎么招呼都不打就往别人家里跑呀？

纳尔德沃 看到令人心旷神怡的森林里有一户人家，我高兴呀。再说，这地方的客人都是不请自来的吧。

（金德尔列卡认出国王，施礼）

金德尔列卡 大王，奴婢向您请求宽恕，我不知道马是大王您的。

默哈宾格尔 不，不，有什么必要知道呀？偷吃秧苗就该挨巴掌。

纳尔德沃 姑娘，这就是你的家？

金德尔列卡 这间茅舍是奴婢的。大王，要是打猎打累了，您在这里休息休息吧。我没有好饭好菜款待您，就请您吃一些穷人家的野果、地瓜吧。

默哈宾格尔 跟在鹿屁股后面蹦来蹦去大半天，我可累坏了，不吃点儿饭我可走不动了，一步也走不动了。

（默哈宾格尔“扑通”一声坐了下去；金德尔列卡为国王搬来一个凳子，纳尔德沃也坐了下去）

纳尔德沃 姑娘，给你添麻烦了。

金德尔列卡 （端来牛奶）大王，哪里麻烦呀？家里有什么就拿什么招待贵客，我一点儿都不感到难为情，想摆排场也拿不出东西摆呀。

（国王和默哈宾格尔喝牛奶）

默哈宾格尔 喝畅快了。我要赐你一个祝福。（停顿了一下）好了，就祝福你当上王后吧！

金德尔列卡 人间之神婆罗门啊，这可不公平。请您不要诅咒我。我住在茅舍比住在王宫还要快乐得多。托大王施行仁政之福，我们住在山林也很快乐。

默哈宾格尔 说得对，臭虫的天堂是破衣烂衫。进宫享福的机会岂能轻易得到？

金德尔列卡 您这是什么话？是诱惑，还是取笑？

纳尔德沃 不，都不是。姑娘啊，纳尔德沃真心真意地想做你的奴隶。

金德尔列卡 我是不是又陷入了罪恶的魔爪？莫非道德只是挂在嘴巴上的东西？

纳尔德沃 别害怕，我只是想成为你的人。难道我如此诚心相求也不能把你融化？

金德尔列卡 国王啊，请您不要羞辱我，请您快快离开这里。

默哈宾格尔 得了，得了，没办法了。我们走吧，大王。

（二人离去）

金德尔列卡 大神啊，你赐给我美貌，同时也赐给了我这么大的麻烦！我要看看，什么样的结局在等着我。我不能把这事儿告诉我的爱人，要不然他会更加心烦意乱。现在只有大神帮得了我。大神啊，只有你能把我从这场苦难中解救出来。你能听到贫苦人的呼唤，来吧，来救救我吧，大神！不管你让我吃多少苦，我还是相信，

你会解救我，你不会让我走向毁灭。（唱道）

漆黑的八月朔日之夜，黑色的冰雹向大地倾泻，

乌云翻滚，恶浪滔天，大地一片恐怖之色；

心中充满恐惧，我寻找一只可以相牵的手，可迟迟未得，

你的身影像一盏灯在黑暗中亮起，从此我的生命有了依归。

（换场景）

第五场

（一云游比丘和一市民）

比　　丘　阿弥陀佛！此地民风为何如此奇怪？人们看见出家人也不礼敬，更不用说施舍斋饭了。（上前跟市民搭话）居士，愿你得佛法护佑。

市　　民　我不需要你的佛法。行行好，你到别处去吧。

比　　丘　怎么，佛祖的教导没有惠及此地？这里不在佛祖的慈悲国之内？

市　　民　别跟我套近乎，我没空跟你说话。你去看看那些寺院和佛塔的断垣残壁就知道答案了。我们把你们养肥，你们反倒来为害我们，这样的事我们再也不干了。走远点！（离去）

比　　丘　正法也会走向反面？功德也会变成罪孽？正法也会有兴衰？世尊啊，佛法怎么会沦落至此啊？

（默哈宾格尔上）

默哈宾格尔　一天讨不到斋饭，正法就泡了汤，大慈大悲大爱也见不到踪影了。大师您说说，怎么会这样？

比　　丘　居士，你的话没错。可是，如来佛祖的正法怎么会如

此废弛？

默哈宾格尔　呃，宗教变成生意之后，就会有赚有赔，这有什么好担忧的？想吃饭就跟我走吧。不过，你也得帮我做点儿事。

比　　丘　要是我不做事呢？

默哈宾格尔　那就找不到饭吃，不只是在我这儿，而且在整个王国。快说，答应不？

比　　丘　做什么事？

默哈宾格尔　在那些被毁坏的寺庙中随便挑一家，做它的住持。

比　　丘　别开玩笑了，瘸子才会做那些破庙的住持。

默哈宾格尔　呃，要是大王高兴了，他会帮你把你的庙重新建起来。当然，你得帮他做点儿事。

比　　丘　我还不清楚是什么事呢。

默哈宾格尔　罗姆尼雅森林住着一对夫妇，女的名叫金德尔列卡，她美若天仙，大王想把她弄到手。

比　　丘　我能做什么？

默哈宾格尔　等她去拜舍利塔的时候，你装成那里的神，命她爱上大王。

比　　丘　然后呢？

默哈宾格尔　还用问吗？然后你当你的宗教大师，我当我的朝中重臣，金德尔列卡当她的王后。

比　　丘　要是我不这么做呢？

默哈宾格尔　因为你知道了国家机密，你的秃头必须搬家。

比　　丘　如来佛祖啊，我该怎么办哪？（想了想）好吧，我答应。

默哈宾格尔 走吧，吃饭去。

（二人离开）

（换场景）

第六场

（暗夜，普列马南德坐在寺院舍利塔边）

普列马南德 （诵道）

我怎能不奉他为世尊？
无论是人，还是紧那罗，
无论你强，还是弱，
他广施慈悲，普照佛光。
我怎能不奉他为世尊？
他教导我们乐对一切苦，
他教导我们众生平等，
无论是棵草，还是神王因陀罗。
我怎能不奉他为世尊？

（独白）这是舍利塔，里面供养着佛陀的舍利，所以一直完好无损。早在这之前，好多生命就已经把遗骨留在这个地方了吧。蚂蚁也许也在这里啃食过遗体，然后它们又把自己的遗体献给了其他小虫子，生命就这样循环着！今晚我就在这里歇息，哪儿都不去，没准儿还能捉弄捉弄过路的夜贼。这么黑了，何必去打扰施主呢？

（普列马南德躺下歇息，比丘上）

比　　丘 好可怕的夜晚！黄昏才过去一会儿，天就漆黑了，太吓人了。就算脑袋搬家我也不在这里待下去，每时每刻都吓死人，那不等于死了几十次吗？还有那些毒虫子！越想越吓人，别想了。我还是逃走吧。难道金德尔列卡半夜来这里？她不害怕？是人还是鬼呀？好吧，坐下来吧。

（比丘坐下，普列马南德抽鼻子，听到声音后比丘惊恐地站了起来）

比　　丘　（语无伦次）谁谁……，我，我……（发抖，抽鼻子的声音停下来，比丘哆哆嗦嗦地又坐下来）

普列马南德　（独白）我倒要看看，这家伙今天要在这里干什么坏事。

（普列马南德又藏起来。比丘哆哆嗦嗦地念起经来。一只狐狸跑过，比丘吓得拿念珠砸了过去）

普列马南德　（独白）哇，把念珠当神盘[1]用！让我瞧瞧，他到底想干什么。

比　　丘　（捡回摔坏的念珠坐下）今天我这是干啥蠢事来了呀？连大神都变成狐狸来赶我走。怎么办？她还没来。早些年等姑娘赴约的时候比这还吓人，但那时一点儿都不怕。现在既没了那份激情，也没那股劲头儿了！要不然这算个啥！（昂首挺胸）好了，别忧心忡忡的了。一不做，二不休，豁出去了。（远处出现灯光）咦，谁来了？对，对，就是那个金德尔列卡。快藏起来！（藏到舍利塔的另一边）

（金德尔列卡提着一盏小灯走来，把灯放在舍利塔近旁，双手合十敬礼）

金德尔列卡　佛祖啊，我每天黄昏都来点灯，祈求您护佑我平安幸福。大慈大悲的佛祖啊，您大彻大悟无欲无求，可是，我只是个弱女子，是个在家人，希望过得平安幸福，怎能无欲无求啊。您忙于造福世界众生，而我那新建

---

① 神盘是大神毗湿奴的主要武器之一。——译者注

立的家——我的小小世界——要靠我的呵护。尽管这是我的一点私心，但我没法把它抛弃。佛祖啊，求您保佑我春天般的世界里不要遭遇寒冬。我柔弱的心满足于小小的快乐，可是那些大富大贵的人为何要来从中作梗？他们连这点小小的快乐都要嫉妒，难道他们想把全世界的快乐都霸占？您是我唯一的依靠，请教导我该怎么办。（唱道）

世尊啊，世界有你护佑赐福，
为何还有那么多忧，那么多苦？
我们只想简简单单地活着，
为何还要遭受那么多灾祸？
舵手啊，你且牢牢地把住舵。

（行合十礼，敬献鲜花，独白）今天太晚了。每天我都来这里，可是从来没有像今晚这么害怕过。家就在附近，我回去吧。

（灯灭，金德尔列卡惊恐。比丘藏在舍利塔后说话）

比　　丘　金德尔列卡，你虔心礼佛，我很高兴。（金德尔列卡跪地）

金德尔列卡　佛祖显灵，我太幸运了！

比　　丘　我要为你赐福。

金德尔列卡　有大慈大悲的佛祖保佑，我一定会幸福的。

比　　丘　去做纳尔德沃的王后吧！

金德尔列卡　（愠怒）什么！这，这是真话，还是考验我的话？不，世尊，请不要叫我这么做。我现在很知足。

比　　丘　你必须去做王后。

金德尔列卡　那你一定是躲在舍利塔里的恶神。我走了，以后再也

不来拜这个骨灰堆了。（正要走，比丘发出令人毛骨悚然的吼声，金德尔列卡被吓得跌倒在地。普列马南德现身）

普列马南德 别怕，别怕，我来了。（快步走过去逮住比丘，锁住其脖子，比丘尖叫）

比　　丘 啊！啊！有鬼啊！放了我，我再也不干这样的事了。

（维夏克提剑上）

维 夏 克 师父！弟子有礼了。（对金德尔列卡说）亲爱的，这是怎么回事？

普列马南德 这恶僧恐吓金德尔列卡，想诱她去做王后。我亲耳听出，金德尔列卡忠贞不渝，天帝因陀罗也拐不走她。不过，以后别让她一个人来礼佛了。

维 夏 克 恶徒！我砍了你的秃头！

（维夏克举剑，比丘吓得瘫倒在地，普列马南德阻维夏克）

普列马南德 维夏克，宽恕是最大的惩罚！

（换场景）

第三幕

第一场

（维德斯达河岸，纳尔德沃和默哈宾格尔）

纳 尔 德 沃 默哈宾格尔！你可知道？抽刀断水水更流，我对金德尔列卡的爱现在就处在这个状态。我的爱情不再像当初那样柔弱，已经变得坚不可摧；它抛开了当初的甜蜜，已经变得凶暴无比。

默哈宾格尔 可是我觉得那不是爱情，而是鬼迷心窍。

纳 尔 德 沃 你想藐视我的爱情？或者说你想检验它的真假？现在

我就可以听从它的指令，把这短剑刺进我的胸膛。（拔出短剑）

默哈宾格尔 是真的，是真的！快把它收回去，不然我的魂儿就要飞了，魄儿就要散了。爱情是个什么东西呀？它能指使刀子喝下成千上万颗心脏的血。也对，这可不是阿猫阿狗的爱情，而是国王的爱情。

（王后和众女伴乘画舫上）

众 女 伴 （摇着桨唱道）

山溪涨水大河满，
郎心情意正绵绵；
情郎轻摇小舟橹，
绿了彼岸荒此岸。

纳尔德沃 啊哈，王后今天也来了。

默哈宾格尔 （小声地）快逃。

王　　后 （下船）陛下，臣妾的到来没有给您添麻烦吧。

纳尔德沃 王后，你这话从何说起？

默哈宾格尔 坦白吧，大王！

王　　后 （笑）你说什么，默哈宾格尔？

默哈宾格尔 （胡诌）我在说山林好呀山林美。

王　　后 夫君，好久没见到您了。

纳尔德沃 难道我出远门了吗？

王　　后 可我觉得自己离您很遥远。

默哈宾格尔 这种几何原理我还真闹不懂。

王　　后 （唱道）

如果心已远去，

身与身相亲又有何益？

在你的美梦里，

心已在千里之外嬉戏。

纳尔德沃 （难为情地）王后，你这是在说什么呀？

王　　后 夫君！且听我话话凄凉吧——

蜜尽花谢黑蜂去，

云归雨停谁滋润？

叶干枝枯无草色，

园中热风正劲吹。

纳尔德沃 （握住王后的手）王后，请不要说这样的话。

王　　后 我本来不想说，但为了夫君您的福祉，我忍不住说了出来。

纳尔德沃 你以为自己远比我聪明？

王　　后 我何曾说过此话？可是，您看看朝政，多么令人伤心啊！您却一门心思……

纳尔德沃 够了！你走吧，我不想听这样的话。到林子里来散几天心，这算什么大不了的罪过吗？

（几个侍卫押一比丘上）

比　　丘 冤枉啊！冤枉啊！我犯啥罪了呀？

王　　后 这是怎么回事？

侍　　卫 默哈宾格尔说，大王下旨把这个比丘关进大牢里。他闹着要出来，他用头撞墙，想把自己撞死。

默哈宾格尔 那你们几个管他这个秃头干什么？把他带走！

王　　后 他犯什么罪了？

纳尔德沃 我也不知道。喂，怎么回事？

比　　丘　默哈宾格尔威胁我说，要是我不去那个古塔吓金德尔列卡，迫使她跟大王幽会，我就会被处死。

（纳尔德沃和王后向默哈宾格尔看去，默哈宾格尔欲逃）

王　　后　老老实实给我站好了！说，这是大王让你干的吗？

纳尔德沃　我什么时候叫你……

默哈宾格尔　大王，看到您那么难受，我，我就这么安排了。我都是为……

纳尔德沃　你撒谎！

王　　后　侍卫，放了那个比丘，把默哈宾格尔绑起来。

（侍卫们上前）

默哈宾格尔　救命啊！大王，又不是我喜欢金德尔列卡！救救我呀，不然……

纳尔德沃　王后！让他滚吧，他是个傻子。

王　　后　陛下！您是一国之君，又是我的夫君，难道这就是您的为君为夫之道？难道为非作歹就没有被惩治的那一天？难道您不会遭报应？请您远离心术不正的臣子，让他受到惩罚吧。

默哈宾格尔　救命啊，大王！她是怕您得到金德尔列卡，所以要我死，她哪是为了什么正义啊。

纳尔德沃　（独白）啊，金德尔列卡！（命令侍卫）放开他，你们都退下！

默哈宾格尔　谢主隆恩。金德尔列卡害怕的正是这位王后争风吃醋。

王　　后　闭嘴，恶心的蛆虫！你的舌头比毒蛇还毒。

纳尔德沃　王后，你先回宫吧。

王　　后　您已经踏上了邪路，我没能耐把您拉回来。后果将惨不忍睹，我不愿意看到它到来。但是，我告诉你们，邪恶的统治如建在沙子上的高墙，随时都可能轰然倒塌。我活着又能做什么呢？我走了！你们好自为之吧！

（纵深跳入河中）

（换场景）

第二场

（家中，维夏克和金德尔列卡）

维　夏　克　爱妻，我们该怎么办？

金德尔列卡　有佛祖保佑，你安下心来吧。

维　夏　克　怎么躲过国王这个色鬼的纠缠呢？爱妻，我们去雪山吧！那里有很多安全的山洞，我们可以在大自然的庇护下快乐地生活。

金德尔列卡　我愿跟你去天涯海角，可是现在哪有时间呢？我已经把消息传给父亲了。

维　夏　克　是啊，本该是黎民百姓的保护者，本该是危难中的靠山，现在却变成了凶恶的魔鬼，那我们有什么办法呢！国王应该为黎民百姓主持公道，现在他自己却成了肆意践踏正义的人，那我们还能怎么办呢！（想了想）爱妻，别担心！别害怕！

（默哈宾格尔上）

默哈宾格尔　维夏克！我想跟你说几句为你好的话。

维　夏　克　够了，闭嘴！看一眼你这种卑鄙之徒的脸都是罪孽。

默哈宾格尔　金德尔列卡必须入宫，可别等到更多的人白白丢了性命才去。

（维夏克拔剑）

维　夏　克　看剑！吞下你肆意羞辱他人的恶果吧！

（默哈宾格尔试图逃走，金德尔列卡试图阻止，但维夏克一剑刺死了默哈宾格尔）

金德尔列卡　夫君，闯大祸了！你这是干什么呀！这下可真没好日子过了。

维　夏　克（诵道）

当苟活不如死亡，
何须再如此忍辱？
如若有人苟且偷生，
众人说他不如狗猪。

（众军士上，维夏克被围，挥剑力战后被擒，金德尔列卡也被抓起来）

苏谢尔瓦　谁在这里放肆？

军　　士　没看见吗？这是大王的扈从默哈宾格尔的尸首。就是这个维夏克刚刚把他杀死的。

苏谢尔瓦　维夏克，是真的吗？

维　夏　克　是真的。他羞辱我，当着我的面诱拐我的妻子。在他眼里，我的妻子比娼妇还低贱！

军　　士　大王要亲自决断此事。走！

苏谢尔瓦　可是，金德尔列卡犯什么罪了？为何要把她带走？

金德尔列卡　父亲，让我去吧！我跟他一起去。别担心。

军　　士　老东西，闭嘴！别违抗御旨。

（二人被押走，拉姆尼、伊拉沃蒂和几个蛇族人上）

苏谢尔瓦　金德尔列卡和维夏克被抓走了。

拉　姆　尼　我们来晚了，不过别担心。

蛇族人甲　夫人，您有什么主意？

蛇族人乙　必须把金德尔列卡救出来。

蛇族人丙　就算丢了性命，也不能丢下她不管。夫人，下令吧！

蛇族人丁　我去把兄弟们都叫来。

拉　姆　尼　快去快回！

（普列马南德上）

普列马南德　难道要以不公正反击不公正？难道国王不是常人？他的也是血肉之躯，难道他就不可以犯糊涂？

拉　姆　尼　他哪是犯糊涂？他是明知故犯。

普列马南德　拉姆尼！不要火上浇油！要理智。

拉　姆　尼　难道我们只能一声不吭地坐在这里？

伊拉沃蒂　难道我们不去找妹妹？

普列马南德　国无宁日，无辜百姓遭殃，你们能从中得到什么？小心点，不要被冲动这个魔鬼牵着鼻子走。不要为了一桩犯罪，招致千百万生灵涂炭！不要让自己变成冰雹，砸向郁郁葱葱的大地！否则你们会后悔的。

苏谢尔瓦　那该怎么办？

普列马南德　摆出真理，相信人心，去要求得到公正。

所　有　人　好，那就先依您的吧。

（换场景）

第三场

（默哈宾格尔之妻德尔拉的家里）

比　丘　（自言自语）做了出家人还讨不到饭吃，你说我该怎么办？忍饥挨饿能坚持多久？西北风能填饱肚子？不走歪门邪道，我走哪条道？不管你是哪尊神，只要你能救苦救难，还愁没人信？你说是不是？天哪！（发抖）金德尔列卡的丈夫拔出宝剑的时候……还好，总算大难不死。瞧，我这不时来运转了？住嘴，胡说啥呢！你这是咋的啦？（想了想）没错，这婆娘嗜金如命。房子破破烂烂的，里面可藏着不少好东西。（看到德尔拉走过来，比丘闭目，正襟危坐）

（德尔拉拿着一包东西上）

德尔拉　给，大师！吃点斋饭吧，尝尝穷人家没滋没味的干饼子吧，顺便掉些饼屑儿消消我家的晦气。

比　丘　（睁眼）女施主，你回来了？啊，心地真善良！祝你平安吉祥。咦，带回的这是啥？斋饭？不，不，你日子苦，我不收你的斋饭，你有这份心我就很高兴了。（欲离去）

德尔拉　（独白）多好的出家人啊。（对白）大师，我一定做错了什么，惹你不高兴了。请您慈悲为怀，宽恕我吧。

比　丘　不，不，真正的出家人不拿穷人的施舍。刚才我打坐入定的时候，看出你最近遇上了大麻烦。

德尔拉　（哭）大师啊，您真是活神仙哪！您说得对，我真是个苦命人啊。就在几天前，我夫君叫坏人杀死了，连一点儿吃饭钱都没给我留下。

比　丘　（独白）我知道你是默哈宾格尔的妻子。就是那个坏蛋把我整得这么惨的。大王的随从，有钱得很呢。（对白）本来想帮帮你，可是不行，作为一个出家人，那样做会招来是非，所有人的眼睛都盯着我呢。（假装思考）不，不，我还是要发发慈悲。

德尔拉　大师啊，发发慈悲吧！请您帮帮我吧，我一辈子都感激不尽！

比　丘　我这慈悲一发呀就会传得沸沸扬扬，所有的人都会来缠我，要我把他们变成发财人。不过……

德尔拉　（独白）莫非他会点金术？（对白）为什么不能对我这个苦命人发发慈悲呢？过上了好日子，我会为您歌功颂德。

比　丘　好吧，闭上眼睛，双手合十，让我看看你命里有没有。（德尔拉照做）伊吉噜－米吉噜－奇吉噜－巴优加来－刷优纳率－奇吉滴－奇吉滴，啪！（停下）好了，睁眼吧。

德尔拉　（睁眼）看到了什么，大师？

比　丘　像海滩的沙子！

德尔拉　什么？像沙子？

比　丘　对，像沙子一样明晃晃的，又长又宽……

德尔拉　又长又宽！有多长有多宽？

比　丘　（生气地）赶得上你那张脸，还能长到哪里去宽到哪里去？

德尔拉　（匍匐下去行触足礼）转运了！我转运了！

比　丘　（摇晃着脑袋）转运了，当然转运了。可是，要是你到处讲，我就麻烦了。

德尔拉　绝对不会，请您施法吧。

比　丘　（大声命令道）把家里银的铜的统统都拿来！银的会变成金的，铜的会变成银的。（趾高气扬地）快去呀，大财迷！别耽搁！

（德尔拉把家里的首饰拿了出来，比丘做出吃惊的表情）

比　丘　好，伊吉噜－米吉噜－奇吉噜－巴优加来－刷优纳率－奇吉滴－奇吉滴，啪！黄金咕噜咕噜斯瓦哈，（指着一个坑）放进去，（德尔拉把首饰放进去，比丘把它们盖上）闭上眼睛，双手合十。（德尔拉照做，比丘带她念咒）好了，看吧！

德尔拉　怎么看呀？眼睛闭着呢。我睁开眼睛？

比　　丘　别别别别别，别睁眼，否则全飞走了。

德尔拉　那我怎么办？

比　　丘　听着！等我拜过神，献过祭品，你就开始说，明白了吗？

德尔拉　说什么？

比　　丘　我说什么你就说什么。

德尔拉　好吧。

比　　丘　献过祭品之后，咒语立刻见效。等着数金银吧！

德尔拉　等着数金银！（得意地摇晃脑袋）

（比丘假装拜神，德尔拉紧闭双眼，比丘把首饰全部掏出来打成包）

比　　丘　女施主，我去十字路口献过祭品就回来，然后再把坑打开。这中间你一定要紧闭双眼，不停地默念咒语，不然首饰全部都会飞走了。

德尔拉　好的。（德尔拉叽里咕噜地念着咒语，比丘卷走首饰。过了一会儿，德尔拉睁开眼睛，看到坑里空空如也，惊叫道）啊呀，全都飞走了。（昏倒在地）

（换场景）

第四场

（朝堂上，国王纳尔德沃坐在王位上，维夏克和金德尔列卡身着囚服）

纳尔德沃　怎么，维夏克，我的一番好意难道换来的是你对我的羞辱？竟敢杀了我的随从，你好大的胆子！

维夏克　当被告人坐在法官的位置上，当加害者把受害人押上法庭，我不知道该如何回答你的问话！

纳尔德沃 身为婆罗门，你也不要太过分，你也要受到王法的管制。你不知道自己也会受到惩罚吗？

维夏克 如果法律真能惩治罪恶，我俩谁先受到惩罚还说不定呢。

纳尔德沃 住嘴！侍卫！（侍卫上）

侍卫 大王，有何吩咐？

纳尔德沃 这个维夏克已经认罪。没收他的全部财产，然后将他逐出王国。

金德尔列卡 我呢？

纳尔德沃 以后再考虑如何惩治你。

金德尔列卡 我的罪名是什么？

纳尔德沃 我并非必须回答所有的问题。

维夏克 那我也并非必须离开这个国家。

纳尔德沃 放肆！侍卫，把他拉出去。

金德尔列卡 我也出去。

纳尔德沃 （怒）把两人都拉出去绞死！

（殿外传来嘈杂声）

纳尔德沃 出去看看，外面发生什么事了。

（一侍卫出去后又回来）

侍卫 大王，一群蛇族人来向大王请愿。

纳尔德沃 让他们的几个头人进来。

（侍卫带蛇族头人上）

蛇族人 冤枉啊！冤枉啊！

纳尔德沃 你们为何事喊冤哪？

苏谢尔瓦　您的士兵无缘无故抓走了我的女儿金德尔列卡和女婿维夏克，请您放了他们。

纳尔德沃　他杀了人。我已经根据他犯的罪，决定把他驱逐出境。你们不应该在这个问题上再说什么。

拉　姆　尼　大王！那我就当着所有大臣和蛇族头人的面控告你。我倒要看看，一个无辜的受害者因为强加的罪名可以被驱逐出境，一个真正的罪犯怎么还能坐在王位上！难道你没有迷恋金德尔列卡？难道你没有偷偷跑去乞求她的爱？难道默哈宾格尔没有受到你的唆使？难道你没有厚颜无耻地叫金德尔列卡弃夫入宫做王后？说呀，回答我呀！

纳尔德沃　不祥的女人！你不想活了吗？难道女人的身份能让你躲过死神？收起你那三寸不烂之舌！

金德尔列卡　这全是真的。国王纳尔德沃陷入了对我的迷恋，他才是这场灾祸的罪魁祸首。天理啊，你睁开眼睛吧！

众　　人　没天理啊！这不是借杀人偿命之名行迫害之实吗？必须考虑周全了。

纳尔德沃　你们想过没有？我们这是在法庭上，他杀人的事实铁证如山。

众　　人　难道法庭就不考虑事情的前因后果而随便迫害人吗？我们拒绝不公正的判决。

纳尔德沃　你们都好好回家去吧。

众　　人　那金德尔列卡和维夏克也必须跟我们走。

纳尔德沃　不可能！罪犯不可以就这么放了。法律不可以被肆意践踏。

众　　人　那我们也不走！

（普列马南德上）

普列马南德 国王啊，你可得小心了！怎么可以这样？孩子耍犟脾气，难道父亲也要怒气冲冲地跟他们学？君如民父。面对民怨，难道君王一次也不能忍让？

纳尔德沃 出家人，这不是神堂！你在这里没有发言权。

普列马南德 国王，你可得三思啊！

纳尔德沃 大法官！

大法官 大王，您有何旨意？

纳尔德沃 叫这些人出去，金德尔列卡和维夏克的绞刑暂不执行。

普列马南德 放了他们吧。国王啊，你应该给臣民带来幸福。你曾经因为她一个人受到迫害而下令烧毁成百上千家寺院。难道你这种公正为的是他人？国王！你那不是伸张正义，你那所谓的正义只是徒有其表。今天，你又要犯下同样的罪行！多么不可思议的因果呀！所以，我要说，只有上苍的慈悲才会给所有的人带来正义。你听我一句话吧。

纳尔德沃 出家人，你走吧。何必在这里喋喋不休呢？你这是白费口舌。你把那些人带走吧。

蛇族人 你不仁，那我们也只好不义了。我们今天非带走维夏克和金德尔列卡不可。

纳尔德沃 （厉声吼道）杀了这帮恶棍！

（士兵们攻击蛇族人。有人喊道："火！火！"，纳尔德沃吓得往内宫逃，蛇族人带着金德尔列卡和维夏克往外跑。大火迅速蔓延。普列马南德进入火中抱出国王，背着他走了）

（换场景）

第五场

（山林里，伊拉沃蒂的茅舍）

伊拉沃蒂 （走进茅舍）气愤！又是杀戮，流血！我听到的都是些什么消息啊！大神，你为何当初要把人陷在这摩耶幻境中？人总是被自己的兽性控制，动不动就打打杀杀。所有的理性，所有的智慧，所有的大道理，在兽性面前它们都像泡泡一样瞬间就化作乌有，涌起的却是惊涛骇浪！谁想得到，因为金德尔列卡会掀起这么大的风波。爱心，慈悲心，怜悯心……全都被抛到九霄云外去了，只剩下残忍、复仇和暴戾。我的神啊！慈悲之海啊！我的主宰啊！你为何要创造一个充满痛苦的世界？（祈祷）

愿只有幸福快乐，
愿没有痛苦悲伤；
愿国家富足，国民安康，
愿人人互助，个个坦荡，
愿君民同心，永无欺罔。

（普列马南德背着不省人事的纳尔德沃上）

伊拉沃蒂 （看见后）啊，有人受伤了！是您，大尊者？您一路把他驮回来的？我可以帮什么忙吗？

普列马南德 （把纳尔德沃放下来，让他平躺着）姑娘，每个人都有权帮助他人。他需要一点儿牛奶。

（伊拉沃蒂离开，普列马南德往纳尔德沃的嘴里滴草药汁，纳尔德沃恢复了一些知觉，伊拉沃蒂拿来牛奶）

普列马南德 现在你没有力气。来，喝点儿牛奶吧。

（伊拉沃蒂给纳尔德沃喂牛奶）

纳尔德沃 （恢复后说）神的使者啊！请您宽恕我的罪行吧。

普列马南德 罪行！纳尔德沃，罪行一个都不可以宽恕，这样那些罪行才能带来好的结果！仁人君子会引以为戒。不过，你已经得到了应有的惩罚，你现在犹如经过了烈火考验的金子。你的伤痛现在还没有平复，所以你就躺下吧。我再采些草药来给你敷上，你会完全好起来的。（离去）

纳尔德沃 唉，唉，我都干了些什么呀！我疯狂地掀起巨浪，好像被魔鬼附体了似的！我以为凭自己的力量能渡过激流险滩，可自己却被冲走了。是的，任何人都无权为了自己的荣辱恩仇使上苍创造的这个美丽世界陷入动荡。人一旦开始不讲正义，往往比野兽还可怕。人类社会把持权柄的人往往更喜欢奴役和依附，而不是自由和公正。所以，人的第一需要应该是自我约束，否则他就会发疯闯祸。

普列马南德 （进屋）说得对，纳尔德沃。你这个想法是正确的。疯狂、暴戾、怨怒等等都是梦魇，都十分荒诞。但是，你以前想到过吗？以前你尽在动歪心思，哪里思考过人的最高目的呀？好好思考思考吧。还想不想回去当国王？

纳尔德沃 不，尊者！不想当了。我不会再接受那顶把我引向疯狂的王冠了。心里有无边的悔恨，让我把它倒出来吧。师尊，我要寻求您的庇护，请让我恢复内心的平静吧。

普列马南德 纳尔德沃！你今天成了真正的国王。今天你才掌控了自己的心，你获得了一个真正属于你自己的王国。谁不占据自己的心之国，谁不能给它带来完全的平静，谁就不能控制住它。无论何时何地，你都会得到上苍的护佑。

（金德尔列卡抱着一个男孩到来）

金德尔列卡 大尊者！这个男孩是在王宫里碰到的。愤怒的蛇族人认为他是王子，要杀死他，但我想方设法把他救了下来。

纳尔德沃 （看孩子）感谢上苍！在这场熊熊林火中，你的庇荫让这株幼弱的杜伯草幸存下来了。我可爱的孩子！

普列马南德 慈悲的化身啊，愿你人生永远顺利！你是美好妇德的范例。你让纳尔德沃获得了重生。

金德尔列卡 谁？纳尔德沃……我都认不出来了……

纳尔德沃 女神啊，宽恕我吧，宽恕我这个罪人吧。（把孩子揽进怀里）

金德尔列卡 国王，你曾在色欲之火中痛苦煎熬，我可曾从中助你分毫？没有。金色的火焰让你患上了眼疾，害得你到处寻找旃簸迦花。可是，那旃簸迦花美丽的颜色可曾持久？不过，这件令人悲伤的事将是永远的见证，它会一直向你诉说你的软弱之处。愿上苍赐给你内心的平静。

维夏克 （进屋）这是怎么回事？你是纳尔德沃吗？还活着！

普列马南德 维夏克，我的爱徒！复仇是野兽的本能。纳尔德沃已遁世出家，他跟国家再无瓜葛。倘若你愿意听从我的话，你就用宽宏大量的心把他原谅，把这个孩子带去，教导他成为造福万民的一代明君。履行完你的职责，你也要踏上我的道路，来寻求永恒的平静。

维　夏　克　谨遵师命！

纳尔德沃　维夏克兄弟，请原谅我。

维　夏　克　愿上苍宽恕你。

纳尔德沃　我要向上苍祈祷，请他赐给我平静。

普列马南德　祈祷吧，你会得到平静的。

纳尔德沃　（坐下，双手合十）

我心中的每一个角落，
发出婉转柔和的声音，
有时它变得高亢激越，
那是我的心灵在号哭。
月儿虽受惊扰，但它无动于衷，
月儿无情无垢，因它无心无灵。
月儿云中酣睡，清辉顿然隐匿，
观月无味无趣，你来正当其时。
有了你的触摸，我心变得真实，
满身恶因恶果，使我羞愧难当。
心中每个角落，一一为你打开，
如今你已看到，我的全部过往。

（剧终）

阿阇世王

主要人物

频毗娑罗	摩揭陀国国王
阿阇世王	摩揭陀国王子，后继位为王，其昵称为库尼佳
乌达延	乔赏弥国国王，频毗娑罗王的女婿
普罗森吉德	拘萨罗国国王
维鲁特迦	拘萨罗国王子，剧中曾化名为沙兰德尔
乔达摩	佛陀
舍利弗	佛陀的弟子
阿难	佛陀的弟子
提婆达多	与佛陀为敌的出家人
萨姆德尔达多	提婆达多的弟子，简称为萨姆德尔
吉沃迦	摩揭陀国的御医
瓦森德迦	乌达延的弄臣，丑角

班图罗	拘萨罗国大将军
苏达多	拘萨罗国司库
狄尔克卡拉延	班图罗大将军的侄子，也是他的副将，有时简称为卡拉延
鲁布特迦	猎人
瓦萨薇	频毗娑罗王的大王后
切尔娜	频毗娑罗王的小王后
伯德玛沃蒂	摩揭陀国公主，乔赏弥国王乌达延的二王后，有时简称为伯德玛
玛根提	乔赏弥国乌达延王的小王后，剧中曾化名夏玛
瓦萨沃德达	乌贾因国公主，乔赏弥国乌达延王的大王后
沙格蒂玛蒂	释迦族女子，拘萨罗国的王后之一
摩莉迦	班图罗元帅之妻
萨尔拉	摩莉迦的女仆
巴吉拉	拘萨罗国公主
纳维娜	宫女

第一幕

第一场

（大厅里，阿阇世王子、伯德玛沃蒂、萨姆德尔和猎人鲁布特迦）

阿 阇 世 鲁布特迦！你怎么今天没带小鹿来？我的小豹子跟谁玩？

萨姆德尔 殿下！他变得太坏了，好多天都不听我的话了。

鲁布特迦　殿下！我可是个听话的奴才呀。今天我抓住了一头小鹿，可是它妈妈可怜巴巴地盯着我，我就把它给放了。请殿下恕罪。

阿闍世　好啊，那我就来给你松松皮吧。萨姆德尔！拿鞭子来！

萨姆德尔　（把鞭子拿过来递给阿闍世）给您，好好祭祭它吧。

伯德玛沃蒂　（抓住鞭子）库尼佳！这才没几天，你竟已变得这么冷酷无情。你为什么要打他？

阿闍世　他不服从我的命令。

伯德玛沃蒂　是我叫他别听你的，他有什么错？

萨姆德尔　（小声地）难怪他这几天尾巴翘那么高，谁的话都不听。

阿闍世　这么说，你就是这么教他不尊重我的？

伯德玛沃蒂　教你趋善避恶是我的职责。走吧，鲁布特迦，走吧，走吧。王子啊，去打猎的时候，你应该帮助那些温顺的动物，而不是冷酷无情地把它们抓来供自己玩耍。

阿闍世　你太过分了，我忍受不了了。

伯德玛沃蒂　生而为人，应心怀慈悲，凶猛的动物才残忍无比。

萨姆德尔　公主，在这个世界上，为慈悲和慈爱而生的已经有女人了，难道还需要男人也女人气一点儿？

伯德玛沃蒂　住嘴，萨姆德尔！男人就一定要残忍吗？阿谀奉承会把未来的国王变成坏人。

（切尔娜上）

切尔娜　伯德玛沃蒂，你在打歪主意！在鸡毛蒜皮的事情上伤库尼佳的心，吓唬他，你这是阻碍他长成健全的心灵！

伯德玛沃蒂　母后，你在说什么呀！库尼佳是我弟弟，我将来的幸福还要指望他，我怎能不告诉他做人的道理？难道我应该眼看他陷入奸佞小人的诡计却一声不吭？

切　尔　娜　那你是想把他变成胆小鬼？懦夫的手里握得住国王的权杖吗？

伯德玛沃蒂　母后，难道凭借铁腕和残暴就能把王国治理好？栽种一颗这样的毒树难道正确吗？现在库尼佳还是个少年，正是接受正确引导的好时候。孩子的心就像刚平整出来的松软土地，既可以栽种荆棘，也可以栽种花苗。

阿　阇　世　你让他违抗我的命令。你就不怕别的奴才也效仿，个个都敢拿我的话当耳旁风？

切　尔　娜　这是怎么回事？

阿　阇　世　我叫鲁布特迦抓头小鹿来跟我的小豹子玩，结果被她搅黄了。它今天怎么玩？

切　尔　娜　伯德玛！你到底希不希望他好？你竟然要他学出家人那一套愚蠢的非暴力说教！他要当国王，他要治国理政，你不能把那帮叫花子的胡说八道教给他！国王的最高职责是维护正义，它的根基就是惩罚。难道你不知道，惩罚需要使用暴力？

伯德玛沃蒂　母后，请原谅。我依然认为，做一个合格的人比做一个合格的国王更重要。

切　尔　娜　你何其阴险狡猾！你从乔赏弥回来，为的就是把库尼佳培养成一个无能的国君，有朝一日把他的国土兼并。

伯德玛沃蒂　母后！够了，别再羞辱我了。我今天就回去！

（瓦萨薇上）

瓦　萨　薇　好孩子库尼佳！好多天没看到你了。这些天为何不去我宫里？一切可安好？

（抚摸阿阇世的头）

阿　阇　世　不，母后。伯德玛不回乔赏弥，我就不到你宫里去了。

瓦　萨　薇　为什么？伯德玛是你姐姐啊。她做错什么了？她可是个纯朴善良的好姐姐。

切　尔　娜　（生气地）她纯朴善良，你也纯朴善良！从今天起，库尼佳不许再靠近你。你要是识相，也别跟他套近乎。

瓦　萨　薇　切尔娜！妹妹！你这是在说什么呀？我的好孩子库尼佳！可爱的库尼佳！天哪！我不能见他了？我做错了什么——

阿　阇　世　就是这个伯德玛，她三番五次拆我的台。我叫人做什么，她都要从中作梗。

瓦　萨　薇　切尔娜，怎么是这样啊？你为什么要点燃家庭不和的火焰？帝王之家要什么没有——

孩子一起玩耍，爱在心中萌生，
兄弟互敬互爱，奴仆快乐恭顺，
女主人脸开朗，男主人心中静，
全家其乐融融，家道如何不兴？

切　尔　娜　那些没吃没穿的人才想要这些。富贵之人才不管那么多呢——为何要那么隐忍？

瓦　萨　薇　你是不是连我都要羞辱？伯德玛是我的女儿，也是你的女儿，你有权说她。但是，你比我小，为何要在孩子们面前没大没小没规矩？你这不是在用坏榜样害孩子吗？

切　尔　娜　（独白）哼，我小，看你还能大到哪一天！（对白）不管是大还是小，我才是他的生母，我才有权管教库尼佳。他将来要当国王，绝不能让他接受那帮叫花子的说教。

伯德玛沃蒂　母后，走吧，离开这地方！要不然我一个人走了啊。

瓦　萨　薇　孩子，我走！可是，切尔娜，你好自为之吧！虚荣心是人的大敌。

（伯德玛沃蒂和瓦萨薇离开）

第二场

（频毗娑罗王独坐沉思）

频毗娑罗　（自语）唉，人们明明看到了生命短暂易逝，却还是要为它深筑根基。暗蓝色的天幕上，那些明亮的字符写就了人的命运，它们开始渐渐隐去。等拂晓来临，人们为了求生存，又要沉溺于纷纷扰扰的你争我斗之中。当然，大自然还会让黑夜降临，试图通过它把神秘的命运和人生的真谛向人们解释清。可是，人类何曾听得进？人类不满足于平淡而牢靠的现实，他们心甘情愿为虚妄的勃勃野心赴死，竭力向上攀爬，哪怕摔个粉身碎骨也在所不惜。

（切尔娜上）

切尔娜　难道下面的人就该待在原处？难道他们就没有往上走的权利？难道这就是上面的人心中的公平正义？

频毗娑罗　（吃惊地）谁？切尔娜吗？

切尔娜　是的，陛下！是我。

频毗娑罗　你的话我听不懂！

切尔娜　万物众生都在尽力改善自己的处境。陛下，谁不希望拥有更好的处境呢？地位高不等于其他人都可以被视为草芥。

频毗娑罗　你这是什么意思？

切 尔 娜　是这样的：我小，所以不能做正宫王后。瓦萨薇总是想在这件事情上贬低我。

频毗娑罗　切尔娜！成何体统！你是王子的生母，敬重敬重瓦萨薇不会让你矮人一分。她也从来没有怠慢过你。

切 尔 娜　这种话可哄不了我。陛下，我的血管里奔流的是离车族人的血。那种无声的羞辱，那种暗含的仇视，我本来就不能忍受，现在又开始公然欺负我的库尼佳，那我……

频毗娑罗　够了！你的指责毫无道理。你把伯德玛沃蒂气走了，你管教的库尼佳把我的话当耳旁风。你想挑起什么事端？

切 尔 娜　我想防止发生事端。您今天必须宣布立库尼佳为王。

（瓦萨薇上）

瓦 萨 薇　陛下，我也赞成此事。

频毗娑罗　谁？瓦萨薇？

瓦 萨 薇　是，陛下！希望您允准我看完大典之后，回一趟母国拘萨罗。苏达多今天传来了王弟的邀请信。

（一宫廷侍卫上）

侍　　卫　陛下万岁！世尊来了。

频毗娑罗　快请进来。（侍卫下）切尔娜，你要收敛收敛你那不安分的心，不要在尊者面前显露你的弱点。

（乔达摩带着阿阇世上，众人礼敬如仪）

乔 达 摩　愿你们得福！愿你们安宁！

频毗娑罗　世尊！您的光临是对我的施恩。

乔达摩　国王啊！谁都没有向谁施恩。如果说全世界有什么能惠及众生，那它就是慈悲。它对众生一视同仁——

慈悲给有情众生带来无限欢乐，
它让大地沐浴在柔情的晚霞中，
它给孩子脸上洒上清凉的月光，
它把闪闪的星星化作滴滴露珠，
它战胜了创世之初残忍的野兽，
它让人性的美丽光辉普照寰宇。

频毗娑罗　慈悲的化身啊！被暴力玷污的大地在您的脚下一定会变干净，斑斑污渍一定都会被洗尽。

乔达摩　国王啊，纯粹的智慧永远超然物外，它只是世间一切中立的旁观者。尽管如此，世间的争斗中却潜藏着它的良好意愿，那就是让正义取得胜利。这个意愿才是正义的依靠。人性中的光明面能够激发出这个中立者的良好意愿，从而为世间的一切善行奠定基础。如果没有这么做，非正义就等于得到了间接的帮助。正因为如此，我们这些无欲无求的出家人也有必要面见国君。

频毗娑罗　世尊的话语沁人心脾，连熊熊燃烧的地狱之火也能扑灭。我不胜感激。

切尔娜　（低头）世尊！如果您允许，我暂且离开。

乔达摩　王后！有你的夫君也就是一国之君在场，我无权允准你什么。你可以向他请求允准。

频毗娑罗　（把目光转向她）好，切尔娜！你可以走了，但不能带走库尼佳，因为你会带他走上邪路。

（切尔娜生气地离开）

乔 达 摩　我早就知道会出现这样的情况，但应该用别的方式对待切尔娜。

频毗娑罗　世尊！您觉得我对待她的方式不对？

乔 达 摩　温言细语加上柔和的举止不是连野兽都能驯服吗？国王啊，冷嘲热讽是祸根，它扎在人们的心上，比刀子还扎得深。克制言语是大爱的第一步台阶。所以，我想跟你谈一件事，可以吗？

频毗娑罗　当然可以。

乔 达 摩　你今天就立阿阇世为王，摆脱繁重的国事一身轻。王子，你有能力在大臣们的协助下处理国事吗？

阿 阇 世　当然有，只要父王如此吩咐。

乔 达 摩　能把这个重担尽早交给合适的人，你应该感到高兴。因为，国王啊，你的位置早晚都会被取代，这是一个普世法则。你已经享受过最高权力的滋味，大度地放弃它，这有什么痛苦……

频毗娑罗　世尊！这要看他是否已经具备这个能力。治国绝非儿戏，血气方刚的少年却只想着依靠刀剑。

乔 达 摩（笑）说得对。可是，迄今为止，谁在做事之前就拿出了可信的证据，证明他有这个能力呢？这个托词表明你仍然迷恋王权。国王啊，醒悟吧！从这场家庭纠纷中脱身吧。

瓦 萨 薇　世尊！我们有一片小小的树林就够了，我可以在那里侍候夫君。

频毗娑罗　那就谨遵您的吩咐吧。（对侍卫说）宣内阁大臣到勤政殿！赶紧！

（侍卫离去）

（换场景）

第三场

（萨姆德尔和提婆达多）

提婆达多 爱徒，你的任务完成得很好，我很满意！后来呢？阿阇世已经加冕了吗？

萨姆德尔 只差择吉登基一项了，内阁事务已经由他掌管了。王子的事情进展得很顺利，不过，要是乔达摩不帮忙，这事不可能轻易办成。

提婆达多 又在为那个骗子唱赞歌！萨姆德尔，要是我不下功夫，这一切都不会发生。那个离车族公主哪有本事坚持下来！

萨姆德尔 也许瓦萨薇王后和频毗娑罗王已经搬到他们的新居了吧，所以新王召您入宫。太后切尔娜和新王阿阇世已经完全掌控了王国。他们希望，在您的教导下，摩揭陀政通人和、国泰民安。

提婆达多 （半推半就地）我这样无欲无求的人怎么会揽这个麻烦事呢？不过，为了百姓的福祉，我还是勉为其难吧。

萨姆德尔 可是师父，阿阇世王十分骄横，跟他在一起的时候我感到害怕。没有您的照拂，我可不能待在他身边。

提婆达多 爱徒，你不知道交到你手里的任务有多重要！我们要把摩揭陀国从那个比丘的手里拯救出来。要是国王是他的信徒，那么老百姓为什么不跟着跳进火炉里？那个乔达摩是个假圣人。看见没有？他的影响越来越大，要不然我怎么会介入这场纷争？

萨姆德尔 那您有什么吩咐？

提婆达多 要是频毗娑罗不远离王舍城，乔达摩对摩揭陀的影响就不会消失。乔达摩是民众的公敌，他想把整个瞻部洲的人都变成佛徒，自己好当他们的领袖，好以自己的方式统治整个瞻部洲。

（摩揭陀国御医吉沃迦突然到来）

吉 沃 迦 您是出家人，我是在家人，本来互不相干，但刚才无意间听到的从您口中说出的那几句话足以让我说说您了。您分裂僧团已经违反了戒律，难道您现在又想来分裂民众摧毁国家？

提婆达多 萨姆德尔，他是频毗娑罗的旧臣，是个探子！告诉新王，要想办法对付他。他是逆贼，要把他的嘴封上。

吉 沃 迦 住嘴，让我说几句吧。我可不是胆小鬼，不会把本来该跟你说的话拿去跟别人说。我也是王室的老臣，你们想干什么我明白得很。你们绝不会给摩揭陀带来什么好结果，只会把它引向衰落。（离去）

（拘萨罗国司库苏达多上）

苏 达 多 萨姆德尔大人，请问安排好我的回程了吗？我必须尽快回到拘萨罗。王后不回拘萨罗了，因为老国王要搬到森林居住。那我留在这里还有什么用？

萨姆德尔 可是新王叫你别走呀。

苏 达 多 不，我觉得在这里多待一会儿都不合适，所以我这才来找您嘛。我得赶快把这里的消息送到拘萨罗去。请代我向新王请求原谅。（离去）

提婆达多 走，去见新王。（二人离去）

（换场景）

第四场

（树林，频毗娑罗王和长后瓦萨薇）

频毗娑罗 夫人，你觉得为什么大家都认为必须有个儿子？

瓦 萨 薇 夫君，我觉得是为了滋养那种神圣的舐犊之情吧。

频毗娑罗 慈爱的人啊，也许是那样吧，但我认为是为了别的原因。

瓦 萨 薇 什么原因，夫君？

频毗娑罗 儿子是一个人出离尘世最自然的帮手。把自己的一切交给儿子，出离尘世就不会感到难过，因为人们把儿子当成自己生命的延续。

瓦 萨 薇 很高兴知道你不为自己失去权力感到难过。

频毗娑罗 难过倒不难过，夫人。但是库尼佳的所作所为却会让我想起曾经拥有的一切。不管你信不信，有时看到乞丐，我的心就会一紧。

瓦 萨 薇 夫君，您拥有的一切都是王国的，可以全归库尼佳。娘家给我的陪嫁，只要我不放弃，应该还是我的。

频毗娑罗 这是什么意思？

瓦 萨 薇 迦尸是我父亲给我的陪嫁，这个地方的收入应该归您，摩揭陀国的一个子儿您都不要碰。夫君，我这样说不是因为仇恨，而是为了维护您的尊严。

频毗娑罗 夫人，那我又会陷入我刚刚摆脱的那种纷争之中。

（吉沃迦上）

吉 沃 迦 陛下万岁！

频毗娑罗 吉沃迦，你这是开什么玩笑？为什么还这么叫我？你怎么来了？

吉 沃 迦　叫习惯了。我要跟您待在一起，我不喜欢我那个家。

频毗娑罗　就这么无缘无故地离家林居，总该也有个目的吗？

吉 沃 迦　没有，陛下！要说有的话，那就是我辛辛苦苦地让那帮儿孙过上好日子，到头来个个都忤逆不孝。

瓦 萨 薇　大人，人生的目的是获得内心的平静。要是追求内心平静的愿望已经很强烈，那还等什么呢？

吉 沃 迦　正是出于这个想法，我来这里寻求主人的庇护，因为我不喜欢萨姆德尔的伎俩。我来追随主人，冥冥中我觉得这也是命运的安排。

频毗娑罗　你认为这是命中注定？你也想像我这样闲待着？

吉 沃 迦　不，陛下！命运在这里帮衬了我。抓住命运的绳索，我才能无畏地跳进这纷扰的世界，因为命运使我相信，该发生的一定会发生，那我为什么还要做个懦夫？为什么要逃避责任？新王恣意妄为，我不想与他为伍，所以我来为您效劳。

瓦 萨 薇　这是你的高尚之处，可是，你因为何事而为我们如此担心？

吉 沃 迦　提婆达多，冷酷无情的提婆达多心怀不轨，恐怕会危及陛下的生命。

频毗娑罗　笑话！吉沃迦，你在说什么呀？别给我布迷魂阵，别往我的心上泼毒汁。我这条命跟摩揭陀国还有何干系？提婆达多怎么会这么不喜欢我？

吉 沃 迦　为了跟佛陀作对他瞎了眼，野心正带着他坠入深渊。只要您活一天，您就会支持乔达摩，您就会提高他的威望，提婆达多的心愿就不能实现。

频毗娑罗 愚蠢！不，不，这就是提婆达多的鄙陋之处。灵魂的力量或智慧岂能靠某个人的吹捧屹立于世？乔达摩靠的是他自己，他的威望高不高何曾以我的意志为转移？是他非凡的智慧之光为自己吸引了所有人的眼睛。提婆达多的反对只会把他推上更高的台阶。

吉沃迦 陛下，可是那些被嫉妒遮住眼睛的人是看不到这一点的。现在，我把这条命奉献出来为您效劳。请问您有何吩咐？

瓦萨薇 吉沃迦，愿你有福，愿智慧永远与你相伴。大王需要独立的生活来源，迦尸的税收是我们应得的，要设法取来。摩揭陀的国库收入我们将分文不取。

吉沃迦 夫人，为此我有必要去乔赏弥一趟。

频毗娑罗 不，吉沃迦！我不需要任何人的帮助，我现在对这场争斗已经失去兴趣。

瓦萨薇 那您也不能以乞讨为生。我们暂时无法达到舍弃一切、荣辱不惊的境界。再说，向一个其所作所为比敌人有过之而无不及的人乞讨为生，我的心不答应。

吉沃迦 苏达多已经回拘萨罗了，这个消息也有必要送到乔赏弥去，所以我才说去趟乔赏弥，不是因为别的事情。路上我也会去见迦尸省督。

频毗娑罗 就按你们的意愿办吧。

瓦萨薇 夫君，我一直瞒着您，现在只好说出来了——我们的林居生活也受到了严密控制。

频毗娑罗 （倒吸一口凉气）竟然是这样！

（几个比丘唱着歌上）

众 比 丘 （唱道）

人生如一场短梦，
该放手时须放手；
与其唉声又叹气，
不如助人解忧愁。
乐善好施心宽广，
贪欲之念不可有。

频毗娑罗 夫人，给他们施舍点什么吧。

瓦 萨 薇 夫君，也没有别的什么。（取下手镯）手镯上的黄金珠宝太耀眼了，晃得人连自己的骨肉之躯都看不见了。

（众比丘离去）

（换场景）

第五场

（乔赏弥国，小王后玛根提宫里）

玛 根 提 （独白）奇耻大辱！一个穷比丘竟然对我的美貌无动于衷！竟然拒绝跟我结婚！如今我当上了王后，那份怒火仍然没有熄灭。在宫里我的美貌倒是扬眉吐气了，但又因为出身贫寒备受奚落。好吧，我发誓，我也是要报复的！你乌达延是国王，我也是自己心中的女王。我要让你瞧瞧，女人能干出什么来。

（一宫女上）

宫 女 主子，您有何吩咐？

玛 根 提 你不是去探听乔达摩的消息了吗？这几天他来伯德玛沃蒂宫里讨斋饭了吗？

宫　女　来，主子！他在宫里说法，会坐上好几个时辰呢。大王也坐在那里听，对他十分敬重。

玛根提　所以他才好几天不来这里。好吧，把舞女们叫来。叫纳维娜也快来，把酒端上。

（宫女退下）

玛根提　（自语）乔达摩，你这套说教会把你带往何方？你可曾想过，美丽的女人在这个世界上也可以有所作为？

（纳维娜端着酒具上）

纳维娜　主子万福！

玛根提　怎么，你也要请才来？大王不来，你们个个都成了王后，是吧？

纳维娜　奴婢不敢！奴婢随时听候主子吩咐。

（伺候玛根提喝酒）

玛根提　去问问大王来不来，快去快回！（纳维娜离开，玛根提独自唱道）

馥郁的旃簸迦花开放在美妙的清晨，

黑蜂为何对她不理不睬？

终日无聊，她只好与南风玩耍嬉戏，

黑蜂为何对她不理不睬？

（纳维娜上）

纳维娜　大王要来。

玛根提　好吧，今天我要干一件大事。纳维娜，赶紧去把舞女们叫来。我的这身打扮还好吗？帮我看看。

纳维娜　哟，主子，您哪用得着打扮呀？特意修饰会破坏了您的天然美。

玛根提 （笑）好吧，好吧，别夸了。把所有的物件都摆放整齐，明白吗？不能有任何凌乱的地方，不能有任何惹人不高兴的地方。那天吩咐你的事也要做得万无一失。

纳维娜 哪用得着主子再吩咐啊？我这就把所有的事情都做得妥妥帖帖的。（离去）

（乌达延从一边上，舞女们从另一边上。舞女们跳舞，玛根提牵着乌达延的手落座）

众舞女 （唱道）

情人啊，不要狠心将我遗忘，
莫让你清凉的爱怜之雨停歇，
让它时时滋润我心中的沙漠，
让这片沙漠开满带刺的花朵。

（众舞女退下）

玛根提 夫君！这么多天都没想起过我？莫非我做错了什么？

乌达延 不是，王后！从摩揭陀来了个名叫乔达摩的圣人，他自称"佛陀"。二王后伯德玛沃蒂邀请他们师徒一行到她宫里讲道，王后瓦萨沃德达每天也都去听。

玛根提 （打断乌达延的话）我就可以不闻不问了？！

乌达延 不，不，是你自己的错，打发人叫你去你也不去。啊，道讲得真好！还要讲好几天呢。我请求他们多住些日子，好在乔赏弥传法。

玛根提 您是大王，看什么都好，可我不想给乔达摩好脸色。这些僧人在摩揭陀宫廷里演的那出戏好吗？乔赏弥最好离他们远一点儿。女人的闺房里用得着讲那么多道吗？除了忠于丈夫，女人还需要别的教导吗？（把酒杯递给乌达延）

乌达延 别说了，玛根提！男人的心多疑，你知道吗？你刚才的嘲讽难道不恶毒？这酒我不喝了。世尊今天才讲过饮酒的坏处，何况你在饮酒前还往我心上泼了毒汁。你的嘲讽像堵在喉咙的一口干东西，咽不下去，也吐不出来。

玛根提 原谅我，夫君！求求您饮下这杯酒，您的心一定会得到慰藉。请您恕罪！我出身寒微，得到您我已别无他求。她们已经得到过您，现在她们兴致勃勃地追求着别的东西，尽管人们称之为正法。我的心里可装不下这么多东西。

乌达延 嗯，好吧，那就看你今后怎么做吧。（兴起）起来，玛根提，起来！赶快亲手端起这杯充满爱意的美酒让我饮下，然后再把话说。（玛根提喂乌达延饮酒，乌达延陶醉在玛根提的爱意中）玛根提，唱点什么吧。让我凝视着你满月般美丽的面庞，让我的心飞往那轮照亮夜空的秋月，让你芬芳的呼吸拥抱着我的遐想。

玛根提 夫君，我们想到一起去了。我唱歌，夫君抚琴，心与心共鸣。全天下都会和着节拍摇摆，全天下都会为之疯狂。

乌达延 好啊，玛根提！你的美貌威力无比，它让乌达延匍匐在了你的脚下。（显醉态）打发人到伯德玛沃蒂宫里去取……

玛根提 （对宫女说）去把大王的维纳琴抱来。（宫女离去）

乌达延 那你就先清唱一曲吧。

玛根提 （一边伺候乌达延饮酒，一边唱道）

情人啊，快来到我的心中，
茫茫人海我对你情有独钟，
快让我看看，你也已经属于我，
快浇灭我心中的火焰，

快让我俩一刻也不分离，

情人啊，快来到我的心中。

乌达延 我的心肝！谁也不能把你跟我分开——

你的倩影已化作我的心，

它又在我胸中把你歌唱；

你是我的灵魂不可分离，

你是我唯一膜拜的女王。

玛根提 夫君，我是您的奴仆。

乌达延 不，从今天起，你是主人。

（宫女把维纳琴抱回来放在乌达延面前，乌达延抱起琴的时候一条小蛇爬了出来，玛根提惊叫）

玛根提 伯德玛沃蒂，你太过分了！我担心的事真的发生了。

乌达延 （怒气冲冲地站起来）太阴险了！是可忍，孰不可忍！我这就去复仇！

玛根提 大王息怒！您手握生杀大权，不可用复仇的办法来履行自己的职责，哪怕一时冲动都不应该。今天休息吧，明天考虑好之后再行事。

乌达延 不。（双手抱头）不过，既然你都这么说——，好吧，我想休息了。

玛根提 就在这里？

（乌达延躺下，玛根提为他揉脚）

（换场景）

第六场

（乔赏弥国，路上，吉沃迦）

吉 沃 迦 （自语）看到公主了，也见过乔达摩了，但情况不妙，这可怎么办？瓦萨薇和她的女儿伯德玛沃蒂的情况都不妙。伯德玛沃蒂自身难保，她怎能帮得上瓦萨薇？听说乌达延好些天都不去伯德玛沃蒂宫里了，而且对她的态度也不好。因为我是她的娘家人，乌达延跟我说话都一副爱搭不理的样子，听到频毗娑罗的遭遇也不表明看法。早该来了的宫女也没来，怎么办？

（宫女上）

宫　　女　向您致敬，大人！王后请大人别为她担忧。她说，您要负责照料她父母，请您尽快回摩揭陀。等大神哪天高兴了，她会请求他给她指明出路，她也会去拜见她父王。她说，现在您最好回去。大王对她冷淡，她也不想跟他说什么。可能大王怀疑她要了什么阴谋，因为新王后在他耳朵里进了她的谗言。她还说，请大人把她当作自己的女儿原谅她，她现在处境艰难，无法尽孝，十分难过。

吉沃迦　告诉公主，愿大神保佑她逢凶化吉，请她丝毫不要为摩揭陀担忧。我来这里只是送个信，现在我要马上去拘萨罗。

宫　　女　遵命！（敬礼离去）

（乔达摩率僧众上）

吉沃迦　拜见大尊者。

乔达摩　摩揭陀有什么消息？老国王可安好？

吉沃迦　如来尊者，什么能瞒得过您呢？摩揭陀王室出大乱子了。老国王频毗娑罗的林居生活也不得安宁啊。

乔达摩　吉沃迦，且听我道来——

日月星辰皆变动不居，

地水火风好动如水银；

变化无常的整个世界，

生自变化莫测的人心；

痛苦和快乐转瞬即逝，

权力和财富转头即空；

眼前的一切皆不长久，

何人穷苦？何人富足？

世人误把暂时当永恒，

这就是一切痛苦之根。

吉 沃 迦 世尊所言极是！

乔 达 摩 愿你有福！吉沃迦，无所畏惧地去完成善举吧！

（乔达摩率僧众下。乌达延的弄臣瓦森德迦上）

瓦森德迦 哈哈，御医！向您致敬！您别还礼了，别浪费时间，赶紧给我开一副泻药，帮大王治治消化不良。

吉 沃 迦 （独白）这个小丑这时候从哪里钻出来的！天哪，得想个办法支开他。

瓦森德迦 吃错了食物肠胃消化不良，玩错了游戏脑子消化不良。大王新娶了个贫家姑娘做小王后，玩着玩着脑残的游戏他的脑子就消化不良了。大王后瓦萨沃德达和二王后伯德玛沃蒂脑子没问题，所以她们就跟大王玩不到一块儿去了。您能用药把大王恢复到娶小王后之前的状态吗？

吉 沃 迦 你再溜溜须拍拍马，他会再娶两三个小王后的。

瓦森德迦 师父怎么教，他就怎么学！老丈人娶俩，女婿娶仨，青出于蓝嘛。

吉 沃 迦 两人不是都在吃自己种下的苦果吗？你说，我俩就这样一直打趣，还是说说实在话吧？

瓦森德迦 别担心，大王后瓦萨沃德达待二王后如亲姐妹，二王后不会有事的。大王后派我来给您传话。她说：大王的样子您都看到了，请您不要介意；我跟伯德玛沃蒂情同姐妹，您不要为她担心；请您从拘萨罗给我传个消息。告辞了。（瓦森德迦笑哈哈地离去）

吉沃迦 好的，我这就动身去拘萨罗。（离去）

（换场景）

第七场

（拘萨罗国舍卫城王宫勤政殿。普罗森吉德坐在王位上，大臣和侍从各坐其位）

普罗森吉德 这都是真的吗？苏达多，你今天讲的事情太令人吃惊了。阿阇世真的竟用夺取王位这种方式对他父王加以羞辱？

苏达多 大王！这就跟陛下您此时坐在王位上一样真实。频毗娑罗王的王位被一场阴谋给夺走了。

维鲁特迦 我倒是听说，频毗娑罗王要开始林居生活。这样的情况下，王子接管王国有什么不好？

普罗森吉德 维鲁特迦！阿阇世长大了吗？频毗娑罗王会叫他承担起治理王国的重任吗？

维鲁特迦 父王，要是您不介意，我倒想毫不犹豫地说，教王子治理国家正是国王的职责。

普罗森吉德 （激动地）换句话说，你今天也试图得到这种教导？难道王权如此迷人，以至于本分和孝道都可以一股脑儿忘掉？

维鲁特迦　儿子向父亲要求得到自己的权利，何错之有？

普罗森吉德　（更加激动）你如此顽劣，一定是因为你身上混有低贱的血统。那天听到你在你外祖父家遭到羞辱的事，我还不相信。现在我相信了，根据释迦族的传说，你母亲一定是婢女所生，否则你不会罔顾神圣的拘萨罗国世人皆知的美名，肆无忌惮地跟自己的父亲顶嘴。难道在同一个拘萨罗国，罗摩和十车王没有给儿子和父亲留下好榜样？

苏达多　仁慈的大王！他毕竟还是个孩子，请原谅他的过失吧。

维鲁特迦　闭嘴，苏达多！我需要你为我开脱了吗？

普罗森吉德　丢人现眼！儿子让老子丢人现眼！这个被低贱血统玷污的逆子还适合做储君吗？这个跟豺狼一样可怕的坏儿子不会弑父弑母吗？首相！

首相　臣在，大王！

普罗森吉德　（独白）必须灭掉这小子的威风。（对白）维鲁特迦年少无礼，胆大妄为，即日起废除其储君名分。其母不再享有正宫王后之尊荣，由国库负担其日常起居开销。

维鲁特迦　父王，这不公平！

普罗森吉德　愚蠢！你想要什么样的公平？难道任由你狂妄自大，任由你心怀不轨才算公平？出去吧！

（维鲁特迦低头离去）

首相　大王恕罪，我有一言相进。这确实不公平。拘萨罗国的律法从未有过这样的安排。听到别人的儿子做了不轨的事情，陛下一气之下要惩罚自己的儿子，这显露出了陛下的软弱之处。难道陛下不想把他造就成称职的国君？

普罗森吉德 闭嘴，首相大人！照我说的办。

（侍卫上）

侍　　卫 大王万岁！摩揭陀的吉沃迦求见。

普罗森吉德 去，引他上殿。

（侍卫出去把吉沃迦领上殿）

吉 沃 迦 拘萨罗国大王万岁！

普罗森吉德 吉沃迦，一切可安好？你家大王的事我已经听说过了，你不必重复。不过，有什么新消息吗？

吉 沃 迦 仁慈的大王，没有新消息，只是瓦萨薇王后不堪屈辱，万分痛苦。

普罗森吉德 这就是你们教养出来的好王子！可怜瓦萨薇受尽屈辱，可怜她不得不靠频毗娑罗侧室的儿子的嗟来之食苟活于世。首相！给迦尸的百姓修书一封，叫他们不要把税交给阿阇世，而要交给瓦萨薇，因为迦尸是拘萨罗国给瓦萨薇的陪嫁，侧室的儿子对迦尸没有丝毫权利。

吉 沃 迦 大王！瓦萨薇王后向您问安。她说，此时她无法离开夫君，请兄长不要怪罪。

普罗森吉德 吉沃迦，你这是什么话！古时候拘萨罗国香达公主能跟贫穷的修道仙人相亲相爱厮守一生，难道瓦萨薇不是拘萨罗国的公主？谨守妇德是出身名门望族的拘萨罗国女子最耀眼的饰品，也是她们最宝贵的财富。好，你去歇息吧。

（吉沃迦下，班图罗大将军上）

班 图 罗 胜利永远属于威武圣明的拘萨罗王！

普罗森吉德 欢迎你，我的大将军！你口中的“胜利”二字多么悦耳！讲吧，有何消息？

班　图　罗 大王，拘萨罗勇士们的鲜血染红的胜利旗帜放射着万丈光芒，向敌人传达着浴血讨伐的檄文！大王，野蛮的离车族人的鲜血浸透了喜马拉雅山区的边疆。拘萨罗的威名守卫着我们的和平，野蛮的外族人几百年也不敢再觊觎我们的土地。四境之内一片太平，这一切全仗大王的神武英明。

普罗森吉德 常胜的勇士，拘萨罗为你感到骄傲！向你祝福向你道贺。请接受这胜利的纪念物！（给班图罗戴上一条项链）

众　　　人 万岁！胜利属于班图罗大将军！

普罗森吉德 （吃惊地）嗯？回去休息吧。

（班图罗下）

（换场景）

第八场

（一室，维鲁特迦王子单独一人）

维鲁特迦 （自语）奇耻大辱！无以复加！不可忍受！要不是生命里有一朵温柔美丽的花儿牵绊，我早已离开这该死的拘萨罗国远走他乡。对她暗暗的爱恋在我心里筑巢安家。我在人生的黎明做的那个美梦已化作美酒令我沉醉，令我心驰神往。摩莉迦！你在我生命的初夏翩翩而至，宛若夜空中飞来的一朵璀璨的钻石花。无数歌喉轻唱着婉转的曲调向你问候，乐曲飞向星空把你迎接，清风为你搭上了台阶，朝霞也赶来向你招手……

南风伺候在你左右，它送来了檀香，还给你一个柔软的圆圆的茉莉花坐垫让你坐。它跟你嬉戏啊嬉戏，最后托着你降落到了人间。一踏上大地，面对这个杂乱的世界，你满脸惊奇。人人都看到，世上又多了一个绝色女子。啊，那一场梦！可是，造化弄人！班图罗大将军，那个没心没肺凶狠残忍的武夫，竟然已把你装饰在他的头巾上！而我，为了呵护你，我愿意变成荆棘围在你的四周！唉，我至今在拘萨罗还是一丛荆棘。

（拘萨罗国王后沙格蒂玛蒂上）

沙格蒂玛蒂 呸！王子，你的心如此脆弱，怎能在世上成就一番事业？难道一个像女人一样爱哭的人做得了拘萨罗的国王？

维鲁特迦 母后，你在说什么呀！我现在只是个遭到羞辱的年轻人。什么拘萨罗！什么王子！

沙格蒂玛蒂 你是我的儿子，不要在我面前说如此没志气的话！我是婢女所生，但我当上了王后，其中需要多少坚韧？而你，你是国王的儿子，却如此消沉如此胆小！这是我做梦都没想到的。儿子！拥有坚强的意志和大丈夫气魄，一个男人才会有所作为。准备好跳进雄心壮志的腾腾火焰吧！化作打垮一切反对力量的死神吧！勇敢地面对它们，要么你倒下，要么它们逃走！摩莉迦算什么！到时候整个王国都会臣服在你的脚下。奋力一搏吧！活在这个世界上，就要干出点儿名堂来，否则你就愧对了我的乳汁。

维鲁特迦　够了，母后！不要再说了。从今天起，复仇将是我的职责和人生目标。母后，你曾在释迦族受辱，我一定会对他们来一次大屠杀，踏着他们的鲜血登上拘萨罗国的王位，让你扬眉吐气。请母后祝福我通过这场残忍的考试。

沙格蒂玛蒂　（抚摸维鲁特迦的头）儿子，愿你得遂心愿。

（二人下）

（换场景）

第九场

（伯德玛沃蒂宫内）

（伯德玛沃蒂想弹维纳琴，但试了几次都不成曲调）

伯德玛沃蒂　心神不宁，怎能弹琴？夫君啊！主人啊！我这是怎么了啊？（又抱起维纳琴，接着又放下，唱道）

无情的手指啊，别拨动琴弦，
停下来，把伤心的人怜悯；
琴弦上只会飘出一声声叹息，
扰乱我内心默默祈祷。
仁慈的维纳琴啊，
你会撩起我心中的伤痛，
无遮无拦的忧愁也会随你起舞。

（独白）幸好世尊乔达摩来了，否则思虑着父亲的恶劣处境，我不知会愁成什么样。尊者的劝慰抚平了我的心，但我又听到什么了呀！夫君对我心怀怨怒！我怎能忍受这种痛苦？好多次打发宫女去请他来，但他满脸的怒容吓得宫女不敢开口。不过也不必担心，没做

亏心事，不怕鬼敲门。（诵道）

我的爱美丽又纯洁，

它是甘露不是毒液。

（幕后传来“世尊佛陀万安”之语）呀，世尊要带僧众走了！我目送他们一程吧。（伯德玛沃蒂向窗外看去，乌达延上）

乌 达 延 （怒）罪妇！好好看吧，你心中的毒汁——你情欲的归依正在离去。你新开这扇窗户原来是为了他！

伯德玛沃蒂 （惊，站起来，合十敬礼）夫君！我的主人！请恕我申辩！他是神尊，不是我心中的毒汁，而是甘露！绝世美人玛根提的容貌令您神魂颠倒，却无法让这位神尊动心。他是内心平静大慈大悲的觉悟者，何曾需要女人的肉身？

乌 达 延 但你们却想要我的命！所以你们密谋把毒蛇藏在维纳琴里！你是摩揭陀国的公主，篡权的野心溶在你的血液里，不知会害死多少人命。恶毒的妇人，你的诡计在我面前行不通！看我这就杀了你！（拔出宝剑）

伯德玛沃蒂 我是乔赏弥国王忠诚的臣民。夫君，您的心却是已经被一场阴谋所占据。尽管我被栽赃，但如果您认定我是罪人，那我甘愿接受惩罚。而且那惩罚，那给我带来永恒平静的惩罚如果又出自夫君之手，我何其有幸！主人啊！所有的罪孽都受到惩罚，留下的全是功德。（跪下，引颈受戮）

乌 达 延 罪妇！你的花言巧语打动不了我的心。罪人！我要剜出你那颗充满毒汁的心。祈祷吧！

伯德玛沃蒂 我的主人！我此生的一切！我来生的天堂！您是我的

道路，您也是我的归宿。您就在眼前，我还向谁祈祷呢？我准备好了。

（乌达延举剑的那一刻，长后瓦萨沃德达及时赶到）

瓦萨沃德达 住手！玛根提的宫女纳维娜招认了所有的罪行，我马上把她召来。您在我掌管的后宫无权杀人。此事归我评判，我会向您明证，罪犯另有其人。啊呀！您就凭这点脑子执掌朝政？来人！去把玛根提和纳维娜带来。

宫　　女 谨遵王后懿旨！（离去）

乌 达 延 王后，我可连手都没抬——（尴尬地望着举起的剑）咦？怎么会这样？

瓦萨沃德达 夫君，一是一，二是二，可不能像个没心没肝的酒疯子一样胡言乱语。伯德玛沃蒂妹妹，你要原谅夫君的过失。

伯德玛沃蒂 （站起来）天哪，怎么是这样！夫君，请原谅我的错。我是一时冲动。（帮乌达延把举剑的手放下来）

（宫女上）

宫　　女 大王，快跑！王后，快跑！看，火烧过来了！玛根提王后宫中着火了，也没找到她！纳维娜临死时说，玛根提自寻死路，把她也打得只剩一口气了。

乌 达 延 什么！果真是她在耍阴谋？唉，我真是疯了！王后，请原谅我。（向伯德玛沃蒂跪下）

伯德玛沃蒂 快起来！快起来！可别折煞奴婢。

瓦萨沃德达 你们还是换个地方去恩爱吧。快走，瞧，火烧过来了。

（瓦萨沃德达把二人拉起来；门帘打开，众人看见玛根提宫中火光冲天）

（幕终／落幕）

第二幕

第一场

（摩揭陀国，阿阇世王的朝堂上）

阿阇世 萨姆德尔，这都是真的吗？老百姓敢这么说？蚂蚁也想插上翅膀与雄鹰一起翱翔？为何不把说“我不交税”这话的人的舌头拔掉？迦尸省督是哪个笨蛋？你为何不当场将他逮捕？

萨姆德尔 大王，我没犯任何过失。迦尸出大乱子了。有个叫沙兰德尔的悍匪打家劫舍，百姓深感恐惧。省督对我讲，迦尸百姓认为自己是拘萨罗的臣民，还说……

阿阇世 说，快说，停下来干什么？

萨姆德尔 他们不把税交给父王在世时就靠不义手段抢走王位的暴君。他们还说，大王无力保护遭遇匪患的老百姓，不关心百姓疾苦……

阿阇世 说呀，说呀，吞吞吐吐干什么？

萨姆德尔 大王，这样的话他们讲了一大堆，多听无益。此事该如何处置，敬请大王降旨。

阿阇世 噢，明白了！这不像迦尸百姓的腔调，倒像嫡母瓦萨薇的腔调。必须反击，这样才不会再有人胆敢拆我的台。（做思考状）

（侍卫上）

侍卫 大王万岁！提婆达多尊者前来觐见大王。

（提婆达多上）

提婆达多 陛下万福！愿道法昌盛！愿政通人和！

阿阇世 尊者，有您的赐福，万事必成。您总是在最需要您的时候像神明一样出现在我眼前，这就是明证。

提婆达多 （一边坐下一边说）国王啊，您怎么会需要我呢？您什么都有，而我除了祝福之外还有什么呢？不过，还是听听……

阿 阇 世 拘萨罗国长本事了，竟敢煽动迦尸百姓抗税。

提婆达多 大骗子乔达摩近日在那边晃悠，所以才会这样。别担心！乔达摩的任何诡计都不会得逞。披着袈裟还如此热衷于染指国与国之间的纷争，那我也奉陪到底。召大臣们上殿吧。

阿 阇 世 遵命！（对侍卫说）快去，传内阁大臣上殿。

（侍卫出去又进来）

侍　　卫 大王万岁！拘萨罗国密使求见。

提婆达多 带上来。

（侍卫出去将密使带上殿）

密　　使 摩揭陀国大王万岁！维鲁特迦王子派我给陛下送来了一封信。（将信呈上，阿阇世王阅后递给提婆达多）

提婆达多 （阅后）机不可失，时不再来！我们怎么会不同意呢？使者，你很快就会得到赏赐和回信。你先去歇息歇息吧。

阿 阇 世 大师，此事于我大大有利！摩揭陀已经发生的变化，拘萨罗也想发生。我不明白，老年人怎么了？他们怎么这么迷恋王位？难道古老的王位继承制度挫败年轻人一展才华的努力吗？墨守成规、寸步不让的人才该走向毁灭，因为这个世界是滚滚向前的！

提婆达多 无论如何式微，无论其根基多么脆弱，即便是以某种不义的方式取得的，权力都不会被轻易放弃。贤者会顺势而为，进退有据；冥顽不化者在被赶下权力宝座之前，都不会心甘情愿地让出权力。

（侍卫上）

侍　　卫　大王万岁！内阁大臣都到齐了。

提婆达多　宣他们上殿。

（侍卫出去带众大臣上）

众　　臣　大王万岁！尊者万安！

提婆达多　愿王国繁荣昌盛！愿大王和众臣福寿绵长！

（众大臣落座）

众　　臣　大王有何旨意？

阿 阇 世　众爱卿都是对王国心怀善意的人。父王将重担放到我肩上时，我还以为治国如玩小孩游戏般轻而易举。可是事情并非如此！众爱卿，王国内部有一股秘密势力，他们不希望看到强大的摩揭陀国兴旺发达。有众爱卿的良好意愿帮衬，我才接下了这副重担。众爱卿，你们希望这股势力横行霸道吗？你们希望你们的王国和你们的大王受辱吗？

众　　臣　不，绝不！摩揭陀国必永远傲然于世！摩揭陀国的敌对势力必遭摧毁！

提婆达多　我也想说几句。摩揭陀国此时正迈入青年时期的门槛，每个臣民应当想着如何助其走向鼎盛，作乱是万万不该的。大王的嫡母一次次煽动百姓叛乱，我们不应当在这场王室内争中站在她那一方为害国家和族人。既然令人敬仰的频毗娑罗王已经把所有的权力交给自己当之无愧的儿子，为什么她还要从中作梗？迦尸早已是摩揭陀国的一个富庶省份，因为瓦萨薇的阴谋，当地已拒绝缴纳皇粮国税。他们说，迦尸是拘萨罗国给瓦萨薇的陪嫁，是瓦萨薇的专属财产。难道摩揭陀国愿意放弃这片美丽富饶的土地？难道其他地方就不会效仿，纷纷闹起独立来？这于国是福还是祸？

众　　臣　不，绝不，我们绝不让这样的事情发生！

阿 阇 世　这么说，众爱卿决定全力支持寡人？你们都愿救王国于危难？

众　　臣　我们誓为国祚肝脑涂地！

提婆达多　如此甚好！诸位有何建言？

大 臣 甲　您这样的圣贤心怀利乐天下苍生之宏愿，而救国家于危难之际恰属重大善举，因此，窃以为您应当做内阁首相，向新王提出独到的对策，以造福国家。

阿 阇 世　我也同意。

提婆达多　我的对策是，为打败拘萨罗国，阿阇世王当御驾亲征。萨姆德尔应潜入迦尸，鼓动百姓心向摩揭陀。

大 臣 乙　要是频毗娑罗王觉得此举是对他的羞辱，怎么办？

提婆达多　他已经放弃了王国，并已依附于一个女人，这样的人不可能在意此事。不过，他做什么都对瓦萨薇言听计从。（想了想）差点忘了，还有一件事，那就是切尔娜太后应当掌管内阁，以便诸事顺利开展。

萨姆德尔　如果可以，我也说几句吧。

众　　臣　当然可以。

萨姆德尔　只要瓦萨薇还能自由活动，什么事都不会成功。如果诸位确实要造福王国，那就首先要对此做一个安排。

提婆达多 你说该怎么办？

萨姆德尔 把瓦萨薇跟频毗娑罗王分开是不可能的，但应当在必要时完全封锁他们生活的那片林地。

大 臣 丙 您要去把老国王囚禁起来？我反对这样的提议。这太不像话了！这太没天理了！

提婆达多 您先别讲。想一想刚才的誓言，别忘了此事的重大意义。萨姆德尔不是想把频毗娑罗王囚禁起来，而是想把他控制起来，而且要控制的人只是瓦萨薇，她是摩揭陀暗藏的敌人。没有其他更简单的办法了。这不是要明目张胆地对老国王不敬，而是宣称这是王室战时的待遇，也就是说，战时应当对王室加以特殊的保护。

大 臣 丙 那我就不反对了。

阿 阇 世 众爱卿对今日所议之事还有异议吗？

众　　人 没有。

阿 阇 世 如此甚好！

（众下）

（换场景）

第二场

（路上，拘萨罗国大将军班图罗）

班 图 罗 （独白）根本就不想见那个自以为是的王子，可是没办法，也没法拒绝他呀。拘萨罗国王封我为迦尸领主，我不喜欢，但这是君命。我就喜欢做个直来直去的武夫，不喜欢来虚的，不喜欢要心机，所以就不情愿当这个领主。大王普罗森吉德说，摩揭陀国很快就要来占领迦尸，所以那里必须有我才行。迦尸的省督对我倒是不错。好吧，走一步看一步吧。（*来回踱步*）不明白王子为什么要单独见我。

（维鲁特迦上）

维鲁特迦 大将军！近来可好？

班图罗 殿下万福！您有何吩咐？您怎么是一个人？

维鲁特迦 班图罗，我的朋友！我是一个遭到贬斥的王子。我忍辱偷生，兴味索然，即便是父王的王位我也不感兴趣。

班图罗 王子，大王又没有逐您出宫，您为何独自一人在外游荡？走，我把迦尸领主之位让给您。

维鲁特迦 不，班图罗！我不需要同情，也不接受施舍。我要权力，我要自主。

班图罗 那您要干什么？

维鲁特迦 干正在干的事。

班图罗 什么事？

维鲁特迦 我要靠武力得到我想要的东西，我要猎取。我是刹帝利王子，何须顾忌？班图罗，告诉你吧，我在干强盗的行当。我现在以此为业。立国之前，摩揭陀国王室的先祖不也是干的这个行当吗？

班图罗 当心啊，王子！不要动这样的坏心思。要是你不迷途知返，我就要履行我的天职，那对您来说将十分不利。平息暴乱才是我等国之栋梁的职责，王子也不例外。

维鲁特迦 班图罗，我的朋友！你过于朴实。要是你的属地出现骚乱，你可以这样召唤我，但此时我想跟你说点别的话——为你好的话。明白为何派你来做迦尸领主吗？

班图罗　这不是明摆着吗？大王想拿回这个省份，摩揭陀国又坚决不肯，两国有可能兵戎相见，所以我就被派到这里来了。拘萨罗国信赖我的勇武。

维鲁特迦　要是拘萨罗国也以你的智慧为荣该多好啊。可是，另一副样子才是事情的真相。

班图罗　是哪样的？

维鲁特迦　你的勇武给拘萨罗王带来的不是安心，而是恐惧。王权不希望任何人功高盖主。

班图罗　那为何还封我做风风光光的领主？

维鲁特迦　这是个借刀杀人的阴谋。

班图罗　不忠不孝的王子，看我将你捉拿归案！（欲逮维鲁特迦）

维鲁特迦　还是为自己操操心吧。我已化名“沙兰德尔”。

（维鲁特迦拔剑、逃走，随后班图罗一脸惊异地离开。夏玛上）

夏　玛　（独白）再恐怖的黑夜，也吓不退美人儿心中燃烧的爱情。瞧，风儿都被吓得大气不敢出；鸟儿害怕得纷纷躲进自己的巢；星星们默不作声，它们好像目睹了某件可怕的事却不敢开口，只好互相指指点点！整个世界仿佛都笼罩在恐怖之中。但是，我却敢来找沙兰德尔。是的，他是个强盗，那又如何？谁让我爱情的火焰难忍？玛根提！闭嘴，怎可提起这个名字？玛根提在乔赏弥宫中烧死了。你现在已化名夏玛，是夏玛，迦尸名妓夏玛。无论是高官还是巨商，都把匍匐在我脚下当作福气。我不缺钱，不差名，比当王后强万倍。除了争风吃醋，当王后还能得到什么？

（维鲁特迦上）

维鲁特迦 美人儿！你怎么到这恐怖的森林里来了？

夏　　玛 沙兰德尔，还用告诉你吗！我心中升腾起的火焰，除了你，还有谁能扑灭？你想考验我的情，说吧，你想怎么考验？

维鲁特迦 夏玛，我是强盗。你就不怕我这就杀了你？

夏　　玛 正是因为相信你是强盗，我才来找你。要是当你是个表面正直的常人，我还哪敢来呀？沙兰德尔，把你那锋利的匕首插进我这颗备受煎熬的心吧！（跪下）

维鲁特迦 可是夏玛，强盗也有规矩，他们不杀信任自己的人。与你交往，令我惧怕的是，你是美人儿，而且是娼妓。我相信这样的美人儿比强盗还可怕。

夏　　玛 这么说，你到现在还不相信我？难道你不是人？难道爱的甘泉从未凉爽过你的心？难道我在你那里乞求不到爱？我看惯了虚情假意，我习惯了逢场作戏，难道我真爱的甘泉这么快就要干涸？难道娼妓就不懂爱？或者是，你习惯了杀人越货、打家劫舍，心中的柔情早已荡然无存？难道你的心仅仅是一块肉？难道你的心里没有血液流动？不，不，爱人啊，不会这样。（握着维鲁特迦的手唱道）

我极力掩藏，它喷涌而出，
我来不及将它约束；
它不是爱情，
它是烈火，它是闪电，
它是下得天昏地暗的暴雨；
得不到你的情，

我的心空荡荡失了魂，
只剩乌云翻滚，只剩杜鹃哀鸣；
生命的灯已在心中点亮，
渴盼的目光已为你铺就道路，
别害怕，你来的正是那个地方，
别离开，让你仁慈的足踏进我的心房，
让我压抑已久的心舒一口气；
告诉我，我是否已可把胜利指望？

（二人牵手退下）

（换场景）

第三场

（摩莉迦的林园里，摩莉迦和沙格蒂玛蒂）

摩　莉　迦　他有一颗英雄的心，一听到有仗打他就欢欣鼓舞，他就会挥动有力的臂膀。即使我拦，又怎能拦得住？道路艰险，我更不能像颗扎在他脚上的刺拖他的后腿。他是我的爱，是我幸福的根由，但他也是一个独立的人，我不能用爱把他牢牢锁住。

沙格蒂玛蒂　摩莉迦，你说得对，但是……

摩　莉　迦　不存在但是可是之类的情况。他是剑锋，他是烈火，他是战神的化身。我相信，在面对面的对决中，因陀罗也无力抵挡他的猛击。王后啊，有一天我对他说：我想饮巴瓦圣湖中的水以恢复健康。圣湖随时都有五百末罗国壮士看护，他们不让任何一个外族人饮用湖水。夫君当即说，那我就让你美美地把那湖水喝个够。

沙格蒂玛蒂　然后呢？

摩　莉　迦　然后他就用车搭着我一个人去那里。那一天，我何其幸运！所有的末罗族女人都嫉妒我。我独自一人坐在车上，夫君开始独自一人力战五百末罗族壮士。他向我喊道："去湖边吧，别怕！想饮水就饮水，想沐浴就沐浴！"

沙格蒂玛蒂　然后呢？

摩　莉　迦　夫君射出的箭百发百中，眼看着末罗族壮士的弓都被射断。他们束紧腰带往前冲，喊着要跟我夫君斗剑法。夫君高喊道："你们先看看自己还能不能战斗，我不朝半死的受伤者射箭。"接着他又喊道："末罗族勇士们，回去吧，去找医治箭伤的大夫疗伤吧。路上别解开腰带，否则你们必死无疑！"畅饮完湖水和末罗族女人们的嫉妒，我回到了拘萨罗。

沙格蒂玛蒂　太神奇了！我还没见识过这么厉害的箭法呢。如此勇武自然堪当信赖，不过，摩莉迦，王权的赏识和重用比蜜甜，可是却包藏着毒药，谁知道是福还是祸呢？班图罗的武功已经引起了大王的戒惧。尽管我已遭到冷落，但他的事情还是瞒不住我。摩莉迦，我喜欢你，所以才告诉你……

摩　莉　迦　您想告诉我什么，王后？

沙格蒂玛蒂　密令已下达给强盗沙兰德尔：如果他成功诛杀班图罗，他先前犯下的所有罪行都一笔勾销，而且他将取代你的丈夫成为拘萨罗国大将军。

摩　莉　迦　沙兰德尔是大丈夫，他怎么会使用暗害的手段呢？如果他明来，那我敢肯定，拘萨罗国大将军一定会将他生擒。

沙格蒂玛蒂　但我知道，他会那样做，因为，谁经得起这么大的诱惑呢？

摩　莉　迦　王后，别往下说了！我无法让夫君背弃君臣之义，也无法要求他从迦尸回来。大将军一家满门忠良，永远都不会做乱臣贼子。他们以效命君王为己任，除非有人证明国王自己背叛了国家。

沙格蒂玛蒂　怎么跟你说呢？摩莉迦，我喜欢你，当初很想让你做我儿媳，但骄横的拘萨罗王没有答应。眼看你大难临头，我对你动了恻隐之心，所以前来提醒。

摩　莉　迦　够了，王后，够了，我俩各人自扫门前雪吧。没有跟你那莽撞无礼的儿子结婚是我的幸运。不要为别人操心，瞧瞧自己的境况吧，曾经的正宫王后，如今……

沙格蒂玛蒂　（怒）摩莉迦，你好自为之吧！我走了。

摩　莉　迦　傲慢的女人啊，你贪求权势，但我清心寡欲，我只接受过女人要贤淑忍让的教诲。一切听从命运安排吧！

（换场景）

第四场

（迦尸，夏玛宅邸里）

夏　　　玛　（独白）沙兰德尔！你这都干了些什么呀？你这简直是用天雷轰击我的爱情藤蔓！倒霉的班图罗怎么就接受了决斗邀请呢？拘萨罗国大将军中计被杀，你也被他打伤成了俘虏。亲爱的沙兰德尔！怎么营救你呢？（做思考状）

萨姆德尔　夏玛！听说姑娘国色天香，斗胆前来打扰，不知可曾冒犯姑娘？

夏　　玛　（观察萨姆德尔）公子说哪里话呀，这就是您的家。夏玛怎能忘记待客之道？寒舍随时准备伺候您。公子是外乡人吧？第一次来迦尸城？您先请坐。请问有何吩咐？

萨姆德尔　（一边坐下一边说）是的，美人儿，我是外乡人，不过以前也来过一次迦尸城。上次就被你的火辣身姿变成了飞蛾，这次我还是来扑火的，不知可否得到姑娘的垂怜？

夏　　玛　请公子先稍事休息，消除鞍马劳顿，然后我们接着叙谈。维洁雅！带公子去房间歇息。

（维洁雅上，领走萨姆德尔。另一女仆上）

女　　仆　主子！省督说，夏玛的吩咐我定当照办，一千个金币就不必了，但需要找个替死鬼，因为大将军已遇害，而且沙兰德尔被抓获的消息也已传开。现在还没几个人认识他，所以可以找个替死鬼连夜绞死。

夏　　玛　好，听清楚了。去，赶紧把乐器收拾好。来了一位贵客。快去，别耽搁。（女仆下）（独白）关在金丝笼里的夜莺哪有站在绿树枝上吃着酸涩野果的夜莺快乐？在广阔的蓝天下展开小小的翅膀飞翔本身就是一曲优美的音乐，而在金丝笼里它不是在唱歌，而是在悲泣。我就像那只自由自在的夜莺，已经摆脱了对王宫的依附，喜怒哀乐全由自己！像花儿一样到来，像花香一样离去。我要在梦的月光里乘着带有檀香的南风玩耍。我要用百花的干粉为自己炮制胭脂，哪怕无数的蓓蕾会因此香消玉殒！我才不管会有多少花儿会因我丧命！看着花儿枯萎，亲手把她们揉碎，简直是人生一大乐事。

（萨姆德尔上）

夏　　玛　（站起身）公子没遇上什么麻烦吧？女仆们粗鄙无礼，还望公子见谅。

萨姆德尔　你果然是美女中的王后，你这日子过得也不差王后分毫。女仆们服侍得很好，我感觉就像在家里一样，心里很舒坦，很熨帖。

夏　　玛　公子的每一句赞美都让我无地自容。

萨姆德尔　美人儿！我的爱慕之情无以言表，我愿向美人儿献犬马之劳。请美人儿一展歌喉吧。

夏　　玛　遵命。（乐师上，夏玛载歌载舞）

风儿在迷人的树林里徐徐吹送，
蜂群在花朵上快乐地嗡嗡歌唱，
谁的青春光芒四射如红莲开放？
谁在凝神静气等待那谁的到来？
风儿在迷人的树林里徐徐吹送，
金色的朝霞捎来了醉人的美酒，
花雨从天而降，人已醉意朦胧，
且将戒条忘记，今日纵情狂欢，
风儿在迷人的树林里徐徐吹送。

萨姆德尔　啊，你果然有一副夜莺的歌喉！美人儿，你真是名不虚传！让我再饮一杯这样的烈酒吧，我的感官已准备好为之疯狂。

（夏玛示意，其他人都退下）

夏　　玛　公子，非常抱歉，我此时心烦意乱，没法再唱下去让您尽欢了。刚才女仆来讲了一件事，我的心情顿时乱了。仅仅是出于礼貌，我才为您唱了一曲。

萨姆德尔　什么事？可以讲给我听听吗？

夏　　玛　（佯装迟疑）公子刚从外乡来，与我相交不深，我怎能向您诉苦呢？

萨姆德尔　美人儿，你千万不要迟疑！

夏　　玛　我有个亲戚犯了罪，被关进了监狱。我托人找省督疏通。省督说，要是连夜送去一千个金币，他就可以放人，否则就不行。（哭）

萨姆德尔　这有什么好发愁的？金币我出，我去送。（独白）我也是带着秘密任务来的，刚好借此机会交几个朋友，说不定到时候还能派上用场呢。再说，还可以了解一下省督的想法。没什么好担心的。

夏　　玛　（把装金币的袋子递给萨姆德尔）请公子可怜可怜奴婢，帮忙把它送去。这么大一笔钱，我还敢托谁送去呢？要是您担心被认出，我可以给您乔装打扮。

萨姆德尔　金币我有，有什么必要给我呢？

夏　　玛　托您的福，要是您常光顾，那些金币早晚也是我的。不过，您还是把这些送去吧，不然您会以为这是娼妓的花招。

萨姆德尔　你这是说什么呀！夏玛，我的美人儿，你这是笑话我！为你赴汤蹈火我也心甘情愿。只是有个问题，他认识我。

夏　　玛　这是我首先要考虑的问题。我绝不会让你们的朋友关系变味，也不会给我们之间相互猜疑留下任何余地。让我给您乔装打扮一番吧。

萨姆德尔　好吧，亲爱的！就按你说的，给我化化妆吧。

（夏玛给萨姆德尔化妆，萨姆德尔带着装金币的袋子神气活现地走了）

夏　　玛　去吧，替死鬼，去吧！别回来！我的沙兰德尔，我亲爱的沙兰德尔！（唱道）

我愿意把我的生命，
献给你迷人的身影；
我愿意把整个世界，
献给你甜蜜的笑靥。

（换场景）

第五场

（班图罗大将军家，摩莉迦和女仆萨尔拉）

摩 莉 迦　丈夫是女人的一切。可是，唉！今天我失去了那一切。心在突突地跳，喉咙哽塞难语，悲痛无情地令所有的感官麻木、懈怠。唉！（停顿，叹气）啊，大神！给我力量吧！让我有力量忍受灾祸。给我信念吧！让我相信，来到你的脚下之后不会再有任何恐惧，灾难和痛苦都会变成快乐的奴仆，世间的恐怖不能让快乐退缩。我知道，人心在脆弱的时候更喜欢装出坚强的样子。但是，请你让我不要装模作样，请你让我不要自命不凡。给我获得内心平静的勇气吧，请给我力量！

萨 尔 拉　主子，请您坚强一些吧。

摩 莉 迦　萨尔拉，要是不坚强，这颗心早已破碎，这躯体也已僵硬。失夫之痛对女人来说是何等的诅咒啊！任何一个女人都不应该遭受这样的痛苦。

萨 尔 拉　主子，这样的痛苦只有大神才能够抚平。大神是唯一的依靠。

摩 莉 迦　萨尔拉，我记起来一件事。

萨　尔　拉　什么事，主子？

摩　莉　迦　昨天我邀请了大护法舍利弗，今天他要来。你去看看，要是还没准备好，那就赶快准备斋饭，去吧，快去。（女仆离去）如来佛呀！你的教导能洗净心灵。你说世界上一切皆苦，你也教人们解脱痛苦的方法，你说从小虫子到天帝因陀罗众生平等，你拥抱罪人和贫苦人，你用神圣的慈悲之雨滋润世界……无量光佛啊，愿你胜利！

（萨尔拉上）

萨　尔　拉　主子！斋饭安排妥了，不用担心，但是……

摩　莉　迦　没有但是，萨尔拉！我也是女人，我正在感受女人心灵的脆弱。我的心在哭泣，我浑身的血管在收缩，但是，待客之道必须遵循。

（舍利弗和阿难上）

摩　莉　迦　阿弥陀佛！奴婢向两位尊者敬礼。欢迎光临！

舍　利　弗　愿你平静！愿你常乐！

摩　莉　迦　尊者，斋饭已经准备好了，请去用斋。

（萨尔拉端来水，摩莉迦服侍两位尊者浴足。两位尊者坐下来用斋。萨尔拉不小心摔坏了一件黄金器皿，摩莉迦叫她另拿一件来）

阿　　　难　女施主，请宽恕女仆的过错。生住坏灭，世间万物概莫能外。这本是那件器皿的归宿，怪不得那可怜的女仆。

摩　莉　迦　尊者所言极是！

舍　利　弗　阿难，你以为摩莉迦会对女仆发火？你以为她会因为金器摔坏了而难过？你到现在都还没发现，女施主夫君遇害的消息在我们到来之前不久才传来，但这并没能动摇她尽责的信念，更何况那只是一个金属器皿！（对摩莉迦说）你的坚韧值得称赞！阿难，向女施主学习学习该如何尽责吧。

阿　　难　令人敬仰的女施主啊，请你宽恕我对你的揣度！今天我相信了，仅仅穿上袈裟，不可能参透佛理，拥有一颗纯净的心才能做到。

摩 莉 迦　世尊佛陀已经用至理之言告诉我们，眼前的一切都不长久。我已看出，这一切都是幻象。我已永远皈依佛法。它引人向善，给人保持平静自若的力量。它是我人生的归宿。（向舍利弗行触足礼）尊者，请祝福我吧！让我不再动摇。

舍 利 弗　夫人快快起来！快快起来！我还能拿什么教导你呢？你的品德和言行，还有你坚毅的性格，本身已堪称典范。你的内心无比平静。你明明知道谁是你的仇敌，但是，你不仅出于大爱顾全大局，而且没有怀恨在心。

（拘萨罗国王普罗森吉德上）

普罗森吉德　尊者，本王向您致敬！摩莉迦夫人，我是来请求你原谅的。

摩 莉 迦　恭迎大王！哪有大王请求原谅之理？

普罗森吉德　不，我有罪。我对班图罗大将军问心有愧，他的死与我脱不了干系。

摩 莉 迦　大王，这已不是什么秘密！您竟对臣下设如此阴险的骗局！这真是君恩浩荡啊！

普罗森吉德　谴责我吧！诅咒我吧！摩莉迦，你的脸上为何没有一丝仇恨？有什么愿望，请尽管说吧，我一定让你如愿以偿……

摩莉迦　（合十敬礼）大王，我没有别的愿望，请允许我离开您的王国，到一个远离纷扰的地方居住。嫉贤妒能把您的心变成了正午的烈日，我要远避它的赤焰，寻一处阴凉休憩。别的我什么都不想要。

舍利弗　慈悲的化身啊！愿你无往不胜。（合十敬礼）

（换场景）

第六场

（茅舍，频毗娑罗王和瓦萨薇）

频毗娑罗　月光明则星光淡，星光耀则月不明，这就是所谓的白半月和黑半月吧？夫人，你可曾想过这个问题？

瓦萨薇　夫君，我倒认为，蓝色的天幕把秘密都给藏了起来，想显示多少才显示多少。望日之夜它把一轮满月挂在胸前玩耍，朔日之夜它又缀上满天星斗。

频毗娑罗　柔嫩的树叶不招谁不惹谁地挂在枝头，狂风为何要将它们抽来打去？

瓦萨薇　它就是这样运行的，谁挡在它路上它就吹打谁。夫君，时间也是这样运行的，它就这样流逝着，不管大山的时间还是树叶的时间。

频毗娑罗　可是风的运行变化多端，这是为什么？

瓦萨薇　这个问题圣哲们也不能完全讲清楚吧。也许正因为变化莫测，人们才叫它狂风嘛。

频毗娑罗　夫人，每一桩不测事件都发端于这样一股狂风。世界上处处都有狂风：水中叫漩涡，地上叫旋风，对国家对社会来说叫动荡，对道德人心来说叫罪孽。

（切尔娜上）

频毗娑罗 得，我们正在聊狂风，你就到了！哪股风把尊贵的王太后吹到这寒碜的茅草棚里来了？

切 尔 娜 我是狂风，想到哪儿就吹到哪儿。我要看看，这股风到底有多厉害，能不能刮出个大漩涡来！

瓦 萨 薇 切尔娜！妹妹！你这是怎么了？

切 尔 娜 疯狂！还能怎么了！你还没有心满意足？是到此为止呢，还是要继续捣乱下去？

瓦 萨 薇 怎么了？阿阇世一切安好吧？没出什么事吧？

切 尔 娜 你到底想要什么！萨姆德尔在迦尸被杀了，拘萨罗国和摩揭陀国打起来了，阿阇世也打仗去了，整个王国都乱了。

频毗娑罗 仗打得怎么样？（扭过脸去）关我何事？

切 尔 娜 一个叫沙兰德尔的匪徒约拘萨罗国大将军决斗，然后用计把他杀了。大将军死后，拘萨罗国军心不稳，阿阇世趁机发起进攻，打了胜仗，占领了迦尸。

瓦 萨 薇 那你还为何如此惊慌？是你一心要阿阇世成为武功盖世的英雄，是你一手把王子教得如此蛮横霸道，你有什么好抱怨的？

切 尔 娜 我凭什么不抱怨？你有本事捅娄子，有本事收拾局面吗？那不是你父王给你的陪嫁吗？

瓦 萨 薇 东西是人家给的，现在人家要收回去，我哪有不还之理？你倒是说说，太后之位本来是我的，夫君把它给了你，我何曾说过一个不字？

切 尔 娜 我可不是来听你奚落的。瓦萨薇，我来给你传个信儿：你输了！

频毗娑罗 这何需太后娘娘劳神费力？随便打发个跑腿儿的不就行了？

切 尔 娜 跑腿儿的哪里代替得了我？他们说不清道不明，既不能替我看瓦萨薇脸上的表情，也不能让瓦萨薇听得这么高兴。

频毗娑罗 （站起来）切尔娜！我让出了王权，但我没有让出人格。忍耐是有限度的。恶妇！滚！不知羞耻！野蛮的离车族人！

瓦 萨 薇 妹妹，你走吧！去坐上王位掌管国家大事吧。跟我们白费口舌你觉得其乐无穷？你那么聪明，我还能跟你说什么呢？

（切尔娜离去）

瓦 萨 薇 （祈祷）

神明啊，赐给人们智慧吧！
请您用慈悲浇灌人的心田，
让智慧的种子生根发芽。
神明啊，赐给人们智慧吧！

（吉沃迦上）

吉 沃 迦 大王万岁！

频毗娑罗 吉沃迦，你来得正好！我的心正烦躁着呢。有什么新消息吗？

吉 沃 迦 乔赏弥的消息都通过信函报告给您了。有一个新情况：玛根提的阴谋败露，伯德玛沃蒂公主恢复了尊荣。邪恶的玛根提在宫里纵火烧死了自己。

频毗娑罗 伯德玛我的女儿，苦了这么多日子，你的性命总算保住了！

瓦萨薇 拘萨罗国有何消息？王弟宽恕维鲁特迦没有？他近日在哪里？

吉沃迦 迦尸的沙兰德尔就是他。他跟摩揭陀王，不对，不对，他跟库尼佳王子勾结起来杀害了乔萨罗国大将军班图罗。眼下他正四处挑起叛乱。

瓦萨薇 神明啊，这是怎么了？孩子们都在想什么？王族就是这么教导后人的吗？

吉沃迦 普罗森吉德大王负伤后离开了战场。后来发生的事情我就不知道了。

频毗娑罗 吉沃迦，你去休息吧，我现在也不想听更多的消息。到处都是叛乱、争斗、杀戮、侵凌、阴谋和欺骗，由它去吧！你松一口气，离开那些风暴，让这个世界接受被太阳的炽焰化成的铁水的洗礼吧！让失去信仰的这股狂风疾驰，让万物众生的罪恶增长，让狡诈且不知感恩的众生每天在对付新问题中扬起愚昧的尘土！最后，让这一切在一阵狂笑中收场吧！（疯疯癫癫地离去）

（换场景）

第七场

（拘萨罗国境附近，摩莉迦和狄尔克卡拉延）

狄尔克卡拉延 不，我绝对无法接受。尽管您认为这是每个人的天职，但救一条毒蛇任何时候都没有好处。

摩莉迦 卡拉延！你的血液还在沸腾，你的复仇之心还在狂跳，但是，你想一想，如果一个人的心里有大爱，有慈悲，那么，曾经的伤害岂能动摇他履行天职的决心？

狄尔克卡拉延 您是女神，您可以思考那个只存在于人们想象中的九天之外的世界的事情，但是，我是这个充满纷争的世界上的凡人。在这个世界上，虚空都会产生回声，砸出去的石子都会尽力向投掷者反弹。所以我要说，您不应该把奄奄一息的拘萨罗国王救过来，他是那么傲慢，他是那么罪恶多端。

摩　莉　迦 我很清楚自己该做什么。我已经在慈悲的胜利旗帜下立下坚定的誓言——永远跟它走，一步也不后退。卡拉延，我将像一个信念坚定的战士，将自己有限的生命献给慈悲。

狄尔克卡拉延 那我走了，您请便。

摩　莉　迦 等等，我想问你一件事。你难道没有参加这次战争？拘萨罗国的失败难道不是你故意一手造成的？拘萨罗国王身负重伤难道不是因为你没有像一个真正的战士那样在这场战争中巍然屹立？既然你连基本的为臣之道都无法坚守，那如何指望你能舍弃一己之私造福天下苍生？我相信，如果拘萨罗国的军队拿出真本事来，这样惨痛的事情是不会发生的。

狄尔克卡拉延 这怎么能算我的错呢？我只不过跟大家一样希望看到这个结果而已。

（受伤的普罗森吉德从茅舍走出来）

普罗森吉德 夫人，您的大恩我已无法承受。您清凉的慈悲心战胜了我这块炽热的铁，无论多少次向您请求宽恕我也无法心安。请允许我回舍卫城吧。

摩　莉　迦　大王，您这是什么话！难道您是我的囚犯？您随时都可以高高兴兴地离开这里！

普罗森吉德　不，夫人！您的仁慈缚住了罪人的双脚，您的宽恕铐住了罪人的双手。没有你的允许，我无法离去。

摩　莉　迦　卡拉延！这是你的大王。去，把他安全护送到舍卫城。我相信你双臂的力量，也相信你的品格。

普罗森吉德　哪个卡拉延？大将军班图罗的侄子？

狄尔克卡拉延　是的，陛下！卡拉延向您致敬！

普罗森吉德　卡拉延！你的母亲已经吩咐过了，明天你会护送我回都城吗？看，母爱的化身就在眼前！在我身陷危难之际，她像伺候孩子一样照料我。你难道不对她心生虔敬之情？如果你已经虔敬地匍匐在了她神圣的脚下，那你此生何其有幸！（匍匐，向摩莉迦行触足礼）

摩　莉　迦　快快起来！大王，快快起来！您也无权破坏尊卑有序的良俗。

普罗森吉德　如果您允许，我就封狄尔克卡拉延为大将军。这位英雄身上能看到已故大将军班图罗的影子，这会帮我忏悔自己犯下的罪行。夫人！我承认，我对班图罗大将军犯下了滔天的罪行！您的宽恕是对我的严厉惩罚，我的心犹如被烈火焚烧。夫人，诅咒我吧！让您的诅咒浇灭那地狱之火吧，好让罪人能畅快地呼吸。

摩　莉　迦　过去您的心如铁石般坚硬，上面曾经留下了狰狞的图画，难道它们还会磨灭吗？如果您愿意，现在就画上一些美丽的图画，让自己习惯于在为他人送去快乐中得到快乐吧。

普罗森吉德 愿您送给我的祝福成真！走吧，卡拉延！

（二人向摩莉迦敬礼，离去）

摩　莉　迦 （祈祷）

这是无边无际的幻网，
这是波涛翻滚的苦海；
痛苦的漩涡如何肆虐，
它也逃不过刹那生灭；
一切都将被时间吞没，
愿心如止水平静无波。

（阿阇世上）

阿　阇　世 去哪儿了？我的眼中钉，肉中刺，去哪儿了？美丽的姑娘，快告诉我，那狂妄自大的拘萨罗国王去哪里了？

摩　莉　迦 库尼佳王子，少安毋躁，少安毋躁！你在找谁？如此英俊的脸为何要带上可怕的怒容？为何要把它变得如此扭曲狰狞？冷静冷静，歇息歇息。你瞧，无忧树的这片阴凉会把你的心变得柔软。坐下来吧，坐下来吧。

阿　阇　世 （被施了咒术似的，坐下）难道普罗森吉德不在这里？可消息是探子刚报告给我的呀。

摩　莉　迦 是的，他就是在这里养的伤。他已经痊愈，刚刚离开。可是，你把他抓去干什么？你一路奔波而来，是想要热血，还是清凉的水？你已经在战场上获得荣耀，难道还要像个刽子手一样将他追杀？英雄应当渴望胜利，而不是杀戮。

阿 阇 世　女神啊，您是谁？我的心一下子柔软下来，它要向您顶礼。如此打动人的话语我从来还没听到过。

摩 莉 迦　我是拘萨罗国大将军的遗孀。你要阴谋要了他的命，夺去了迦尸。

阿 阇 世　那是拘萨罗国王的阴谋，您知道吗？

摩 莉 迦　我知道。我还知道，万物众生都将复归尘土。

阿 阇 世　那您还救那个恶人！这是什么样的宽恕啊！太不可思议了，只有神……

摩 莉 迦　不，王子，这不是神才做得到的，而是人应该做到的。善良、慈悲、同情心和圣洁是为人心准备的。

阿 阇 世　女神啊，请您宽恕我！我走了，不攻打拘萨罗国了。我本想立即拿下虚弱的拘萨罗国，但是，我要回去了。

摩 莉 迦　回去吧，回去敬奉师尊和长辈吧。

（阿阇世下）

（换场景）

第八场

（舍卫城郊外一树林，夏玛和沙兰德尔在饮酒）

沙兰德尔　亲爱的，来到这里我很开心。

夏　　玛　怎么，迦尸城已经让你厌烦？我的美貌已经让你餍足？

沙兰德尔　不，夏玛！你的美让我忘记了自己的强盗身份。我忘记了自己是谁，我的目标是什么。而你，你是一个猜不透的谜！你让猛兽变得温顺，你那慵慵懒懒的美令我不知餍足，不知它正把我带往哪里！美人儿啊，你

究竟是何方神圣？（饮酒）

夏　　玛（唱道）

黄昏的荒野里，我推开茅舍的门守候，
夜晚，我点上灯守候，
受过盗贼的欺骗，受过千百人的唾弃，
我望穿秋水，守候着那个旅人，
我垂下眼睑，犹如心的舞台拉上了幕布，
我洒下滴滴清泪，恰似我苦苦守候的汗珠，
我的心在追问，茫茫世界，情付与谁？
长吁又短叹，欲哭泪已干。
且让我寻一处无人的角落静静歇息，
把爱遗忘，让痛苦沉睡，
让断弦断，让时间流逝，让蓝天变黑，
可是，待黑夜降临，又是两行泪珠。

（沙兰德尔喂她喝酒）

沙兰德尔　我就要飘飘欲仙了！啊，音乐、美女、酒，夫复何求！（二人饮酒，夏玛入睡）（独白）躲在迦尸那座窄逼的房子里我总有些提心吊胆。毕竟萨姆德尔达多是因为我被杀的，所以我不能明目张胆地去跟阿阇世联合起来干点儿什么。我还要在这个女人背后躲多久？她已经成了我成就一番伟业的绊脚石。她用这种爱捆住了我的手脚。不，我再也不要沉溺在这个深渊里。事业道路上那些娇弱可爱的藤藤草草必须毫不留情地清除掉。那么，还有比今天更好的时机吗？……

（夏玛从噩梦中惊醒）

夏　　玛　沙兰德尔……

沙兰德尔　亲爱的，怎么了？

夏　　玛　我渴。

沙兰德尔　想喝什么？

夏　　玛　水。

沙兰德尔　亲爱的，没有水，只有清凉饮料，喝吧。

夏　　玛　毒！噢，我头晕。我喝得太多了。水……我要水……梦太可怕了。你会让我饮下一杯火辣辣的毒汁吗？（半闭着眼，唱道）

毒汁也会化作甘露，
只要是你亲手所递；
我的眼睑沉醉难抬，
我的心意不住战栗；
噩梦扭曲了我五官，
我的心仍把你呼唤。

沙兰德尔　呸呸，你这是什么话呀？还在梦中吧。来，喝点儿东西。（喂夏玛饮料）

夏　　玛　我这辈子只爱过你。你不会欺骗我吧？啊，这地方太可怕了，跟梦中……

沙兰德尔　胡说什么！睡吧，在林子里走得太累了。

夏　　玛　（闭着眼）为何要带我来这里！待在家里不是也很快乐吗？

沙兰德尔　也应该出来欣赏欣赏青翠的森林散散心啊。你为何如此心神不宁？

夏　　玛　不，不，我不敢睁眼，我害怕。你是我唯一的依靠，你

一定要陪着我，寸步不离。（入睡）

沙兰德尔 （独白）睡着了！唉，心中还是生出了一种疼，一种痛。啊，它是如此柔软！不，不！她正是利用萨姆德尔达多对她的信任谋害了他的性命。她是一条毒蛇！当断不断，反受其乱。我要去复仇，我要去点起燎原之火，无论是娇弱的花花草草还是参天大树，只要挡在路上，都会被烧毁。那么……

夏　　玛 （醒）沙兰德尔，看……太可怕了……（闭眼）

沙兰德尔 事不宜迟，赶紧趁四处无人下手！（掐住夏玛的脖子，夏玛挤出几声哀哭后身体瘫软下去）好了，我该走了。不行，得带些钱财。（摘下夏玛的首饰）

（佛陀和阿难上）

阿　　难 世尊，提婆达多兴风作浪，不择手段地污蔑世尊，他应该得到应有的惩罚。

佛　　陀 那不是我的事。内心的痛苦和肉体的痛苦都与我不沾边，都伤害不了我。我们只需做自己该做的事，想一想他人的秽行都会在心上留下不洁的阴影。

阿　　难 您看，为了败坏您的名声，他在金贾这件事情上真是极尽诽谤之能事啊。

佛　　陀 但是，谁能用筛子遮住太阳？一切都将淹没于这刹那生灭的洪流中，我何必去做那些无谓之事？金贾之事不是真相大白了吗？她想向我泼脏水，到头来一切不攻自破，自己还落得了悲惨的下场。阿难，不理会他人的非难才是最有力的回击，理会他人的恶意伤害反而会玷污自己的心。我们应该做的是用纯正之心去行善行。

阿　　难　世尊所言极是。（看见夏玛的“尸首”）哎呀，不得了！走吧，师父，赶快离开这里！您看，这里发生过凶杀案。

佛　　陀　是个女人。阿难，把她抬到寺院里去。她需要帮助。

阿　　难　世尊，您的教敌会拿这事大做文章。您就不怕寺院里有一具女人的尸首会给您抹黑吗？

佛　　陀　难道因为害怕抹黑就可以忘记慈悲为怀的愿心？万一因为我们的救助她渡过了难关呢？而且我敢肯定，她还没有死。阿难，别耽搁。再说，她要是死在了这里，那边就是寺院，我们怎能免得了被人说三道四？

阿　　难　遵命，师父！

（二人把夏玛抬走，沙兰德尔上）

沙兰德尔　（独白）咦，有人把她搬走了。我的人把她家的金银财宝搜罗一空，全给我带来了。现在我该去哪儿？舍卫城本是我的都城，但现在我一刻也不停留。见过母后了，手头还有这么大一笔钱财，现在我要跟卡拉延见上一面，然后直奔王舍城见阿阇世。没什么好担心的，夏玛死了，没有人会把萨姆德尔达多之死的秘密讲出来。寺院里聚集了好多人，此地不宜久留，我得走。（离去）

（一比丘上）

比　　丘　（独白）简直太神奇了！那死去的女人又活了过来。就这么一会儿那帮坏蛋闹得多凶啊，寺院里都被人挤满了。坏蛋们蛊惑老百姓，说那女人就是伪君子乔达摩杀死的，还说乔达摩图谋不轨，杀人灭口！不过，那女人一苏醒过来，个个都无地自容了。现在人们又说，乔达摩了不得，乔达摩是大神仙，他能让人起死回生！人就跟蛇一

样，嘴巴里有两个舌头。我得走了，有人叫我。（离去）

（沙格蒂玛蒂王后和大将军卡拉延上）

沙格蒂玛蒂 怎么，大将军，对自己的职位满意吗？你也许忘记自己舅舅的下场了吧？

卡　拉　延 不，王后，这辈子岂能忘记！摩莉迦夫人要我接受这一职位，我有什么办法？但是，我的心里还是燃烧着仇恨的火焰！

沙格蒂玛蒂 你应该在这方面有所作为，像女人一样哭是没用的。维鲁特迦见过你了吗？

卡　拉　延 王子胆识过人，他跟我说："我刚杀了个人，筹到了一大笔钱，你拿去招募一支秘密军队。我继续去做各种努力。要是你欺骗我，那就请你记住，沙兰德尔不懂得怜悯任何人。"听了他的话，我惊呆了。王后，我当然答应了他！看到这个年轻人，我的魂魄都在战栗。

沙格蒂玛蒂 好吧，那你就妥善安排吧，我会帮助你的。不过，这个地方不是也上演了一出好戏吗？

卡　拉　延 我们也是来看这出戏的。太神奇了！那女人怎么就活过来了呢？要不然乔达摩的美名就全毁了。

沙格蒂玛蒂 我们得快些走。老百姓都往城里去了。你要备加小心。我的马车也会停在外面的。

卡　拉　延 我会招募些自己的人马，把他们跟国王的军队混编在一起，起事时他们只服从我们的命令。

沙格蒂玛蒂 还有件事要告诉你——乔赏弥国的使者来了。乔赏弥国和拘萨罗国的军队可能会合力攻击阿阇世的军队，到时候你怎么办？

卡　拉　延　到时候我会尽一个大将军的职责，攻打摩揭陀国的军队。这次我一定要捉住阿阇世。自家的事情不拿到外边去解决。

沙格蒂玛蒂　（想了想）好吧。

（二人下）

（换场景）

第九场

（去乔赏弥国的路上，吉沃迦和瓦森德迦）

瓦森德迦　哈哈，此事岂能归咎于我？

吉　沃　迦　你成天跟在大王身边，而且还以此为荣，为何不多想想办法……

瓦森德迦　让大王变坏？

吉　沃　迦　哎呀，不是变坏，是变好，这样的智力还……

瓦森德迦　呸呸呸！大王想变好那是他自己背后要做的功课，我们这些臣子只能做些让他变坏的事，这点你都不明白？

吉　沃　迦　那你都在做些什么？

瓦森德迦　王权好比一道张牙舞爪的闪电，它想往哪里拐就往哪里拐。我成天都在干些把它理顺捋直的活儿，诚惶诚恐将它恭敬恭敬，歌功颂德将它打扮打扮，插科打诨将它逗弄逗弄，要不然谁知道它会击中谁？口中不离"大王圣明""大王威武""千真万确""堪比神明"之类的……

吉　沃　迦　住嘴！不要叽叽呱呱了。正是你这样的笨蛋扰乱了朝纲！从来都是一副嬉皮笑脸没正经的样子。

瓦森德迦　哪是嬉皮笑脸？是开怀大笑。笑能消食，比你的草药有效多了。我哪里扰乱朝纲了？正经事我啥时候耽误过？你倒是一本正经，拿镜子瞧瞧自己那愁眉苦脸吧。上朝就要匡正君王！如今……

吉 沃 迦　那又怎样？本人恪尽职守，万死不辞——

不图享乐不畏险，

鞠躬尽瘁志如山。

瓦森德迦　那又怎样？本人对自己的肚皮也是恪尽职守，本人为了名利地位也是万死不辞，本人面对他人的疾苦也是不动如山，明白吗？而且，我们君臣之间琴瑟甚笃，这你是知道的。

吉 沃 迦　马屁精！

瓦森德迦　你这号心怀天下的忠臣就知道劝谏，喋喋不休半天不光惹恼君王，自己还口干舌燥。舌头是用来品尝美味的，不是拿来鼓捣废话的。大王长篇大论之后，臣子紧跟着应一声“遵旨”，然后恭恭敬敬地垂首而坐就万事大吉了，不然谁让你坐到朝堂上去？

吉 沃 迦　你这号马屁精活得真下作！

瓦森德迦　您这号自以为是的人就活得高尚？不管人家愿不愿意，处处好为人师，自以为包揽了人间美德。

吉 沃 迦　好了，好了，兄弟，你说得对，好吧？你快走吧，眼不见，心不烦！

瓦森德迦　伯德玛沃蒂说：“告诉吉沃迦大人，不会伤害到阿阇世，我们这么做只是想给他个教训。另外，请告诉母后，伯德玛沃蒂很快就会在舍卫城见到她。”

吉 沃 迦　好的，开战的事定下来了？

瓦森德迦　是的，普罗森吉德大王也会出战。他和乌达延大王已经商议好了，两国合力攻打摩揭陀国。我们想去那里向频毗娑罗王请安，准备好吃的哦。听清楚没？

吉 沃 迦　贪吃鬼！打仗的时候只有乌鸦、秃鹫会想着填饱肚子。

瓦森德迦　经典上说：刹帝利打仗杀人，婆罗门喝饱吃撑。因为打仗杀人必生悔恨之心，不请婆罗门，他们怎么忏悔？哈哈哈哈……

吉 沃 迦　走吧，大人，告辞！

（二人下）

（换场景）

第十场

（摩揭陀，切尔娜的宫里，切尔娜和阿阇世）

切 尔 娜　取得一点点成功就自满了，懈怠了，肚子就填饱了！

阿 阇 世　母后，请您宽恕。战争十分恐怖，它会让无数妇女失去丈夫。把军人生涯描绘得如史诗般豪迈，不知出于哪个阴谋家头脑中的可怕想象。战争只会把文明人被压抑的兽性又激发出来，战场的景象惨不忍睹。

切 尔 娜　胆小鬼，闭上你的眼睛吧！如果你是这样一个懦夫，那你当初为何要篡夺你老父亲的王位？

阿 阇 世　母后，因为听从了您的吩咐。时至今日我都愿意放弃王位，愿意服侍在父亲左右。

（提婆达多上）

提婆达多　但是，您已经走得太远，您已经没有机会回到过去了。看那边，拘萨罗国和乔赏弥国的联军已经轰隆隆地向摩揭陀国开过来了。

切尔娜　要是当初向拘萨罗国发起进攻，就不会有今天这样的情况了。

提婆达多　萨姆德尔达多被杀令您心烦意乱，但是，您难道是靠他当上大王的吗？他贪恋女色，活该有此下场。成大事者应当相信自己的力量。

切尔娜　王儿，我曾经坚信，你会一统天下，成为婆罗多大地的主人，而我，作为一代英豪的母亲，有朝一日会骄傲地让你礼敬我的双足，但是，唉！我不仅失去了服侍丈夫的资格，儿子也……

提婆达多　别，别，太后请勿如此悲伤。阿阇世是你生养的盖世英雄。战争的恐怖场面也曾一度融化阿周那[1]的心。

（维鲁特迦突然来到）

维鲁特迦　太后万福！阿阇世我的兄弟，你相信我变成强盗了吗？但是，我也是王子，你跟我有着共同的目标。

阿阇世　跟你！不，绝不！你的阴谋招致萨姆德尔达多被杀，何况摩揭陀和拘萨罗现在是敌人，我怎么相信你？

维鲁特迦　只有一件事我俩都相信，那就是你不想吞并拘萨罗国，我不想吞并包括迦尸在内的摩揭陀国。你看，大将军卡拉延是拘萨罗国军队的统帅，他是我的人。庞大的联军像海啸一样滚滚而来。我持剑发誓，我将攻击乔赏弥国的军队，已被狄尔克卡拉延削弱的拘萨罗军队则由你对付。这样你就可以相信我了。时不我待，事不宜迟！

切尔娜　维鲁特迦王子，你难道要站出来跟你父王作对？怎么才

① 阿周那，印度史诗《摩诃婆罗多》中主要人物之一，般度族的人英雄 。——译者注

能相信……

维鲁特迦 作为一个被废黜、被羞辱的王子，我有权在战争中选择站在哪一方，因为这是刹帝利武士合乎正法的谋生手段。是的，我自己不会跟父王拼杀，所以，我希望跟乔赏弥国的军队对垒。

切尔娜 战鼓声已近，没时间多疑了。

阿阇世 全凭母亲吩咐。

（切尔娜敬神。后台传来战鼓声，维鲁特迦和阿阇世奔赴战场）

（幕终）

第三幕

第一场

（摩揭陀国王宫，切尔娜和提婆达多）

切尔娜 骗子，你骗得我好惨！儿子做了异国他乡的阶下囚，丈夫做了我自己的阶下囚！伪君子，这都是你出的好主意。

提婆达多 妇人！胆敢对出家人出言不逊，莫非你被王权冲昏了头脑？是你对王权的贪求，是你的野心，驱使你做下了这一切。你怎可诿过于人？难道是我在享有这个王国？

切尔娜 骗子！接受你以正法的名义施与的蛊惑是我的错，但是，去舍卫城玷污乔达摩名声的人是谁？试图驱使发疯的大象去踩死乔达摩的人是谁？噢，我怎么会如此糊涂！真想立刻把这个魔鬼碎尸万段！侍卫！

（侍卫上）

侍卫 太后万岁！请问有何吩咐？

切尔娜 立即把这个秃驴关起来！立即把瓦萨薇给我抓来！

（在侍卫的示意下，提婆达多被逮）

提婆达多 你会遭报应的！

切尔娜 想吓唬受伤的母狮？想凭双手挡住山洪？提婆达多，你给我听着！女人在这种情况下什么都做得出来！现在，你的诅咒吓不倒我。你准备好为自己做的事享用报应吧。

（瓦萨薇上）

切尔娜 你现在心满意足了吧？

瓦萨薇 切尔娜，你这是什么话？阿阇世被俘了，我很高兴，你怎么能讲出这种话！难道他不也是我的儿子吗？

切尔娜 口蜜腹剑的魔鬼！你以为我还会上你的当？哼，如此大胆，如此阴险狡诈！今天我要把你的心挖出来，看看里面都装了些什么货色！瓦萨薇，你颤抖吧！今天我可是一头饥饿的狮子。

瓦萨薇 切尔娜，我不怕这些。要是你能从中得到快乐，你就这么做吧。但是，有一件事你得想好了——要是拘萨罗的人听到你这样对待我，你就不怕他们不是尽快放了阿阇世，而是做出别的事情来吗？

切尔娜 他们会做出什么事情来？

瓦萨薇 将来的事情将来才会发生，但是，尽管不情愿，我还是要去一趟拘萨罗，尽我所能把阿阇世带回来。

切尔娜 想得美！握在手里的筹码，我会轻易放出去？瓦萨薇，你以为你在教导伯德玛沃蒂吗？

瓦萨薇 切尔娜，妹妹！你怎么那么笨啊！你以为我贪生怕死？你以为我去拘萨罗是贪图享受？你到现在还相信我在这样的情况下舍得抛下夫君远去？我唯一的目的是去让两国重修旧好。

切尔娜 何以证明？

瓦萨薇 切尔娜，为了让你相信我的话，我把夫君托付给你照顾。切尔娜，别吃惊，你也是他明媒正娶的妻子。对，我只有一个请求，那就是别以任何方式为难他。不管怎么说，他也是你的丈夫。还有，把提婆达多放了。不管他对我们使了多少坏心眼，但他毕竟是出家人，宽恕他的罪责吧。

切尔娜 （对军士们说）放了他吧。提婆达多，你不许再在摩揭陀露面。

（军士放人，提婆达多离去）

瓦萨薇 切尔娜，好好治理王国，不要让戾气蔓延，不要让任何人受到伤害。还有，亲爱的切尔娜！如果有可能，你要去服侍夫君，尽一个女人的本分。

切尔娜 瓦萨薇！姐姐！（哭）求求你，把我的库尼佳带回来。我以前不知道，我的心里对儿女怀有那么多的慈爱。要是早知道，我就不会闹出这场无情的戏了。

瓦萨薇 切尔娜，要是早知道，女人的心是温柔的摇篮，是善良的源泉，是慈爱的家园，是虔诚的典范，那你怎么还会去假装有一腔男人的豪情壮志呢？别哭，妹妹。我走了，你就当库尼佳去姥爷家了。

切尔娜 你走吧。

（换场景）

第二场

（乔萨罗国王宫，囚禁阿阇世的牢房，巴吉拉公主上）

巴　吉　拉　（自语）天下一片纷乱。人们违逆天道，想尽一切办法争权夺利，好像一群盲人在黑暗中左奔右突。在争抢中，在追名逐利中，人们失去了天然的内心平静。兄弟相斗，父子相残，夫妻反目！爱荡然无存，野蛮的血液在沸腾，诗人用诗歌把杀人的本领赞颂！王宫变成了监狱，曾经的座上客，如今却沦为阶下囚。英俊的王子，你宽阔的额上写下了多少纯真和无畏！哈，我真是幸运！心中生出了一种新的激情，我的世界因此而焕然一新。如果这就是爱情，那它一定值得向往，人生也有了新的意义。对他的爱怜，对他的柔情，已经开始让我感到无比甜蜜！（停顿下来思考）哪天我跪到父王脚下，请求他放了这个囚徒。不求他做君王，只要他永远臣服于爱，小小的快乐就会沁满我心田，我就会心满意足，我就会陶醉地闭上双眼。（唱道）

至爱的人啊！

你在那边满腔愤懑，

我在这边满心欢喜；

收取我的两滴爱怜，

你的心会得到慰藉；

收起你炯炯的目光，

让我也凝视你片刻；

不然就射出你眼中利箭，

把我伤痕累累的心穿透，

让它不再受痛苦的折磨，

让它不再把你无情怨恨。

（窗户打开，牢房里的阿阇世现身）

阿　阇　世　好似暗夜里月儿的清辉，美丽的姑娘，你是谁？好几天我都看见你，我还误以为是场梦！可是，不！现在我已相信，大神为我派来了一位仙女，她是爱怜的化身，她的某种心愿正在将这间牢房变成花园。

巴　吉　拉　王子啊！一旦知道我是谁，你就会恨我，我再来你就会扭过脸去，那我该多难过呀！还是这样不相识的好。让我们彼此心心相印，但要让我们的心意默不作声，不给它们说话的权利。这样吧，你用爱怜的目光看我一眼，我在你的脚下报以几朵鲜花，然后我就走开。

阿　阇　世　美丽的姑娘！这样的戏我们已经演了好几天，此刻我再也无法自制。今天你必须告诉我你是谁。

巴　吉　拉　王子！知道我是谁会令你不快，否则我又何苦相瞒？

阿　阇　世　哪怕你是普罗森吉德的女儿，我也不会感到不快。美丽的姑娘，不知何故，我把所有的敬慕都奉献到了你的脚下。

巴　吉　拉　王子啊，我就是她，我就是拘萨罗公主巴吉拉！

阿　阇　世　我曾听人说，爱能战胜叛逆，今天我也信了。你的爱战胜了我叛逆的心。要是拘萨罗王此刻把我从牢房放出去，我还……

巴　吉　拉　你会怎样？

阿　阇　世　那我还怎能走得开？

巴　吉　拉　（开锁，打开牢门，阿阇世走出牢房）你可以走了。父王所有的责骂我来听，父王所有的怒火我来受。王子，你自由了！

阿　阇　世　这怎么可以！你会因此遭到严厉责罚。美丽的姑娘啊，我是你永远不会谋求释放的囚徒。

巴　吉　拉　亲爱的王子，那就随你的意吧！可是，我已无法阻止自己，不知是柔弱的心还是有力的爱在折磨着我。

阿　阇　世　公主啊！谁都看得出来，我们相爱了。

巴　吉　拉　那么，我生命的主人啊，让我把一切都奉献给你吧。（将自己的项链取下给阿阇世戴上）

阿　阇　世　亲爱的，我把这枚戒指连同我自己一起回赠给你！一头野鹿遇到一曲仙乐，它已经忘记了跳跃，它已经被你的情网牢牢束缚。（将自己的戒指取下给巴吉拉戴上）

（卡拉延突然到来）

卡　拉　延　这这这！跑到牢房谈情说爱！公主，你怎么在这儿？忘记王法无情了吗？

巴　吉　拉　谁说我一定要回答你的问话？

卡　拉　延　但是，此情此景要求你给一个说法，不向我说，那也得向大王说。囚徒，你为何这么做？

阿　阇　世　我不想回答你。我的对手是你家大王，而不是他的奴仆。

卡　拉　延　公主，对不起，职责在身，我得教训教训这个傲慢无礼的囚徒。

巴　吉　拉　凭什么？他又没逃跑，甚至没有试图逃跑，凭什么教训他？

卡　拉　延　你问我凭什么？唉，他让我对你的一片心意落了空！复仇的火焰在我心中燃烧。在那场战争中，我是为了你才奋力……

巴 吉 拉 听着，卡拉延！别信口乱说！

阿 阇 世 卡拉延，要是你相信自己的勇武，那就跟我决斗吧。

卡 拉 延 我接受，要是这无损公主的名誉的话。公主，你说呢？

阿 阇 世 那我们另择时间吧。我要回牢房了。公主，你也走吧。

巴 吉 拉 可是，卡拉延，我已经心有所属了。

卡 拉 延 先到此为止吧。您快离开这里，大王就要到了。

（阿阇世回到牢房。卡拉延和巴吉拉公主从一边退下，瓦萨薇和普罗森吉德从另一边上）

普罗森吉德 怎么，库尼佳，现在有什么想法？

瓦 萨 薇 不，不，王弟！快打开牢房！看到他这个样子我说不出话。库尼佳，我的孩子……

普罗森吉德 姐姐，我听你的。（普罗森吉德打开牢房，瓦萨薇进去把阿阇世揽入怀中）

阿 阇 世 谁？嫡母？不，你就是我的母亲！母亲啊，我的生母也没有如此慈爱地拥抱过我。今天我感受到了母亲的慈爱。母亲，我曾经给了你那么大的羞辱，你还会原谅我吗？

瓦 萨 薇 库尼佳我的好孩子，我哪里还记得什么羞辱？你的生母不是你的母亲，我才是你的母亲。她是恶魔，她把我娇弱的孩儿送进了牢房！王弟，我想尽快把库尼佳送回摩揭陀执掌朝政，请你妥为安排吧。

阿 阇 世 不，母亲，让我再多离开那乌烟瘴气的国都几天吧，让我在母亲的慈爱里多歇息几天吧。

（阿阇世跪下，瓦萨薇施无畏印）

（换场景）

第三场

（林中，维鲁特迦）

维鲁特迦 （自语）相思情积聚在胸中如天空中涌起饱含雨水的乌云！树在风的狂乱拥抱中战栗，枯枝纷纷绽出新芽。唉，多情的雨季又来临！（唱道）

在思春少女的眸子里沉睡了如许时日，
乌云啊，今天你为何突然化作带着烈焰的雨？
你如此低垂，何人令你苦苦思念？
在哪颗冷酷无情的心里，你结成了坚冰？
又是哪一份温暖，把你化作了柔情的水？
杜鹃的啼鸣是你发出的悲声，
满天的星星是你流出的眼泪，
爱怜的化身啊，是什么样的苦痛惹你哭泣？
哪片心湖的烈火还没有熄灭，
把湖水蒸腾成了遮天蔽日的云气？
像一个远行的旅人，你拖着疲惫的脚步回来了，
记忆如闪电，它又唤醒了你哪一世的浓情蜜意？

（摩莉迦上）

摩 莉 迦 王子，你看上去心情好多了，我感到很欣慰。

维鲁特迦 摩莉迦，今天出来散步，走着走着就离茅舍这么远了，我又有力气了。你的照料我一辈子也感激不尽。

摩 莉 迦 走了这么远，真不错！看到你康复如初，我十分开心。现在你可以回都城了。

维鲁特迦 我的内心躁动不安，我有很多话想对你说。你明知班图罗大将军是我杀害的，可你还是对我如此悉心照料！我可否如此理解：我的揣测并非毫无根据？摩莉迦，快告诉我！

摩 莉 迦 维鲁特迦，不要胡思乱想！你以为摩莉迦的心动摇了？呸！你是王子，所以才会这么想。你的脑子怎么从来都往歪处想呢？摩莉迦不是你认为的那种人。

维鲁特迦 可是，摩莉迦！我可是全都为了你才变成现在这个样子的。父王不同意我娶你，所以我才走上了违抗父王的道路，以至于落得了现在这样的下场。

摩 莉 迦 我不会因此而感激你。王子，你虽劣迹斑斑，可我依然救你，这是正法对我的要求，这是对我大爱之心的考验。只有通过了这样的考验，我才会对自己充满信心。维鲁特迦，你的双手沾满了鲜血。因为某一个人的错，你冷酷无情地屠杀迦毗罗卫城的无辜生命；你反叛父亲；你背信弃义，用欺骗的手段杀害了一个英雄；你还把武器指向了生你养你的土地！还有比你更卑鄙的人吗？但是，尽管知道这一切，我还是把你从战场上救出来用心照顾。

维鲁特迦 你为什么不让我死？你为什么要救这条卑污的生命？现在又不接受……

摩 莉 迦 救下你的命，不是为了让你再去强迫一个看破红尘的女人爱你，不是为了让你再去表演你的情欲，而是为了让你忏悔自己过去犯下的罪孽，是为了让你改过自新。

（夏玛上）

夏　　玛 还要控诉这个披着人皮的恶魔一宗可怕的罪行！他迫害、

谋杀一个对他深信不疑的女人。这个沙兰德尔！

维鲁特迦 夏玛！

夏　　玛 是的，沙兰德尔，我——你卑劣品性的直接例证——还活着。冷酷无情的人，你跟野人一样残忍！为了你，我舍弃了一切，多少达官贵人都被我拒之门外，而你竟然这样对待我！复仇和悔恨的火焰正在把我的身体烧成灰烬。

摩莉迦 维鲁特迦，这是怎么回事？深爱你的姑娘，把一切都献给了你的姑娘，你都无法珍爱！你有多卑鄙呀？你连女人的影子都没资格碰。

维鲁特迦 她在我眼里只是个娼妓。

夏　　玛 尽管知道你是个强盗，我还是爱上了你！当时你在我心里就是个强盗，我并不知道你是拘萨罗国的王子。

摩莉迦 既然你不懂得回报爱，那你为何要践踏一个女人柔弱的心？维鲁特迦，请求她宽恕！要是她答应，你要娶她为妻。

夏　　玛 不，女神！我已经享够了王家的福，现在我要侍奉您。维鲁特迦王子的王位我不稀罕，我爱的是强盗沙兰德尔。

维鲁特迦 夏玛，我什么都可以接受。还有，请你宽恕我。

夏　　玛 即便我宽恕你，你的心也会诅咒你。但是，维鲁特迦，不！我现在没有那么宽容大度。

摩莉迦 王子，回去吧，回到舍卫城去。如果你不敢回到你父王身边，那么，我去代你请求宽恕。我相信，大王会听从我的话。

维鲁特迦 宽恕一切的女神啊，我何时才不需接受你的恩惠！正因为有你这样圣洁的生灵，这个迷雾重重的世界才得以维系至今。（匍匐，向摩莉迦行触足礼）女神啊，请宽恕这个邪恶之徒的罪行吧！

摩莉迦 起来吧，王子！走吧，我也去舍卫城。待我为你向普罗森吉德大王求完情，我就离开拘萨罗。夏玛，这期间你就待在这处茅舍，我很快就回来。

夏玛 谨遵吩咐。（摩莉迦和维鲁特迦离去）（独白）人们说得玄而又玄的神性原来全部都在人身上。从前的那个玛根提啊，你可真卑鄙！（唱道）

天堂不在别处，
它就是一颗慈悲善良的心，
它就是一座荡漾着爱之甘露的湖，
岸边，有一棵永远开满鲜花的如意神树，
它投下的一片阴凉庇护着世间的万物众生。

（换场景）

第四场

（室内，狄尔克卡拉延和沙格蒂玛蒂）

沙格蒂玛蒂 巴吉拉不是我生的，她的事我管不了。你也知道，我眼下在拘萨罗连颗石子儿都不如。不过，让拘萨罗国大将军受窝囊气，这倒……

卡拉延 王后，我这是两头不是人啊！既无脸见维鲁特迦王子，也没赢得巴吉拉公主的芳心！

沙格蒂玛蒂 都怪你自己愚蠢！跟摩揭陀国交战时我提醒过你，但你那时要装忠臣良将，还出卖了我儿子！我听说他被乌达延打伤，也不知他此时在哪里。

卡 拉 延　我敢保证，维鲁特迦王子还活着，而且很快就会回到拘萨罗。

沙格蒂玛蒂　但是，我没想到你竟然是一个如此胆小、如此驯服的奴才。对一个谋害了你舅舅的人忠心耿耿，你还觉得自己脸上有光！早知道你如此懦弱就好了！

卡 拉 延　你还想干什么？杀了自己的夫君，向世人宣告你的胜利和荣耀？

沙格蒂玛蒂　如果男人可以这么做，女人有何不可？难道她们没有灵魂？难道她们就几乎不存在？难道她们就没有任何与生俱来的权利？难道女人的一切都要靠男人施舍？谁有权说废就废了我的名分？

卡 拉 延　女人在身体和本性上与男人不同，这种不同让女人具备了支配的能力，但支配的对象是她们自己的心。男人征服整个世界，她们征服男人。她们有能力对男人颐指气使，但她们又何必为此要弄手段？要弄手段不仅让人于德有损、于心有愧，而且会使人放纵骄横。

沙格蒂玛蒂　为何还在这里喋喋不休地轻贱女人？为何要搬出这样的借口？转弯抹角地说女人无能，让她们毫无根由地怀疑自己，你这是何居心？我们就不能和男人一样吗？难道就没有自强不息的女人摆脱了对男人的依附？你瞧，乔达摩都已经允许女人剃度出家，难道那些柔弱的女子没有尽力以柔弱之躯全力将出家人的宏誓大愿承担？

卡 拉 延　但是，她们毕竟是舍弃了私欲的出家人。俗世中无论男女，利欲熏心者何其多也！美好的品行才能哺育出内心美好的天性。我只是想请求你不要与利欲熏心之人为伍，不要变成肆虐的狂风。

沙格蒂玛蒂 那我该怎么办？

卡 拉 延 大千世界里，万物众生各得其所，各行其是。太阳向大地撒播热量，月亮给人间送来清凉，二者的角色岂能互换？男人在人生的斗争中历尽艰辛，希望建立对外物的支配权，这是他人生的最高目标，也是他人生的一个凉爽的休憩之所。女人是爱、无私奉献和慈悲的化身，她给人安慰、给人无畏、给人依靠，她是人类社会一切美好天性的钥匙，她是世界真正的主宰，她用美德和爱来统治世界。王后啊，你为何不扬长避短，偏偏要跳进争权夺利的泥潭？女人的世界宽广，男人的世界狭小。男人是冷酷的代名词，女人是温柔的修饰语。男人残忍，女人善良。善良是心灵至高无上的品性，它是一切美德的基石，所以大自然才赋予了它如此美丽迷人的外衣——女人。请不要把自己用错了地方。凶残不值得效仿，一旦女人接受了它，所有的美德都将惨遭荼毒。谁也说不上来，结局会怎样。

沙格蒂玛蒂 难道我没有被废黜，没有受到羞辱，没有遭到践踏吗？难道，难道这些都做得对吗？

卡 拉 延 因为你私心深重，名分被废之辱才会时时让您感到愤愤不平。王后啊，私欲没得到满足不能迁怒于芸芸众生。难道摩莉迦夫人的例子很遥远吗？那个贪权的魔鬼——您和我共同的主人——拘萨罗王对她都做了些什么，对此难道您不知情？但是，请看看一个丧夫的女人是何等地无私和忠贞，对比对比，看看自己的所作所为是否无愧于心。

沙格蒂玛蒂 （思考）卡拉延，你的这番话让我感到无地自容。

卡　拉　延 王后啊，我一天就能把拘萨罗翻个底朝天，撑着华盖、手持拂尘把维鲁特迦推上国王宝座，但是，即便心生歹意，摩莉迦的教导也不会让我离开正道。您会看到，维鲁特迦很快就会登上拘萨罗的王位，但不是以您设想的那种方式。

（维鲁特迦和摩莉迦上）

沙格蒂玛蒂 沙格蒂玛蒂向尊者摩莉迦敬礼。

卡　拉　延 卡拉延有礼了。

（维鲁特迦向母亲行触足礼）

摩　莉　迦 愿你们心静，愿天下太平。姐姐，你今天还会极力怂恿王子从为人之道上堕落吗？是你的母爱在促使你这么做吗？看到一个无比残暴的维鲁特迦你不惭愧吗？

沙格蒂玛蒂 女神啊，都是我的错！请你宽恕。都是野蛮和兽性在作祟。

摩　莉　迦 日与月，凉与热，暴虐与仁慈，爱与恨，它们相生相克，一起变幻着这个世界的精彩图景。王后啊！男人和女人也是这出不可思议的大戏的演出者。女人的责任是用爱、善良、宽容和美德教导男人，把野蛮和残忍的男人变得温和而且仁慈。这才是我们的职责和权利，我们不应该弃之不顾，无谓地跟男人分庭抗礼。走，今天就去向你的夫君请求宽恕。听说阿阇世和巴吉拉的婚礼就要举行，少了你，你家可就不热闹了。

沙格蒂玛蒂　我听您的！

卡　拉　延　那我也告辞了，我得赶快去议事厅。听，琴师已经奏响了维纳琴，大王已经睡醒，也许大王很快就要上朝了。（对维鲁特迦说）王子，我也要向您请求宽恕。您让我谋反的命令我未能执行，要是你没有拿起武器指向自己的祖国，也许我就追随您了，因为我的心里也埋藏着仇恨。不过，未能服从您的命令似乎也不是我的错。

维鲁特迦　心胸宽广的大将军，我由衷地赞赏你，请求宽恕的人应该是我。

卡　拉　延　我是您的奴仆，殿下！（离去）

（换场景）

第五场

（拘萨罗国宫议事厅，新郎、新娘打扮的阿阇世和巴吉拉与普罗森吉德、沙格蒂玛蒂、摩莉迦、维鲁特迦、瓦萨薇以及卡拉延上）

摩　莉　迦　道贺大王！祝这桩姻缘吉祥美满！

普罗森吉德　夫人，您大慈大悲，我这样的罪人都得到了您的宽恕！救苦救难的女神，愿您多福！

摩　莉　迦　大王，我有一事相求！

普罗森吉德　尊者，您尽管吩咐！

摩　莉　迦　您的妻子沙格蒂玛蒂的名分被废黜了，她何罪之有？在这大喜的日子里提出此事确实不妥，但……

普罗森吉德　她本人就是罪证，她做的那些事谁人不知？

摩　莉　迦　但是，始作俑者还是大王您自己，她只是在效仿您的做法，正所谓民如其君。她又无法决定自己的出身，您怎能如此惩罚这个弱女子？

普罗森吉德 夫人，您的这番话让我无言以对！

沙格蒂玛蒂 （匍匐在普罗森吉德脚下）夫君，全是我的错！我能得到宽恕吗？我为自己的所作所为悔恨不已。但愿我能重新侍奉夫君，但愿我不要失去为人之妻的本分，这就是我的请求。

（普罗森吉德注视摩莉迦的脸）

摩 莉 迦 大王，您一定要宽恕她呀！不然我就丢人现眼了。我向她保证过：您一定会答应她的请求。

普罗森吉德 我怎么能不答应呢？（扶起沙格蒂玛蒂）

摩 莉 迦 敬谢大王！宽恕是最大的惩罚，但愿它成为您治国理政的基石。对了，还有一件事。

普罗森吉德 什么事？

摩 莉 迦 今天我要把所有的仇都报完。我也要告上一状。

普罗森吉德 那桩罪行太重了！夫人，您不是已经宽恕过我了吗？现在又……

摩 莉 迦 这么说您承认，再重的罪人都有勇气宽恕，是吗？

普罗森吉德 这是罪人的希望之所在，那么……

摩 莉 迦 那么这样的罪行会被宽恕，是吗，大王？

普罗森吉德 我还能说什么呢？我本人就是个例子。

摩 莉 迦 那么，维鲁特迦王子也有权得到宽恕。

普罗森吉德 可是他背叛了国家。大法官，叛国该当何罪？

大 法 官 （低头）大王……

摩 莉 迦 大王呀，他背叛国家，原因也在您身上。倘若您教子有方，维鲁特迦原本是可以为国建功立业的。何况那又怎样？您不是已经答应，再重的罪都可以宽恕吗？

普罗森吉德 那就宽恕维鲁特迦吧。

维鲁特迦 父王，谁会宽恕我的罪孽呢？谁能容得下反叛父亲的人呢？我羞愧难当，不敢抬起眼睛。我不要王国，我只要您的宽恕。父王啊，人间之神啊，请宽恕罪孽深重的儿子吧！（匍匐在普罗森吉德脚下）

普罗森吉德 大法官！父亲的心充满了慈爱，法律条文也不能把它变硬。我的儿子向我乞求宽恕，请你把法典的那一页翻过去吧，我宽恕他一次的心意已决。不这样做我就没法继续当父亲，没法继续活下去。

大法官 可是，大王！多少也要尊重尊重法度吧。

普罗森吉德 他是个下贱儿子，但论罪处死，不，不，那只有魔鬼父亲才做得出来。维鲁特迦我的儿子，起来吧，我宽恕你！（扶起维鲁特迦）

（乔达摩上）

众人 礼敬世尊之足！

乔达摩 愿诸位一心护持戒律和美德，使苍生得福、慈悲广布。今天我很高兴。拘萨罗王！你学会了宽恕罪人，这于国是福。可是，你怎么还说他是个下贱儿子呢？

普罗森吉德 尊者，他是婢女所生，无权继承王位。

乔达摩 这是王族自古流传下来的一种傲慢。国王啊，奴仆和婢女又怎样？难道他们不是人？向前讲几代，你能证明每一个坐上王位的人都是王公贵族家的女子所生？你能保证未来几代就不会有婢女的儿子登上王位？这种高低贵贱的思想难道一旦进入狭隘的心胸就赶不出来？难道你不准备根据实际情况破除那些不知从何而来的古老迷信？世界上的一切都是暂时的，谁能永无止境地保有王权？再说，按照古制，儿子的出身应该随父亲，难道你忘记了这一点？国王，当心啊，可别自己把这项正当权利给剥夺了。尽管维鲁特迦曾作恶多端，尤其是在迦毗罗卫城还大开杀戒，使许多无辜生命惨遭涂炭，但是，在摩莉迦的感召下，他已经洗心革面。请立他为储君吧。

众　　人　太好了！太好了！

普罗森吉德　那就谨遵世尊吩咐吧。谁能破坏古制呢？这也是我的一件喜事。世尊啊，托您的福，我今天一切都圆满了。请问您还有何吩咐？

乔 达 摩　没有别的，只是想告诉王公贵族，你们的权力是用来履行职责的，切莫滥用。你们要让爱、慈悲和宽恕统治大地。你们要让人间充满怜悯心。不要被灾祸吓倒，不要因为它们偏离人间正道。

普罗森吉德　谨遵吩咐。

（阿阇世起身拥抱维鲁特迦）

阿 阇 世　维鲁特迦兄弟，我特别羡慕你。

维鲁特迦　我很快也会看到你的父亲宽恕你的那一天。

阿 阇 世　但愿你的话成真。

巴 吉 拉　维鲁特迦哥哥，你把我忘了吗？难道我做错了什么，所以你话都不跟我说？

维鲁特迦　不，不，是因为我没脸见你。过去我一直仇视你，请你原谅。

巴 吉 拉 不，哥哥！这才是你做得过分的地方。

（众下）

瓦 萨 薇 （独白）哈哈！心本是用来感受愉快的，口本是用来笑、用来说出充满爱意的话语的，看人们把它们折磨成什么样了！王弟普罗森吉德啊，你也许前半辈子从来没有像今天这样高兴过吧，今天你才知道家人之间的爱会给人带来多大的快乐吧。大神啊！天下一家而且人人用爱心呵护这个家的那一天会到来吗？（下）

（换场景）

第六场

（舍卫城，两个市民在聊天）

市 民 甲 有谁有这么大的神力？有谁有这么宽容？

市 民 乙 提婆达多的下场这么悲惨，太令人吃惊了。一个想另立教派的人竟沦落到这步田地……

市 民 甲 比丘们跟世尊说：提婆达多要来害您性命，要多加防范。

市 民 乙 然后呢？然后呢？

市 民 甲 然后世尊只是说：别害怕，提婆达多伤害不了我。他近不了我的身，他没有这个能力，因为他心怀怨恨。

市 民 乙 然后呢？

市 民 甲 然后有一天，提婆达多来到离佛陀不远的地方。他感到口渴，来到湖边喝水。后来就不知道发生了什么，反正他再也没有现身，或许被鳄鱼拖走了，或许因为羞愧而投水自杀了。

市 民 乙 太神奇了！乔达摩真是法力无边啊。兄弟，从来没见过第二个人有这么大的舍弃精神，仅仅因为对他人的悲苦动了恻隐之心就舍弃了江山美人！他的脸是那么安静平和，他的目光是那么亲切沉稳，谁不会被吸引呢？这是多么非凡的感召力呀！

市民甲 所以那些高高在上的国王们才恭恭敬敬地对他言听计从。瞧，维鲁特迦王子怎么可能被重新立为储君呢？但大王硬是被世尊劝服了，又高高兴兴地让维鲁特迦当上了储君。

市民乙 可不是吗？走，今天整个舍卫城都像在过大年一样，我们也到处走走看看，凑凑热闹吧。

市民甲 舍卫城上空的战争阴云散了，到处都是一片欢乐的气氛，加上公主殿下跟摩揭陀国王也成婚了，这下大家都能过上一阵太平日子了。走，我们也去庆祝庆祝。

（二人从一边离去，瓦森德迦从另一边上）

瓦森德迦 破笛子吹不出曲儿，烂泥巴糊不上墙。这都是星斗们捣的鬼，它们竟然一下子搞出这么大的乱子来了！一个平常的村姑摇身一变成了王后！我认出来了，她就是玛根提，她现在守着个杧果园卖杧果，时不时还要挨上小淘气包们的几块土坷垃。梵天老儿一定跟我一个样，饭前要享用几口大麻烟，所以才会出现这样颠倒乾坤的事……可是，不过，但是，到头来还是会原形毕露，正如传说中的那只老鼠。话说有个修道大仙对一只老鼠心生怜悯，于是把它变成了老虎。可是，这只老鼠刚变成老虎就朝大仙咆哮，就在它扑向大仙的一刹那，大仙说：“回去做老鼠！”嗖——，它又变回去做了老鼠。我要去向大王后瓦萨沃德达报告这个消息。哎呀，我来晚了。

要帮大王操办送礼的事儿，所以我落在后面了。拉杜糖球还吃得到，不新鲜了算啥？毕竟还吃得到。啊，城里到处都张灯结彩！也许结婚大典还没有结束。赶快走起来吧。（下）

（换场景）

第七场

（杧果园，园主玛根提）

玛根提 （自语）啊，命运！你让我都看到了些什么样的景象！你一会儿让我给牛喂草双手不停歇，一会儿让我连水杯都不屑自己端；你一会儿让我谨守妇道不出王宫半步，一会儿让我厚颜无耻做婊子纵情欢乐！你这捉弄人的本事哪里是个头？我不甘心做真实的自己，未守本分，爱慕虚荣，贪图享乐，所以才遭此大难。缺少了女人的温柔和单纯，我的人生到头来只是一场空，留下的仅仅是不堪回首的记忆。（唱道）

世上举目无亲，心中空寂无痕；
独自失声痛哭，孤苦无人相助；
爱的日子远去，人生再无醉意；
床无锦衾难眠，无声无色不欢；
思绪万千难定，虚荣之心无存；
愁肠百结难忍，更有棘刺伤身；
苦乐无论暂永，归宿都是虚空；
可是它在何处，无人回来告诉。

（乔达摩上；玛根提跪下，低头闭眼，双手合十触额）

乔达摩 慈悲的人，愿你有福！

玛根提　（睁眼，行触足礼）神明啊，您怎么来了！只为给这颗久旱的心洒下甘霖，您离开平坦的大道，踏上崎岖的小径，竟来这片荒漠留下足印！

乔达摩　玛根提，你终会得到平静。过去你有一颗不羁的心，所以你命途多舛。

玛根提　神明啊，我是一个不幸的女人。只因为放纵自己，我四处漂泊，无所归依。美貌让我一步登天，骄纵又把我摔回到地面。

乔达摩　刹那生灭的世界里每天都上演着这种大喜大悲。现在，你已是一块烈火炼就的真金，站出来利乐天下吧。无数痛苦的生灵需要我们的抚慰，义无反顾地跳进这苦海吧。即使你让一颗心破涕为笑，你的内心也会生出万千天堂，你就会在急人之难中收获快乐，你就会体会到什么是大爱，你就会把全世界看作自己的家。起来吧，你的努力能够把无数的哀叹变成欢笑。

玛根提　主人啊，我最终还是胜利了！在情窦初开之时，我就一片痴心地要得到您，但实在是找错了时机。今天，我终于幸运地得到了自己的主人、自己的主宰。

乔达摩　玛根提！不要回忆过去的伤痛，要心无杂念！

玛根提　神明啊！我是个女人，我一生坎坷，请允许我在这个“杂念”中找到一些快乐吧。主人啊，尽管屡屡失败，但今天我胜利了。大慈大悲的神明啊，我的得救于您是一大功德，于我则是一切。

乔达摩　好吧，杧果园主！不施舍点儿吃的吗？

玛根提　（端出杧果）主人啊，我不再需要这个杧果园了，我把它献给僧伽。

（众僧上）

众　　僧　南无阿弥陀佛！皈依佛陀……

玛 根 提　皈依佛法……

乔 达 摩　皈依僧伽！

（换场景）

第八场

（伯德玛沃蒂和切尔娜）

切 尔 娜　女儿！论智力，你是我姐姐，我是你妹妹。我羞辱你，你难过；我误入歧途，自己也不好受。

伯德玛沃蒂　母后，别让我害臊了。你难道不也是我母亲吗？母后，巴吉拉生了个男孩，小宝贝太漂亮了！

切 尔 娜　伯德玛，愿你和阿阇世永远亲如同胞兄妹！我真像一阵发狂的风，不知道瓦萨薇姐姐会不会宽恕我的罪责。

（瓦萨薇上）

切 尔 娜　（行触足礼）你才是库尼佳真正的母亲，我只是帮你怀了十个月的胎。

伯德玛沃蒂　母后，小母后问你会不会原谅她。

瓦 萨 薇　（笑）永远不。她生了个库尼佳，乐得我这小心脏都受不了了，你说我怎么会原谅她？

切 尔 娜　（笑）姐姐，那我也要跟你斗到底。你把我的痛苦剥夺，弄得我这心啊空空落落的没事可做。还有，我俩姐妹一场，数你心狠手辣，把夫君独自霸占不说，还把我的儿子抢走。我……

瓦 萨 薇　切尔娜，你不知道，我想要个儿子，所以雇你来生，现在没你的事儿了。

切 尔 娜　姐姐，别那么无情，好吗？

瓦 萨 薇　（笑）好，去吧，我雇你做我孙子的保姆。听着，这回你可要当好保姆，不然我又……

切 尔 娜　（双手合十）遵命，主人！

伯德玛沃蒂　母后，怎么阿阇世还没来呀？难道他不来小母后这里了？

瓦 萨 薇　伯德玛，他刚得了儿子，怎么按捺得住？他直接从舍卫城去他父王那里了。儿子出生后，阿阇世一下子明白了什么是父爱。

切 尔 娜　算了，伯德玛我的好女儿！难怪大家都说，丈夫的妻妾哪怕是木头做的都没一个好东西。今天我终于见识到了什么才是冷酷无情——她连阿阇世来见见我都不让。

瓦 萨 薇　得了，得了，我把你丈夫和儿子都还给你。可怜虫，别一个劲儿损我了。

（三人笑容满面地离去）

（换场景）

第九场

（频毗娑罗王躺在茅舍里，幕后传来歌声）

太阳西沉后的黄昏，
春姑娘化作阵阵和风，
送来南方醉人的旃檀香。
朝霞满天时的黎明，
春姑娘牵着蜜蜂的手，

吮吸着草叶上的露珠，
告诉它花儿将次第开放。
枝条上开满的鲜花，
把森林扮成美丽的姑娘；
花枝在春风中摇曳，
把春姑娘的拥抱尽情享。
花儿一朝凋谢干枯，
枝上的尖刺也把它欺负，
化作泥土呵护新叶，
谁还笑脸盈盈将它眷顾？
春风啊，在残花面前，
如今你只能化作叹息，
把早已写就的历史祭奠。

频毗娑罗（起身，自语）晚风习习，被太阳炙烤了一整天的大地呼出了一口凉爽的气息，万物又开始恢复生机，岿然不动的山岳似乎也在甜美的清风吹拂下微微颤动起来。人心真是个猜不透的谜。谁让你怒不可遏，偏偏你还为他准备了一腔温情。除了疯癫，这还能是什么？难道人永远都不能摆脱这个癫狂的世界的辖制而达到清静无为的境界吗？唉，人哪！为何你的心里总是闪起那么多像雷电一样的邪恶欲望？难道你不喜欢自己的心中萌发出星辉般纯净柔和的美好品性？你为何如此多愁善感？你的内心为何总是掀起波澜？你又为何如此心绪难平？你抛弃平静真实的人生，还要在虚荣中羁縻到何时？倘若我不是国王，而是半开在一株柔软的藤上一簇娇嫩的叶中的一朵花，那么，我就会在染香几缕风儿之后悄然飘落到护花的泥土中，也就不会在世间激起喊打喊杀的声音了。把有形之身融入虚空中该有多么快乐！大神啊，做一个有灵性的人还不如做一块被人踢来踢去的石头，人总是屡遭推搡还厚着脸皮不肯离开这场盛会。多么不可思议！哈！连瓦萨薇都走了，不知她何时才回来。

（吉沃迦上）

吉　沃　迦　大王万岁！

频毗娑罗　闭嘴！如果不知道我的名字，叫我人好了。我不需要那个可怕的称号。

吉　沃　迦　门口来了几辆马车，库尼佳王子也要到了。

频毗娑罗　库尼佳是谁？是我儿子还是摩揭陀大王阿阇世？

（阿阇世上）

阿　阇　世　父亲，孩儿库尼佳听候您的吩咐。（匍匐，行触足礼）

频毗娑罗　使不得，使不得，阿阇世大王可别做出有失王者威仪的事来。哎哟，请放开我老弱的双脚吧。

阿　阇　世　不，父亲，这才是孩儿的王位。我坐上了虚假的黄金宝座，却丢失了真正的权利。谁能宽恕忤逆不孝的儿子呢？

频毗娑罗　父亲。但是，父亲可以宽恕儿子，却无权宽恕国王。

阿　阇　世　不，父亲，我错了。我没有接受良好的管教，我只拥有蛮横的自负和虚假的自傲，它们让我目空一切、恣意妄为。

频毗娑罗　这都是拜你师傅——也就是你母亲，尊贵的王太后——所赐。

阿 阇 世 她只是我的母亲，只占我整个身心的一半，我缺少父亲这一半的管教。

（切尔娜上）

切 尔 娜 （匍匐，向频毗娑罗行触足礼）夫君！我知道自己任性、倔强、自负、爱耍小心眼，这些毛病把我逐出了女人的天堂。砖石砌成的王宫实际上成了我的牢房，但我还以为自己在享福。主人啊，惩罚者啊，您为何不在我破坏纲纪的时候把我惩罚？您的宽恕和容忍把我推进了罪恶的深渊，救救我吧。

频毗娑罗 切尔娜，惩罚已经在我的能力范围之外。现在我得瞧瞧，宽恕还在不在我的能力范围之内。

（瓦萨薇上）

瓦 萨 薇 夫君，刚才我已经惩罚过她了，我已把她从我儿子的母亲贬为我孙子的保姆。对一个王太后来说，这个刑罚不算轻。您现在必须宽恕她。

频毗娑罗 瓦萨薇！你到底是人还是神？

瓦 萨 薇 告诉您吧！我是摩揭陀国王的正宫王后。这个切尔娜呢，她是摩揭陀国王孙子的保姆。库尼佳是我的儿子，也就是摩揭陀国的储君。您呢，……

频毗娑罗 瓦萨薇，我还不清楚自己是什么吗？

瓦 萨 薇 是什么？

频毗娑罗 我是个人，是你们这些让人猜不透的女人们手中的玩具娃娃。

瓦 萨 薇 那么，大王啊，我怎么说，你就怎么做吧，不然我就不带你玩了！

频毗娑罗 瓦萨薇，我服输！怎么，阿阇世，有了儿子也知道来看看我这个老头子了？简直是判若两人啊。（库尼佳羞愧地低下头）

（伯德玛沃蒂上）

伯德玛沃蒂 父亲大人，您好久都没赐给我点儿什么东西了。现在得了孙儿，您可得赐给我点儿什么，不然我就撒泼捣乱，把您这草棚掀个底朝天。

频毗娑罗 伯德玛我的好女儿，你也来了！

伯德玛沃蒂 是啊，父亲！您儿媳也来了，我把她带到这里来了。

瓦萨薇 去一边儿吧，小疯子！我那金枝玉叶的儿媳哪能随便哪儿都去呢？谁想见她，谁回王宫！

频毗娑罗 你们一个接一个地带来惊喜，我都高兴得有些害怕了。

伯德玛沃蒂 那您给我赏赐啊。

频毗娑罗 你想要什么？

伯德玛沃蒂 您先把小母后和弟弟宽恕了，因为他们的请求在先，然后再……

频毗娑罗 好你个伯德玛，你也对我使坏！起来吧，阿阇世我的儿！儿子请求宽恕——仅仅是宽恕，有哪个父亲会拒绝接受呢？父亲的怀抱永远为你敞开。你也起来吧，切尔娜。（拥抱阿阇世）

伯德玛沃蒂 现在轮到我了！

频毗娑罗 好吧，你倒是说……

伯德玛沃蒂 我想要的唯一的礼物是您给摩揭陀的新王子一个祝福的亲吻。

频毗娑罗 那赶快走吧。（快要站起身的时候又跌坐了下去）唉，这么多高兴的事儿凑在一起我还承受不了了呢！你们来得太晚了！（颤抖起来）

（乔达摩上，施无畏印，舞台上一片光明）

（剧终）

健日王塞健陀笈多

主要人物

塞健陀笈多	笈多帝国太子，称号为健日王，简称塞健陀
伯尔纳达德	笈多帝国主帅
鸠摩罗笈多	笈多帝国皇帝
戈文德笈多	鸠摩罗笈多之弟
遮迦罗巴梨达	伯尔纳达德之子，笈多帝国年轻将领，简称遮迦罗
本图伐摩	摩腊婆国国王，自愿弃王位，将王国并入笈多帝国，后任笈多帝国元帅，简称本图
毗姆伐摩	本图伐摩之弟，笈多帝国年轻将领，简称毗姆
马德利笈多	诗人迦梨陀娑
伯勒本迦菩提	邪僧，简称伯勒本迦
夏尔沃那加	皇宫卫队的卒长，后被任命为安德尔韦德

	郡的郡守，简称夏尔沃
塔杜塞纳	僧伽罗国王子，全名为鸠摩罗达斯·塔杜塞纳。僧伽罗国即现在的斯里兰卡
布尔笈多	鸠摩罗笈多的小儿子
帕达尔迦	笈多帝国新任主帅
地军	笈多帝国兵部大臣
金吉罗	匈奴王
穆德格尔	丑角
普罗迦德吉尔蒂	僧人，僧伽罗王子塔杜塞纳的童年伙伴，简称普罗迦德
德沃吉	鸠摩罗笈多之长后，塞健陀笈多之母
阿南达德薇	鸠摩罗笈多之小后，布尔笈多之母
杰耶玛拉	本图伐摩之妻，摩腊婆国王后
德沃塞娜	本图伐摩之妹
维杰雅	摩腊婆国富商之女
格莫拉	帕达尔迦之母
拉玛	夏尔沃那加之妻
玛莉尼	马德利笈多的初恋情人

第一幕

第一场

（乌贾因，笈多帝国军营）

塞健陀笈多 （踱步）权力令人心醉神迷，可它带来的快乐又是那么没有意义。人们渴望主宰一切，所以心甘情愿做权力的奴隶！为了满足权欲，人们比盛典上的仆役还要不辞辛劳，比战场上的盾牌还要奋不顾身，这值得吗？

（伯尔纳达德上）

伯尔纳达德 太子殿下万岁！

塞健陀笈多 向将军大人致敬！将军有何吩咐？

伯尔纳达德 老夫有何吩咐！殿下，代皇上出征的是您，老夫只是您忠顺的仆人。老夫曾高举战旗，号令先帝旃陀罗笈多二世的大军。今天老夫也愿意挺立在那面大旗之下担任前锋，忠实履行刹帝利武士的天职，誓死捍卫战旗的尊严。笈多皇族的好儿男啊，请您祝福伯尔纳达德不会辱没母亲的乳汁！

塞健陀笈多 大人，您的英雄传奇书写在什普拉河和信度河的碧波上，就连敌人也在把您的勇武颂扬。可是，您却为何如此忧心忡忡？

伯尔纳达德 殿下，有两件事让我深感忧虑！

塞健陀笈多 哪两件事？

伯尔纳达德 一是您对手中的权力了无兴趣，二是京城里波谲云诡。

塞健陀笈多 京城有何消息？

伯尔纳达德 皇上也许已移驾古苏姆布尔，大元帅威尔塞纳已经归天。

塞健陀笈多 什么！大元帅已经不在了？多么令人悲痛的噩耗！

伯尔纳达德 笈多帝国百战百胜、德高望重的大元帅已不在人世！雪上加霜的是，老迈的皇上越来越耽于享乐。

塞健陀笈多 大人，不必担忧！反正还有您，何须我劳心费神？何须我行使权力？

伯尔纳达德 何须您行使权力！百姓的安宁，帝国女眷们的贞节，人们对神明、婆罗门和神牛的信仰，天下的太平，哪一桩不要求您行使自己的权力？殿下！所以我刚才说，您对权力了无兴趣让我深感忧虑。您是笈多帝国未来的君主，却对自己的天职心不在焉！

塞健陀笈多 将军，您别急。父皇鸠摩罗笈多是至高无上的王中之王，他举行过马祭，威震四方。父皇治理下的帝国国泰民安，百姓怎会担惊受怕？再说，帝国还有您伯尔纳达德这样的大英雄时刻准备为捍卫笈多大军的荣誉挺身而出。

伯尔纳达德 军国大政不是纸上谈兵，而是一个要动真刀真枪才对付得了的难题。笈多帝国的疆域不断扩大，治理帝国的担子也越来越沉，可是，帝国未来的君主却无意肩负重担，只因他自以为能轻易赢得帝国女神的芳心，自以为帝国女神理所当然会拜倒在他的脚下。

塞健陀笈多 大人，求您别嘲讽我了。请问您的担心有什么根据吗？

伯尔纳达德 根据？还用找吗？暴风雨来临之前的平静，电闪雷鸣之前天空布满的乌云，难道笈多帝国眼下的情况不正是如此吗？

塞健陀笈多 老将军是不是被我军与布舍密多罗人浴血拼杀的场面吓倒了？（笑）

伯尔纳达德 殿下，别讥讽老臣了。别以为打败布舍密多罗人就天下太平了。蛮族人来势汹汹，我们也要未雨绸缪。探子们今天来报，说白匈奴人的铁蹄已经践踏了格比沙！可殿下还在问“何须我行使权力”！这说明，笈多帝国未来的君主以为帝国已是囊中之物，可以高枕无忧了。

（遮迦罗巴梨达上）

遮迦罗巴梨达 太子殿下也在这里！太子万岁！

塞健陀笈多 快来，遮迦罗！伯尔纳达德将军吓着我了。

遮迦罗巴梨达 向父亲大人致敬！怎么回事？

伯尔纳达德 愿你有福，愿你长命百岁！太子殿下对权力不感兴趣，他问“何须我行使权力”。

遮迦罗巴梨达 父亲，我来说说太子殿下为何这么想吧。

伯尔纳达德 为何？

遮迦罗巴梨达 笈多皇族在皇位继承之事上无章可循！

塞健陀笈多 遮迦罗，当心！你这么瞎猜有根据吗？

遮迦罗巴梨达 殿下！这不是瞎猜，这是明摆着的事实。

伯尔纳达德 （严肃地）遮迦罗！就算是这样，你也应该懂得，我们只是帝国的仆人。冒失的孩子，当心祸从口出！

塞健陀笈多 伯尔纳达德将军，原谅他吧。遮迦罗只知道讲真心话，还不懂如何遮遮掩掩。

伯尔纳达德 是的，但他不该这么莽撞。（向一边看去）探子来了，难道有新的战报？

（探子上）

探　　子 太子殿下万岁！

伯尔纳达德 有何战报？

探　　子 布舍密多罗人集结全部力量，孤注一掷，发起了最后一次攻击。他们正朝我方开进！我军前锋将领请求支援。另外，达什布尔的使者也到了。

塞健陀笈多　去把他带来。

（探子去带来达什布尔的使者）

使　　者　太子殿下万岁！

塞健陀笈多　摩腊婆国国王一切安好？

使　　者　殿下，我家毗首伐摩大王驾崩了！新王本图伐摩大王谨派我向殿下传信。

塞健陀笈多　唉，天公不作美呀！正当我们需要摩腊婆国帮助的时候，它却自顾不暇了！

使　　者　不只是这样。塞种人又开始不安分了，新来的蛮族人占领了索拉什特拉，所以西摩腊婆也不安全了。

（塞健陀笈多向伯尔纳达德看去）

伯尔纳达德　伐腊毗有何消息？

使　　者　伐腊毗暂时抵挡住了攻击，但难免落入野蛮的匈奴人之手。本图伐摩大王请求殿下派大军帮助摩腊婆抵抗入侵。达什布尔所有的军队都已开往边境。

塞健陀笈多　根据笈多帝国和摩腊婆国之间订立的条约，一旦摩腊婆国遭到塞种人的入侵，笈多帝国军队有义务保护摩腊婆国。毗首伐摩大王在位的时候，鸠摩罗笈多大帝就是他的保护者。但是，使者啊，我们现在也面临着巨大的困难！

使　　者　殿下，帝国处境再艰难，以前也都承担了保护者的职责。

伯尔纳达德　使者啊，难道你不知道，我们在跟布舍密多罗人作战吗？

使　　者　可是根据条约，为了得到保护，摩腊婆国也向笈多帝国让出了一部分权利啊。

塞健陀笈多　使者，仅凭一纸条约是没法强迫我们做什么的，但是，保护寻求庇护的人是刹帝利的天职。你去歇息吧。伯尔纳达德将军率全军去抵挡布舍密多罗人，我单枪匹马去保卫摩腊婆国。去吧，去安安稳稳地睡一觉。有塞健陀笈多在，谁也动不了摩腊婆国一根毫毛。

使　　者　殿下！这才像出自笈多帝国未来君主之口的话。（敬礼，退下）

伯尔纳达德　殿下！今天老夫从心底里感到高兴。笈多帝国的幸运女神也会高兴的。

遮迦罗巴梨达　父亲！跟布舍密多罗人的战争已到尾声，我军胜券在握，请另派他人支援，让我跟随在太子殿下左右吧。

塞健陀笈多　不，遮迦罗！你获胜后再去摩腊婆与我会合。请注意，京城一兵一卒的援军都没有派来。我们只有靠自己解决当前的困难。

伯尔纳达德　殿下，别担心！大神会保佑我们的。走，去歇息吧。

（换场景）

第二场

（古苏姆普尔皇宫，皇帝鸠摩罗笈多、众大臣和楞伽岛王子塔杜塞纳）

塔杜塞纳　皇上，您竟亲身经历过如此艰苦的战争！我还以为坐在宝座上挥挥权杖就建立起了如此辽阔的笈多帝国呢。

鸠摩罗笈多　（笑）塔杜塞纳，楞伽岛还有罗刹吗？

塔杜塞纳　要是曾经有罗刹的话，那也只有维毗沙那[①]一人。对了，猴国也有一个，须羯哩婆[②]。南天竺到今天都还在尝他俩种下的苦果。不过，对了，令人吃惊的是，至高无上的大皇帝也必须亲自上战场。听说，罗摩大神也只是在当太子之前打过仗。嘻嘻，皇帝也要打仗！

鸠摩罗笈多　仗当然是要打的，御驾亲征对维护自己的权威很有必要。

塔杜塞纳　好吧，那么，先帝沙摩多罗笈多征服了远达提婆布特拉的疆域，这对他很有必要？难道那个国家离华氏城很近吗？

鸠摩罗笈多　你一定是波林的猴子大军的余孽！

塔杜塞纳　可是，皇上！波林没有猴子大军，他也没发动过战争。贪吃拉杜糖球的须羯哩婆才……

鸠摩罗笈多　为何说他贪吃拉杜糖球？

塔杜塞纳　因为他漂亮的脖子上装饰着一颗金光闪闪的拉杜糖球啊。波林干的最重要的事情是任命自己的老婆达拉做大臣。皇上，听说过吗？女大臣上的奏折最合理、最管用了，所以波林很快就摆脱了处理政事的烦恼。皇上，您也任命个女大臣吧。别理那些满脸胡子的大臣，专听女大臣一个人的话就万事大吉了。

鸠摩罗笈多　（笑）可是，地军不会答应吧。

塔杜塞纳　那么，我认为他自己应该当几天女人。怎么样，兵部

---

①《罗摩衍那》中的人物，楞伽岛十首魔王罗波那之弟，因主张送回悉多，被其兄驱逐，加入罗摩讨伐大军。——译者注

②《罗摩衍那》中的猴王，罗摩助其从兄长波林手里夺回猴王之位，他助罗摩打败楞伽岛十首魔王罗波那救回悉多。他和维毗沙那在这部史诗中都是正面角色，在这里都被视为背叛兄长的大逆不道之人，是罗刹。——译者注

大臣大人？

地　　军　你又不是女人，我为何要听你的？

鸠摩罗笈多　（笑）扯远了，扯远了，言归正传。先帝沙摩多罗笈多为了镇压叛乱，被迫远征到了那里。从孔雀帝国时期，信度河彼岸的土地就在雅利安帝国的版图之内，那是月护孔雀大帝从亚历山大大帝手下的将军塞琉古手里夺来的领土。

塔杜塞纳　通过战争掠夺土地似乎形成了一个传统。你夺过来，他抢过去，就这么一路抢到了现在。

鸠摩罗笈多　哈哈，你不明白，老祖宗摩奴就是这么安排的。

塔杜塞纳　不，皇上！我倒是弄明白了——谁打赢了就是谁的。全天下都这样。

帕达尔迦　不靠打，权力哭得来吗？乞讨得来吗？手无缚鸡之力的人权力从何而来？就算乞讨得来，谁来保天下太平呢？

（丑角穆德格尔上）

穆德格尔　肚子来保卫！快给点儿吃的呀。金刚不坏的箭囊和金刚不坏的铠甲，大伙儿也许都听说过吧，我这个金刚不坏的皮囊可只有我一个人了解！往里边塞上些东西瞧瞧，俺会不会太太平平地坐那儿待着！

（盘腿而坐）

地　　军　吾皇万岁！微臣有事禀报，请皇上允准。

鸠摩罗笈多　好，好，说吧。

地　　军　帝国军队在什普拉河彼岸设好了营地。摩腊婆国王也派使者来说，他会率军为太子殿下助战。伯尔纳达德将军也传来了好消息。

鸠摩罗笈多 摩腊婆国对这场征战态度如何？毕竟战争是我们主动挑起来的。

地　　军 摩腊婆国王亲口对使者说：“何须劳烦太子殿下，派我去教训那个国家不就行了吗？”

鸠摩罗笈多 太好了！兵部大臣，运筹帷幄可是你家祖传的法宝啊。

地　　军 全凭皇上英明神武！索拉什特拉也很快会有消息传来，微臣建议派太子殿下前往征讨。

帕达尔迦 须派一位能征善战的将军负责索拉什特拉之战事。塞种人战法灵活，而且十分凶猛。

地　　军 （意味深长地看着帕达尔迦）大元帅！必要时还得有劳您亲自出马，不要急嘛。

帕达尔迦 我不是那个……

鸠摩罗笈多 大元帅！有你大显身手的时候，不过现在还没有必要。

塔杜塞纳 （双手合十）要是准备征讨南天竺，派我去好了，我家离得近。我随便往哪儿一躺，那儿就算是帝国的疆土了，不必劳师远征。

（众笑）

穆德格尔 吾皇万岁万万岁！要是您计划讨伐御膳房，派我去好了，我立马把它一扫而光。

（众又笑。地军和帕达尔迦神色凝重地向皇上施礼，各自从两边退下）

鸠摩罗笈多 穆德格尔，你有正经事没……

穆德格尔 皇后说，为皇太子祈福的祭神仪式已准备就绪，问皇上何时大驾光临。

鸠摩罗笈多　（面露难色）今天有波斯舞女来献舞。叫皇后别生气，我明天去。明白了吗，穆德格尔？

穆德格尔　（站起身）吾皇万岁万万岁！（离去）

塔杜塞纳　阇那迦[1]一定是有些喝高了，他竟然写道：王子们都是狼，国王要时刻提防。

鸠摩罗笈多　这是权术。

（阿南达德薇悄无声息地来到）

塔杜塞纳　那个婆罗门还不如这么写呢：国王根本就不要结婚，根本就不要生一群狼崽。

阿南达德薇　（上前）皇上吉祥！

（塔杜塞纳赶紧缄口不语，并做出吓坏了的表情）

鸠摩罗笈多　快来，王后！我正等你来呢。

阿南达德薇　我把舞女们招呼来了。刚才大臣们都在，心想不能打断皇上和大臣们议事啊，所以就往后推了推。我看您什么时候都没空。（没好气地看着塔杜塞纳）

鸠摩罗笈多　他是个不懂规矩的外邦人，爱打个趣什么的。

阿南达德薇　那也该有个分寸吧。

塔杜塞纳　阇那迦不就是考底利耶嘛，我是深入研究了他的大作之后才悟出这个道理的。要是不怪罪的话，我再问个问题，因为我打算以后再也不就这个话题提问了。

阿南达德薇　问吧。

塔杜塞纳　他那本《祸事论》里讲的蛇蝎女……

鸠摩罗笈多　（责骂）闭嘴！

（舞女们唱着歌上）

---

① 另译遮那迦，又名考底利耶，印度孔雀王朝开国军师，著有《政事论》。——译者注

杜鹃鸟啊，
不要发出这样的啼鸣，
别把我昔日记忆惊醒，
否则我维纳琴的弦上，
又将响起凄婉的声音。

杜鹃鸟啊，
春天的华彩已无踪影，
心之花朵已化作灰尘，
曾经盛开的朵朵鲜花，
已经变成了枚枚足印。

杜鹃鸟啊，
曾听过一支支快乐的歌曲，
只可惜春宵不再良辰已去，
到如今秋荷已残草木凋零，
那片美丽星辉也已然远离。

杜鹃鸟啊，
切莫把那份甜蜜又痴狂的爱寻觅，
切莫狠心打破别人心中那份宁谧，
你要把别人无言的孤寂细心呵护，
你要洗心革面改邪归正把恶行弃。

（换场景）

第三场

（路上，马德利笈多）

马德利笈多 写诗能让人万古流芳，抱着这样的幻想，我激情满怀地立下了做个诗人的志向。为了欺骗自己的心，我总是把人生的不如意归咎于不知足。可是，造化弄人！除了财富女神的宠儿们的横眉竖目和自己的满腔愤懑，我得到了什么？幻想中人人钦慕的人生原来全靠他人的怜悯！一边是满腹学识才华如无价珍宝，一边是穷酸潦倒惹人耻笑，二者反差如此巨大，这该如何是好？也曾击败佛门高僧，赢得天下人的赞赏，可那又如何？

（穆德格尔上）

穆德格尔 喂，大诗人！多日不见，是不是哪个学堂堂主开恩，让你当教书匠去了？

马德利笈多 没有，我就这样闲待着。

穆德格尔 闲待着哪行啊？兄弟，你今天交好运了。你不是诗人吗？兄弟，别写诗了。

马德利笈多 那怎么行？诗歌是我这颗愚笨之心的食粮。诗意是彩色的画，诗意是来自仙界的美妙音乐。谁给黑暗送去光明？谁拨开虚假的迷雾，让人们看见真理？谁给万物赋予生命？谁把外物与内心连接？唯有诗歌！

穆德格尔 可是，肚子和粮食之间的关系也要考虑吧？不然你的手拿什么往你嘴里送？吃不饱肚子，你怎能合上双眼安然入睡？

马德利笈多 生而为人，怎能只考虑这些？动物成天动的也是这些心思吧。

穆德格尔 对，对，人不是动物，因为人会胡说八道，人会掩饰自己的愚蠢，人会给自己的罪孽披上一层合理合法的外衣！说莫名其妙的话也是人的本领。为了不做动物，文明的、长着两条腿的人在最想要什么东西的时候也会大大地矫情一番。

马德利笈多 也许吧。你刚才是什么意思？

穆德格尔 别活在风花雪月的梦里了，回到理性的现实里来吧。你是个年纪轻轻的婆罗门，所以我才动了恻隐之心。

马德利笈多 那我该怎么办？

穆德格尔 我两三天后要去阿般提，我会把你引荐给太子殿下，你会谋得一份好差事。你愿意吗？

马德利笈多 可是，你为何如此照顾我？

穆德格尔 我十分欣赏你的才智，这些天我一直在找你。你知道，获得皇族的恩宠需要等待时机。大人物都有一个顽固的想法，那就是："先让他晃荡去吧，这样的人才比比皆是。"

马德利笈多 感谢您的大恩大德！我一定跟您去。匈奴人在迦湿弥罗逞凶，学问无人问津，所以我离开被野蛮人蹂躏的地方来到京城。从今天起，您就是我的指路人。

穆德格尔 好，我走了。我很快就会去找你，你做好出发的准备。（离去）

马德利笈多 迦湿弥罗，我的父母之邦！曾在那里蹒跚学步，曾在那里玩耍、念书，还有生活的点点滴滴……唉！那场美梦已经远去了。生我养我的地方啊！（唱道）

不要轻易将世间那些美妙的时刻遗忘，
不要轻易说你的情意是出于年少轻狂；
你的笑靥如甘醇的美酒令我心醉神迷，
酒杯里泛起浪花，令我无法平静呼吸；
像一只陷入花蕾怀抱的黑蜂迫不及待，
浑身战栗的我端起满满的酒杯乐开怀；
美酒令我容光焕发，也令我愁眉展舒，
怎奈潮水退去，留我在岸边捶胸顿足；
夜空的珍珠如夏玛胸口的抓痕般美妙，①
它们高高在上，把站在岸边的我嘲笑；
无情的你啊，为何诱我陷入这场游戏？
为何又将我如偶识的路人般弃之不理？
来吧，来把我们曾经拥有的快乐拥抱，
来吧，到岸与天边的情海里掀起浪涛。

（塔杜塞纳上）

塔杜塞纳 好诗！

马德利笈多 （仍沉浸在自己的情绪中，没发现有人来，自语）金莲在甘露之湖开放，黑蜂吹响了竹笛，花粉散发出阵阵馨香。清晨，阳光回来将它亲吻；晚上，清凉的月光为它盖上一层轻纱。我向那恍若仙境的美景伸出手去，梦醒了。

塔杜塞纳 不知僧伽罗和迦湿弥罗有何不同？你肤色白皙，身材魁梧，眉毛修长。你梦到的美景僧伽罗也有，但你能

① 夏玛，又名罗陀，是印度史诗《摩诃婆罗多》中主要人物黑天的情人。“胸口的抓痕”是印地语艳情诗人的常用意象，象征炽烈的爱情；抓痕是情人留下的。——译者注

梦到僧伽罗人蜷曲的发绺和黑亮的皮肤吗？

马德利笈多 （突然看见塔杜塞纳）在冰雪覆盖着地火的喜马拉雅……

塔杜塞纳 我们那边是海水冷却着海火。好吧，算了。大海地势低，深不可测；喜马拉雅山地势高，昂首挺胸。那就高呼喜马拉雅山万岁吧。对了，喜马拉雅……

马德利笈多 （自语）喜马拉雅山上，在早晨金色的阳光照耀之下，有一座黄宝石般的宫殿。宫殿里有位冰肌玉骨的美人俯瞰着世界。金色的阳光嫉妒了，它烤化了宫殿。美人啊，愿你安然无恙！愿我的眼泪给你送去清凉。想象的翅膀坠地了，让她静静地歇息吧。朋友，别惊动她！

塔杜塞纳 你通学问，擅写诗，为何还如此迷茫？

马德利笈多 如果这世界只是个幻境，那么，我愿永远迷茫，让施幻者的宏愿得以实现，让因夙愿未了而饥渴的心得到供养。

塔杜塞纳 朋友，你优美的想象必将化作传世的铿锵之声。振作起来，施展你的才华，你必将拥有光辉灿烂的未来！

马德利笈多 还考虑不了那么长远。只要窘困之中有爱庇荫，失意的人生也会恢复生机。

塔杜塞纳 朋友！这些日子里的见闻令我终生难忘。我要回国了。僧伽罗在召唤我，所以我要离开这个梦幻般的泱泱大国了。诗人啊，我俩虽萍水相逢，但是，请不要忘记塔杜塞纳王子。什么时候去僧伽罗吧。

马德利笈多 你是鸠摩罗笈多大帝风趣幽默的朋友鸠摩罗达斯？你是鸠摩罗达斯·塔杜塞纳？

塔杜塞纳　是的，朋友。我是楞伽岛的太子。我的一个朋友，也就是我的童年伙伴普罗克雅底吉尔蒂，是大觉寺的僧人。我来看望他，也游历游历笈多帝国，见识见识它的富庶繁盛。我饱览了佛陀留下过足迹的圣土，看到了如日中天的笈多帝国的太阳。这是雅利安人令人难忘的盛世。朋友，变化马上就要开始了。

马德利笈多　鸠摩罗笈多大帝的帝国会发生什么变化！

塔杜塞纳　头脑简单的年轻人！这是一个变动不居的世界，发生变化有什么好吃惊的？要是不发生变化，那就要发生大变化——灾难！变化就是创造，就是生活。停滞或者说静止不动就是死亡。自然界是运动不止的，男人和女人也是它手里玩的两个球。它把男人抛出去，又用女人把他吸引回来。这就是僵死的大自然之鲜活的奥秘。

马德利笈多　你说得太对了！阿南达德薇就把鸠摩罗笈多指挥得团团转，这真是一个神奇的谜！

塔杜塞纳　皇上老迈昏庸，耽于淫乐，他正在成为那个女人实现野心的工具。乌云已在天边集聚，黑暗很快就要降临。不过，太子殿下塞健陀是那颗带来希望之光的北极星。纯净的天空中很快就会布满各色阴云，恐怖的大戏即将开场，你也可能担当其中的一个角色。当心啊！僧伽罗随时恭候你的光临。（下）

马德利笈多　多么有远见、多么好客的王子！（下）

（换场景）

第四场

（华丽的宫室里，小皇后阿南达德薇和宫女杰雅）

阿南达德薇 杰雅，都这么晚了，帕达尔迦来这里的时间还没到？

杰　　雅 主子，您玩的游戏也太吓人了！

阿南达德薇 胆小怕事的人听到老鼠的吱吱声也会哆嗦，听到自己的呼吸声也会头皮发麻，他们哪有胆量踏上通往巅峰的荆棘之路？克服艰难险阻才能到达的天堂对他们来说完全是梦想。

杰　　雅 可是，后宫的规矩森严又脆弱。

阿南达德薇 自己的命运之路我自己走，你就别指手画脚了。

（杰雅把耳朵贴在门上听，向阿南达德薇示意；暗门一开，帕达尔迦便走了出来）

帕达尔迦 皇后万岁！

阿南达德薇 大元帅，别开玩笑了！德沃吉还在，你怎敢叫我皇后？

帕达尔迦 我的心在这么叫您，改天整个帝国的臣民也将这么叫您。

阿南达德薇 我不相信。

帕达尔迦 皇后！昨天当着皇上的面投向我的鄙夷表情和冷嘲热讽像利箭一样扎在了我的心上，我不会费心把它们拔出来。在即将到来的暴风骤雨中，它们才是我得力助手。它们会时刻刺痛我，提醒我。我会沿着它们指引的道路走下去。我是凭自己的勇武和辉煌战绩取得大元帅这个万人敬仰的职位的。我要捍卫这份荣誉。皇后！今天，我情不自禁地和盘托出了内心深处的秘密，但这是有意的，是经过深思熟虑的。我的心能容忍明枪，但不能容忍暗箭。

阿南达德薇　帕达尔迦，你是英雄，这个职位非你莫属！德沃吉的威势越来越大，我担心布尔笈多会有生命危险。大元帅，一个没有地位的母亲总是活得这样提心吊胆。皇上的心思游移不定。老成这样了他还贪图享乐，终日忙于找各种乱七八糟的乐子。

帕达尔迦　这些我都明白。我知道为什么在讨伐布舍密多罗人的战争中不让我挂帅出征，我又不是个三岁的娃娃。尽管地军反对，但是，托您的福，我还是坐上了大元帅之位，这我心里也有数。皇后，我绝非忘恩负义之徒。请您放心！

阿南达德薇　在派谁挂帅出征这件事情上，我没有帮你的忙。我是有考虑的——马上就要变天了，你必须留在这里。

帕达尔迦　可是，我倒没看出马上就要变天的任何征兆。

阿南达德薇　歌舞升平的京城里，波斯美酒在流淌，很快鲜血就会取而代之！今天你还在享受沉香的氤氲之气，明天这深宫大院里就会燃起灾难的大火！烧焦的尸体将散发出难以忍受的恶臭。帕达尔迦！你为这即将到来的灾变准备好了吗？（仰望）嗯哼，伯勒本迦菩提的话至今还没有一句落空的。

帕达尔迦　伯勒本迦菩提是谁？

阿南达德薇　他能揭开黑蓝的天幕，把深藏在黑暗中的神秘命运——那明亮的星辰预示的严酷命运——窥透。他的目光隐含着咒术的魔力；他的笑透露出毁灭的音信；

他能呼风唤雨，他说话如电闪雷鸣。

（伯勒本迦菩提上）

伯勒本迦菩提 还记得阴历六月朔日之夜吗？

（帕达尔迦和阿南达德薇一怔，赶紧合十敬礼）

阿南达德薇 记得，大法师！这我还能忘记？

伯勒本迦菩提 谁？大元帅！哼哼哼哼，你们将看到正教的诅咒如何发威，你们的眼睛承受得了吗？你们以为苦修者枯槁的身体里空空如也？等着看多罗女神在尸骨上跳毁灭之舞吧！等着看毁灭一切的自然界把玩一串串骷髅头吧！不是举行过一次又一次马祭吗？现在也来看看它们以人祭收场的大结局吧！好了，皇后，朔日前半夜，又大又亮的流星划过夜空之时！到时候好好盯着天空。我走了。千万要事事小心。（离去）

帕达尔迦 皇后！这个像地动山摇一样令我心惊的人是谁？哎呀，我感到天旋地转。

阿南达德薇 他就是伯勒本迦菩提大法师！

帕达尔迦 那我就相信您刚才说的那番话了。这个凶残无比人中之魔会帮上我的大忙。我准备好了！

阿南达德薇 那就一言为定？

帕达尔迦 奴才永远跟皇后走。

阿南达德薇 好，你依旧从这道暗门离开吧。我要去看看，皇上是否已从酒后的酣睡中醒来。

（杰雅上）

杰雅 皇上在伸懒腰了。主子，快去吧。（退下）

帕达尔迦　皇后，那微臣告辞了。

阿南达德薇　（看着帕达尔迦）帕达尔迦！你这就走？我一个无依无靠的弱女子，在这处处都是敌人的深宫里，唉！（抹泪。）

帕达尔迦　皇后，要坚强！请相信微臣的能力。

阿南达德薇　那好，帕达尔迦，你走吧。

（杰雅匆匆而来）

杰　雅　快点儿，主子！（二人离开）

帕达尔迦　这个女人有一颗令人捉摸不透的心，里面那颗神秘的种子不知会生发出一个什么样的世界来。天哪，这个女人真有胆量！且让我拭目以待，看她把笈多帝国命运的钥匙向哪边旋转。可是，刚才她的眼里流露出了多么强烈的情欲！未得到满足的情欲给她的面颊染上了红晕，温热的呼吸送出了她内心澎湃的激情。好了，走吧，这里不是想问题的地方。（从暗门离开）

（换场景）

第五场

（内宫门口）

夏尔沃那加　（边走边说）什么吸引了我的眼睛？什么迷住了我的心？什么都没有。这把短剑就是我的美人，我永远都只为她的寒光心醉，我不知道还有什么比她更美。老婆总是嫌我这也不行那也不行，她的责骂总是不绝于耳，想起她我的魂儿都要发抖。今天轮到我站岗，虽说暂时逃离了家里的母老虎，可夜晚也十分恐怖。走，坐到自己的哨位上去吧。听说皇上的情况很糟糕，唉，天知道。

（帕达尔迦上）

帕 达 尔 迦 你是谁？

夏尔沃那加 卒长夏尔沃那加！

帕 达 尔 迦 你手下有多少兵丁？

夏尔沃那加 整整一小队！

帕 达 尔 迦 内宫可曾传出命令？

夏尔沃那加 没有。

帕 达 尔 迦 你跟我走吧。

夏尔沃那加 遵命！敢问大人，带我去何处？

帕 达 尔 迦 皇后门口。

夏尔沃那加 我在那里有何任务？

帕 达 尔 迦 不让一个人进，也不让一个人出。

夏尔沃那加 （吃惊地）这是何意？

帕 达 尔 迦 （严肃地）你只管服从大元帅的命令就行了。

夏尔沃那加 难道皇后本人也不让进出？

帕 达 尔 迦 是的。

夏尔沃那加 遵命！

（惊呼声，巨大的流星划过）

帕 达 尔 迦 哎呀，时间到了！好吧，我马上就回来。（帕达尔迦开门，进入内宫）

（拉玛上）

拉　　　玛 怎么，你今天在这里站岗？

夏尔沃那加 是，我今天是在这里站岗。你怎么来了？

拉　　　玛 笨蛋！王后想来看皇上，可是不让来。你能做点什么吗？

夏尔沃那加 我能把怒吼的雄狮的尾巴拽下来，可是骑狮子的女神啊，我一看见你，什么都不敢做了。

拉　　玛 （跺脚）真是个废物！

夏尔沃那加 别别别，别这么说，我什么都敢做。可是，你别吓我呀，好好跟我说嘛。需要我做什么？

拉　　玛 皇后得有人保护，明白吗？难道偌大一个笈多帝国，今天就没一个人站出来保护她？仇敌已经亮出了他们的毒刺和毒牙，他们的阴谋已经引起大地微微震动。

夏尔沃那加 有时候我也这么想来着，可是……

拉　　玛 你找个机会去皇后门口吧。我走了。（离去）

（一兵丁上）

兵　　丁 长官！不知为何，我的心怦怦乱跳。黑夜似乎也在害怕什么，它发出微微的呜呜声，好像正在溜走！空气在流动，可是没有声音。我大声喊出口令，可是我自己都听不见。长官，这一切是怎么回事？

夏尔沃那加 你没忘记自己还有剑吧？

兵　　丁 感觉剑鞘很轻，可是一摸，剑又……

夏尔沃那加 别害怕，带三个，兄弟一起巡逻，叫大家都警觉点。我一直在这里，你们别怕。

（兵丁离去。门开了，布尔笈多走出来，后面跟着帕达尔迦和一兵丁）

布尔笈多 卒长夏尔沃那加！

夏尔沃那加 王子殿下万岁！殿下有何吩咐？

布尔笈多 你得学学帝国的礼仪了。

夏尔沃那加　殿下，奴才有罪！（低头）

帕达尔迦　派他带人去皇后那边警戒吧，他是信得过的勇士。

布尔笈多　去吧，到皇后门口去吧，按大元帅吩咐的做。

夏尔沃那加　遵命！

（夏尔沃那加率手下兵丁离去。另一卒长率兵丁来此地巡逻）

帕达尔迦　任何人问起来，你都别告诉他皇上驾崩了，就说皇上病情越来越重。注意！不要让任何人进去，兵部大臣也不行。你告诉他，皇上心情不好，不想见任何人。明白了吗？

卒长　是！

（布尔笈多和帕达尔迦进内宫，宫门关闭）

卒长　（对兵丁们说）今天情况不妙。兄弟们，提高警惕！

（兵部大臣地军、刑部大臣和皇宫卫队长上）

卫队长　卒长，开门，我们要觐见皇上。

卒长　大人！我们有命令在先，任何人不得入内。

卫队长　（吃惊地）命令！谁的命令？你难道不知道，除了皇上本人，卫队长最有权进入内宫？赶快打开宫门。

卒长　大人，您处罚我吧，但门还是不能打开。

卫队长　你在说什么？

卒长　里面的人是这样命令我的。

兵部大臣　（顿足）哎呀！

刑部大臣　卒长，别再拖延时间了。让开！

卫队长　年轻人，我命令你让开！不然我撤了你的职。

卒长　但命令我守卫宫门的人是大元帅。我是隶属于大元帅的兵士，并不隶属于皇宫卫队。

卫　队　长　地军大人，难道内宫也该由军队控制吗？

地　　　军　后果不堪设想！皇上已处于弥留之际，他的灵魂一定十分不安。

卫　队　长　（向四周看了看）对了，夏尔沃那加去哪里了？

卒　　　长　大元帅把他派到别的地方去了。

卫　队　长　（怒）夏尔沃那加这个蠢货！

（内宫传出隐隐的哭声）

刑部大臣　（侧耳细听）难熬一切都结束了？我们必须进去。

（三人拔剑，卒长挡在了他们前面。宫门打开，布尔笈多和帕达尔迦走出来）

地　　　军　帕达尔迦！这都是怎么回事？

帕达尔迦　（拔剑竖于额前）至高无上的王中之王布尔笈多万岁！尊敬的兵部大臣、刑部大臣和皇宫卫队长，按帝国的规矩，放下武器，向皇上致敬。

（三人面面相觑）

卫　队　长　这么说，鸠摩罗笈多大帝驾崩了？

帕达尔迦　是的。

地　　　军　可是，难道不应该由太子殿下塞健陀笈多继位吗？

布尔笈多　闭嘴！由谁继位不能由你们说了算，先帝本人已经决定了。

地　　　军　有证据吗？

布尔笈多　必须向你出示证据吗？

地　　　军　当然。

布尔笈多　大元帅！把这几个逆贼给我抓起来。

（帕达尔迦上前）

地　　军　等一等，帕达尔迦！你赢了，但是有一件事……

布尔笈多　半件事也没有。给我抓起来！

地　　军　王子！你生性暴虐、能力弱，笈多帝国的权杖在你的手里拿不了多久，也许你还会给帝国招灾惹祸。所以，王子啊，你放手吧。

布尔笈多　大元帅！你还在等什么？

帕达尔迦　诸位大人还是放下武器服从命令吧。

卫队长　强盗！先帝赐给的这把短剑岂能你说放下就放下？两位大人，拿起武器自卫！

地　　军　卫队长！你这是干什么？这不是内斗的时候！西部和北部正涌起阴云，这不是消耗力量的时候。来吧，让我们按照笈多帝国的规矩，进行最高的反抗——牺牲我们自己。但是，帕达尔迦，国权如黑蛇一般难以驾驭，你却把它当玩物争抢，你可要誓死捍卫它呀！要是我笈多帝国能江山永固，何止一个，就让一百个塞健陀笈多为之做出牺牲吧。雅利安帝国万岁！（自杀倒地，卫队长和刑部大臣也随即自杀）

布尔笈多　自寻死路，也好！

帕达尔迦　可是，我们犯了个错误。都是忠勇之士啊！

布尔笈多　没什么。（返回内宫）

帕达尔迦　走吧，都走吧，笈多帝国的年轻英雄们！把你们钻石般璀璨的心中流出的纯洁血液都献祭给我的复仇之心这个魔鬼吧！

（换场景）

第六场

（城中大道上，穆德格尔走来）

穆德格尔 被人恭恭敬敬邀请去享用一顿美餐是一回事，在这路途上风尘仆仆吃尽苦头又是另一回事。从古苏姆普尔跑到阿般提，又从阿般提跑到穆尔斯坦，唉，我这娇贵的身子骨怎受得了如此辛苦的奔波！这次就算我乖乖听话吧，要是，如果，倘若下次再碰到这样的差事，那么，本婆罗门就要要要五体投地赖在地上不起来的功夫了。好吧，坐在这片树荫里想一想，看看是踏上几千里的归程好呢，还是再往前走几里路把事情办妥好。

（穆德格尔放下包袱，开始打盹。马德利笈多上。）

马德利笈多 太子殿下派我来穆尔斯坦收拾局面。没看错吧，穆德格尔也来这里了！走，去逗弄逗弄他，反正他喜欢闹着玩。（用衣服遮脸，把穆德格尔的包袱抽出来带走）

穆德格尔 （站起身）等等我，兄弟！我这样的平头百姓都是自己驮包袱，哪敢劳烦您啊。

（马德利笈多绕圈跑，穆德格尔在后面追赶）

马德利笈多 （在远处停下来）再往前跑就打断你的腿！

穆德格尔 只要拿得回包袱，断条腿也不算什么坏事。你别以为我走了那么远的路就没力气了，我不会放过你的。我是婆罗门，你跟我论理，别对我舞枪弄棒。对了，你拿走我的包袱，讲不讲天理啊？

马德利笈多 讲天理？这么说你一定相信那些至理名言了。

穆德格尔 你还真要跟我比学问？

马德利笈多　是啊。念过《薄伽梵歌》吗？

穆德格尔　当然念过。身为婆罗门，哪能没念过《薄伽梵歌》？

马德利笈多　那里面是这样写的：我不存在，你不存在，此物亦不存在；既非你所有，亦非我所有。既然如此，你为何要拼命抢回这个小包袱？

穆德格尔　哎呀呀，你那是一知半解！你说说，黑天大神讲完《薄伽梵歌》之后发生了什么？

马德利笈多　一场血流成河的大战！

穆德格尔　所以呀，兄弟，为了这个小包袱，一场小战在所难免。你敢动我的小包袱，我就让你吃棍子。（拿棒指着马德利笈多）

马德利笈多　穆德格尔，别拿棒指着我。要我为你那几文钱流血？我可没那么蠢！我的每一滴血可都是用牛奶和蜂蜜养出来的。（把包袱还给穆德格尔）

穆德格尔　谁？马德利笈多！

（幕后传来喧闹声）

马德利笈多　是我，穆德格尔。塞种人和匈奴人的联军在这一带烧杀抢掠，把这里变成了人间地狱，无辜的天竺百姓苦不堪言。

穆德格尔　我是来替皇后传信的。我先去了阿般提，可太子殿下不在那里。伯尔纳达德将军又吩咐我尽一切努力找到戈文德笈多亲王。将军说，他那里情况危急，很多事情他难以定夺。

马德利笈多　求上苍保佑吧。偌大的帝国里，没人服从命令，太子殿下一个人能干什么？

穆德格尔　可是，兄弟，要是我是大神，人类的任何祈求我都不听。什么事都要求他帮忙，我看着都害怕，大神难道会听吗？

马德利笈多　不，穆德格尔，大神不会任由无辜百姓惨遭涂炭。难道这就是他创造人类的目的？难道人的生命如蝼蚁，可以任意屠戮？你看远处那些被捆绑的市民和匈奴人的血腥暴行！唉！

穆德格尔　天哪！我的天哪！

马德利笈多　无助的时候除了祈祷别无他法。来，我们一起祈求上苍吧。（二人同声祈祷）

你总说，终有一日你会再次下凡。
这一次，你何时才来为大地解除苦难？
大地正在被苦海淹没，
海中的火蛇把毒舌伸展；
人道难觅，魔道肆虐，
毁灭的阴云倾泻着血泪，
哀号之声还没有传到你的耳边？
仔细听听吧，我已发出呼唤。

（匈奴兵丁押着被掳的市民上）

匈奴兵　闭嘴，唱什么唱！

穆德格尔　嘿嘿，唱个曲儿讨点儿饭吃，您也给点儿啥吧。（做出可怜样）

匈奴兵　（推穆德格尔）滚，站一边儿去！哦，对了，这帮猪狗什么都不拿出来，太坏了！

市民　我们都是普通百姓，早让军爷们给抢光了，哪还剩什么东西给你们啊。

匈奴军头 你们就会撒谎。想活命就赶快把藏起来的钱财拿出来，要不然就用烧红的烙铁、皮鞭和浸油的衣服伺候你们。想想那苦头吧！

市　　民 反正这条命已经落到你们手里了，想杀就杀吧。

匈奴军头 （用鞭子抽市民）那还用你说？只是，钱在哪儿？

市　　民 魔鬼！刽子手！哪儿都没有，不是说过了吗？

匈奴军头 （对兵丁们说）给这些孩子套上浸油的衣服，给我点火烧！用烙铁给我烙那些女人！

女 人 们 大神啊！（祈祷）

弱者的依靠，你在哪里？

困苦者的救星，你在哪里？

莫非你徒有虚名，根本不存在？

曾听说，不管是此处还是别处，

只要有人呼唤你，你就听得见。

我们该不该相信？

你在哪里？！

（匈奴兵拖拽妇女）

马德利笈多 大神啊！（唱道）

让我们把你信仰，让我们皈依于你，

让我们永远不受压迫，无论在哪里。

为受难的无辜百姓献出生命是正法的要求。

胆小鬼们，

你们竟如此虐待妇孺！

（马德利笈多上前用剑为妇女们割开绳结。一个苦行僧冲了上来）

苦　行　僧　太好了！英雄！你们都挺立起来吧！相信大神，站起来吧！

穆德格尔　（认出苦行僧）万岁！戈文德笈多亲工万岁！

（大家振奋起来，与匈奴兵混战，匈奴兵逃走）

戈文德笈多　穆德格尔！你怎么在这里？还有这位年轻人，你是谁？

马德利笈多　太子殿下塞健陀笈多的奴仆。

穆德格尔　大英雄！久不相见，你竟已是这身装束！

戈文德笈多　穆德格尔，一言难尽啊！塞健陀在哪里？

马德利笈多　在乌贾因！

戈文德笈多　他安全就好。走，我的军队已经到达城堡了，去那里休息吧。安顿好这里的事情之后，我要尽快去摩腊婆国处理一些必要的事情。现在此地百姓不用害怕匈奴人来袭扰了。

众　　　人　戈文德笈多亲王万岁！

戈文德笈多　跟布舍密多罗人的战事结果如何？

马德利笈多　我们胜利了。

戈文德笈多　摩腊婆国的战事呢？

穆德格尔　太子殿下带了一小队人马去支援本图伐摩。

戈文德笈多　（仰望）好样的！塞健陀，愿天界诸神和大地上的幸运女神都保佑你。你是雅利安帝国唯一的依靠。

穆德格尔　亲王！您还是先管管我饥肠辘辘的肚子吧。命一得救，饥饿马上发起了进攻。

戈文德笈多　好吧，好吧，大家一起去吧。

（众下）

（换场景）

第七场

（阿般提的城堡里，德沃塞娜、维杰雅和杰耶玛拉）

维　杰　雅　唉，谁知道哪方会赢呀。

杰耶玛拉　你只关心你那些钱财能不能保全。

德沃塞娜　一点儿也不关心国家的荣辱和妇孺的安危。

维　杰　雅　（难为情地）不，我不是这个意思。

杰耶玛拉　但是，有一个办法保全你家的财产。

德沃塞娜　什么办法？

杰耶玛拉　是一个万全之策。

维　杰　雅　你父亲当时没有答应，要不然今天哪有机会害怕！

杰耶玛拉　要是从你家数不清的财产中拿出一个零头的零头送给那帮贪婪的豺狗……

维　杰　雅　可是，花钱买来的胜利岂不有辱王国的威风？

杰耶玛拉　别说了，有人来了。

（本图伐摩上）

本图伐摩　王后！到现在还没有太子殿下的消息。也许今天塞种人和匈奴人的联军就会发起攻击，到时候我恐怕守不住城堡。

杰耶玛拉　主人啊！这么说，难道非得要我乔装打扮成塞健陀笈多才行？难道摩腊婆国王只有在外援抵达之后才有底气发号施令？主人啊，去吧，率领大军像雄狮一样扑向敌军吧！守卫城堡的担子我来挑。

维　杰　雅　大王！这只是豪言壮语，守卫城堡的担子还是要交给一位称职的将军。

本图伐摩　别害怕，维杰雅！

杰耶玛拉　看惯金银珠宝的眼睛怎受得了宝剑那闪电般的寒光！富家女啊，我们是刹帝利女子，宝剑是我们最亲密的伴侣。

本图伐摩　王后，要尊重寻求庇护的人和身陷困境的人！好吧，城堡就算了，内宫就交给你来守卫了。

德沃塞娜　哥哥，您就放心吧。

本图伐摩　毗姆将负责守卫城堡。我走了。（离去）

维　杰　雅　我觉得恐怖的战争已在眼前。公主，你有这样的感觉吗？

德沃塞娜　把维纳琴给我拿来，我来唱支歌吧。

维　杰　雅　公主，别开玩笑了！

杰耶玛拉　有什么不好吗？

维　杰　雅　战争与唱歌相干吗？

杰耶玛拉　难道战争不是一首歌吗？战鼓声、呐喊声和各种兵器撞击出的声音汇成了一首多么激越的毁灭之歌啊。明知那是人生的最后一场戏还要亲眼观看，所以，只有真正勇敢的心才能体味到谜一样的人生的至高无上的美。它袒露无遗，那么的骇人，那么的真实。在这方生方灭的幻境里，毁灭之歌从未停歇。汇聚起心中的勇气和力量来听这首歌吧！吉祥美妙的乐声正是从那令人恐怖的焚尸场开始的。

德沃塞娜　嫂子，那我就开始唱了。这次唱了，不知道还有没有下一次呢。

杰耶玛拉　唱吧。

维　杰　雅　王后！你们是火焰还是女人？你们就像火山女神额上

的美丽发绺……

杰耶玛拉 听，德沃塞娜唱歌了。

德沃塞娜 （唱道）

有个薄情郎，
他圣洁无比俊美无双，
他的身影占据着我的双眼和整个心房；
他无处不在，
水下，地面，风中和天上；
我疯狂地爱他，四处将他追寻，
可是哪里也找不到他，心中无比怅惘；
我如痴如醉，深陷情网，
他的身影占据着我的双眼和整个心房。
我的生命之根啊，你是谁，值得我付出真心？
你是阳光，我就是与你相伴的阴影；
你紧贴的耳一定听见了，
我的血管像琴弦一样为你奏出的是一片深情；
我的双眼和整个心房里，只有你的身影。

（毗姆伐摩突然到来）

毗姆伐摩 嫂子，城堡大门失守，我们在内宫外门抵挡，你们要做好应对一切不测的准备。

杰耶玛拉 大王有消息吗？

毗姆伐摩 还没有任何消息。他率军在山隘阻截敌军，但另一路敌军走密道偷袭了城堡。我走了，当心！（离去）

（幕后传来令人毛骨悚然的拼杀声）

维 杰 雅 王后！我们找个安全的地方躲躲吧。

杰耶玛拉 （拔出短刀）怕什么？卫士就在身边。德沃塞娜，你也带着吧？

德沃塞娜 嫂子，维杰雅没有，也给她一把吧。

维杰雅 不不不，我拿它有什么用？太吓人了！

德沃塞娜 这么漂亮的刀子还不配搁在心脏里吗？

维杰雅 （听到巨响）啊！你们真残忍！

（毗姆伐摩上，浑身是血）

毗姆伐摩 嫂子，守不住了！我这就出去，跟敌人拼到最后一滴血，获得英雄的美名，但你们……

杰耶玛拉 你别管我们。英雄啊，为妇孺、婆罗门和受苦受难的人献出生命是刹帝利的天职！用你的宝剑杀出一片烈火！让喉咙发出毁灭之神的吼声，震碎敌人的心吧！英雄啊，前去战斗吧！即使倒下，也要像正午的烈日那样向前后左右发出万丈光芒！

（毗姆伐摩离去。内宫外门被敌军撞开，毗姆伐摩阻挡敌酋，且战且退，杰耶玛拉和德沃塞娜助战。千钧一发之际，塞健陀笈多率军赶到。舞台上响起欢呼声："太子殿下塞健陀笈多万岁！"敌军闻之丧胆）

塞健陀笈多 让开，女神们！只要我塞健陀活着，何须女人动刀剑！

（敌军被击败，多人被俘）

维杰雅 （偷瞄塞健陀笈多，独白）啊，多么英武的男人！

塞健陀笈多 （看维杰雅，独白）她，她是谁？

（幕终）

第二幕

第一场

（摩腊婆国，什普拉河岸的树林中）

德沃塞娜 千真万确，我们还在这个世界上。

维杰雅 在哪里，公主？看到世人尔虞我诈、互相残杀，有时候我只好认为，这个世界就是地狱。那么多忘恩负义，那么多虚伪狡诈，那么多你争我抢，甚至有恶人从别人嘴边抢走半张面饼！人已经堕落到了比焚尸场的野狗不如的地步。

德沃塞娜 有卑污，方可量出圣洁的高度；有痛苦，方可品出快乐的甜度；有罪孽，方可验出功德的纯度。维杰雅！我们只能用眼睛观看天空中美丽的星辰，它们像花儿一样娇柔，还是像钻石一样坚硬，谁能说得出？杜鹃鸟那悲悯的歌声回荡在空中，它是否有形体，我们也看不出。也没有什么东西可以让莲花和刺桐花的馨香永驻。但是，就在这个世界上，我们能见到这样的人：他们像星星一样明亮——同时也有一颗充满柔情的心。他们的胸中回荡着悲悯的仙音——同时他们也是有血有肉的人。而他们的馨香，也就是他们的美名，将永驻人间。正是从他们的身上，我们可以看到什么是天堂。

维杰雅 也许有吧，但我没有看见。

德沃塞娜 你真的没有看见过这样的人？

维杰雅 没有。

德沃塞娜 想好了再说。

维　杰　雅　是的，是想好了才说的。

德沃塞娜　难道你的心从来没有被征服过？维杰雅！好好想一想吧，你那颗桀骜不驯的心真的从来没有为哪一个英雄壮举感到过震撼？如果有，那就是天堂的感觉。我们用美好的想象筑出的理想之巢就是天堂，那是我们的信仰和爱栖居的地方，它就在这个世界上。谁没有找到它，谁就是这世上最不幸的人。

维　杰　雅　那么，公主，我说说真心话？

德沃塞娜　说吧，说吧，那还用问？

维　杰　雅　迄今为止，还没有人让我一见倾心。是的，那位太子曾让我怦然心动，但我也能把那当作自己对皇家威势的倾慕而撇到一边。

德沃塞娜　不，维杰雅！那是撇不开哄不来的。你很幸运，要是你与那个天神般的人物能修成正果。（向一边看去）喏，那个太子来了。我俩回避一下吧。

（二人避开。塞健陀笈多上，后面跟着遮迦罗巴梨达）

塞健陀笈多　胜利带来的短暂欢乐会抹去心中的渴望？绝对不会。英雄们都在从事一项什么职业啊！他们需要拥有多么疯狂的情感啊！遮迦罗巴梨达，世界上最伟大的东西是什么？是舍弃！舍弃是伟大的别名。舍弃对生命的迷恋不就是英勇背后的秘密吗？

遮迦罗巴梨达　太子殿下！整个世界都是积极进取的英雄们绘就的图画。勇猛精进是一种独立自在的品格，也许生命的诞生也有赖于它的能量爆发。人生的战场上，胜利属于那些随时准备投入战斗的人。

塞健陀笈多　遮迦罗啊，随时都要准备投入战斗的人生是对人生的无情讽刺！秋日凉爽的夜晚，皓月当空，难道人们还要咬牙切齿，紧握双拳，怒目相向？春日迷人的早晨，小溪静静流淌，难道人们还要拼死搏杀，用热血把溪水染红？不，不，遮迦罗！我不认为这是人生的目的。那一定是另外一个难以猜透的秘密，尽管我自己还无法知道它是什么。

遮迦罗巴梨达　当心啊，太子殿下！每个人在做大事前都会出现类似的软弱想法。为了自保，为了不惹火烧身，小人物可以这样麻痹自己。您决定何时去京城？您要让皇位冷清到何时？与布舍密多罗人和塞种人的战事已经结束。

塞健陀笈多　你这是在刺激我。

遮迦罗巴梨达　是的，太子殿下！我有这项权利。

塞健陀笈多　不，遮迦罗！盖世英雄鸠摩罗笈多大帝的宝座不适合我。我不想争吵，我不需要皇位。让布尔笈多做他的皇帝吧，我有另外的人生道路。我……

遮迦罗巴梨达　这行不通。假如帝国权力中枢都乱了纲常，那整个帝国都会变成非正义的游戏场。为了捍卫所有人的权利，您必须保护好自己的权利。

（探子上，对二人说了些什么，二人离去。德沃塞娜和维杰雅上）

维　杰　雅　公主，怎么会这样？太子的情绪有些低沉。

德沃塞娜　是的，维杰雅，太子的情绪有些变化。

维　杰　雅　优柔寡断正在把他从皇位边扯开。

德沃塞娜　在你的心目中，莫非罩在太子头上的权力光环也在褪去色彩？怎么，维杰雅，开始厌烦那个不能给你带来荣耀的人了？

维　杰　雅　公主，你的话像无情的箭，太伤人了！

德沃塞娜　不，维杰雅，哪里会呢？富豪们手里只有一把尺子。他们不仅用这把尺子衡量知识、美、力量和纯洁之类的东西，而且用它衡量心。这把尺子就是财富。

维　杰　雅　可是，公主！用这把“大尺子”衡量，难道遮迦罗巴梨达就不是男子汉大丈夫了？他当然是。他有一颗英雄的心、一堵宽阔的胸膛和一张舒展的面庞！

德沃塞娜　你最欣赏的还是他的勃勃雄心。你可以用自己的财富把它买来，不是吗？朋友，想买的话，你自己想办法，我可帮不上什么忙。

维　杰　雅　公主，走吧，我们回去。

德沃塞娜　不听我唱支歌？

维　杰　雅　王后说不定在找我们呢，还是走吧。

德沃塞娜　你还不懂恋爱秘笈或者说怎么让一个男人迷恋上你吧？

维　杰　雅　你讲讲吧。

德沃塞娜　新式的首饰、漂亮的衣裙和饱满的青春，这些都是必需的。但是，还需要一样本事，那就是会装。我的意思是，装出一副可怜兮兮的样子最容易打动那些傻乎乎的男人的心。然后要唱歌，曲调要柔和婉转，歌声要缠绵悱恻。缺了歌声，一切都会黯然失色。

维　杰　雅　这种时候也要唱歌？

德沃塞娜　没有歌声什么事都成不了，世界上的每一次震动都有它的曲调。哈哈，你没听说过？不幸的姑娘！想听听吗？

维　杰　雅　公主，唱歌也是一种病吗？一只手挥来挥去，脸上做出夸张的表情，有时还狠狠地甩一下头，好像那歌曲在空气中掀起了一个巨大的波浪！

德沃塞娜　维杰雅！再小的微粒相碰也会发出音符，每一片绿叶的摇动也有自己的曲调。人已经把自己的声音扭曲得丑陋不堪，所以它难以融入大自然的旋律中。人类自作聪明，说话、唱歌却难免荒腔走板。你看那些小鸟，它们的啁啁啾啾何其美妙自然！

维　杰　雅　公主，你在说什么呀？

德沃塞娜　人迹罕至的山岗上，秋日美丽的晨光中，一棵孤零零的刺桐树缀满了鲜花。你看见过这样的刺桐树吗？

维　杰　雅　没看见过。

德沃塞娜　它发出的声音卓尔不群，它馥郁的曲调令南方吹来的香风也为之震颤。它摇着蓓蕾，拍着树叶，舞得如痴如醉。它欣赏着自己的音乐和舞蹈，柔声唱道——

饱受痛苦煎熬的人啊，

快到爱之树的浓阴里坐下，

接受它的慰藉。

它挺立在虔诚的河岸，

投下一片虔信的阴凉；

那一片饱含花粉的柔软泥土，

等着你洒下眼泪浇灌。

来吧，这里没有谁把你欺骗！

快来把心语倾诉，
让心上的伤口痊愈；
坐下来吧，
聆听心中那充满痛苦的故事，
就在此处！

饮下甘甜的美酒，
让生命之藤长青；
人生本是一场如梦的游戏，
你要用爱把它拥抱，
你要快乐地把它度过。
来吧，快来到这爱之树的浓阴里！

（本图伐摩上）

德沃塞娜　（难为情地）啊，哥哥——

本图伐摩　德沃塞娜，我看你是患上爱唱歌的怪病了。

德沃塞娜　每个人都会得病，不得这种病就会得那种病。不过，得我这种病不算坏事，这种病能把好多别的病给治好。

本图伐摩　好一个疯姑娘！喏，古苏姆普尔来消息了，太子殿下就要走了。

德沃塞娜　那他是应该走了。是嫂子叫我们回去的吗？

本图伐摩　是的，要向太子殿下送行。或许他回去还会举行登基大典。

德沃塞娜　您觉得有问题？

本图伐摩　那倒没有，他什么都没跟我说。不过，他的眼神里带着深深的忧虑，但完全不明白为什么。

德沃塞娜　哥哥，你们男人最喜欢深藏不露，已经不会敞开心扉说话了。你们的心在里边哭，但你们还要用脸上的笑加以掩饰。真是自欺欺人！

本图伐摩　（笑）好了，回去吧，别教训人了。

（维杰雅和德沃塞娜离去）

本图伐摩　心胸宽广，仪表堂堂，雅利安大地唯一的希望！太子殿下宽阔的额头上刻着怎样让人难以理解的想法呢？他内心高贵，同时又怀着遁世的渴望。他的双眼闪耀着生命的光芒。他将与命运搏斗，我要看看，谁是胜利者。但是，我发誓，从此我把自己的一切献给这位泽被天下的英雄。我也该到那边去了。（离开）

（换场景）

第二场

（寺院里，伯勒本迦菩提、帕达尔迦和夏尔沃那加）

伯勒本迦菩提　出去看看有人没有。

（夏尔沃那加出去又返回）

夏尔沃那加　没人。你为何如此害怕？我从来不担心谁来了或者谁要来。

伯勒本迦菩提　你不懂。

夏尔沃那加　不，出家人！我手持短剑等待一切到来，任何不测都靠它解决，从来不必怕这怕那。信赖别人，也让别人信赖自己，用如此简单的办法就能化解世界上所有的问题。

伯勒本迦菩提　隔墙有耳，所以要想得周到，要仔细察看。

夏尔沃那加　好吧，请讲吧。

帕达尔迦　你先闭上嘴巴。

（夏尔沃那加做闭口不言的表情）

伯勒本迦菩提　我们要用一切手段保卫圣教。

夏尔沃那加　大法师，哪家圣教遭到了迫害？

伯勒本迦菩提　就是乔达摩的圣教呀，就是反对杀戮、主张非暴力的圣教呀。我们反对祭祀献牲，我们唤醒慈悲心和同情心以利众生。是的，我们也会做一些令你触目惊心的事情。不，不，那样的事还是你来做吧。

帕达尔迦　啥事？

伯勒本迦菩提　由于德沃吉皇后的存在，京城可能会发生动乱，必须让她离开这个世界。

夏尔沃那加　所以您才疑神疑鬼，所以您要借口保卫圣教。用杀戮消除杀戮，这是哪门子道理？

帕达尔迦　别说了，夏尔沃！法师，非开杀戒不可吗？

伯勒本迦菩提　必须这样。

夏尔沃那加　不这样就行不通？不这样就不能广传圣教？

伯勒本迦菩提　而且这事得交给夏尔沃去做。

夏尔沃那加　（吃惊地）我？我绝不……

帕达尔迦　别冲动，夏尔沃！这可会给你带来享不尽的荣华富贵，掂量掂量吧。

夏尔沃那加　我从来不懂得掂量。告诉我敌人在哪里，我会像饿狼一样扑上去喝他的血，哪怕丢了性命也在所不惜。但是，让我去杀一个无辜的人，我……

帕达尔迦　这是我的命令。

夏尔沃那加　你也是武士，举起你的宝剑吧！走，我俩一起冲向两千敌军，看看谁会逃命。懦夫！竟下令杀害手无缚鸡之力的皇后！什么诱惑能把你变成魔鬼？

帕达尔迦　放肆！夏尔沃，你已经没有退路了。要么干，要么死！我不喜欢装谦谦君子。告诉你吧，我想得到的东西，无论以何种方式，我都必须拿到手。你帮了我的忙，我会给你好处的。

夏尔沃那加　不，帕达尔迦！一个人为了好处什么事都做，那他去做个畜生就够了。这事儿我干不了。

伯勒本迦菩提　帕达尔迦，你别劝了，让我来问问他吧。夏尔沃，你不愿意做这事儿，原因是什么？是怕犯下罪孽？

夏尔沃那加　那是当然。

伯勒本迦菩提　人的所作所为本身并无是非对错之分，各有各的充分理由。世界即战场，难道你喜欢在这个战场上战败投降苟活于世？你认为在战场上杀人是天职，是功德，而在其他地方杀人是罪孽？

夏尔沃那加　对！

伯勒本迦菩提　不管在哪里杀人，不管什么时候杀人，杀人都是取人性命，结果是一样的，对吗？

夏尔沃那加　对，是这样的。

伯勒本迦菩提　那你就是在凭时间和地点的不同说某件事做得对，某件事做得不对。

夏尔沃那加　还有别的办法吗？

伯勒本迦菩提　有，当然有。我们可以用结果来评判某件事做得对不对。

夏尔沃那加　结果还没有出现，你现在又看不到，怎么能凭它来做事儿呢？

伯勒本迦菩提　凭意念可以改变结果，这是造物的秘密。来，我让你们亲眼看看。（把酒杯斟满，一饮而尽，然后让另外两人喝酒，如此数巡）怎么样？酒还算烈吗？

夏尔沃那加　啊，心上都刻下印痕了。

帕达尔迦　一股快乐的泉水也开始流进心里了吧。

夏尔沃那加　我要跳舞。（想站起身来）

伯勒本迦菩提　等等，我带你一起跳。

（二人站起身，狂舞。突然，伯勒本迦菩提身子一歪摔倒在地，受伤）

帕达尔迦　哎呀！

（伯勒本迦菩提硬撑着站起来）

伯勒本迦菩提　不用担心。

夏尔沃那加　伤得不轻啊！

伯勒本迦菩提　但是结果变好了，本来你俩近日都有大灾。

帕达尔迦　灾已经消了？（惊奇地看着伯勒本迦菩提）

夏尔沃那加　怎么，大将军！灾就这么消了？

伯勒本迦菩提　正是为了给你们消灾我才吃了这个苦头。我是你们过去、现在和未来的主宰者和保护者。去吧，现在，你们无所畏惧了。

帕达尔迦　谢上师赐福！

夏尔沃那加　太神奇了！

帕达尔迦　不要怀疑，要虔信，你会得到虔信的果报。夏尔沃，你到现在还不信？

夏尔沃那加　我信了。两位大人怎么吩咐，我就怎么做。

伯勒本迦菩提　很好，走吧。

（三人离去，塔杜塞纳上）

塔杜塞纳　我留下来了，没有回僧伽罗，因为特别想看这场迷雾重重的大戏。穆德格尔怎么还没到呢？他应该到了呀。（四处观望）喏，他来了。

穆德格尔　兄弟，你就是塔杜塞纳？

塔杜塞纳　（笑）没认出来？

穆德格尔　要认出一个人是什么金属做成的可没那么容易。[①] 你是什么金属做成的？

塔杜塞纳　兄弟，黄金特别沉，一烧就熔化了，风一吹又凝固了，还要花好多钱才买得来。尽管如此，人们还是不辞辛劳地把它戴在头上。我不是黄金，因为还必须用另一种金属也就是铁来保护它。

穆德格尔　这么说你是铁做成的啰。

塔杜塞纳　铁特别硬，有时候连铁也能砍断。对了，兄弟，我是泥土——里面什么都有的泥土。泥土不是任何人都爱不释手的东西，但是，实际上，所有的金属会为了泥土而被铸成武器，它们被用来打、砸、砍、刺，然后断成碎片，最终还是化为泥土。所以，你就把我当作泥巴或尘土吧。对了，还不快说说，想出什么办法来解救皇后了吗？

穆德格尔　解救办法？你还不如说解脱办法呢。婆罗门的解脱之法是吃了这家吃那家——撑死；吠舍的解脱之法是做

① “塔杜塞纳”这个名字中的“塔杜”的意思是“金属”。——译者注

生意血本无归一命呜呼；首陀罗的解脱之法自然是被我们前三个种姓的人给活活踢死。皇后是刹帝利女子，不管是解救还是解脱，可能都要靠刀剑[1]。

塔杜塞纳 你说得对，今晚半夜，牢房！

穆德格尔 没什么好担心的，太子殿下已经回来了。

塔杜塞纳 我也参加！

（二人下）

（换场景）

第三场

（德沃吉的宫殿外面，喝得醉醺醺的夏尔沃那加上）

夏尔沃那加 美酒，美女，黄金！必须干，看在这几样东西的份儿上也得干。一个人要是尝不到这几样东西的甜头，他怎么会有干劲儿呢？何况还是干坏事。酒！啊，过瘾！（往杯子里倒酒）红红的，这是血吗？啊，多么吓人的好东西！红红的酒，红红的眼睛，红红的血。谁的血？一个有血有肉的人的呗。啊，不，不，柔弱的女人。不能心软！把事情办妥。瞧，一个黄金建造的世界就在眼前。

（拉玛上）

拉　　玛 笨蛋！黄金建造的楞伽城已经烧成了灰。

夏尔沃那加 楞伽城里恐怕没有酒吧，美人儿？

拉　　玛 那里有一个波涛滚滚的酒海，楞伽城就坐落在酒海的岸上！

---

① 根据印度教教义，婆罗门种姓负责宗教和文化教育事务，刹帝利种姓掌管军事和行政事务，吠舍种姓主要负责经商，首陀罗种姓为前三个种姓服务。——译者注

夏尔沃那加　那么，楞伽城里一定没有像你这么漂亮的姑娘。你是谁？是天堂里的仙子，还是恶梦中的女妖？

拉　　　玛　一见到女人就两腿发软挪不动步，眼睛瞪得跟铜铃似的，恨不得把人家一口吞下去。我只是个人！

夏尔沃那加　美人儿，这可都是你的错！你们这些娘们儿打扮得漂漂亮亮的，一双眼睛跟人捉迷藏似的，走起路来袅袅婷婷的。你们的一举一动好像都在说：看我呀看我呀。男人咋办？只能让魂儿被勾走！

拉　　　玛　没羞没臊的酒鬼，自家女人都认不出来了！把老娘当野女人挑逗，是吧？

夏尔沃那加　（醒了醒神）咹？哎呀，完了！拉玛，是你？

拉　　　玛　对，是我。

夏尔沃那加　（笑）我知道是你，所以才说了那些话，我哪敢跟别的女人……（伸舌头、揪耳朵）

拉　　　玛　好吧，你老实说，在哪儿学会喝酒的？刚才你在唠叨啥？

夏尔沃那加　亲爱的，这事儿不跟你说，我跟谁去说啊？

拉　　　玛　是啊，是啊，说吧。

夏尔沃那加　我要让你做女王。

拉　　　玛　（吃惊地）啥？

夏尔沃那加　我要让你全身上下都披金戴银。

拉　　　玛　你有这本事？

夏尔沃那加　你总骂我没用，骂我无能，骂我什么都不是，这次我要干点儿什么，让你瞧瞧我的本事。

拉　　　玛　接着说，你要干点儿什么？

夏尔沃那加 这个以后再告诉你。今天别到关皇后的牢房里去，明白了吗？

拉　　　玛 （急切地）为什么？

夏尔沃那加 想要金子，想要荣华富贵，就照我说的做。今天那里要出大事，你不能看到。你马上从这里回去。

拉　　　玛 （害怕地）你要干什么？你看上去比魔鬼的坏心眼还可怕。你要干什么？快说！

夏尔沃那加 （喝酒）杀人！给我倒点酒，快点！要不然就捅死你。啊，我的酒快醒了。

拉　　　玛 你今天这是怎么了？我的主人，我的……

夏尔沃那加 眼下我不是你的什么人，拿到金子后就是了。我正在为此一搏。（左看右看，从腋下拿出酒瓶喝起来）

拉　　　玛 啊，我明白了！你把自己卖了，你把自己出卖给了魔鬼！好哇，为了几个臭钱，你就把自己美好善良的心出卖了。贪婪把你从人变成了禽兽。吸血鬼！刽子手！忘恩负义的东西！地狱的恶臭！我绝不会让你得逞。我的每一滴血液里都融入了她的恩惠和慈爱，你竟然要加害于她！别说我的夫君了，就算大神自己来，他也办不到！

夏尔沃那加 你难道……，你，你……

拉　　　玛 没错，我不会让你得逞。刽子手，酒鬼，喜欢杀人就把我杀了吧！要是有人胆敢对皇后下手，老娘就变成魔鬼的黑旋风将他们摧毁，用那些阴谋家的黑色骨灰涂抹身体，来一场毁灭之舞。相信我的话，这对你有好处。

夏尔沃那加　这么说，你要挡我的道。你算什么，就算有座大山挡道，我也会把它一脚踢开。我要得到金子和荣耀，看谁挡得住我？

拉　　玛　我！我不想要金子，我不想要荣耀，我只想要我的夫君回到以前那个样子。（匍匐在地，行触足礼）夫君，凶残的野兽也不伤害把自己养大的人，你可是有头脑的人啊。

夏尔沃那加　（把拉玛踢开）滚开，你给我滚开，要不然我就只好取两条人命了！我许过诺，必须信守。

拉　　玛　（恳求）夫君，别一错再错了。这样的信守诺言称不上真正的信守诺言，世上的好多罪孽都是因为这样的"信守诺言"犯下的。夫君，听我一言吧！

夏尔沃那加　啊，要误事了，我先杀了你。（动手抓拉玛，拉玛挣脱逃走）

（阿南达德薇、伯勒本迦菩提和帕达尔迦上）

帕达尔迦　夏尔沃！

夏尔沃那加　大人在上！我准备好了，可我贱内想拦着我。我想先把她抓起来，可是她跑掉了。

阿南达德薇　你发过誓。要是你失信于我，你就会被一群狗撕成碎片。

伯勒本迦菩提　夏尔沃，你不是女人吧。

夏尔沃那加　当然不是。我是发过誓，但……

帕达尔迦　给你升官和赏赐的文书就在我手里。（给夏尔沃那加看）事成之后……

夏尔沃那加　赶快走吧，可恶的拉玛也许已经进去了。

（众下）

（换场景）

第四场

（牢房里，德沃吉和拉玛）

拉　　玛　皇后，奴婢没脸见您啊！感恩之心和奴仆之道正在把我责骂。我的夫君……

德 沃 吉　拉玛，别自责了。要不然怎么会有苦难的日子？要是亲近的人都能各守伦理纲常——都能舍己为人，都能将心比心，都能走正道，那么，苦难的日子哪敢觊觎这样的家庭？所以，在这艰难的时刻，你就平心静气地默祷大神的垂怜吧。

拉　　玛　可是，皇后！您怎么办啊？

德 沃 吉　我怎么办？我的荣辱有上天做主，他为人们消灾除难，他无边的怜悯随时都准备为受苦受难的人们擦去眼泪。

拉　　玛　可眼下是魔鬼当道……

德 沃 吉　别害怕，拉玛！一个魔鬼算什么，地狱里有无数凶暴残忍的魔鬼，它们的嚣张气焰只需大慈大悲的上苍轻轻一瞥就会消失得无影无踪。

（幕后传来歌声）

狂涛啊，化作摇篮吧，
烈火啊，化作清风吧，
慈悲啊，广为传布吧，
爱心啊，显露身影吧，
苦难啊，远远离开吧，
假如上苍真值得信奉，

快乐的旗帜，飘扬吧。

（阿南达德薇带着帕达尔迦等人上）

阿南达德薇 可是，德沃吉！嘲讽的毒焰连血也泼不灭。准备受死吧！

德　沃　吉 你要杀了我？

伯勒本迦菩提 是的！反对正教的人，无论他藏到喜马拉雅山荒无人烟的高山上，还是躲到深不见底的大海深处，都难逃一死。这场浩大的祭祀就从你开始吧。夏尔沃，上！

拉　　　玛 一个夏尔沃能干什么？像你这样的成百上千个魔鬼一起来，今天也动不了皇后的一根毫毛。（拔出刀子）

夏尔沃那加 拉玛！我是你的夫君。难道你要杀了我？

拉　　　玛 呸，魔鬼！这时候讲起纲常了。你说，皇后是你的什么人？

夏尔沃那加 不管怎么说我也是你的……

拉　　　玛 夫君？呸，呸！你是我夫君住在地狱的鬼魂。我怎么杀得了你？你早就死了。

德　沃　吉 别冲动，拉玛！德沃吉不想让别人替自己流血。来吧，急着喝血的狗！来，动手吧。

（夏尔沃上前）

阿南达德薇 怎么，德沃吉！知道争皇位的后果了吧？

德　沃　吉 大神仁慈，我不用坐上沾满我夫君鲜血的皇位。

帕 达 尔 迦 向大神默祷吧。

德　沃　吉 我有一个未了的心愿，那就是见一见塞健陀。但是，我不会为了这个心愿向你们这帮刽子手乞求的。我只想匍匐在上苍脚下祈求：你要用你无边的怜悯给我的塞健陀做坚不可摧的铠甲，永保他平安无事。

夏尔沃那加 好吧，我……（举剑，拉玛冲过来挡在中间）滚开，丧门星！

拉　　玛 蠢货！谁是丧门星？有人忘记了世界上最圣洁的美德——感恩，忘记了全能的命运主宰者就在每个人的头顶上方，丧门星是你还是我？

夏尔沃那加 不要逼我踢你的尸首！

拉　　玛 走狗！羞辱你忠贞的妻子吧，好一个男子汉大丈夫！你比虫子还卑贱。只要我有一口气，你休想杀皇后！

阿南达德薇 （怒）那就先杀了她，夏尔沃！快点动手！

夏尔沃那加 遵命！

（夏尔沃那加举剑时，塞健陀破门而入，后面跟着穆德格尔和塔杜塞纳。塞健陀勒住夏尔沃那加的脖子夺下了剑）

塞健陀笈多 （对帕达尔迦说）下贱的畜生！你想干什么？

帕达尔迦 太子殿下！对英雄要以礼相待。

塞健陀笈多 你是英雄？你是个贼！一个半夜溜进来杀害无依无靠的皇后的贼。你也自诩为英雄？那好，我们决斗，接招吧！

（两三回合后，帕达尔迦受伤逃走）

塞健陀笈多 我的庶母！你？

阿南达德薇 塞健陀，不管怎么说我也是你父皇的妻子。（跪下，双手合十）

塞健陀笈多 阿南达德薇！带着布尔笈多去古苏姆布尔待着吧。走吧，我不对女人动手，但是，记住！不要谋反，否则必定严惩不贷。啊，母亲！

德　沃　吉　（伸手拥抱）来吧，我的孩子！

（换场景）

第五场

（阿般提城堡，本图伐摩、毗姆伐摩和杰耶玛拉上）

本图伐摩　毗姆弟弟，你说说自己的看法。

毗姆伐摩　兄长，您说了算！我全都听您的。

杰耶玛拉　可是，还有什么必要吗？他拥有那么大的帝国，难道没有摩腊婆就不行吗？

本图伐摩　王后！现在不是只顾私利的时候。没错，塞种人势力衰微的时候，先王辛赫伐摩创建了一个独立的国家，他的后裔当然是这个国家的主人。但是，这个国家已经毁灭了，野蛮人的联军已经将它彻底击垮。当你们只剩下自杀一个办法的时候，正是塞健陀笈多拯救了这个国家。所以，按理这个国家现在应该归他所有！

毗姆伐摩　但是，他提出过这个要求吗？

本图伐摩　没有，毗姆！塞健陀太子殿下的心胸没有那么狭隘。布尔笈多犯下了弥天大罪，塞健陀还让他治理摩揭陀地区。他连皇位都不想要。

杰耶玛拉　可是他却很喜欢你的摩腊婆国！

本图伐摩　王后啊，你没有看见，雅利安大地的上空正涌起灾难的阴云。侵略者十分了解雅利安帝国内部的争斗和虚弱之处，整个帝国可能很快就会陷入战乱。所以，我的意见是，为了便于治理帝国，为了保卫雅利安民族，太子殿下当留在乌贾因，这对所有的人来说都是福分。塞健陀笈多好，雅利安大地才会好。乌贾因将举行灌顶大礼，塞健陀笈多将登基为帝。

杰耶玛拉 夫君！把祖辈留下来的王国毫不犹豫地献到他人脚下，你的心就不颤抖吗？难道从今往后你愿意像奴仆一样为他效劳吗？

本图伐摩 （低头思考）我做梦都没想到过，有朝一日你会站在忘恩负义那一边。也没想到过，为了荣华富贵，有朝一日你会如此吝啬。

杰耶玛拉 要是想到过呢？

本图伐摩 那我就会对结婚成家的想法敬而远之，而且终身不娶。刹帝利只是以刀剑为伴的战士，他们不贪图钱财和享乐。刹帝利以武器为佩饰，不是为了坐上柔软的王位，也不是为了饱食终日无所事事。

毗姆伐摩 兄长，那么，是为了什么呢？

本图伐摩 毗姆！刹帝利的职责是：救黎民于水火，笑迎艰难困苦，藐视一切恐怖；还有，为受苦受难的人、国家或信仰献出生命。

（德沃塞娜突然到来）

德沃塞娜 嫂子，把小我的一己之私融入大我的音符中，以奉献自我为节拍，将谱成一首多么美妙的乐曲啊！嫂子，抛开渺小的私利吧。你看兄长，多么慷慨！多么伟大！多么圣洁！

杰耶玛拉 德沃塞娜，大我之中也有小我，族群也是一个一个的人组成的呀！是的，大爱无疆、造福天下是最高的美德，可是，这并不意味着一定要与自己过不去呀。这样惩罚自己，难道是因为你做过什么不义之事吗？

本图伐摩 别说了，杰耶玛拉！正是这种小小的私心把人们引向了大恶。抛弃它吧，杰耶玛拉！被它控制，我们就会远离那些最圣洁的东西。那些没有抛弃私心的人是不会做出自我牺牲的。

毗姆伐摩 嫂子，别争辩了。嫂子啊，为了整个国家的福祉，让一个家庭牺牲它的渺小私利吧！瞧，大敌当前，如果我们能舍生忘死地为雅利安大地做点儿什么……

杰耶玛拉 要是大家都这么想，那我还有什么好说的呢？

本图伐摩 摩腊婆女王万岁！王位归你了。从今天起，本图伐摩只是雅利安帝国军队的普通一兵。愿王权给你带来快乐。（欲离去）

毗姆伐摩 等一等，兄长。我也走。

（遮迦罗巴梨达上）

遮迦罗巴梨达 英雄啊，真是太好了！今天，你让刹帝利高高地抬起了头颅。本图伐摩，你太伟大了！我向你道贺。从今以后，我们大家都是同甘苦共患难的兄弟。你的母亲为雅利安民族生养了如此勇武的战士，她真有福气。

本图伐摩 遮迦罗，你来得正好！摩腊婆女王万岁！现在，我们这些战士可以奔赴战场了。

遮迦罗巴梨达 等一等，本图！有个好消息还没讲呢。我刚刚收到父亲的来信。信中说，太子殿下彻底消灭了索拉什特拉的塞种人，已踏上返回摩腊婆的路途。

本图伐摩 许戈文德笈多亲王镇守帝国北方边境吧！

遮迦罗巴梨达 是的，本图！

德沃塞娜 走吧，兄长，我也去为你们服务。

杰耶玛拉 （跪下）摩腊婆王万岁！臣民犯了错误，请您惩罚。夫君，您的奴婢请求宽恕。我的眼睛睁开了，我看明白了。今天，我得到的王国比全世界还要大还要崇高。我的夫君竟如此伟大，我真是有福啊！（本图伐摩伸手触摸她的头）

（换场景）

第六场

（路上，帕达尔迦与其母格莫拉）

格莫拉 你究竟是不是我的儿子？

帕达尔迦 母亲！世界上只有这一点才是千真万确的，我也只相信这么多。我毫不顾忌世界上所有的骂名，为什么？因为你是我的母亲，而且还活在人世。

格莫拉 可是，对我来说，活着就是痛苦。我恨自己，为什么还不死，为什么还在忍辱偷生！帕达尔迦，我只希望儿子能为国效力，把野蛮人从被侵占的国土上赶走，洗雪我的耻辱，让我扬眉吐气。可是，唉！

帕达尔迦 母亲，我辜负过你的希望吗？难道我的宝剑杀不出一片火花？难道我如雷的吼声没有令敌人胆寒？难道婆罗多大地上的刹帝利不认你儿子手中的武器？

格莫拉 正因为他们认，所以我才更加难过。

帕达尔迦 回家吧，母亲！有什么难过的？

格莫拉　因为你背叛了国家。你给皇室的安宁罩上了毁灭的阴云，你是危害帝国的阴谋家。你卑鄙！你忘恩负义！格莫拉可以受辱，但她的血液里没有卑鄙和忘恩负义。（哭）

（维杰雅上）

维杰雅　老人家，你怎么啦？（朝帕达尔迦看去）他是谁？喂！你为什么欺负老人家？

格莫拉　姑娘，他从前是我的儿子。

维杰雅　从前？难道现在不是了？

格莫拉　不是了。为了当上帝国大元帅，他曾经给自己的手脚套上了罪恶的铁链。现在又来到乌贾因，怕是在耍什么阴谋。

维杰雅　谁？你是大元帅帕达尔迦？你的母亲如此穷困！

格莫拉　不，孩子！别怪他，是我自己抛弃了他的荣华富贵。我来到乌贾因，在默哈迦罗神庙乞食为生，可是这也……

帕达尔迦　母亲，别臊我了。走吧，回家吧。

维杰雅　（独白）他浑身透出一股英武之气，不愧是笈多帝国的大元帅！

格莫拉　为了掩人耳目，这个魔鬼将自己改头换面。太子殿下的登基大典就要举行了，他是来搞破坏的。没人听信我的话，要不然我就亲手把他交给治安官 。

（马德利笈多、穆德格尔和戈文德笈多突然到来）

穆德格尔　谁！帕达尔迦？这里也有你！

（帕达尔迦拔剑，戈文德笈多从他手里把剑夺走）

穆德格尔　戈文德笈多亲王万岁！

戈文德笈多　忘恩负义之徒！英雄岂是不分是非曲直的疯子？英雄岂是不分青红皂白的狂风？倘若只是孔武有力，那么勇敢就像仅有一条腿的人一样行而不远，它还需要正义的强大力量支撑。你把正义踩在脚下，怎能昂起头来？马德利笈多，把他抓起来！（转向格莫拉）老夫人，你是谁？

格莫拉　我是这个忘恩负义之徒的母亲。抓得好，我自己也是这么希望的。

戈文德笈多　这可是我亲耳听到的。愿你有福，老夫人！只要有你这样的母亲，雅利安民族就不会灭亡。（指着维杰雅问道）这位姑娘是谁？

格莫拉　她刚才帮过我，是个好人家的姑娘。她没罪。

穆德格尔　噢，天哪！她一定也是个心怀不轨的女人。

马德利笈多　可是，我们还不知道她是谁呢。

维杰雅　我有罪，把我抓起来吧。

帕达尔迦　你这是何苦呢？这个姑娘我连认都不认识，她有何罪？

维杰雅　（独白）唉，这场喜庆的登基大典关我何事呢？我在摩腊婆还有什么用呢？把整个王国献出来的人是德沃塞娜的兄长，我算什么呢？既然如此，我……（向帕达尔迦看去）

戈文德笈多　姑娘，清清楚楚地讲一讲自己是谁吧。

维杰雅　我是个罪人。

马德利笈多　没有别的了吗？

维　杰　雅　我只是一心希望自己被抓起来。

格　莫　拉　孩子，你为何无缘无故自找苦吃呢？

维　杰　雅　我心甘情愿。请把我抓起来吧。我在大堂上才会讲自己是谁，现在我什么都不说。

戈文德笈多　帕达尔迦，你说说……

帕 达 尔 迦　我完全不知道她是谁。别耽误我的时间了，赶快把我送上大堂吧。

穆 德 格 尔　这个老夫人怎么处置？

戈文德笈多　她不是我们要抓的人，但也有必要到塞健陀跟前去一趟。

马德利笈多　那大家都赶快走吧，登基大典就要开始了。

（众下）

（换场景）

第七场

（宫廷会议。塞健陀笈多与本图伐摩、毗姆伐摩、马德利笈多和穆德格尔从一边上，戈文德笈多从另一边上。塞健陀笈多和戈文德笈多快步走到舞台中央）

塞健陀笈多　叔父！您到哪儿去了？您为何无缘无故地跟孩儿生气？您躲到哪儿去了？（向戈文德笈多行触足礼）

戈文德笈多　起来吧，孩子！跟圣明英武的先帝旃陀罗笈多一模一样啊！笈多皇族的翘楚！我生的是皇兄的气，绝不是生你的气。孩子，你是我命根子啊。（拥抱塞健陀）

（德沃吉带仆从上，塞健陀向母亲行触足礼）

德　沃　吉　孩子，愿胜利永远属于你！愿众神护佑你！亲王，祝福他永远恭敬笈多皇族的列祖列宗吧！

戈文德笈多 太后！你生养的这个人中之宝是笈多皇族的骄傲，荣耀将与他常在。

塞健陀笈多 （对本图伐摩说）摩腊婆王，我的朋友！去吧，去坐上宝座！我们向你道贺！

（杰耶玛拉和德沃塞娜上）

杰耶玛拉 英雄啊！这宝座应该属于您，摩腊婆王无权享有。现在，除了雅利安帝国的皇帝，其他任何人都不能坐上摩腊婆国的宝座。

（众呼“摩腊婆国万岁！”）

本图伐摩 （笑）皇上，摩腊婆女王本人刚刚舍弃了宝座，先前我就已经把宝座交给了她，所以，请不要耽搁，坐上宝座吧。

戈文德笈多 孩子，我如何称赞雅利安民族的这些珍宝呢！与达提吉仙人[①]的施舍相比，他们对私利的舍弃毫不逊色。去吧，孩子！坐上宝座，我为你加冕。

塞健陀笈多 叔父！外患的阴云正在汹涌，内乱的烈火也在燃烧，此时我只能做一名战士，不能做皇帝。

戈文德笈多 今天，雅利安民族的每一个男子都是战士。雅利安民族的少女遭掳掠，圣洁的土地惨遭匈奴人的肆意践踏，神灵无人敬拜，边境上那些蛮族崇拜鬼怪的习俗大行其道。危难之际，雅利安民族召唤你——不是要你做皇帝，而是要你在护国战争中做统帅！

（戈文德笈多和本图伐摩把塞健陀笈多扶上宝座，毗姆撑起华盖，德沃塞娜摇拂尘，本图伐摩打着军旗，德沃吉给塞健陀笈多点吉祥点，

① 传说达提吉仙人把自己的骨骼献给神王因陀罗，用以制造金刚杵。——译者注

戈文德笈多赠剑，遮迦罗巴梨达把刻有大鹏金翅鸟的权杖交给塞健陀笈多）

戈文德笈多 至高无上的王中之王塞健陀笈多万岁！

众　　人 （齐声高呼）万岁！

本图伐摩 雅利安帝国大元帅戈文德笈多亲王万岁！（众人也如此齐声高呼）

塞健陀笈多 各位大贤！为了我能够不折不扣地肩负起这副重担，为了我能够把自己的一切献给保卫雅利安民族的艰巨事业，请你们向大神祈祷。请你们祝福塞健陀笈多，祝愿他尽忠职守，为国效力之心永不动摇。

戈文德笈多 皇上，愿您的事业在大神的垂顾下取得成功！今天，戈文德笈多尽到了自己的责任。好孩子本图伐摩！你是这个新的雅利安帝国的缔造者，你舍弃私利的光荣故事将给雅利安民族的脸上增光添彩。英雄啊！老朽已无力担任帝国大元帅，你才是最合适的人选。

本图伐摩 不，大贤！孩儿要跟随您学习如何为国效力。摩腊婆国王族的每一个男儿都愿意为雅利安民族的福祉献出生命。您的每一道号令都将得到执行。

（众人发出了一片赞叹声）

塞健陀笈多 遮迦罗！伯尔纳达德老将军怎么不在这里？

遮迦罗巴梨达 陛下！父亲大人在料理索拉什特拉之事，那里还不太平。

（塔杜塞纳上）

马德利笈多 向僧伽罗国太子鸠摩罗达斯·塔杜塞纳致敬！

（众人吃惊地看着塔杜塞纳）

塞健陀笈多 鸠摩罗达斯，僧伽罗国太子？

马德利笈多 是的，陛下！

塞健陀笈多 太令人意外了！英勇的太子！你的恩德我岂能忘记？你来得正好，快过来！

（众人上台坐在塞健陀笈多两侧）

戈文德笈多 把那些人都带上来。

（兵卒带帕达尔迦、夏尔沃那加、维杰雅和格莫拉上）

塞健陀笈多 夏尔沃，你想得到什么？

夏尔沃那加 皇上，请您下旨斩了我吧。我这样的卑鄙之徒只配这样的惩罚。

塞健陀笈多 不，我要给你更严厉的惩罚，远比斩首残忍的惩罚。

夏尔沃那加 皇上，那就按您的方式惩罚我吧！我罪该万死，用天底下最残忍的方式把我折磨死吧。

塞健陀笈多 但是，我要放了你，我要宽恕你。你的罪孽将会像成百上千只蝎子的毒刺蜇你的心，就让你一辈子遭受这种折磨吧，因为我不希望节烈女子拉玛守寡。拉玛，你的功德今天救了你丈夫一命！

（拉玛向皇上行触足礼）

夏尔沃那加 皇上，求您开开恩啊！下旨杀了我吧，不然我也要自杀。我竟然对您这样的神明做出了伤天害理的事，天哪！（欲拔刀自杀）

塞健陀笈多 住手！夏尔沃，我要将你终身监禁。

（拉玛吃惊地看着皇上，表情愁苦）

塞健陀笈多 夏尔沃，过来！（夏尔沃走近塞健陀笈多）我要你终身为国效力。

德　沃　吉　孩子！派他做个郡守吧，这样，苦命的拉玛也有个着落了。

众　　　人　太后万岁！

塞健陀笈多　夏尔沃！你已被任命为安德尔韦德郡的郡守。接剑！（授剑）

夏尔沃那加　（哽咽）皇上啊！神明啊！愿您无往不胜！（匍匐在德沃吉脚下）母亲，宽恕我吧！我曾经从人变成禽兽，您的怜悯今天又把我变成了人。女神啊，祝福我有幸把自己奉献在圣明君主的脚下，不枉此生！

德　沃　吉　起来吧。宽恕之德专属人类，禽兽是没有的。冤冤相报实为禽兽之道。起来吧，我宽恕你。

（夏尔沃那加站起来）

塞健陀笈多　帕达尔迦！身为笈多帝国大元帅，却参与谋害帝国的吉祥女神，你罪不可赦！

帕达尔迦　我只是服从太后阿南达德薇的命令而已。

德　沃　吉　什么！帕达尔迦，你这是真心话吗？你说这话不是自欺欺人吗？

帕达尔迦　我有罪。（低头）

塞健陀笈多　你的宝剑曾得到帝国的信赖，可你的心却连你自己也不曾信赖，这是多么令人不齿的事情啊。你怎么会堕落到这个地步呢？（帕达尔迦无言以对，塞健陀笈多向维杰雅看去）维杰雅，是你吗？你怎么……

德沃塞娜　陛下！维杰雅是我的好朋友。

维　杰　雅　可是我已经选择帕达尔迦为夫婿。

杰耶玛拉　维杰雅！

维　杰　雅　我意已决，夫人！

德沃塞娜　维杰雅，你太草率了。什么样的仇恨能让人做出这种事来！陛下，看样子她不会回心转意了。

（塞健陀凝视着维杰雅，一时陷入了沉思）

戈文德笈多　这位老夫人是帕达尔迦这个忘恩负义之徒的母亲！她为帕达尔迦的卑鄙行径感到痛心，所以就离开他，来到了乌贾因。

塞健陀笈多　可是维杰雅，你为何要这么做呀！

德沃塞娜　（独白）唉，我疑心的正是此事。维杰雅，今天你输了面子，但赢了里子。

德　沃　吉　孩子，今天是你登基的大喜日子，一滴血也不要流。此外，母亲还希望你以仁恕之心治理天下。所以，我今天要为所有这些罪人请求宽恕。

塔杜塞纳　圣洁的雅利安族母亲啊，愿您多福！您的壮举会让您的国家傲然屹立于世。

塞健陀笈多　那就如母亲所愿吧。

马德利笈多　至高无上的王中之王塞健陀笈多大帝万岁！

（幕终）

第三幕

第一场

（傍晚，什普拉河岸）

伯勒本迦菩提　满盘皆输！可恶的塞健陀笈多让我的希望全部落空了。布尔笈多和阿南达德薇在古苏姆布尔过着可怜巴巴的日子。帕达尔迦也被抓了，恐怕小命难保。本想借助暴力复兴正教，可这个雄心壮志却已功亏一篑。（略做思考）有了乌格尔多罗女神赐予的法力，再难的事情也办得到。要修炼这种法力，没有比那片阴森恐怖的焚尸场更合适的地方了！过去看看……

帕达尔迦 大法师，向您致敬！

伯勒本迦菩提 谁？帕达尔迦？我在做梦吗？

帕达尔迦 不，大法师，我还活着。

伯勒本迦菩提 他们没处死你？

帕达尔迦 没有，他们给了我更残忍的惩罚。

伯勒本迦菩提 什么惩罚？

帕达尔迦 将我羞辱一番，然后又宽恕了我，这让我背上了受惠于人的沉重包袱。

伯勒本迦菩提 别愚蠢了。要想方设法向敌人复仇，而不是惦念敌人的小恩小惠！

帕达尔迦 我没有那么卑鄙。

伯勒本迦菩提 你的品性我还不了解吗？你也没有那么高尚。走，找个僻静的地方聊聊，有人过来了。

（二人离去，维杰雅上）

维杰雅 我该去哪儿？我能给那个桀骜不驯的英雄套上锁链吗？我能把他揽进怀中吗？唉，心里真是纷乱如麻呀！（唱道）

今天，我的眼泪打湿了你的衣襟，

可是，你依然不为所动。

泪流，回去吧，

目光，移开吧，

回过头来看看我的内心。

心的最深处在微笑，

它的世界充满了遐思，

那是一片玫瑰的色彩，

那是一曲美妙的音乐，

我的心灵之眼将它久久凝视。

谁？噢，公主！

（德沃塞娜上，几个奴婢远远地跟在后面）

德沃塞娜 维杰雅！你也是来什普拉河岸欣赏黄昏景色的吧？

维杰雅 是的，公主。（低头）

德沃塞娜 维杰雅，太好了，在这里见到了你，我还有些话要问你呢。

维杰雅 要问我什么？

德沃塞娜 你是经过深思熟虑才那样做的吗？是不是自负欺骗了你？是不是意气用事把你带上了歧途？

维杰雅 公主！你有恩于我。你对我的好，我是不会忘记的。但是，要是你再拿这样的问题惹我，就别怪我不顾朋友情分了。

德沃塞娜 （吃惊地）为什么？维杰雅，这些都是好朋友之间问的一些寻常问题，你也从中听出了嘲讽？

维杰雅 难道这还需要证据吗？公主！从今天起，你不要再朝我看一眼。把我当成邪恶的女人吧，把我当成诅咒的火焰吧……

德沃塞娜　停下来喘喘气！维杰雅，在掉进疑心病的深渊之前用脑子好好想一想吧。

维杰雅　沮丧的人生有多么可怕，你不知道吧？还记得内宫快要失守的那天你们是怎么奚落我的吗？公主，不要惹我！我是你的敌人。（怒视德沃塞娜）

德沃塞娜　（吃惊地）你在说什么呀？

维杰雅　你不都听见了吗？

德沃塞娜　我听到的都是疯话，是梦呓。维杰雅，难道我拦在了你通往幸福的道路上？可是，我只会帮你扫清道路，哪会拦着你？

维杰雅　小恩小惠的背后，你把我的幸福深深地藏在了心里。你不只把我的心愿之苗连根拔起，还把它踩得支离破碎！

德沃塞娜　意气用事的女人啊，你遇事不三思而行，还事事归咎于他人！德沃塞娜不想拿什么换来“爱情”。好吧，这没什么。（离去）

维杰雅　今天让你走，下次小心点儿！

（帕达尔迦和伯勒本迦菩提上）

帕达尔迦　维杰雅！你到这儿多久了？

维杰雅　刚到，就是来找你的。他是谁？

帕达尔迦　瑜伽行派长老伯勒本迦菩提大法师。

（维杰雅行礼）

伯勒本迦菩提　愿你多福，姑娘！你似乎跟帕达尔迦已经很熟了，你也会跟我熟识起来的。

维　杰　雅　大法师，维杰雅渴望得到您的恩惠。

伯勒本迦菩提　吉祥的姑娘啊，愿般若波罗密多的化身多罗菩萨保佑你！你能为正教做点什么吗？（想了想）你近来诸事不顺，所以，你一定想做点善事吧。为了获得乌格尔多罗赐予的法力，我要在焚尸场举行人祭，你能帮我点忙吗？

维　杰　雅　大法师，我也有一件私事要办。

伯勒本迦菩提　什么事？

维　杰　雅　杀了德沃塞娜公主！

帕达尔迦　真是太巧合了！

维　杰　雅　我只管把她带到焚尸场来，后面的事情我什么都做不了。

伯勒本迦菩提　不会有任何问题。有乌格尔多罗的护佑，祭祀会顺利举行的。

帕达尔迦　可是，我又会背上忘恩负义的污名。我有何面目见塞健陀笈多啊，不，不……

伯勒本迦菩提　帕达尔迦，刚才把你单独带到一边劝了那么久，你还是这样婆婆妈妈的！你以前可是向阿南达德薇和布尔笈多发过誓的。

帕达尔迦　唉，一个人只要陷进了罪恶的泥潭，他就再也无法脱身，恶行会把他死死地缠在自己的套索里！不幸啊！

（三人离开，马德利笈多现身）

马德利笈多　多么可怕的阴谋！为了碾碎一朵纯洁无瑕的花蕾，他们设计了如此大的一场骗局！人啊，你跟饿狼一样贪恋暴力！而且你比饿狼还多几样特有的东西——欺骗、背叛、忘恩负义和锐利的武器。更有甚者，你还有一套夺人性命的精湛技艺。帕达尔迦！我倒要看看，你会走向何方！（离开）

（换场景）

第二场

（焚尸场里，伯勒本迦菩提一副苦修者的样子。塞健陀笈多散着步从远处走来）

塞健陀笈多 肩负帝国这个重担到底是为了谁？心里不平静，国家不太平，家里不和睦！难道都是因为我的存在？我好像是给全天下的人带来灾难的扫帚星。要是没有我，这个世界会按照它自然的步伐快快乐乐地走下去。可是，我并没有个人私利，我无欲无求——搜遍内心的每一个角落我也找不到半点儿欲望和雄心壮志。仅仅因为不幸地生在帝王家，我才跟这一摊子莫名其妙的事扯上干系。没有一个人可以拥抱着我的心哭泣或者欢笑。即便这样，维杰雅还……唉，想起她又有何用？我起初看到的她宛若美好的夜晚里那颗最亮的星星，可她却偏偏要做一颗流星划向天边。维杰雅，你为何要这么做！（发现伯勒本迦菩提）啊，那人的样子多么可怕！他的面目多么狰狞！简直就是活脱脱的一个鬼！马德利笈多还没到，我还是藏起来观察动静吧。（躲藏起来）

（德沃塞娜和维杰雅一起上）

德沃塞娜 今天你怎么又来了？

维杰雅 你呢，公主？到这阴森恐怖的焚尸场里来，难道你就不害怕吗？

德沃塞娜 焚尸场是不开口说话的人生导师，有什么可怕的？一个人要抛弃易朽的肉身，获得灵魂的超升，还有比这更好的地方吗？

（幕后传来歌声）

人生如阳光和阴影，
现在与过去此消彼长；
时间不停飞逝，
此刻眨眼间化为冰冷的过去；
把我们送到未来去苦苦挣扎，
它自己却不知藏到了何方。

气泡飞，浪花涌，风儿阵阵，
乌云起，电光闪，雷声轰鸣，
试问谁能将这一切改变？
人生的悲欢离合也是这样。

且让悠扬笛声吹响，
且让甜蜜音符飘荡，
且让我们闭上双眼，
把心中的一切歌唱。

维杰雅 （独白）多愁善感的公主静静地听着远处传来的歌声，多像一头小鹿……唉，多么纯洁无邪的一张脸！不，不，维杰雅！当心！复仇……（对白）公主！瞧，那边有个苦修大师，过去吗？

德沃塞娜　走吧，可是，苦修大师与我何干？我的心愿已深埋在遗忘之角，就算他是大神的真身，又能怎样？不过，好奇心的力量太难抵挡了！走吧。

（维杰雅让德沃塞娜走在前面，二人来到伯勒本迦菩提近旁，维杰雅抽身离去。伯勒本迦菩提结束禅定，睁开眼睛看着德沃塞娜）

伯勒本迦菩提　你就是德沃塞娜？

德沃塞娜　（吃惊地）是的，尊者！

伯勒本迦菩提　赶紧做好侍奉神明的准备吧。你的面相告诉我，你是一个多么幸运的人！

德沃塞娜　怎么侍奉神明？

伯勒本迦菩提　你的肉身连你的情人都无法享用，也无望享用，将它献给神明吧！你会得到乌格尔多罗女神至高无上的恩宠。

德沃塞娜　（战栗）我必须把自己献祭给神明？（转身）维杰雅！维杰雅！！

伯勒本迦菩提　别害怕，你就是为此而降生的。与其日复一日地在迷情之火中焚烧，还不如为一个苦修者做件好事，同时也把自己那迷情之火扑灭！

德沃塞娜　可是…… 大师啊！我还有一桩心愿未了。我不害怕，只是希望先了却这桩心愿。我无意跟维杰雅争什么，她误解了我。要是她的误解消除了……

伯勒本迦菩提　（起身，抓住她的手，举起短剑）可是我等不及了。愿乌格尔多罗女神心满意足！

德沃塞娜　我最亲爱的人哪！我的神明啊！我心中永远的王子啊！愿胜利永远属于你！（低头就戮）

（马德利笈多从后面抓住伯勒本迦菩提的手，并将其拖至幕后。德沃塞娜惊，扑进塞健陀怀中）

（换场景）

第三场

（摩揭陀的古苏姆普尔，阿南达德薇、布尔笈多、维杰雅和帕达尔迦）

布尔笈多　节节胜利！我已经看到了，笈多帝国的旗帜将再次在乌浒河[①]岸飘扬，帝国的军旗将在那多沙的原野上大放金光。

阿南达德薇　这跟你有什么关系？懦弱无知的小儿！你也为这感到高兴？不羞死也就算了，还在那里欢天喜地地庆祝！

维杰雅　啊，布尔笈多殿下，要是今天我能口呼王中之王向您道贺该有多好！

帕达尔迦　只要我活着，会有那一天的。

（侍卫上）

侍卫　万岁！来了一个使者。

帕达尔迦　带进来。

（侍卫带使者上）

使者　参见殿下！

帕达尔迦　你来自何地？

使者　纳格尔哈尔的匈奴大营。

帕达尔迦　有何消息？

使者　金吉罗大王问，摩揭陀那些朋友在干什么？他说，你

① 乌浒河为中亚大河，现名阿姆河，发源于阿富汗瓦罕走廊的高山冰川，上游很长一段为阿富汗和塔吉克斯坦两国的界河。——译者注

们拿了我们那么多钱，却在紧要关头欺骗了我们。他要你们记住，这次他要直接来攻打古苏姆普尔。塞健陀笈多的帝国留到以后再摧毁，先把古苏姆普尔的金银财宝洗劫一空再说。大王说，我们按你们的意思给普罗底什坦城堡、查兰纳德利城堡和果巴德利城堡的守将送去了钱，等着他们反叛，可结果呢？安德尔韦德的郡守更滑头，他收了我们的钱，不但不策应我们，还泄露了秘密，害得匈奴大军只好放弃信度河河岸。

帕达尔迦　唉，夏尔沃那加行事真周密啊。都是因为大法师伯勒本迦菩提不在人世了，所以才会有这些变故。使者！你对匈奴大王说，请他务必帮助我们把布尔笈多推上帝位。

使　　者　可是，他如何才能相信你们呢？

帕达尔迦　我给你家大王修书一封以为凭据。为了把匈奴人一举赶出雅利安大地，塞健陀笈多邀请了所有的王公参战。摩揭陀的军队也将参战，而且由我本人指挥。到了战场上，他将得到直接的证据。（写好信递给使者）喏，拿去吧。

布尔笈多　等一等！

阿南达德薇　闭嘴！

使　　者　这是给太后陛下的礼物。（把满满一箱金银珠宝呈上）

帕达尔迦　争取到各个僧团的支持了吗？

使　　者　我来这里之前已经拜见过大长老了。所有的正教信众和僧团都反对塞健陀笈多。杀生祭祀盛行，他们十分害怕正教不保，所以他们都急切地盼望改天换地。

帕达尔迦　好了，你回去吧。让我们在纳格尔哈尔的吉里瓦罗杰的战场上见分晓吧。告诉匈奴大王，一切小心为妙，我很快就会去见他。

（使者敬礼，离去）

布尔笈多　这是怎么回事呀？

阿南达德薇　这是你坐上皇帝宝座的前奏！

（一士兵上）

士　　兵　太后、陛下万岁！

帕达尔迦　有什么情况？

士　　兵　摩揭陀的军队已经过了贾兰达尔，可能很快就会抵达帝国大营。

布尔笈多　维杰雅，我等了好久了，来一杯……

（阿南达德薇示意，维杰雅给布尔笈多倒酒）

帕达尔迦　我的马备好了吗？我要在摩揭陀军队抵达帝国大营之前赶到那里！

士　　兵　可是，大元帅！

帕达尔迦　什么事？快说！

士　　兵　国难当头，可我们在古苏姆普尔看到的不是练兵备战，而是醉生梦死。京城正在变成寻欢作乐的场所。在这里，吃喝玩乐的东西样样都有，可人们还嫌不够！供人享乐的各种新奇玩意儿层出不穷，可怎么也填不满奢靡这个妖孽的肚子。摩揭陀军队那些贪图享受的官兵能打得了什么仗？

帕达尔迦　无知！哪个英雄不会享受？哪个英雄不风流？没有活力的民族哪会吃喝玩乐？只有觉醒的民族才尊重艺术

和享乐。英雄们都是用一只耳朵欣赏宝剑的铿锵之声，用另一只耳朵欣赏美女脚镯的叮铃声。

维杰雅 大元帅说得没错。

士兵 您是大元帅，所以我不说什么。

帕达尔迦 要不然你会说什么？

士兵 要是别人这样说，我会告诉他：你是国家公敌！

帕达尔迦 （恼羞成怒）放肆！

士兵 是的，我会那样告诉他。雅利安民族对享乐之风这种从异族人那里借来的“文明”趋之若鹜，就好像一个人抛弃良家女子拜倒在娼妓脚下。国家正遭受着野蛮的匈奴人侵略，国人却不知羞耻地沉溺在享乐之中！这是油尽灯枯、亡国灭种之前的回光返照啊！唉，从前总是打头阵的摩揭陀军队，先帝旃陀罗笈多的常胜之师，如今却最后一个受邀加入帝国军队！大元帅，我想自杀啊！我是那支军队的伍长，它曾经一直肩负着护卫帝国军旗的重任。

帕达尔迦 （强压着怒火）好吧，你就留在这里守卫摩揭陀吧。我走了。

士兵 请您收回这把剑吧。从今天起，我不再是摩揭陀军队的伍长。（把剑递给帕达尔迦）

布尔笈多 （醉醺醺地）干得好！来，朋友，我俩喝几杯！让他们去吧。让他们去打仗吧！

阿南达德薇 （示意帕达尔迦跟自己走，并对维杰雅说）维杰雅，照顾好王子，要让他开心！

（士兵鄙夷地看了一眼布尔笈多，离去。帕达尔迦和阿南达德薇从一

边下，维杰雅和布尔笈多从另一边下）

（换场景）

第四场

（林中，杰耶玛拉、德沃塞娜和三个女伴）

杰耶玛拉　你是喜还是忧，我完全弄不清楚。你唱歌的时候，我的心在哭泣；你笑的时候，好像那只是忧愁的前奏！

女伴甲　皇上出征了……

女伴乙　那又怎样？

德沃塞娜　你们跟嫂子合伙取笑我。嫂子，我还是给你唱支歌吧！

杰耶玛拉　亲爱的，你还要唱歌！你那两只大大的眼睛像雨季的池塘一样泛着浪花，心里难受吧。好，我走了，让她们几个逗你开心吧。（离开）

德沃塞娜　首领失败了，逃走了，现在轮到你们几个小兵上了。好，来吧。

女伴甲　公主，我想问的是，皇上向你求过爱吗？

女伴乙　是啊，被人求爱心里才美呢。

女伴丙　莫非求爱的人是我们公主自己？

德沃塞娜　谁向谁求爱可是个秘密。要不，我说出来吧？是摩腊婆这一方提出来的。这下人们就会说了，为了把德沃塞娜嫁出去，整个王国都送给人家了。

女伴甲　骗人！不说就不说，还不是绿叶配鲜花——你有情我有意！

德沃塞娜　没羞没臊的死丫头，我这颗娇弱的心怎么经得起你这么无情的打击！你就不会开点儿别的玩笑？（转过脸去）

女伴乙　看样子射中了靶心！

德沃塞娜 别往人家伤口上撒盐了。我从来没有在他面前提起过“爱情”二字，因为我担心这会令他蒙羞——人们会说他用爱情换来了国土。所以，我只能一个人默默享受孤寂、焦躁和内心的刺痛。当内心响起哭声，我就用维纳琴声相和，把一切都藏在乐曲中。（流泪）

女 伴 丙 你都哭了！请公主恕罪。

德沃塞娜 （啜泣）不，亲爱的姐妹！今天我是敞开心扉为爱情一哭，好了，以后再也不会了。这片刻的哭泣令我顿时释怀，它将把我的心变成一个广阔无垠的天堂。

女 伴 乙 你这么痛苦，我怎么也想象不到。

德沃塞娜 （平静下来）你想错了，我从中得到的是快乐。心跟我纠缠，跟我犟，跟我生气，我就耐心说服它。眼睛总是闹着要恋爱，心绪总不让我得安宁，理智总是把我责骂，耳朵什么好话也听不进！我劝说它们，我平息纷争。姐妹呀，我要操心的正是这样一个吵吵闹闹的家庭！不管怎么说，我还是管住了它们。

女 伴 丙 不可思议！公主啊，你的心中有一条雨季的河流在奔流！

德沃塞娜 这条河在两岸间咆哮奔腾，掀起了滚滚巨浪，还有狂风暴雨助阵！可是，我依然要在这条河里驾船出航。

女 伴 甲 （唱道）

船夫啊，

雨正急，浪正高，

船破旧，客满舱，

你真敢解船出航？

黑云沉，漩涡深，
你真要一试力量？
船夫啊，
巨浪狂吻着彼岸，
你愿承受那击撞？

（毗姆伐摩上）

毗姆伐摩 妹妹！好消息，帝国军队打败了塞种人！

德沃塞娜 感谢大神！

毗姆伐摩 可是，戈文德笈多亲王也阵亡了。

德沃塞娜 这是亲王的福分！

毗姆伐摩 临终时他请求任命本图伐摩大王为笈多帝国大元帅，所以兄长此时留在大营里，无法回来。德沃塞娜，我还听到了另外一些消息。

德沃塞娜 什么消息？

毗姆伐摩 帝国军队赶走了迦湿弥罗的匈奴人。因为马德利笈多救你有功，皇上任命他掌管迦湿弥罗。

德沃塞娜 皇上太慷慨了！兄长，我的命有那么值钱吗？

毗姆伐摩 妹妹！雅利安帝国已转危为安，异族人在信度河地区建立的国家已被摧毁，盖世英雄塞健陀笈多大帝已获得“健日王”的称号，再也没有谁把罪恶的目光投向圣牛、婆罗门和天神。从洛西得亚到信度河，甚至在喜马拉雅山的深谷，人们都可以毫无畏惧地唱起颂神歌。能活着看到这样的景象，我们太有福气了！

德沃塞娜 大神会保佑我们吉祥如意的。兄长，只要有勇气，任何事都不是不可能的。

毗姆伐摩 安排好北边的政务，皇上很快就会回来。我得去沐个浴了。

德沃塞娜 兄长，你一直忙于军务，好久都顾不上照管自己的身体了吧。

（毗姆伐摩笑着离去）

（换场景）

第五场

（犍陀罗谷地，战场上。号角响起，塞健陀笈多和本图伐摩率众官兵上）

本图伐摩 威震四方的勇士们！天界的歌人将用低沉雄浑的歌声在神王因陀罗的乐园里颂唱你们的英雄故事，仙女们也将为你们弹起维纳琴。视死如归的雅利安勇士们！你们的武器已经告诉野蛮的匈奴人，战争绝不等于残暴。今天，名扬世界的罗马帝国也被这些凶顽的敌人踩在脚下。但是，他们必将在你们的勇武面前输得心服口服！他们必将承认，婆罗多的子孙是不可战胜的英雄！勇士们！今天，我们要抱着必死的决心投入战斗。谁还想活着回来，现在就走吧。

军士们 大元帅也无权羞辱雅利安勇士！我们都是来决一死战的，不是来玩的！

塞健陀笈多 好！你们果真是这片父母之邦的好儿子！

军士们 健日王塞健陀笈多万岁！

（探子上）

探子 皇上万岁！

塞健陀笈多 有何敌情？

探　　子　皇上，匈奴人很快渡过了河，正等着我军攻过去，企图以逸待劳。但是，如果我军不进攻，他们自己就会打过来。

本图伐摩　贡帕战场有何消息？

探　　子　摩揭陀军队恐怕不能信任。帕达尔迦看上去心怀鬼胎，金吉罗的使者也在来来往往。遮迦罗巴梨达能否挫败他们的阴谋还很难说。

塞健陀笈多　本图伐摩！你去贡帕战场吧，这里的事交给我。

本图伐摩　皇上！摩揭陀的军队不会听我指挥，再说摩腊婆的军队今天在这里还要打头阵。我发誓今天要把滚滚的河水染红。今天，不会有任何一个摩腊婆士兵离开前锋部队。

塞健陀笈多　兄弟，不要跟我抢这份荣誉！

本图伐摩　皇上，我本图伐摩只知道怎么冲锋陷阵，不知道怎么对付阴谋诡计。您快去吧。

塞健陀笈多　本图伐摩，看来我怎么也拗不过你！

本图伐摩　皇上快去吧。在这里抵挡匈奴人是我的任务，应该由我来完成。遮迦罗巴梨达很英勇，但他现在还年轻，他那边需要您去做主心骨。皇上，请不要相信帕达尔迦。

塞健陀笈多　我以为在外敌面前，他不会背叛国家。

本图伐摩　唉，要是真有那么一天，谁还会觊觎笈多帝国？皇上，快去吧！

塞健陀笈多　（拥抱本图伐摩）胜利属于摩腊婆王！

本图伐摩　胜利属于王中之王塞健陀笈多！

（塞健陀笈多跟探子一起离去。幕后响起战斗声。敌军冲过来，两军激战。匈奴人死的死，逃的逃。本图伐摩重伤，生命垂危）

本图伐摩 （大口喘气）胜利！你们……胜利了！雅利安帝国万岁。

军士们 雅利安帝国万岁！

本图伐摩 弟兄们！请告诉塞健陀笈多，摩腊婆英雄兑现了誓言，毗姆伐摩和德沃塞娜就交给他了。

军士们 大王，您这是在说什么呀！（众悲）

本图伐摩 弟兄们！现在不是哭的时候，是高兴的时候。我上天堂去看看，哪位英雄会这样为保卫生养他的土地献出生命。

军士们 胜利属于本图伐摩大王！

（在军旗的阴影里，本图伐摩离世）

（换场景）

第六场

（城堡前的贡帕战场，遮迦罗巴梨达和塞健陀笈多）

遮迦罗巴梨达 皇上！简直是阴险狡诈之极！两天了，帕达尔迦故意给敌军时间占据那座高地，还阻止我发起攻击。整个摩揭陀军队都听他指挥。

塞健陀笈多 遮迦罗！贡帕河水很浅，今天我就打到河对岸去，你留在城堡。我也不信任帕达尔迦，但现在已没有时间跟他撕破脸皮。

遮迦罗巴梨达 不，皇上！把他抓起来吧！瞧，他来了。

（帕达尔迦上）

帕达尔迦 皇上万岁！

塞健陀笈多 将军！这是什么情况？

帕达尔迦 待命出击，皇上！

塞健陀笈多 是在等待时机吧。

帕达尔迦 皇上不信任我，这……

遮迦罗巴梨达 瞧瞧你的所作所为，谁能信任你？

帕达尔迦 你还是个黄口小儿！

遮迦罗巴梨达 恶棍！忘恩负义之徒！我这就挖出你的心，撕烂吃掉！你……

帕达尔迦 当心！我的忍耐是有限度的！（手握剑柄）

塞健陀笈多 帕达尔迦！他是个孩子，还不会斗心眼，也不会说花言巧语。闭嘴，遮迦罗！（遮迦罗巴梨达和帕达尔迦低头）帕达尔迦！现在可不是耍花招的时候。记住，你可是戴罪之身。（帕达尔迦不语）做好战斗准备了吗？

帕达尔迦 我的宝剑随时准备为国效力。

塞健陀笈多 好吧，你率军从后面向山隘发起攻击，我在正面夹击。遮迦罗！你守卫城堡。

帕达尔迦 遵命！要是皇上命令纳格尔哈尔大营也派人马前来增援，那就更好了。

塞健陀笈多 传令兵已经去了。你赶快回去吧。瞧，已经看得见敌军了。

（帕达尔迦离去）

遮迦罗巴梨达 这么说我就闲待着？

塞健陀笈多 遮迦罗，情况不妙！纳格尔哈尔的援军不会来得这么及时。到了万不得已的时候，你尽快撤回纳格尔哈尔，我在那里与你会合。

（探子上）

塞健陀笈多　犍陀罗那边的战况如何？

探　　　子　胜利了！战场上的匈奴人已被肃清，但是，皇上，本图伐摩大元帅阵亡了！

塞健陀笈多　啊，本图！你就这么走了？侠肝义胆的英雄啊，愿你有福！

（神情悲痛，坐下）

遮迦罗巴梨达　皇上，我们没有时间悲痛。站起来吧，摩揭陀军队开过来了，此时不宜宣布这个消息。

塞健陀笈多　（站起来）说得对！

（帕达尔迦率军队上）

塞健陀笈多　帕达尔迦，要留心贡帕河上的那道堤坝。如果进攻失利，你就转而切断渡河增援的敌军。帕达尔迦，这是你证明自己值得信赖的机会！

帕达尔迦　遵命！（率部分军士离去）

塞健陀笈多　遮迦罗！你守在城堡里按兵不动，我率这支小部队投入战斗。你要加倍小心！（幕后传来呐喊声）看，匈奴人过来了，我要把他们挡在那里。

遮迦罗巴梨达　遵命！（离去）

塞健陀笈多　摩揭陀勇士们！今天，我塞健陀笈多来指挥你们。请大家记住，即便牺牲生命，我们也要捍卫军旗的尊严！

摩揭陀军队　塞健陀笈多大帝万岁！

（摩揭陀军队冒着箭雨向前挺进。双方苦战之后，匈奴人败退。帝国军队高喊口号占领高地）

军　　士　（向贡帕河上游看去）皇上，河那边的匈奴军队正渡过河来增援溃军！

塞健陀笈多　你说什么？

军　　士　太蹊跷了！河边也有一支摩揭陀军队，但他们没有截击匈奴军队，反倒似乎在接应他们！

塞健陀笈多　叛徒！骗子！卑鄙之徒！好你个帕达尔迦！

军　　士　现在我们该怎么办？

塞健陀笈多　我们要保住城堡。如果对岸的匈奴军队渡过河来，忘恩负义的帕达尔迦就会带领他们前来进攻。勇士们，我们赶紧冲过去把他们挡在对岸！

（军士吹响号角，帝国军队迅速集结起来冲向河边，匈奴军队向对岸逃去。帝国军队追至河中央时，塞健陀笈多望见帕达尔迦带人掘开了河堤）

塞健陀笈多　（恐怖地望着滚滚而来的洪流）加速前进！

军　　士　什么？

塞健陀笈多　卑鄙的帕达尔迦掘开了河堤，洪水冲下来了。赶快冲……

（大家奋力渡河，河水暴涨，人们在激流中挣扎。舞台上一片黑暗）

（幕终）

第四幕

第一场

（室内，维杰雅和阿南达德薇）

阿南达德薇　你说什么？

维　杰　雅　我今天就能把某人的好事掀个底朝天！那荡上天的秋

千，我一掌就能把它拍到地上去啃泥。

阿南达德薇　怎么啦？火气怎么这么大？说来听听！

维　杰　雅　自己琢磨去吧！

阿南达德薇　不，还是你讲清楚的好！

维　杰　雅　帕达尔迦是我的人！

阿南达德薇　然后呢？

维　杰　雅　谁挡在道上我都要把她推开。

阿南达德薇　谁在跟你抢啊？

维　杰　雅　一个不知羞耻而且深陷罪恶泥潭的女人，还要我把她的名字说出来吗？放明白点，要不然她的帝国美梦也会被击得粉碎。

阿南达德薇　（冷笑）愚蠢的黄毛丫头！你的帕达尔迦只是任我摆布的工具，别的什么都不是。他是布尔笈多登上皇位的一步台阶，明白吗？

维　杰　雅　当然明白！我也告诉你，你的好日子快到头了。

阿南达德薇　（讨好地）你就不想跟布尔笈多一起坐皇位？怎么，难道他不也是鸠摩罗笈多的儿子？

维　杰　雅　是的，他是鸠摩罗笈多的儿子。可是，他是从你肚子里生出来的！你生的儿子，呸！

阿南达德薇　你说什么？说话要过脑子！

维　杰　雅　说了又怎样？我还要说！不管威逼还是利诱，谁也无法把帕达尔迦从我这里抢走！女人会毫不留情地踢开爱情道路上的绊脚石！被抢走爱情的女人对情敌像山洪一样可怕，像火山爆发一样恐怖！我不需要你的皇位！我也不稀罕卑琐的布尔笈多那被骄奢淫逸蚀透了的灵魂和他那未老先衰的躯体。我警告你，离远点儿！否则我一口气就会将你所有的如意算盘吹个灰飞烟灭！

阿南达德薇 什么！简直是胆大包天！贱人！你知道自己在跟谁说话吗？威震四方的鸠摩罗笈多曾经给我点香熏发。我跺一跺脚，笈多帝国也要抖三抖。你，你一个平民女子竟敢，竟敢……滚！滚！带走你的帕达尔迦吧！我不需要这样的虫豸！但是，你记着，我是阿南达德薇！我要烧毁你苦心经营的一切，我要砸碎你引以为傲的一切！我会燃起熊熊大火，让全世界的海水也浇不灭！（离去）

维　杰　雅 我已经走投无路了吗？一边是妖魔横行的大地，一边是深不可测的大海！唉，我脆弱的心哪，你为何总是那么容易忽冷忽热！对亲近的人你睚眦必报，该原谅的人你锱铢必较，该爱的人你心怀怨毒，反而是那些不相干的人很快就能赢得你的同情！你原谅陌生人的错，你同情陌生人的苦，是因为你跟他们没有利益瓜葛，看来只有舍弃了私利才会有真心的宽恕和大度。把无尽的财富和心爱的人都付与他人之手，我一走了之？可是，去哪里？哪里……

（情绪癫狂的维杰雅正欲离开，一军士装束的人上）

军　　士 姑娘，平静下来吧。

维　杰　雅 谁？

军　　士 一个当兵的。

维　杰　雅 离远点儿！我讨厌当兵的。

军　　士　为什么？

维 杰 雅　当兵的冷酷无情！仅仅为了自己的虚荣和傲慢，你们就乱砍滥杀！你手中的武器保护过谁吗？扶助过困苦的人吗？

军　　士　我手中的武器保卫过帝国！

维 杰 雅　撒谎！你们是匪徒！你们是一群杀人不眨眼的凶残野兽！你们是一群为了一丁点儿好处就伤人性命的恶狼！

军　　士　（独白）她这是疯了吗？

维 杰 雅　因为猜疑，我轻侮待我情同姐妹的德沃塞娜；因为傲慢，我鄙弃快要到手的幸福；我还与神明般的塞健陀笈多作对。这些都是为了什么？把自己的美貌、青春和财富交给另一个人，难道仅仅是为了展示我对他们两人的蔑视？我跟一群自私自利、尔虞我诈的人混在一起，在这个世界失去了幸福，到了那个世界也不得安宁！唉！

军　　士　姑娘，平静下来吧！

维 杰 雅　去哪里寻找平静？我自己离开了亲近的人，以为这样可以惩罚他们，以为这样可以向他们显示“我也不是等闲之辈”。自己错了，却蛮横地归咎于他们！自己心里不干净，还总怪他们对不起我。现在只好吞下自己种下的苦果。

军　　士　姑娘啊！迷途知返尚可失而复得，但是，那些撞上南墙也不回头的人终将害人害己。通往快乐和内心平静的道路是畅通无阻的。别再为叛逆而叛逆，将一己之私忘记，一切都将是你的。

维　杰　雅　（啜泣）可我现在只是个无依无靠的女人！

军　　　士　（除去伪装）我是夏尔沃那加！我是皇上的忠仆！暗访了摩揭陀的情况之后，我正要赶回我的安德尔韦德郡。

维　杰　雅　您是安德尔韦德郡的郡守夏尔沃那加？

夏尔沃那加　正是本人。帝国眼下危在旦夕，帕达尔迦的阴谋诡计眼看就要得逞了。维杰雅！走，去帮助帝国的儿童、青年和老人！去为他们谋福利！来吧，如果我们无力匡扶社稷，那我们也不应该着急得不知所措。让我们把帝国的每一条街巷都打扫干净，让路人像走在通衢大道上一样快乐！

维　杰　雅　（想了想）您说得对！每个人都应该为建立王道乐土尽一份力。走吧。

（二人离去）

（换场景）

第二场

（帕达尔迦的营帐里，舞姬唱道）

每当遗忘的记忆重新浮现，
心海里便会泛起阵阵波澜；
此时此刻我已经睡意沉沉，
你却吹响了甜蜜蜜的笛声；
每一根筋脉都奔涌着激情，
浓浓乌云何时才降下甘霖？
啊，又一阵南风吹了过来，
小小的蓓蕾这才次第绽开；
谁愿在沉沉死气中过一生？

何时才无须把这个问题问？

（格莫拉和德沃吉上）

德 沃 吉 帕达尔迦！告诉我，我的儿子在哪里？我快乐的源泉，我的希望，我的一切，他在哪里？

帕达尔迦 你是谁？

格 莫 拉 忘恩负义之徒！你真没认出来？是她宽恕了你的弥天大罪！是她饶了你一条狗命！她，她就是那个女神般的皇太后德沃吉！

帕达尔迦 （认出母亲）谁？母亲？

格 莫 拉 你可以那么叫我，但我羞于把你叫儿子。羞愧啊，我恨不得钻到地底下去！哪个母亲生了这样辱没门楣的儿子还有脸见人？啊呀，帕达尔迦呀！

帕达尔迦 太后和我母亲！你俩怎么在一起？

德 沃 吉 帕达尔迦，快说！我儿子在哪里？他是雅利安大地之宝，他是帝国不取报酬的公仆，他是亿万子民心中的主人，他在哪里？你与他为敌……

格 莫 拉 快说，帕达尔迦！

帕达尔迦 我怎么知道他在哪里？去问贡帕河的滚滚波涛吧，去问雪山上正在融化的冰雪吧。我不……

德 沃 吉 啊，我的塞健陀不在了！我的命根子啊！（倒地，气绝身亡）

格 莫 拉 （扶着德沃吉）看看吧，魔鬼！为自己的胜利开怀大笑吧！卑鄙小人，看到贤德的太后倒在尘土里，你开心了吧！啊，太后啊！

帕达尔迦 什么！（一脸惶恐）

格 莫 拉　离开了这个充满痛苦和欺骗的世界，离开了这片妖魔横行的土地，她已去往不朽的天国，而你倒还活着——为了纵火焚毁幸福的家庭而活着，为了杀得哀鸿遍野而活着，为了祸国殃民而活着。地狱的臭虫！你倒还活着！

帕达尔迦　母亲，别说了。我无意祸国殃民，我这样做只是为了兑现把布尔笈多扶上皇帝宝座的誓言。塞健陀笈多没了就没了，还有布尔笈多当皇帝呢。

格 莫 拉　蠢货！自以为是的人会犯下多大的罪孽！你糊涂啊，难道谁当皇帝由你说了算？是我的错啊，错就错在没有在你刚生下来的时候把你掐死！我只有自杀谢罪了。

帕达尔迦　母亲，宽恕我吧。从今天起，我不再碰武器，并且要远离皇室纷争，不再让自己糊里糊涂的脑子给你添麻烦。（把剑扔到地上）

格 莫 拉　晚了，帕达尔迦！太后她……笈多帝国曾经都要在她面前低下头颅的太后，今天连个为她举行葬礼的儿子都没有！啊，不幸啊！

帕达尔迦　（拍手，军士上）按皇家礼仪为太后举行葬礼。走，赶快！

（二军士将德沃吉的遗体抬到高处放好）

格 莫 拉　帕达尔迦！也许这项功德可以洗清你的罪孽。

（帕达尔迦和格莫拉二人身上散发出灿烂光辉）

（换场景）

第三场

（迦湿弥罗的大堂上，马德利笈多、治安官德沃南德及一女子）

马德利笈多　德沃南德大人，她有何冤情？

德 沃 南 德　郡守大人吉祥！此女财物被劫，下官使出浑身解数也未能查明其下落，主要过错不在下官。

马德利笈多 那么，这是谁的错？你忘记笈多帝国的律法了吧。帝国向臣民征税，为的是保护他们。要是你保护不了这个女子，就要扣你的俸禄来赔偿她的损失。

德沃南德 可是，她被劫的财物数额巨大，我一辈子的俸禄也不够赔偿啊。

马德利笈多 那就用国库的钱赔她，你为此接受惩处。

德沃南德 可是，我刚才已经申辩过，主要过错不在下官。她是斯里那加最有钱的娼妓，跟她来往密切的人她一个不说，叫我怎么查案？密探们腿都累折了。

马德利笈多 噢，她的名字我已经忘了！

德沃南德 玛莉尼。

马德利笈多 什么！玛莉尼？（略做思考）好，你去把司库叫来。

（德沃南德下）

马德利笈多 玛莉尼！揭开面纱，把头抬起来，让我看看是不是你。

（玛莉尼揭开面纱，看到马德利笈多满脸惊奇地看着她）

马德利笈多 你是谁？玛莉尼？不，不，一定是眼睛在骗我！

玛莉尼 不，马德利笈多，就是我！我之所以戴上面纱，就是不想让你看见我的脸。马德利笈多！我就是那个玛莉尼。

马德利笈多 你？不，我的玛莉尼！我心中无比崇敬的女神——娼妓！不可能！可是，不，就是那张脸！尽管染上了几分风尘，但就是你那张脸。啊，不幸啊！

玛莉尼 苦命的玛莉尼！

马德利笈多 直到刚才，你一直是我膜拜的女神，我的心里一直珍藏着对你的圣洁记忆。我太蠢了……唉，玛莉尼呀！是你打开我的命运之门，在我空空如也的命运的天空上留下了 ·抹朝霞。是你在我穷愁潦倒的时候，把金子般的一段情慷慨地布施给我。可是，玛莉尼，为了金子，你竟出卖了因陀罗乐园里盛开的花朵！去吧，玛莉尼！去国库领取你的钱财！

玛　莉　尼　（匍匐在马德利笈多脚下）马德利笈多，宽恕我吧！

马德利笈多　玛莉尼，我的心没有那么硬，我不会因为你失足而把你忘记。但是，那记忆再也不会跟从前一样了。火熄灭了，烟会升起，你将是烟背后的那个模糊记忆。你走吧！

（玛莉尼离去，探子上）

探　　　子　郡守大人吉祥！

马德利笈多　有何消息？找到皇上了吗？

探　　　子　还没找到。匈奴人已经占领了般遮那多，他们打算进攻迦湿弥罗。（离去）

马德利笈多　这下全没了！我梦想中的美好时光像早晨一样刚刚开始，烈日就赶来驱散翩翩起舞的晨雾！唉，我以为神明将会醒来，雅利安大地将阳光普照，功德将洗尽所有的罪孽。我以为，信度河、恒河和朱木拿河流经的大地——雅利安民族的庭院——捧出的粮食能将因饥饿而流落到此地的异族人安抚。我以为，雅利安民族从此将会像巍巍喜马拉雅山那样昂首挺立，它强有力的手中紧握宝剑，把罪恶责罚，把功德旌表，规诫全世界所有的民族行善行。我以为，安卧在蛇床上的毗湿奴大神会醒过来，在大海里掀起波涛，把无尽的珍宝送到雅利安大地的岸边。我以为，我们将唱起高昂的歌曲，把胸中的激情抒发。可是，眼看着时来运转，结果又功亏一篑！心胸宽广的大英雄塞健陀笈多啊，您在哪里？既然如此，迦湿弥罗啊，再见吧！（下）

（换场景）

第四场

（城中大道上，塔杜塞纳和普罗迦德）

普罗迦德 塔杜塞纳！你来这里已有许多时日了。难道与游历天竺相比，返回僧伽罗国就那么无足轻重吗？

塔杜塞纳 天竺属于全世界，整个大地都栖息在她爱的怀抱中。自古以来，她一直在散播着智慧和人道的光辉。天竺是大地的心灵，只有傻瓜才不爱她。你看，她头枕世界最高的山峰，脚踩浩瀚无边的大洋。大自然在自己的这个家里描绘了一幅幅美丽的图画。为了天竺的福祉，我愿献出自己的一切。但是我也看到，连佛教的信众和僧团都与帝国为敌。大觉寺的方丈已经圆寂了，在整个天竺，普罗迦德吉尔蒂才是接替这一职位的不二人选。你做了大觉寺的方丈，僧团沾染的污垢就会被洗去大半。

普罗迦德 王子，请原谅！我出家为僧为的是修证佛法，而不是当方丈！

塔杜塞纳 朋友，我想去找马德利笈多。

普罗迦德 他不是已经万念俱灰了吗？现在还不知在何处游荡呢。

塔杜塞纳 你也跟我去迦湿弥罗吧。

普罗迦德 但是，你愿意等我几天吗？

塔杜塞纳　那就尽早吧。

（一比丘上）

比　　丘　师父，出大事了！

普罗迦德　什么事？你倒是说说呀！

比　　丘　有几个婆罗门要在寺院附近那个十字路口的祭坛上祭牲！比丘们和佛教信众群情激愤。

塔杜塞纳　走，我们也过去，去尽力平息人们的愤怒。

（众下）

（换场景）

第五场

（寺院附近的十字路口，一边是带着举行祭祀仪式物品的婆罗门，一边是比丘和佛教信众。心急如焚的治安官上）

治 安 官　市民们！现在不是内斗的时候。没看见吗？帝国像一艘失去了舵手的船在风雨中飘摇，你们却为了一些小事相互争斗。

婆 罗 门　正是这些佛教徒扮演了笈多帝国敌人的角色。匈奴人多次被打垮，正是在这些人的帮助下他们才能卷土重来。笈多帝国的这些敌人应当为自己的忘恩负义受到应有的惩罚。

比　　丘　你说得对。恒河、耶木拿河和萨罗逾河岸边树立的祭柱像一颗颗钉在佛教徒胸膛上的钉子至今令人不寒而栗。我们很无助，我们还能干什么？在异族人的庇护下，我们好歹可以活命，信仰也可以得到保护。人类建立国家和组成社会都是为了人类自身的福祉。要是一个国家或社会不让我们平安，不让我们幸福，我们当然要鄙弃它。

婆 罗 门　婆罗门的地位一落千丈，大神是不会一直坐视不管的。婆罗门天生就有权掌管普天之下的知识和智慧，他们怎会甘居人下？今天我们一定要在这里举行祭祀，造物主也不能阻止我们举行法事！

比　　丘　婆罗门，杀死温顺的生灵算什么善行？世尊如来已将你们那一套主张驳斥得体无完肤，那时候你引以为豪的知识和智慧到哪里去了？为何整个瞻部洲都在智慧的较量中向世尊如来低头认输？你想欺凌本教，这办不到！放了这些牲畜，用我们献祭吧。蛮横霸道的婆罗门啊，让我们用自己的血满足你那颗嗜血的心吧。

（塔杜塞纳上和普罗迦德上）

塔杜塞纳　世尊如来并没有将婆罗门教一概否定，他也吸收了《奥义书》中的合理思想。他教导人们不要走极端，而要走中道。他改良了古圣先贤的思想，有何理由为此流血？

治 安 官　除非这些固执己见的人能听从你的劝解，否则我是不会允许在这里举行献牲仪式的。

婆 罗 门　为什么不让举行？昏官！为什么不让举行？阴谋诡计害得笈多帝国奄奄一息。没有一个刹帝利国王有能力保护婆罗门教，没有一个刹帝利国王委派自己的儿子保护苦修者。啊，圣主明君啊，你在哪里？

塔杜塞纳　残暴的匈奴人侵占了七河之地，那里的同胞整日担惊受怕，无依无靠的婆罗门教被肆意践踏。刹帝利国王——督促臣民信仰宗教的刹帝利国王——为何不见踪影？你想过这个问题吗？婆罗门为什么变得如此唯利是图？你们为什么干起了抢其他种姓饭碗的勾当？贪婪让你们把宗教信仰做成了生意。你们明码标价，贩卖天堂、儿子、金钱、荣誉、胜利、解脱……你们的宗教堕落成了罩在富有阶层穷奢极欲摆阔斗富之上的一块遮羞布。哪家宗教的法事要耗费大量金钱，这种宗教就跟普通百姓不沾边了！你们把宗教变成了有钱人的专属品，有钱人会认为，用钱能够买到宗教，所以，金钱第一，宗教第二。他们会一边犯下罪孽，一边花钱赎罪。这样的宗教自然需要王权来保护自己。你们的宗教已经虚弱到需要蛮力保护的程度了吧？

婆 罗 门 你是谁？好为人师的笨蛋！滚远点儿，你这个不信大神的佛徒！你有什么权利对本教指指点点？

塔杜塞纳 真正的婆罗门为什么伟大？因为他们是舍弃和宽恕的化身。正因为如此，帝王拜访他们的道院时，也会事先放下刀剑。他们凭借苦行修为和甘露般的心性为生，每天晨昏向大神潜心祈祷——

愿人人快乐幸福，愿人人无病无痛，

愿人人见到光明，愿无人受苦受难。

你们正是那些摒弃了许许多多种祭祀仪式的婆罗门的子孙。他们的宗教接受了合乎时代潮流的每一种变化，因为人们的认识能力在不断提高，人们从吠陀经典获得的知识在不断发展——这正是这个宗教的优越之处。

普罗迦德 宗教的盲信者们啊！人是不完善的，所以，人们发现的真理也是不完善的。所有的宗教都要与时代同行，我们不应该固执地拒绝面对那些真理不断臻于完善的过程中获得的知识。佛教和婆罗门教是同一个根本宗教的两个分支。人类行走在崎岖不平而且坚硬无比的道路上，步履维艰，饱受煎熬。来！让我们给这条路铺上两种宗教的思想花朵，把它变得平坦又柔软。

众　　人　说得对，说得对！我们在这里吵来吵去，连强盗闯进家了都顾不上，这是何苦呢？为什么不拿剑去跟匈奴人拼个你死我活？

治 安 官　市民们，此话在理！

普罗迦德　我是这家寺院的上师，在场的佛教信徒都应该听从我的意见。我知道，本教主张众生平等，保护生灵是佛教信徒的职责。但是，如果你们自已为此参与械斗，岂不是会有更多生灵惨死？所以，真正的佛教徒这时应当挺身而出，问那些婆罗门，我可不可以代替那些动物做祭品？也许在婆罗门的眼里，跟那些动物相比，人的价值还是不一样的。来，谁站出来呀？谁想做菩萨？

（无人回应）

普罗迦德　（笑）你们的宗教狂热就仅此而已？只敢凑在一起咋呼？只敢凑在一起打打杀杀？你们的慈悲仅限于此？回去吧，都给我回家去吧。（对婆罗门说）来，嗜血的虔诚信徒！喏，拿我当礼物讨你家大神欢心吧。（低头就戮）

婆 罗 门　（把剑扔到地上）大沙门！我们不知道这家寺院里还有您这样的高僧大德。我们不举行祭祀了。

（众人欢呼，人群慢慢散去）

（换场景）

第六场

（路上，维杰雅和马德利笈多）

维 杰 雅　不，大诗人！不是这样的。

马德利笈多　谁？维杰雅？

维　杰　雅　这不是震惊和哀伤的时候。大诗人！唱过了悲欢离合，唱过了风花雪月，现在，请你唱一首慷慨激昂的歌，告诉婆罗多的子孙，人终有一死，起来为不死的婆罗多大地奉献力量吧。

马德利笈多　你是谁？是维杰雅吗？

维　杰　雅　是我，马德利笈多！你在寻找那个因为你救了一个人的命就把迦湿弥罗赏给了你的皇帝，是吗？这片养育我们的土地需要的不是一个，而是上千个塞健陀笈多。她需要成千上万个像神明一样胸怀宽广的年轻人为她挺身而出。唱一曲撼天动地的歌吧，让山为之震颤，让海为之扬波，把婆罗多的子孙从酣睡中唤醒。我们一条小巷一条小巷去乞求，一个角落一个角落去呼吁吧。

马德利笈多　愿你多福，勇敢的姑娘！从今天起，我就按你说的去做！（向一边看去）瞧，遮迦罗巴梨达也来了。

（遮迦罗巴梨达上）

遮迦罗巴梨达　如幸运女神的垂青，如荷叶上的水珠，如天空的云团，更像如梦如幻的晨雾，美好的东西总是转眼成空。人的命运跟写在乌云上的闪电一样变幻无常，这一瞬发出耀眼的光芒，下一瞬就没入沉沉的黑暗！渺小的人类只能给过去做主人，对于未来，他们永远是奴仆！

马德利笈多　遮迦罗巴梨达兄弟！

遮迦罗巴梨达　谁？马德利笈多？

（毗姆伐摩突然来到）

毗姆伐摩　兄长啊，你在哪里？你是我灵魂，你是我力量的源泉，你是令人敬仰的英雄豪杰，你是摩腊婆的王冠，你是大地的瑰宝！本图伐摩，你在哪里？

（普罗迦德和一比丘上）

普罗迦德　群龙无首，都变成了失魂落魄的疯子。他们本是叱咤风云的英雄，现在却沦落为笈多帝国这艘破船上的破桨烂舵！

马德利笈多　你是谁？

普罗迦德　莫非你就是马德利笈多？

马德利笈多　（满心狐疑地看着普罗迦德）怎么连这里也没逃过猎犬的鼻子！你……

普罗迦德　打消怀疑吧，马德利笈多！受儿时伙伴塔杜塞纳王子之托，我在四处寻找你们。瞧，这就是凭据。（把一封信递给马德利笈多）

马德利笈多　（看完信）僧伽罗国王子啊，愿你有福！大师，请告诉他，我会谨遵吩咐，前往迦腻色迦大塔与他相会。

普罗迦德　愿你有福！

（众下）

（换场景）

第七场

（劫后余生的塞健陀笈多来到格莫拉的茅屋外）

塞健陀笈多　佛家的涅槃，瑜伽师的入定，疯子那样的彻底失忆，这些我全都要。脑子里有个声音说，你是皇帝；另一个声音却回答道，你是个玩偶——那个躺在榕树叶里睡大觉的顽皮少年[1]手中的玩偶。你的皇冠还比不上干活的人手中的竹篓！慈悲的大神啊，难道你对谁仁慈，你就一定要让他尝尝痛苦的滋味？大神啊，我不害怕痛苦，我也不会为世俗的尴尬境况感到羞耻。一个人失去的荣华富贵越多，他摆脱的羁绊就越多，他离你也就越近！可是，眼睁睁看着帝国亡在我的手里！一想起这点，我的心就开始战栗，帝国的尊严就开始怒吼。我没有私利，我不需要权力，我只是希望美德和善行之邦笈多帝国这棵参天大树郁郁葱葱，只是希望有称职的人将她保护。唉，算了吧，远去了，一切都远去了！没一样东西令人舒心。职责已抛诸脑后，未来一片黑暗，奔走毫无目标，苦海无边无际！

黑天大神啊，请你把竹笛吹响，
请你把我们从沉沉睡梦中唤醒，
请你把句句金玉良言悉数传授，
助我们摆脱羁绊获得自由之身。
请你牵着我们的手给我们力量，
请把这颗心融进你悦耳的仙音，
你就是世界，你就是它的灵魂，
请你让这个世界充满笑语欢声！

（塞健陀笈多垂首默祷，夏尔沃那加疯疯癫癫地跑来）

夏尔沃那加 抢走了，从我怀里抢走了！为了逼出黄金，匈奴人从我怀里抢走孩子，活活把他们烧死了！作为交换，我愿意让强盗抢去全世界的金库，可那帮魔鬼还是要了

① 顽皮少年指少年时代的黑天大神。——译者注

他们的命！谁听见了呻吟？大神？不，冷酷无情的大神没有听见，他对这一切视而不见。曾几何时，一声呼唤，半声叹息，他便会应声而来。曾几何时，只要雅利安民族身陷苦难，他便会下凡相救。可是，现在他不这样做了。国家的每一片森林都变成了焚尸的柴堆，毁灭之火烧遍了四方。喜马拉雅山悄无声息，它把一座座火山掩藏在厚厚的积雪下。不知为何，它不让火山喷发，把那积雪融化成滚滚洪流奔向大海。唉，别的山岗也死气沉沉，又聋又哑！

（疯疯癫癫地离去）

塞健陀笈多 是谁？难道他是夏尔沃那加？安德尔韦德也被匈奴人侵占了？唉，雅利安大地何其不幸！难道它的未来是用一闪即逝的雷电写就的？大神啊，夏尔沃已经半疯半癫了！屠戮雅利安帝国的场面有多么可怖？可恶！豺狼竟然在狮子游玩的地方撕扯腐烂的肉块！

（拉玛像疯子一样走过来，看见塞健陀笈多）

拉　　玛 你也是强盗？你要抢什么？我这身枯骨？你的牙齿咬得碎吗？你瞧。（伸手给塞健陀笈多看）

塞健陀笈多 谁？拉玛？

拉　　玛 （吃惊地）是的，我就是拉玛，孩子被匈奴人祸害了的拉玛！（稍顿）我的孩子？他们可不像他们不幸的父母生养的孩子！他们面对匈奴人的剑锋毫无惧色，他们面带微笑跳进了熊熊大火。（看着塞健陀笈多）也不像强盗，也不像懦夫，一副萎靡不振的样子，你是谁？我见过你！对，你就是他！你的吼声令敌人胆寒，你奋力把沉睡的人民摇醒，听到你的名字，同胞们就摩拳擦掌，斗志昂扬！对，就是那个塞健陀！你是妇女的保护者，你是儿童的贴心人，你是老人的依靠，你是庇荫雅利安大地的参天大树！不，我认错了。你面无光华，眼无神采，好像是他的一幅脏兮兮的画像。你到底是谁？（离去）

塞健陀笈多 （坐下）唉，我就是那个塞健陀，孤身一人，孤苦无助！

（格莫拉开门出来）

格莫拉 谁说你是孤身一人？全世界都跟你在一起，去激起人们的共鸣吧！如果你担心前途渺茫，担心毁灭就在眼前，那你也要与命运抗争。你的巨大威力和你的坚定信念会竖起一座巍然屹立的文迪亚山，让命运的洪流改道。难道你不能跟罗摩和黑天一样，也是毗湿奴大神的化身？这么说吧！谁把自己的事情当大神的事情做，谁就是大神的化身。站起来，塞健陀！排除一切消极情绪，把沉睡的人唤醒，让哭泣的人重展笑颜。英雄啊，雅利安大地将跟你在一起，全世界将聚集在雅利安人的旗帜下！

塞健陀笈多 你是谁？帕达尔迦的母亲？

（幕后传来哭声和呼救声）

塞健陀笈多 谁？好像是德沃塞娜的声音！我的剑呢？（去救人，但走错了方向）

（一匈奴人追着德沃塞娜上）

德沃塞娜 毗姆！兄长！快来救我，你去哪里了？

匈奴人 不会有人来救你了！

（匈奴人想抓住德沃塞娜，德沃塞娜拔刀自杀。伯尔纳达德突然冲上去，一只手卡住匈奴人的脖子，一只手抓住德沃塞娜的刀子）

匈 奴 人 饶命！

伯尔纳达德 坏蛋！滚！我今天放了你。来，闺女，我们回太后墓那边去。

格 莫 拉 在哪里？在迦腻色迦大塔旁边？

德沃塞娜 是的。谁？格莫拉夫人？

格 莫 拉 正是那个不幸的女人。

德沃塞娜 好，我走了，我会再来的。

（德沃塞娜和伯尔纳达德离去，塞健陀笈多上）

塞健陀笈多 一个人也没找到。呼救声是从哪儿传来的？真是心急如焚哪！本图伐摩临终把她托付给了我，唉！

格 莫 拉 别担心，她已经得救了。您母亲的墓在迦腻色迦大塔旁边，她被护送回那儿去了。

塞健陀笈多 母亲！我的母亲！你也不在了！天哪！（晕厥，格莫拉把他扶进茅屋）

（落幕）

第五幕

第一场

（路上，穆德格尔）

穆德格尔 你让国王沦为乞丐，你让人从天上跌到地上；有时候你把人变成无恶不作的魔鬼，有时候你又把他变成充满爱心的圣徒；你让某些地方莺歌燕舞，你让另一些地方哭爹喊娘。（在路边坐下）命运之轮啊，你让我佩服得五体投地！听到本图伐摩阵亡的消息，杰耶玛拉自焚殉夫。老将军伯尔纳达德带着德沃塞娜为德沃吉太后守墓。遮迦罗巴梨达、毗姆伐摩和马德利笈多在四处寻找皇上。他们个个都忧心如焚。听说维杰雅的心变好了些，她也跟这些人走在一起了，但我还不大愿意相信她。阿南达德薇和布尔笈多跟匈奴人订立了条约，两人在摩揭陀当起了太后和皇帝。皇帝的称号叫“光明太阳王”，可是依我看，没有光明只有黑暗！“太阳”也没有热度。皇帝宝座上的狮子也只是些黄金做的假狮子！整个雅利安大地都臣服在匈奴人的脚下，帕达尔迦为自己的愚蠢行为后悔不已。（向前看去）那不是维杰雅来了吗？赶快躲开！（站起来要走）

维杰雅 喂，穆德格尔！好像不认识我似的。确实，时过境迁，人们的眼光也变了。

穆德格尔 你是谁？我不喜欢陌生人搭讪。再说，我还是个星相师。浮荡少年和多情少女都爱缠着我问幽会的良辰吉时。有些问题我听上去都害臊，比如说，他是不是喜欢上别的人了呀？那个姑娘我啥时候能追到手呀？能不能追到手呀？

维杰雅 穆德格尔！你还有空把我认出来吗？

穆德格尔 不管有没有空，反正我不需要认出你来。

维杰雅 就算不需要，人和人就不能说说话吗？是的，世界上的好多交道都需要有人牵线。可是，古道热肠总该有一点儿吧，穆德格尔！

穆德格尔 别提什么古道热肠了。一个忘恩负义的人，一个残酷无情的人，一个欲壑难填的人，一个为了自己的快乐和满足私欲不择手段的人，她跟古道热肠有何关系？

维 杰 雅 没有就没有吧。听说皇上还活着，这里见得到他吗？这点儿东西你总还是可以告诉我吧。

穆德格尔 你还有脸见皇上？在阿般提的时候，有一天大家都知道了，维杰雅要做皇后了！

维 杰 雅 穆德格尔，告诉我吧。

穆德格尔 我没法相信你。好吧，你现在还能干什么呢？今天皇上要从格莫拉夫人的茅屋前往他母亲的墓地。墓地在迦腻色迦大塔附近，伯尔纳达德和德沃塞娜住在那里。好了，我走了。维杰雅，皇上的情况我告诉你了，你可要好自为之啊！（离去）

维 杰 雅 他说得对，我自己也不相信自己。追逐私利受挫便转而跑来行公义之事，可是，这种转变是诚心诚意的吗？彻底忘我地为国效力，我做得到吗？德沃塞娜，唉……这个问题又出现在了我的面前。塞健陀笈多现在已经不是皇帝了，所以，复仇之心啊，远远地离开吧。你说什么？不行！本图伐摩把摩腊婆国并入笈多帝国，换来了塞健陀笈多对德沃塞娜的青睐，我维杰雅也要如法炮制。一来报效了国家，二来呢，兴许还能实现自己的心愿！我的藏宝室至今安然无恙，我把里面的财宝拿给皇上招兵买马。我德沃塞娜也要做一回皇后！这做不到吧？一定能做到！命运之神让我的藏宝室完好无损地留存下来，为的就是今天啊。用这笔财富，我可以买下一个帝国！今天我就把这事办了，公私兼顾，一举两得。（离去）

（帕达尔迦上）

帕达尔迦 我的恶行结下了苦果，但我幡然悔悟了，也算是苦后回甘吧。如此英武、如此称职、如此仁厚的皇帝！可是，一切都过去了——因为我的错，一切都过去了。那位老臣的话至今犹在耳边：“当心啊，帕达尔迦！国权如黑蛇一般难以驾驭，却你把它当玩物争抢，你可要誓死捍卫它呀！”唉！我既无力驾驭它，又无法与它脱离干系。我野心勃勃，我自恃勇武，目中无人，我狡诈到了无以复加的程度。为了实现阿南达德薇这个贱妇的阴谋，为了实现个人的野心，我把一切都毁了。听说圣明之君塞健陀笈多就在附近的什么地方，我找他去吧。

（换场景）

第二场

（迦腻色迦大塔旁边的太后墓前，伯尔纳达德独自一人踱步）

伯尔纳达德 干硬的面饼也得省下来留着，讨来的粮食难吃得狗都不太会理睬，可我还要把它们当珍宝，还要为它们站岗放哨。我不会哭，但是，守护粮食难道仅仅是为了苦苦活下去吗？不，伯尔纳，别哭！不要流一滴眼泪。活下去，你的目标会实现的。如果真的有大神，他会说——在我创造的世界里还有一颗真诚的心。躁动的心啊，你要知足！知足吧，你不是为了吃饭而活着，你要让造物主看到，他也有做错的时候。从来没有做过的事情就是做不好，装样子都装不像。可是，帝国的许多烈士遗孤处境凄惨，为了养活他们，我必须这样做。我身为刹帝利，乞讨是罪孽，但这实属危难之际的不得已之举。大神，你要为我作证啊！

（一市民上）

伯尔纳达德 先生，布施点儿吧。

市　　民 你那个啥去哪儿了？

伯尔纳达德 我闺女沐浴去了。先生，布施点儿吧。

市　　民 我特别爱听她唱歌。要是她在这儿给我唱支歌，我肯定会给你几个子儿。好吧，我下次再来。（离去）

伯尔纳达德 （紧咬牙关）卑鄙！恶棍！贪图享乐的猪狗，什么时候了还一副油头粉面、不可一世的样子！即便良家女子在他眼前受辱，这号家伙也会扬长而去。到这时候了还没改掉寻欢作乐的毛病！一个国家的年轻人都是这副样子，它活该被外人占去。国家遭此大难，竟然有人还是一副花花公子的做派！

（德沃塞娜上）

德沃塞娜 老将军，怎么啦？你在跟谁生气呀？不给就不给吧，那是人家自己的。他又没拿走你的什么东西。

伯尔纳达德 自己的！德沃塞娜！粮食属于饥饿的人，钱财属于全体国民。粮食和钱财是大自然赐给我们所有人的，富人只是代为保管。可是，该拿出来还给大家的时候他们却要起滑头了！他们有大把大把的钱用来享乐，却没有一文钱用来周济贫苦人，这不公平！你还在帮他们说话，可别忘了……

德沃塞娜 老将军，对不起！算了算了，总会有人布施的。

伯尔纳达德 我们要养活成百上千的烈士遗孤。孩子，看到他们被饥饿折磨的样子，我的眼睛就要滴血。

德沃塞娜 老将军！皇后的墓地我已经打扫干净了。毗姆有好几天没来了，马德利笈多也不来，他们都去哪儿了？

伯尔纳达德 孩子，他们会来的。你坐，我马上就回来。（离去）

德沃塞娜 作为一个弱女子，我的人生如乐曲终了后的袅袅余音无所归依，如香炉里升起的一缕青烟缥缥缈缈，如踩碎的花朵散发出的香气若有若无，如节日之后的落寞令人隐隐作痛。我的歌儿！此时此刻，我该唱什么？该诉说什么？这些唱了一遍又一遍的歌为何还有吸引力？是什么力量在吸引着我？不只是想听，而且与谁永远同声相和的心愿也苏醒了。（唱道）

就像那满月之夜的月亮在空荡荡的天空，
把那发出明媚月光的星体绝望地寻找，
心啊，你在寻找谁？谁藏在你那里？
你不住地追问，可是，我怎么才能使你明白，
我可没有对你隐藏什么东西？
即便是一片汪洋，
也浇不灭心中的渴望；
珍珠贝张开大嘴，
满心希望接到大角星降下的露水①；
心啊，你已化作波光粼粼的大海，
什么样的新奇宝贝又被你揽入了胸怀？

（德沃塞娜下，换过衣服的塞健陀笈多上）

塞健陀笈多 母亲！向你留在我脑海中的圣洁记忆敬礼！（在坟墓近旁跪下，献花）母亲，儿子没有得到你的最后一次

---

① 根据印度的传说，大角星降下的露珠落进珍珠贝口里化为珍珠。——译者注

祝福，所以才会遭此大难、遭此大辱。母亲，你生养了我，我却没能尽孝，请你原谅儿子的罪过。

（德沃塞娜上）

德沃塞娜（认出塞健陀笈多）谁？哎呀，皇上万岁！

塞健陀笈多 德沃塞娜！

德沃塞娜 是的，皇上！太好了，终于见到您了！

塞健陀笈多 德沃塞娜！我也很想见到你。

德沃塞娜 皇上！

塞健陀笈多 你在附近搭了间茅屋，是吗？

德沃塞娜 是的，我在这里卖唱乞讨，跟伯尔纳达德尊者一起为皇后扫墓。

塞健陀笈多 德沃塞娜，你贵为摩腊婆国公主，却要以卖唱为生！时运啊，你想怎样就怎样吧！想当初，我也曾把你驱遣。德沃塞娜，这都是我的错。今天，我如何向本图伐摩的在天之灵交代啊？他把一切无私地奉献给了我，我怎么还得清欠他的债？我就看着这一切活下去吗？

德沃塞娜 皇上，我不只是为自己乞讨！伯尔纳达德尊者把流散在各地的烈士遗孤汇聚到一起，他们无依无靠，有的只有一把断剑，有的只有一身破衣烂衫，我们就在此地照顾他们。

塞健陀笈多 伯尔纳达德老将军，父亲般的伯尔纳达德！你的境况竟也如此窘迫？你曾经让手中的剑吐出火舌，现在却在林中捡柴烧火！德沃塞娜，走，我们到皇后墓前起誓：我俩从此不再分离。帝国没有了，但我还在。我要带你去隐居。我要把自己的爱献给你，还清我欠的债。

德沃塞娜　不能这样，皇上！我是您的奴仆！摩腊婆为国家奉献出了一切，我不能将您的回报据为己有，我不能辱没逝去的英灵。皇上，您看，杰耶玛拉小小的坟茔也在这里，她自焚殉夫了。我们应该维护这份荣光。

塞健陀笈多　德沃塞娜，这也是本图伐摩的心愿！

德沃塞娜　可是，皇上，请您原谅！当初您的意中人是维杰雅，现在您把自己的爱当作回报送给我。我不会接受，否则就玷污了您的爱。我一辈子都做您的奴仆，但不会成为您的女人。

塞健陀笈多　德沃塞娜！我不想拥有帝国。我要带你到一个远离世人的地方——一片森林的一个角落——看着你，度过这一生。你就答应下来吧。

德沃塞娜　那就更不行了！摩腊婆做出牺牲固然伟大，但它的目的也应该实现。德沃塞娜活着可不是为了让您意志消沉！皇上，请您原谅。这颗心……唉！不说出来不行了。除了塞健陀笈多，这颗心不曾让第二个人进来，它也永远不会让他出去。就让我像一个有尊严的信徒那样无欲无求地将他崇敬吧。别让这份崇敬之情在儿女情长的漩涡中受到玷污。主人啊，我属于您，我早已把自己交给了您，但不求任何回报。（匍匐在塞健陀笈多脚下）

塞健陀笈多　（拭泪）起来吧，德沃塞娜！你胜利了。今天，我发誓：本人将终身不娶，母亲的坟墓为我作证。

德沃塞娜　这，这，您这是为何？

塞健陀笈多　这是幸福的开端！倘若我能解救帝国，那么，我就能把一个没有荆棘的帝国留给布尔笈多了。

德沃塞娜　（叹气）立下大誓言的人啊，愿您无往不胜！我去把伯尔纳达德尊者找来吧。

（德沃塞娜下，维杰雅上）

维杰雅　战争如此血腥，恋情如此动人——就像莲花开在萨罗斯伐底红色的河水中一样。亲爱的塞健陀，我也深深地爱着你。

塞健陀笈多　（转身）谁？难道是幻觉？怎么，是维杰雅？

维杰雅　是的，就是我。

塞健陀笈多　你怎么在这里？

维杰雅　我对你还没有死心。

塞健陀笈多　不，维杰雅！我没有心思玩这个游戏。如果有别的话，那就请讲。如果是“没有死心”之类的话，那就打住吧。

维杰雅　不，让我说出来吧。（啜泣）我现在还……

塞健陀笈多　别说了，维杰雅！这是我敬奉神明和苦修的地方，请不要用骗局玷污它。即便你给我一座天堂，我也要离它远远的。

维杰雅　我眼下还有两处藏宝室，你可以用我的钱财招募军队，打败匈奴人。

塞健陀笈多　可是，我不能为了帝国出卖自己。维杰雅，你走吧，不必用这样无耻的方式诱惑我。这出戏就演到这里吧。

维杰雅　我已下决心把国人凝聚起来，我已经与帕达尔迦一刀两断，我正在竭尽全力让自己成为一个适合为你效劳的人。只要你答应，我就为你把摩腊婆和索拉什特拉从贪财的匈奴强盗手里解放出来。

塞健陀笈多 维杰雅！你以为我有这么贪婪吗？当皇帝坐皇位不是我的目的。如果能够的话，我将凭借手中的武器解放生养我的这片土地，哪怕为此捐躯也在所不惜。我不贪图享受，我也不畏惧匈奴人，所以，花钱买回来的帝国我不想要。

维　杰　雅 难道你对人生的种种快乐也兴味索然了？来吧，让我俩一起享受未来的人生。

塞健陀笈多 难道我可以把无助的苦难同胞们丢在魔鬼的手里，让他们任凭命运摆布？

维　杰　雅 有的人是来受苦的，有的人是来享福的。何必把天下人的苦乐当成自己的包袱顶在头上呢？

塞健陀笈多 但是，这个世界的存在总应该有它的目的。这个世界就应该是天堂，这个世界将来应该是神明居住的地方——我知道，这就是造物主创造这个世界的目的。那么，维杰雅，我为何不去实现他的这个心愿呢？我别的什么都不是，我只是一件法宝——上苍手中的一件百发百中的法宝。在上苍的示意下，我会对横行霸道的压迫者发威。我不对任何人心怀敌意，因为我没有任何私欲。天下大乱的背后有某种力量在作祟，但神圣的天道自会积聚力量保卫自己。我就是这个宇宙之轮上的一个……

维　杰　雅 别讲那些玄而又玄的东西了。亲爱的，我向你呈上的是一份丰盈的青春、一颗爱你的心和可供我俩享尽人间荣华富贵的金银财宝。让我俩像两道闪电那样在乌云密布的天空中嬉戏吧。让我们发出耀眼的光芒，让世人在那光芒消失后也不敢即刻睁开眼睛。让天庭的仙子和大地上最有福德的生灵都为之惊羡的快乐——那醉人的、无边的快乐——因围绕我们而深感幸福！

（唱道）

额上发绺如缭绕的愁云惨雾，
眼中血丝诉说着胸中的愁苦，
爱之渴慕如云中闪电般不羁，
唇紧贴爱之杯，睫毛挂泪珠；
心愿不遂渴慕依旧黯然神伤，
愁肠百结心无所依无限怅惘，
愿爱之光照亮未来漫漫长夜，
愿爱之光让两颗心齐声歌唱；
人生之钟总是遭遇无情敲击，
愿它奏出的曲调能苦乐相济；
长吁短叹也应该有一个尽头，
不该永远让我这样苦苦哀求；
请你暂且接受这份可怜的爱，
哪怕你终会无情地把它踢开。

（匍匐在地，捧住塞健陀笈多的双足）

塞健陀笈多 （挣脱双脚）维杰雅！魔鬼，滚开！你当然不会知道，我已经发誓终身不娶。

维　杰　雅 这么说，我又失败了？

（帕达尔迦上）

帕 达 尔 迦 厚颜无耻的人天下无敌，死而不僵。

维　杰　雅　谁？帕达尔迦？

帕达尔迦　是的，你的夫君帕达尔迦。贱妇！听说你已经洗心革面，矢志为国效力，不再唯利是图。可是，豺狼虎豹何曾改得了吃肉？魔鬼怎会不兴风作浪？

维　杰　雅　（低头）我有罪。

帕达尔迦　这次是对谁犯下的？对那个我加害过的人？我为自己曾经做过的事感到羞愧，我是来请求他宽恕的。

维　杰　雅　天哪，这叫我怎么活下去啊！（拔刀自杀）

塞健陀笈多　帕达尔迦，你把她安葬了吧。

帕达尔迦　皇上，我也该死。

（帕达尔迦欲拔刀自杀，塞健陀笈多抓住他的手）

塞健陀笈多　你是英雄，眼下国家正需要英雄。你不能以这种方式忏悔，你要在战场上为生养你的土地献出生命。帕达尔迦！倘若无人相助，我独自一人也将投入战斗，不是为了夺回帝国，而是为了解放生养我们的土地。你的誓言也将实现——功成之后，我会把帝位交给布尔笈多，自己归隐山林。把用来自杀的武器留给敌人吧！

帕达尔迦　（在塞健陀面前跪下）健日王塞健陀笈多万岁！帕达尔迦愿效犬马之劳！

塞健陀笈多　先把这具尸首处理了吧。（下）

帕达尔迦　（独白）这具令人厌恶的尸首不配火葬的礼遇，就在这里把它掩埋了吧。

（挖墓穴的时候发出一声巨响，藏宝室显露出来。帕达尔迦高兴地呼唤塞健陀笈多，塞健陀笈多来看藏宝室）

塞健陀笈多 帕达尔迦，藏宝室是你的。

帕达尔迦 是的，皇上！是我们的，所以是国家的。从今天起，我全力募集军队。

塞健陀笈多 远处的佛塔旁边聚集了许多人。

帕达尔迦 市民们在过节。（把藏宝室封上）走吧，去看看。

（换场景）

第三场

（佛塔边的一处地方，众市民上，穿着普通市民衣服的马德利笈多、毗姆伐摩、遮迦罗巴梨达、夏尔沃那加、格莫拉和拉玛等人也在其中。德沃塞娜搀扶着年迈的伯尔纳达德从另一边上）

市民甲 瞧，那个小姑娘来了，叫她唱支曲儿吧。

市民乙 没错，就是那个小姑娘！唱支曲儿吧。

伯尔纳达德 市民们，施舍点什么吧！烈士遗孤无依无靠，没吃没穿，施舍点什么吧！

市民甲 喂，老头儿，先让她唱支曲儿啊！

伯尔纳达德 唉，国之不幸啊！

德沃塞娜 （唱道）

难道你眼睁睁看着国家蒙难？
难道你不向落水者伸手相援？
我们一直在输，
已失去所有赌注，
是站出来做点什么，
还是终日向大神哀哭？
厄运并不因为你在沉睡而不降临，
自己欠下的债必须自己还清；

我们必须想明白一个问题：

是否要让人生继续悲惨下去？

伯尔纳达德 不，孩子，厚颜无耻的人永远不会思考。

遮迦罗巴梨达和毗姆伐摩 胜利属于伯尔纳达德！

伯尔纳达德 我不需要胜利，我需要施舍。我需要英雄，那些能为生养我们的这片土地舍生忘死的英雄。有谁愿意将自己施舍出来吗？

塞健陀笈多 （从人群中走出来）老将军，我算一个！

帕达尔迦 健日王塞健陀笈多万岁！

（市民中的青年人纷纷站了出来）

众人 我们愿意为您效劳。

塞健陀笈多 伯尔纳达德尊者！

伯尔纳达德 来吧，孩子！（二人拥抱）

（市民们把用来敬神的鲜花抛向空中，舞台上洒下一片花雨。遮迦罗巴梨达、毗姆伐摩、马德利笈多、夏尔沃那加、格莫拉、拉玛等人纷纷现身。欢呼“胜利”之声不绝于耳）

（换场景）

第四场

（大觉寺，阿南达德薇、布尔笈多、普罗迦德吉尔蒂和匈奴将军）

阿南达德薇 大沙门会回答这个问题。

匈奴将军 我只是需要答案，不管谁来回答。

普罗迦德 将军，听我讲吧！因为你的利诱，整个北印度的僧团都走上了歧途，从今往后再也不会了。

匈奴将军 这么说，匈奴大军从佛教信众那里得到的帮助到此为止了，而且还要反过来与我为敌！

普罗迦德　那是一个错误。佛教徒曾经以为，匈奴人将帮助我们将佛教发扬光大。但是，佛教不能保佑如此暴虐的人。（向布尔笈多看去）尽管僧团不希望这样一个不肖的年轻人坐在雅利安帝国的皇位上，但佛教僧众应当行善行，不应当参与政争。

阿南达德薇　比丘！你这是在怎么说话呢？不许放肆！

匈奴将军　果巴德利传来消息说，塞健陀笈多的势力死灰复燃，印度河以东的匈奴人都陷入了他们的包围之中，可能很快就要决一死战了。在那之前僧团不得破坏誓言。

布尔笈多　什么战争！你们说点儿别的行不行……

阿南达德薇　闭嘴！

布尔笈多　那就给我来杯酒。（侍者上酒）

普罗迦德　混账！竟在寺院里饮酒！出去！

阿南达德薇　比丘！管好你的嘴巴，不然就等着你的秃脑瓜在地上打滚。

匈奴将军　全是他捣的鬼，我必须杀了他。

普罗迦德　傻瓜！诸行无常，诸法无我，谁杀得了谁呀！

匈奴将军　混蛋，受死吧！（举剑欲杀普罗迦德。这时，僧伽罗王子塔杜塞纳率众兵丁上）

塔杜塞纳　塞健陀笈多大帝万岁！（众兵丁将匈奴将军和阿南达德薇母子擒获）你们这几个搞阴谋诡计的家伙，等着享用苦果吧！婆罗多大地上残存的匈奴军队的血将浇灭他们自己燃起的战火。

阿南达德薇　塔杜塞纳！这是怎么回事？真的是你吗？

塔杜塞纳 是的，太后！我曾经劝过你，当时你不屑一顾，这就是后果。（命令众兵丁）立刻把他们押到帝国大营。

（众下）

（换场景）

第五场

（战场。塞健陀笈多、帕达尔迦、遮迦罗巴梨达、伯尔纳达德、马德利笈多、毗姆伐摩等率军行进。大军齐唱）

英雄们！

当喜马拉雅山的庭院迎来她的第一缕阳光，

朝霞前来道贺，笑盈盈地为她把钻石项链戴上；

我们醒来，开始把世界唤醒，

黑暗退去，悲伤隐遁，世间再次充满光明；

当圣洁的瓦尼女神[①]用莲花般娇嫩的手弹起维纳琴，

她的条条河流泛起碧波，奏响了悦耳的佳音；

我们曾在冰冷的洪水中驾一叶扁舟留存下生命的种子，

我们曾高举希望的大旗劈波斩浪，舍生忘死；

为了民族的兴盛，陀提吉大仙[②]做出了巨大的牺牲，

因陀罗大神用他献出的骨头写下了我们远古的历程；

那个被流放的人[③]有着大海一样的胸襟和万丈豪情，

他修造的那条路至今仍然在波涛汹涌的大海中看得清；

我们摒弃了借正法之名盛行的献牲，

---

① 瓦尼女神，又名萨罗斯伐底女神，印度教的文艺与智慧女神，大梵天的配偶。——译者注

② 据印度教传说，众神之王因陀罗的武器金刚杵是用陀提吉仙人献出的骨头铸成的。——译者注

③“那个被流放的人”指大史诗《罗摩衍那》中的主角罗摩。传说他为了打败楞伽岛（现在的斯里兰卡）的魔王罗波那，在海峡中建了“罗摩桥”。——译者注

我们传扬和平、快乐和幸福的声音；
当正法胜过武力，大地一片繁荣昌盛，
帝王出家为僧，挨家挨户传法讲经；
我们向希腊布施了慈悲之心，为华夏送去了佛法，
让金地国[①]得到了三宝，使狮子国得到教化；
这里是大自然的摇篮，这里是我们的家园，
我们不是外来者，我们从未把他人的土地侵占；
多少个族群在这里盛衰沉浮，在这里历经暴风骤雨，
我们是英雄的人民，笑对逆境，在灾难中巍然挺立；
我们有美好的品德，有粗壮的臂膀，但依然一派君子之风，
我们有高贵的情怀，不能看到任何人遭受困窘；
施与是我们积存的财富，客人永远都是我们的神，
我们口中有真理，心中有热血，我们一诺值千金；
同样的国家，同样的热血，同样的勇气，同样的学问，
依然爱平和，依然有力量，依然是高贵的雅利安子孙；
可爱的婆罗多大地啊，
我们为你生存，为你骄傲，为你喜悦，
我们要为你献出自己的一切！

众　　人　（齐声）胜利！胜利属于王中之王塞健陀笈多！

（金吉罗率匈奴军队上）

金 吉 罗　侥幸逃过一命，又想进入虎口。吃我几斧子之后，你就知道自己又错了。

塞健陀笈多　这不是耍嘴皮子的地方。

（双方激战，金吉罗受伤被俘；伯尔纳达德为救塞健陀笈多阵亡，他

---

①“金地国”指东南亚中南半岛一带；“狮子国”指现在的斯里兰卡。——译者注

的遗体躺在军旗下）

塞健陀笈多　伯尔纳达德尊者永垂不朽！

众　　　人　伯尔纳达德尊者永垂不朽！雅利安帝国万岁！

（塔杜塞纳押着身穿囚服的布尔笈多和阿南达德薇上）

塞健陀笈多　庶母！您为我们的胜利感到高兴吗？

阿南达德薇　塞健陀，为何这样羞辱我呢！你也是我的儿子啊。

塞健陀笈多　庶母啊，要是你真把我当自己的儿子，帝国就不会遭此横祸了。

阿南达德薇　皇上，原谅我吧！

塞健陀笈多　母亲的心总是可以原谅的。引你犯下恶行的那种诱惑也曾招致吉迦伊[①]犯下同样的恶行。你这么做也有你的理由。既然你今天喊我一声儿子，那我也当你是母亲。可是，你的胡作非为却给鸠摩罗笈多焰光四射的儿子布尔笈多蒙上了灰烬。布尔笈多！

布尔笈多　皇上，我有罪！（匍匐在地，捧塞健陀笈多的脚）

塞健陀笈多　帕达尔迦，我实现了你的誓言。今天，我就在战场上立布尔笈多为储君。我死之后，由他保我笈多帝国国泰民安。（用鲜血在布尔笈多额上点吉祥点）

帕达尔迦　皇上，您这是什么话呀？我们还要在您的庇荫下去取得一个又一个胜利呢。

塞健陀笈多　我这朽坏的身体撑不了多久了，所以我才宣布了这一安排。把这个匈奴人放了吧。告诉他，不得再犯我神圣河山。

金　吉　罗　圣明的君主！在下谨遵吩咐！（离去）

---

① 吉迦伊是《罗摩衍那》中十车王的小王后。她利用十车王向她许下的诺言，迫使十车王将长子罗摩流放，并立她的儿子婆罗多为储君。——译者注

（换场景）

第六场

（花园一角）

德沃塞娜 心中小小的胡思乱想啊，沉睡吧！那生命中不可能拥有的，那早已被拒之门外的，为它发出呼唤又有何益？今天，我要跟未来的快乐和期冀告别。（唱道）

已饱尝别离的痛苦，
已抛弃往日的痴情；
黄昏的雨淅淅沥沥，
如簌簌眼泪不歇停；
一路走过来的旅程，
只有无边孤寂同行。

身心俱疲的行路人，
歇息在深深的密林；
已进入沉沉的梦乡，
谁送来夜半的歌声？

曾经赢得无数青睐，
一直小心翼翼躲开；
啊，我的一片痴心，
你输光了所有资财。

在我的人生道路上，
灾殃一直如影随形；

我曾凭借无力的腿，
与之做徒劳的抗争。

情人啊！
收回你惹起的痴情，
我悲苦的心在呻吟；
我已无力将它承受，
它曾耗尽我羞耻心。

（塞健陀笈多上）

塞健陀笈多 德沃塞娜！

德沃塞娜 皇上万福！我刚好要向您提出一个请求。

塞健陀笈多 摩腊婆国公主有何吩咐？可惜本图伐摩今天不能在这里与我们共享快乐。他是英雄，他解救帝国母亲的誓愿无比坚定，欠他的债我无法还清。德沃塞娜，你是他的妹妹，你是摩腊婆国的公主，有什么吩咐你就尽管说吧！

德沃塞娜 我一直尽我所能，替我战死沙场的兄长为国效力。现在，请允许我离开吧！

塞健陀笈多 女神啊，请别这么说！我们历尽千难万险，九死一生，就让我俩互相凝望着度过余生吧。为了把人间变成天堂，我可以在战场上冷酷无情地厮杀，但是，你是因陀罗花园的春姑娘，你是神王之城的天后，你是天堂里的吉祥女神，我怎能忍心叫你离开呢？（停下来想了想）可是，我又哪能铁石心肠地将你拦下？德沃塞娜！德沃塞娜！你走吧。啊，不幸的塞健陀，孤单的塞健陀！

德沃塞娜 苦难是心的试金石，苦行是经受烈火的考验。皇上，如果我们连离别这点儿小事都做不到，那还经受得住什么考验？一切暂时的快乐终将逝去，所以，与其让快乐得而复失，还不如不曾拥有。我此生的神明啊，让我来生再把您追寻！原谅我！

（德沃塞娜跪下，塞健陀抚其头）

（剧终）

旃陀罗笈多

主要人物

旃陀罗笈多	孔雀帝国开国君主
阇那迦	孔雀帝国的开国军师，剧中又名毗湿奴笈多
辛赫仑	摩腊婆国共和国国主之子
阿毗迦	犍陀罗国（都城为呾叉始罗）王子，后继任为国王
难陀	摩揭陀国皇帝
犍陀罗王	阿毗迦的父亲
罗刹斯	摩揭陀国大臣
婆罗流支	摩揭陀国大臣，剧中又名迦旃延
舍迦达尔	摩揭陀国大臣
伯尔沃德希瓦尔	旁遮普王（旁遮那德国国王），希腊人称之为波罗斯，剧中人也称其为补卢族后裔
当德亚因	一苦修大师
孔雀将军	旃陀罗笈多的父亲

德瓦尔、那迦达多、 耿穆克耶、提婆巴罗	摩腊婆国官吏
亚历山大	马其顿国王，征服者，剧中又名提婆补德罗（神之子）
塞琉古	亚历山大大帝的将军，后建立塞琉古王朝
菲利普	亚历山大大帝的省督
艾尼萨克里提斯	亚历山大大帝的随从
塞巴提耶斯、 麦加斯提尼	希腊使者
阿勒嘉	犍陀罗国公主
苏瓦西妮	摩揭陀国大臣舍迦达尔之女
格尔亚妮	摩揭陀国公主
丽拉、妮拉	格尔亚妮的女伴
摩罗维迦	信德国公主，犍陀罗国公主阿勒嘉的女伴
孔雀夫人	旃陀罗笈多之母
嘉尔内丽娅	塞琉古之女
爱丽斯	嘉尔内丽娅的女伴

第一幕

第一场

（呾叉始罗城学馆，阇那迦和辛赫仑）

阇　那　迦　师弟，师父已命我返乡过家居生活[①]，只是因为要给你

① 根据印度教传统，人的一生分为四个阶段，即梵行期、家居期、林居期和遁世期。大致可以理解为：前两个阶段为求学和成家立业的时期，后两个阶段是离开家庭和社会追求解脱的时期。这里讲的是师父叫弟子结束学业回去成家立业。——译者注

们讲授政事论这门课我才留了下来。我家境贫寒，只能通过给今年要结业的师弟们授课的方式来交谢师费。

辛 赫 仑 与为政之道相比，摩腊婆人更需要用兵之道，所以这门课我学得不好，请师兄见谅。

阇 那 迦 好吧，回到摩腊婆后你将做什么？

辛 赫 仑 我暂时不回摩腊婆，我受命观察呾叉始罗的政局。

阇 那 迦 很高兴你在这里会学有所成。你知道希腊使者为何来这里了吗？

辛 赫 仑 我正在想办法结识他。书写雅利安大地未来的笔墨——一场阴谋——就要呈上来了，可北印度诸国却在相互仇恨中耗尽了元气。可怕的乱局很快就会到来。

（阿毗迦和阿勒嘉突至）

阿 毗 迦 什么样的乱局？年轻人，你是谁？

辛 赫 仑 一个摩腊婆人。

阿 毗 迦 不，你有必要说得具体一些。

辛 赫 仑 我是呾叉始罗学馆的一个学生。

阿 毗 迦 看得出来，你也是一个桀骜不驯的人。

辛 赫 仑 王子，绝非如此！不卑不亢才是摩腊婆人世代相传的性格，而且我也为自己在呾叉始罗接受教育感到骄傲。

阿 毗 迦 可是，你刚才不是在说什么乱局吗？阇那迦，这里边是不是也有你的一份功劳？

（阇那迦不语）

阿 毗 迦 （怒）婆罗门，你说话呀！生活在我的国家，吃着我的粮食，竟然还制造阴谋反对我！

阇 那 迦 王子啊，婆罗门不生活在任何一个国家里，也不靠任何人的粮食养活。他们四海为家，永生不灭。你太骄矜了。婆罗门尽管无所不能，但他们心甘情愿摒弃一切虚妄的骄矜，奉献自己的知识，为整个世界谋福利。

阿　毗　迦　这种幻想的伟大和高尚是你们的错觉，它遮掩不住你们的卑劣行径。

阇　那　迦　多疑的刹帝利啊，那你又将如何？正因为这种不信任，野蛮的外族人在扩张帝国的版图，而雅利安民族却站在悬崖边等待着最后一推。

阿　毗　迦　而你在向自己的学生传授如何在这最后一推中施展阴谋，是吧？

辛　赫　仑　学生和阴谋！这怎么可能呢？只有当权者才有机会施展阴谋。他们的私欲比海深，比山高。为了跟希腊人修好，他们主动把瓦尔希格……

阿　毗　迦　好了，好了，倔强的年轻人！说，你想干什么？

辛　赫　仑　我不想干什么。

阿　毗　迦　不行，你必须说。这是命令！

辛　赫　仑　在学馆里，只有师尊的命令才会得到遵从。王子啊，其他人的命令只能当耳旁风听听了！

阿　勒　嘉　兄长啊，他的心像无拘无束的山泉一样纯净，他的心里奔涌着澎湃的激情。这样的人抗命不遵也不奇怪。别跟他计较了吧。

阿　毗　迦　闭嘴，阿勒嘉！这可不是可以随便放过的事情，其中必定有什么秘密。

（阇那迦笑而不语）

辛　赫　仑　是的，是的，有秘密！这个秘密就是：收了希腊侵略者大把黄金，有人心里乐开了花，他趁着雅利安民族酣然入睡的时候把雅利安大地的北大门悄悄打开了。王子，也许犍陀罗国王正是为了揭开这个秘密去了趟瓦尔希格吧？

阿　毗　迦　（顿足）是可忍，孰不可忍！年轻人，束手就擒吧！

辛　赫　仑　绝不可能！摩腊婆人绝不可能束手就擒。

（阿毗迦拔剑。这时，旃陀罗笈多赶到）

旃陀罗笈多　说得对！每一个无罪的雅利安人都是自由的，谁也不能把他囚禁。王子，这是怎么回事？剑鞘里没地方放剑了？

辛　赫　仑　（讥讽）他的剑鞘里已经塞满了黄金。

阿　毗　迦　这么说你们几个都与阴谋有染？这个摩腊婆人必须尝到羞辱我的苦果——他必须死。

旃陀罗笈多　为什么？就因为他是一个在你的王国里接受教育的孤独无助的学生，而你是一个王子？

（阿毗迦将剑刺向辛赫仑，旃陀罗笈多拔剑磕开。阿毗迦的剑脱手，他无助地等着旃陀罗笈多发动攻击，阿勒嘉以身护兄）

辛　赫　仑　大英雄旃陀罗笈多，点到为止吧。走吧，王子。这里没有什么阴谋。你倒是要保护好自己，不要让自己的阴谋给害了。

阇　那　迦　公主，我是学馆的总管。王子被怒火冲昏了头脑。听我的话，把他带走吧。学馆里武器是用来修习武功的，不是用来打斗的。记住，切莫让这场纠纷的消息传到国王的耳朵里。

阿　勒　嘉　谨遵吩咐！走吧，兄长。

（阿毗迦气呼呼地跟阿勒嘉离去）

阇　那　迦　（对旃陀罗笈多说）今天的事非同小可，再说你也完成了学业，赶紧离开呾叉始罗吧。辛赫仑，你也赶紧离开吧。

旃陀罗笈多　师尊，我是摩揭陀人，他是摩腊婆人。学馆也考一考我们的武功就好了。

阇　那　迦　我是这么教你们的吗？学馆可不是小孩子意气用事的地方。时候一到，你们不想动武也得动武。但是，无谓的流血有违为人处世之道。

旃陀罗笈多　师尊，我认为，全天下都行得通的为人处世之道是：宁舍生命，不丢自尊。辛赫仑是我的密友，他的尊严就是我的尊严。

阇　那　迦　我要看看，未来你们在维护尊严的考验中能走多远！

辛　赫　仑　有您的祝福，我们一定会成功的。

阇　那　迦　你要维护一个摩腊婆人的尊严，他要维护一个摩揭陀人的尊严，你们的尊严仅止于此，是吗？但是，这是无法维护尊严的。只有当你们忘掉自己是摩腊婆人或摩揭陀人的时候，只有当你们把整个雅利安大地的名字提起的时候，你们才会得到尊严。难道你们没有看到，在接下来的日子里，雅利安大地上所有的自由国家都将一个接一个地遭到外国征服者的践踏？阿毗迦今天遭受的嘲讽已经像骨刺一样扎进这位未来的犍陀罗国国王心里。因为与旁遮那陀国国王伯尔沃德希瓦尔为敌，这位心胸狭窄的阿毗迦将迎来希腊人，雅利安大地将遭受灭顶之灾。

旃陀罗笈多　师尊，请相信我，这一切都不会发生。我旃陀罗笈多向您的双足发誓：希腊人不会得逞。

阇　那　迦　愿你的誓言坚若磐石！不过，为了实现誓言，你还是先回摩揭陀国筹集好兵马、粮草吧。在这里耗费时日没有意义。我先去见旁遮那陀国国王，然后再去摩揭陀国。辛赫仑，你也要多加小心！

辛　赫　仑　尊者，您的祝福就是我的护身符。

（旃陀罗笈多和阇那迦离去）

辛　赫　仑　一团炽烈的火球即将在雅利安大地上点燃熊熊战火。战争女神将手持彩虹般的胜利花环在黑压压的阴云中漫步，勇士的心将像孔雀开屏一样翩翩起舞。那么，来吧，女神！欢迎你的到来！

（阿勒嘉上）

阿　勒　嘉　摩腊婆勇士，你还没有离开呾叉始罗？

辛　赫　仑　怎么，公主？难道呾叉始罗不欢迎我？

阿　勒　嘉　不，我是担心你的安危。我兄长并非无缘无故与你过不去。每个人都会在自己的道路上走下去。你刚才白费功夫了，不是吗？我看出来了，人们通常都喜欢把别人拉到自己的道路上来，为此不惜停下自己的脚步。

辛　赫　仑　可是，公主啊，人生在世，纵使尝试着不同的道路，纵使时走时停，总归是应该利乐他人的。这很艰难，但不会一无所获。

阿　勒　嘉　但是，人也应该顾及自己的生命和幸福吧。

辛　赫　仑　何时会遇上魔鬼般凶恶、野兽般凶残、心如铁石、丧尽天良的人，殊难知晓。过去的乐，何必去想它？未来的忧，何必去恐惧？我只需处理好眼前的局面，有什么好担心的？

阿　勒　嘉　摩腊婆人，你的生命对你的国家来说是无价之宝，而它在这里却处于危险之中。

辛　赫　仑　公主啊，多谢您的关心。但是，我的国家不只是摩腊婆，也包括犍陀罗。不，不，应该是整个雅利安大地，所以我……

阿　勒　嘉　（吃惊地）你说什么？

辛　赫　仑　犍陀罗是雅利安大地的一部分，所以我把它的沉沦视为自己的耻辱。

阿　勒　嘉　唉，我也感受到了这份耻辱。但是，一国有如此勇武的青年人，它是不可能沉沦的。摩腊婆勇士，你的胸中有不屈的意志，你的臂膀里有保卫雅利安大地的无穷力量，你必须安然无恙。我也是雅利安大地的女儿——我请求你赶紧离开犍陀罗。我会尽全力阻止阿毗迦堕落下去，但是，如果他不听我的话，到时候还需要你的帮助。走吧，勇士！

辛　赫　仑　好吧，公主。我怎能拒绝你如此关切的请求呢？我马上就走！但是，要想尽一切办法阻止希腊军队渡过印度河的洪流……

阿　勒　嘉　我会尽力的，勇士！你叫什么名字？

辛　赫　仑　摩腊婆国国王之子辛赫仑。

阿　勒　嘉　好吧，后会有期！

（二人对视，退场）

第二场

（摩揭陀国御苑，一群寻欢作乐的年轻男女。国王难陀上）

难　　陀　今年的迎春日又到了。

男　　子　大王万岁！古苏姆布尔[1]市民遵照您的旨意在这里举行游园会。

难　　陀　可是，没有美酒助兴，游园会怎么乐得起来呢？（对一女子说）瞧，瞧，你多漂亮呀！可是，你的青春，你的美丽，都锁在矜持的铁链里！你的眼睛也不脉脉含情！这叫人怎么乐得起来？

女　　子　大王，我们是受邀而来的客人，准备美酒应该是主人的事呀。

难　　陀　责怪得好，责怪得好！（对随从说）蠢货！还没听明白？与威力无比的梵天杀器相比，我更害怕美女们的冷嘲热讽，你不知道吗？去拿酒，快去拿酒！摩揭陀的男人归我管，可是，摩揭陀的女人却是我的主子。姑娘，告诉大家——臣民难陀有罪，请古苏姆布尔美艳如花的姑娘们宽恕，今天他仅仅是对你们心怀感激之情的奴仆。

（仆役们向御苑各园送酒罐和酒杯。罗刹斯和苏瓦西妮上，后面跟着几个市民）

罗 刹 斯　苏瓦西妮，再来一杯。走，到那片林子里去吧。

苏瓦西妮　不，我路都走不稳了。

罗 刹 斯　那怎么才能摆脱这些人呢？

苏瓦西妮　我有一个心愿。

市 民 甲　什么心愿，苏瓦西妮？我们都是你的奴仆，只是想听你

---

①　巴特那的古称，又名华氏城、波吒厘子城。——译者注

一展歌喉。

苏瓦西妮 好吧，那得有人表演剧情。

众　　人 （高兴地）艳压群芳的苏瓦西妮万岁！

苏瓦西妮 不过，罗刹斯必须表演云发[1]这个角色。

市 民 甲 这么说，你是天乘咯。罗刹斯，别推辞了，要不然你真就成了罗刹鬼了。上吧，罗刹斯！

市 民 乙 蠢货，叫他罗刹斯尊者！真无知，竟然不懂怎么称呼如此博学多才的大师。罗刹斯尊者，有劳您把市民们的这个请求答应下来吧！

（罗刹斯找好位置，做了几个哑剧动作和表情，然后苏瓦西妮深情地唱道）

你为何总是把自己，
掩藏在流光溢彩之中？
你低眉颔首，却又如此骄矜，
青春的雨云降下醉人的甘霖。
喂，羞涩的青春之美，
你为何总是不言不语？
在你甜甜的双唇间，
只是汩汩流淌着你的浅笑。
白昼已逝，晚风吹拂，夜来香已开，
穿上你华美的衣服出来吧，
为何这样躲躲藏藏？

（一片叫好声）

① 云发和天乘是大史诗《摩诃婆罗多》里的人物，分别是木星大仙的儿子和金星大仙的女儿。前者是后者父亲的弟子，后者爱上了前者，但前者拒绝了后者的爱。——译者注

难　　陀　把那姑娘叫过来。

（苏瓦西妮来到难陀近旁，施礼）

难　　陀　你的表演不像表演。

某 市 民　而像发生在眼前的真事。

难　　陀　说得对，你很在行。

苏瓦西妮　大王，那就请您下旨降罪于我吧。

难　　陀　好，罚你跟我喝一杯。

苏瓦西妮　大王，先弥补一个疏失吧。

难　　陀　什么疏失？

苏瓦西妮　罗刹斯尊者还没有表演歌舞呢。

难　　陀　罗刹斯！

某 市 民　大王，就是他！

（罗刹斯上前施礼）

难　　陀　迎春日女王发话了，你必须献上一曲。

罗 刹 斯　那就用一杯酒做报酬吧。

（苏瓦西妮斟了一杯酒递给罗刹斯）

（苏瓦西妮开始哑剧表演，罗刹斯在苏瓦西妮前面边唱边演）

叹息啊，不要出声，
不然你会感受到讥笑的寒冷；
你要像秋云中的闪电，
怯怯地把心中苦楚表现。
淅淅沥沥爱的雨珠，
甜蜜中带着几分痛苦，
行路人，且走稳，
终点并不遥远，何须匆匆急行？

美好的夜晚令相思人泪满眶，
群星静静地目睹着相思人的愁苦，
它们不敢发出叹息，
只怕惹得相思人的泪水夺眶而出。
叹息啊，不要出声，
你会像杜鹃鸟的叫声一样令人心惊。
心就在你经过的路旁，
当心你的脚步声将它惊扰，
当心你的影子将它烫伤。
不要狠心将柔嫩的心摇晃，
不要将它折磨，不要将它惊醒，
它在回忆，它在梦乡。

数　　人　已故大臣瓦揭罗纳斯家族万福！

难　　陀　什么？瓦揭罗纳斯？

某 市 民　是的，大王。罗刹斯尊者就是他的侄子。

难　　陀　罗刹斯，我今天就任命你为大臣！你真是古苏姆布尔之宝啊。

（难陀授罗刹斯花环和短剑）

众　　人　大王万岁！罗刹斯大臣万福！

难　　陀　还有，苏瓦西妮，你就担任宫廷剧团的头号女官吧！

（众人欢欢喜喜退去）

第三场

（华氏城中一间残破草房，阇那迦上）

阇 那 迦　虽说只是间草房，但父亲大人当年把我揽在怀里的时候，它就是他的快乐王宫啊！他是婆罗门，真知和真理的甘露就能让他心满意足，可是，连他也不在这里了！谁也不知道他去了何处，也没人认得出我来。这是摩揭陀国，谁会关心百姓的死活？我那又穷又老的婆罗门父亲也许在哪里吃苦头吧。或者，他也许已经不在人世了！

（一邻居上）

邻　居　（打量了一下阇那迦）你是谁？盯着这间房子看了这么久，想干什么？

阇那迦　这间房子连牲口棚都不如，里面又没有金银财宝，还怕遭抢？

邻　居　年轻人，你是不是在找谁呀？

阇那迦　是的，我找住在这间草房里的老婆罗门阇纳杰。能告诉我他最近在哪里吗？

邻　居　（想了想）唉，好些年前国王就下旨把他赶出了国境。（笑）那婆罗门也真够倔的。他到处讲难陀国王是个暴君。为啥呢？为了一个名叫夏格达尔的大臣。他听说夏格达尔被国王关起来杀了。那婆罗门在城里鼓动大家反对国王的暴行。他跟大家说：“摩哈伯德马的私生子难陀是个刽子手，他的暴政正在把摩揭陀变成地狱。市民们，警醒吧！”

阇那迦　哦，然后呢？

邻　居　然后他就被抓起来了。啥时候抓的呢？有一天，难陀国王出宫打猎，那婆罗门就带着市民在大道上高呼反对国王的口号。难陀劝婆罗门别跟他作对，还跟他说，你的朋友夏格达尔只是被关起来了，没杀。可是，那婆罗门特别倔，怎么说他都不信。难陀也火了，把他的田产、房屋等统统都给了佛寺，还把他赶出了摩揭陀国。这就是他的草房。（说完就走）

阇那迦 等等，别走，我还有一事相问。

邻　居 还想问啥？我就这么告诉你吧：难陀恨死婆罗门了，他已经皈依了佛教。

阇那迦 让他皈依好了。我想问的是，夏格达尔的家在哪儿？

邻　居 真是个怪人，为这么点事还把我叫回来！国王一怒，一把火把他家给烧了。（说完又要走）

阇那迦 天哪！请行行好，再告诉我一件事——夏格达尔的女儿苏瓦西妮在哪儿？

邻　居 （大笑）年轻人！她进了佛寺，可是在那儿也待不下去。刚开始到处卖艺为生，现在在哪儿，我也不知道。（离去）

阇那迦 父亲下落不明，草房没了，苏瓦西妮沦落为舞女——也许是为了填饱肚子。一下子两个家庭就这么毁了，而古苏姆布尔城却在一派歌舞升平的景象中昏昏欲睡！难道人们交皇粮纳国税就是为了换得这样的“庇荫”吗？摩揭陀！摩揭陀！你竟如此暴虐！不可忍受！你给我听好了！我要把你掀个底朝天！要么让你获得新生，要么把你毁灭！（稍顿）不，不，还是找难陀要回我的土地、我的生计吧。我不以研习经典为业了，我要当个农夫，国家兴亡与我何干？我这就去。（看了看草房）这根木柱还竖立在这里，童年时我曾绕着它转过无数圈，木柱上留下了一层我纯真甜蜜的欢笑！温馨的童年记忆啊，远去吧！（扳倒木柱，离去）

第四场

（古苏姆布尔的萨罗斯伐底神庙，园林中的路上）

罗刹斯 苏瓦西妮！别固执。

苏瓦西妮　不，那个婆罗门不受到惩罚我苏瓦西妮没法活下去，你必须让他吃点苦头。我礼敬了佛塔之后正要往这边来，他就挖苦我。罗刹斯，那人特别冷酷无情！他说："娼妓也需要信仰一种宗教嘛。得，好得很！适合加入这种宗教的失足女堕落男还真不少！"

罗　刹　斯　这是他的不对。

苏瓦西妮　做了错事就应该受罚吧，要不然你在我眼里也会是个跟他一样冷酷无情的婆罗门。

罗　刹　斯　我是不是那样的人，以后你会了解的。苏瓦西妮，我内心里是支持佛教的，不过仅限于它对世界的看法——一切皆苦。

苏瓦西妮　往下说啊。

罗　刹　斯　我赞成这样的观点：人生苦短，每一刻都要快快乐乐地度过。你知道，我没有结婚成家，但出家为僧我也做不到。

苏瓦西妮　那么，从今往后，你愿意为了我在朝堂上支持佛教吗？

罗　刹　斯　我愿意。

苏瓦西妮　那好，我是你的人了。我相信德行有亏的人可以通过行善得到净化。佛教会接纳他，佛教给所有的人提供庇护。我俩做在家信徒，我们会幸福的。

罗　刹　斯　请不要在我眼前描绘如此美妙的梦境。

苏瓦西妮　不，亲爱的！我是你的仆人。我在难陀的眼里无足轻重，我不想做他寻欢作乐的工具。（离去）

罗　刹　斯　一张幕布正在升起还是正在落下？我不明白。（闭眼）

苏瓦西妮！古苏姆布尔的天堂之花我来摘取？不，这会激怒大王的。可是，人生如梦幻泡影，我的学识和我的精深思想全都了无意义。苏瓦西妮是甘露，她能慰藉我心中的饥渴。若能得到她，死一百遍又何妨！

（幕后传来“路上行人，速速回避”之声）

罗　刹　斯　有王室的轿辇过来了？那我走吧。（离去）

（格尔亚妮公主坐着轿子带着侍卫上场）

格尔亚妮　（边下轿边对丽拉说）叫他们把轿子抬到园林外面去，叫侍卫也到外面待着。

（丽拉吩咐众人出园）

格尔亚妮　（看了看）萨罗斯伐底神庙今天是不是有什么法会啊？妮拉，你去看看。

（妮拉去看）

丽　　　拉　公主，走，在那块白石头上坐坐吧。那儿有无忧树的树荫，特别凉爽宜人。虽说午后的阳光柔和了些，但还是少晒为妙。

格尔亚妮　走吧。

（二人做过去坐下，妮拉返回）

妮　　　拉　公主，从呾叉始罗学成回国的毕业生今天来拜萨罗斯伐底女神。

格尔亚妮　都回来了吗？

妮　　　拉　这我倒不知道。

格尔亚妮　好吧，你也坐下。瞧，多么漂亮的风筝果苗啊！御花园里的花木也没有长得这么葱郁，好像它们也畏惧王威似的。真的，妮拉！我看出来了，谁也不喜欢大王，尽管大家都怕他。

妮　　拉　公主，他把我当女儿一样爱，但我还是害怕他。

格尔亚妮　我感到很难过。我知道，全体臣民都深受其害，都怕他。他因为暴虐的统治恶名昭著。

妮　　拉　可是有什么办法呢？瞧，公主，有两个人过来了。走，我们躲一躲吧。

（三人躲到树后，二毕业生上）

青 男 甲　特尔姆巴梨达，摩揭陀国已经变得不可理喻了。百姓的权利落入暴虐的官员之手，达官贵人骄奢淫逸。你没有去西北诸国去游学，我刚从那里回来。在那些共和制的国家里，全体人民像野生的灌木一样自由自在地开花结果，而不可理喻的摩揭陀却在这里沉溺在帝国的迷梦中。

青 男 乙　你说得太对了。摩哈伯德摩的私生子难陀仰仗武力和权术骑在善良的百姓头上作威作福。他目无纲常，凶残暴虐，一会儿站在佛教徒一边，一会儿又摇身一变成了婆罗门教徒，在两教间不断玩弄离间分化之术，图的就是加强自己的权力。不明就里的老百姓被他玩得团团转。你周游列国，见多识广，请到寒舍一坐，向我的家人讲讲你的见闻吧。

青 男 甲　走吧。（二人离去，格尔亚妮等三人出来）

格尔亚妮　听了他们的话，我的心都要停止跳动了。父王竟如此不得人心！百姓竟如此痛恨他！

幕　　后　逃命啊！逃命啊！大王的猎豹逃出笼子啦。逃命啊，逃命啊！

（三人吓得赶紧躲到树后。猎豹跑了过来，远处射来的一支箭穿透了猎豹的脑袋。旃陀罗笈多带着弓上场）

旃陀罗笈多 谁？好像有女人的哭声！（循声看去）啊，是三位姑娘！姑娘们，这畜生没伤着你们吧？

丽　　拉 英雄啊，你救了公主的命，一定会得到奖赏！

旃陀罗笈多 谁？莫非是格尔亚妮公主殿下？

丽　　拉 可不就是她吗？只是被吓得花容失色了。

旃陀罗笈多 公主，孔雀将军之子旃陀罗笈多有礼了。

格尔亚妮（镇定下来，害羞地）免礼。旃陀罗笈多，谢谢你。你也学成回国了？

旃陀罗笈多 是的，公主。在呾叉始罗待了五年，这里的人我都有些认不出来了。离开时还是些少男少女，现在都长大成人了。好几个童年伙伴我都认不出来了。

格尔亚妮 可是我当时就希望，你不要把我忘了。

旃陀罗笈多 公主，您的仆人在您最需要的时候赶来了。走，我送您到轿子那边去。

（众下）

第五场

（摩揭陀王宫大殿，难陀的御前会议上，罗刹斯和众大臣）

难　　陀 好，怎么样？

罗 刹 斯 使者已经返回。他说，旁遮那陀国王拒绝联姻。

难　　陀 理由呢？

罗 刹 斯 他说您是东方国家的佛教徒国王，而且是首陀罗，所以他不能跟您的女儿结婚。

难　　陀 他也太骄傲了！

罗　刹　斯　这不只是骄傲，而且是宗教上的傲慢，是对您的嘲讽。我要让他尝到苦果。任何一个羞辱摩揭陀这样强大的国家的人都不会得到轻饶。婆罗门的这个……

（侍卫上）

侍　　　卫　大王万岁！摩揭陀派往呾叉始罗的学生学成归来，前来求见大王。

难　　　陀　宣他们上殿。

（侍卫下，旃陀罗笈多与众毕业生上）

众毕业生　大王万岁！

难　　　陀　欢迎欢迎！婆罗流支大臣，考考他们。

婆罗流支　陛下，我本人跟他们是在同一家学馆通过考试毕业的，再考他们是对众师尊的侮辱。

难　　　陀　可是，怎么判明国库的钱是白花在他们身上了还是花得值？

罗　刹　斯　人们修习佛法就够了！而且这在摩揭陀就能做到。

（阇那迦突然闯入，侍卫急匆匆地跟在后面阻止）

阇　那　迦　但是，佛法的教导对整个社会来说并不完备，即便它对生活在僧团里的人们来说是适宜的。

难　　　陀　乱插嘴的人，你是谁？

阇　那　迦　从呾叉始罗学成归来的一介婆罗门。

难　　　陀　婆罗门！婆罗门！到处都能看到你们扇阴风、点鬼火！

阇　那　迦　不，大王！哪里还有火？只剩灰烬下面的几点火星了！

罗　刹　斯　可你的火力还是未减丝毫啊！

阇　那　迦　那是当然！哪一天婆罗门的火力不行了，雅利安民族也就要灭亡了。要是大人您有消灭婆罗门的想法，那么，为了生养您的这片土地，请您把这样的想法抛弃，因为只有婆罗门才会把国家的吉祥和安宁记挂在心。害怕杀生的高僧大德将会被证明没有能力在即将到来的血雨腥风中保卫雅利安大地。

难　　陀　婆罗门！要是你不知道怎么说话，就学学怎么闭上嘴巴吧。

阇 那 迦　大王，为了学会怎么说话，我曾远赴呾叉始罗。就在那所学馆里，我还当上了老师，给摩揭陀增添了荣耀。所以，说我是笨蛋，我的心不可能答应。

难　　陀　闭上你的嘴巴吧。

阇 那 迦　大王，再说一件事我就闭嘴！

罗 刹 斯　什么事？

阇 那 迦　希腊大军已经抵达尼沙陀山脉，犍陀罗国王也投靠了它，可能整个雅利安大地都要遭到它的蹂躏。西北部小国林立，它们无力抵挡波斯—希腊联军。只有伯尔沃德希瓦尔奋起抗击，所以，摩揭陀应当助其一臂之力。

（格尔亚妮上）

格尔亚妮　父王，我倒要看看伯尔沃德希瓦尔有多高傲。身为首陀罗女子，我要让那个刹帝利瞧瞧，格尔亚妮公主不比任何一个刹帝利女子逊色。请您向大将军下旨，摩揭陀军队必须参加即将来临的犍陀罗之战，而且军队要由本公主指挥。本公主要去增援吃了败仗的伯尔沃德希瓦尔，让他在本公主面前低下高傲的头颅。

（难陀笑）

罗　刹　斯　公主，军国大事还是交给我们这些人吧，不可一世的伯尔沃德希瓦尔会为自己的傲慢付出代价的。婆罗门阇那迦！帝国方略可不是参加参加考试就能弄明白的。

阇　那　迦　信奉佛教的大臣啊，你说得对。但是，希腊入侵者可不会把我们区分为佛教徒和婆罗门。

难　　　陀　夸夸其谈的婆罗门！你赶快走吧，否则我就叫侍卫把你推出去。

阇　那　迦　大王啊，我知道，失去理智的人听不进真话，所以我没有乞求你归还我家被剥夺的财产——那可是我们作为婆罗门分内的财产啊！为什么？因为我知道，我是婆罗门，不可能要回来了。可是，当国家……

罗　刹　斯　住口！原来你是阇纳杰的儿子，跟你爹一样冥顽不化！

难　　　陀　那个欺君犯上的婆罗门的儿子？赶快给我轰出去！

（侍卫上前赶阇那迦，旃陀罗笈多站出来阻止）

旃陀罗笈多　大王，我恳请您不要让师尊遭受羞辱。我也刚从西北回来。阇那迦尊者讲的都是于国有利的话，请认真考虑他的看法。

难　　　陀　你是谁？孔雀将军之子旃陀罗笈多！

旃陀罗笈多　是的，大王。我被派往呾叉始罗修习的正是兵法。我亲眼目睹了犍陀罗的危局，师尊的看法我完全赞同。已经降临的战祸不会止步于旁遮那陀国。

难　　　陀　不谙世事的年轻人，所以我就该去帮那个羞辱了我的伯尔沃德希瓦尔，是吗？不可能！你该学学君臣之礼了，不要对本王的旨意横加阻挠。侍卫，把这个婆罗门赶出去！一看他就是个心怀叵测的家伙。

旃陀罗笈多 大王，您这样做会铸下大错，您会把那些对摩揭陀心怀善意的人都变成敌人。

公　　主 父王，您发发慈悲，姑且信旃陀罗笈多一回吧。

难　　陀 闭嘴！我不会饶恕这种目中无人的家伙。听着，旃陀罗笈多！如果你也想跟这个婆罗门走，尽管走好了，从此以后永远不要在摩揭陀露面。

（侍卫将二人往外赶，阇那迦停下来说）

阇 那 迦 当心啊，难陀！你的宗教信仰蒙上了你的双眼，你的统治将在摩揭陀掀起狂风，难陀王朝将在这场狂风中被连根拔起。命运女神已经蹙起了额头、皱起了眉，把首陀罗从王位上赶下来，让真正的刹帝利坐上王位的时候已经到来了。

难　　陀 你自恃婆罗门不可杀害，所以就口出狂言吓唬我！侍卫，拽着他的辫子[①]把他赶出去！

（侍卫拽住阇那迦的辫子往外拉，阇那迦斩钉截铁地说）

阇 那 迦 拽吧，拽婆罗门的辫子吧！首陀罗豢养的鹰犬，拽吧！但是，这条辫子是吞没难陀王族的黑蛇。难陀王族一天不灭，这条辫子就不再扎起来。

难　　陀 把他给我囚禁起来！

（阇那迦被押往牢房）

---

① 传统上印度教徒须在头顶或后脑勺留一小发辫。现在遵循这一习俗的多为婆罗门。——译者注

第六场

（印度河岸边，阿勒嘉和摩罗维迦）

摩罗维迦　公主！我发现了一个情况，就赶来告诉你。他们在乌德庞达边的印度河上架桥，太子亲自监工。我画了一张地图，还没有完全画好，但大致可以看明白这座桥的情况了。

阿勒嘉　摩罗维迦！一想起这些事都是我父王在一手操办，我就感到特别难过。让我看看你画的地图吧！

（摩罗维迦把地图递给阿勒嘉，阿勒嘉看起来。一个希腊士兵赶来，他想从阿勒嘉手里夺走地图）

阿勒嘉　离远点，强盗！（把地图藏入怀中）

希腊武士　她是密探，我能认出她来。可是姑娘，你是谁？你为什么要帮她？你最好把地图交给我。拿到这个证据，我就把她抓起来送到大王那里去。

阿勒嘉　不可能！你先说说，你有什么权力在这里抓人？

希腊武士　我？我是伟大的征服者亚历山大大帝的部下，我是呾叉始罗友谊的见证人。我的这项权力是犍陀罗国王赋予的。

阿勒嘉　希腊人，犍陀罗国王从来没有赋予你粗暴对待雅利安女子的权力吧。

希腊武士　没办法，我只好动粗了，我必须拿到地图。

阿勒嘉　你绝对办不到！

希腊武士　难道这张地图不是这个女人在乌德庞达画的那张地图吗？

阿勒嘉　但不能给你。要是你不马上走开，我就叫治安官来了。

希腊武士　好啊，你这是帮我的忙啊。看到我的这个戒指，他们就会帮我的。

阿 勒 嘉 （看了一眼希腊武士的戒指，难过）唉！

希腊武士 （笑）现在脑子上正道了吧。拿出来，把地图给我。

（阿勒嘉无助地四处张望，辛赫仑上）

辛 赫 仑 （吃惊地）谁？公主！还有这个希腊人！

阿 勒 嘉 英雄！这个希腊人不明白男女授受不亲的礼俗，快把他劝走吧。

辛 赫 仑 希腊人，难道你们国家的文明没有教导你们尊重妇女？你们真的是野蛮人？

希腊武士 正是我们的文明阻止了我，否则我只需像从一个男人手里夺走东西一样从她手里夺走地图。

辛 赫 仑 希腊人，你胆子不小啊！在别人的国家这样胆大妄为，你就不怕招来杀身之祸？

希腊武士 正是因为有求死之心，我才从大老远的地方来到这里。

辛 赫 仑 公主！把地图给我您就没事了，后面的事我来应对。

阿 勒 嘉 （把地图交给辛赫仑）本来就是为你准备的。

辛 赫 仑 （看着地图）对，我也是因为这个才留下来的。（对希腊武士说）喂，你说，你想怎么办？

希腊武士 （拔剑）要么把地图给我，要么把命给我。

辛 赫 仑 让剑来选择地图的主人吧。来吧！（拔剑）

（二人拼杀，辛赫仑受伤。但是，在辛赫仑的凶猛反击下，希腊武士逃之夭夭）

阿 勒 嘉 英雄！虽然你需要休息，但情势太凶险了。那希腊武士一定是去搬救兵去了。我父王已经完全投靠了希腊人。

辛 赫 仑 （面带微笑，擦拭着血）公主，我的任务完成了。我已经备好了船，我走了。但是，大难即将来临。难道犍陀罗国王无论如何也不肯回心转意吗？

阿勒嘉　绝对不会，他跟伯尔沃德希瓦尔是死对头。

辛赫仑　好吧，看看将来会发生什么吧。瞧，我的船来了，就此向您道别吧。

（印度河里划过来一条船，负伤的辛赫仑坐上船，辛赫仑和阿勒嘉对视）

阿勒嘉　让摩罗维迦跟你一起去吧。你负伤了，行动不便。

辛赫仑　恭敬不如从命。我们很快就会再见面的。我的生命属于这片生养我们的土地。连您这样的姑娘们都在为她服务，我怎能落在后面呢？好吧，再会！

（摩罗维迦坐上船；阿勒嘉依依不舍地看着辛赫仑说再见；船离去。）

（希腊武士带着四个犍陀罗国士兵上）

希腊武士　我的猎物溜走了！全都是这个女人的阴谋诡计，把她抓起来。

（一犍陀罗兵看了看阿勒嘉，低头）

希腊武士　把她抓起来呀！

犍陀罗兵　我不能抓她。

希腊武士　为什么？犍陀罗国王是怎么给你们下命令的？

犍陀罗兵　他说，您叫抓谁，我们就把谁抓起来送到大王那里去。

希腊武士　那你们还拖着干什么？

（阿勒嘉示意犍陀罗士兵别讲出实情）

犍陀罗兵　我们愿意。

希腊武士　你违抗王命。

犍陀罗兵　绝对不敢，但这事儿我们做不了。

希腊武士 你们给我听着，你们一定会因为这次违抗命令受到惩罚的！我自己来抓她吧。

（希腊武士向阿勒嘉走过去，众犍陀罗兵拔剑）

希腊武士 （停下）这又是为何？

犍陀罗兵 害怕了，是吧？胆小鬼！你真厉害，就会对女人耍威风，碰上小伙子就知道逃跑！

希腊武士 怎么，你们自己不抓，也不让我抓？

犍陀罗兵 要是你不怕死，就往前走吧。

阿 勒 嘉 （对犍陀罗士兵说）算了，现在不是闹纠纷的时候。（对希腊武士说）说吧，你想怎样？

希腊武士 我想逮捕你。

阿 勒 嘉 带我去哪里？

希腊武士 去犍陀罗国王那里。

阿 勒 嘉 我自己去。走吧。

（阿勒嘉走在前面，后面跟着希腊武士和犍陀罗兵卒）

第七场

（摩揭陀国的一处牢房）

阇 那 迦 连空气都凝固了，更别提身体了！但是，内心为何思绪万千？一旦有机会出去，我要让他们瞧瞧，这双柔弱的手中有着掀翻帝国的力量，婆罗门柔软的心中也潜藏着掀起狂风巨浪的坚强意志。将我紧锁的铁链啊！你变成一条花链吧，让我像纵情酒色的人那样把你的美撕得粉碎！我开始哭吧？受不了这非人的折磨，号哭着乞求怜悯吧？哀求他们给我自由吧？不，阇那迦，别这样！否则你也会变成不堪一击的可怜虫。那就让我立下誓言：从今往后，不向任何人乞求怜悯；有朝一日得势了，也不怜悯任何人。（仰望）永远不吗？是的，是的，永远不怜悯任何人。我要像末日灾难那样横扫一切，我要像因陀罗的金刚杵那样势不可挡。

（门开了，婆罗流支和罗刹斯上）

罗　刹　斯　年轻人，还好吗？

阇　那　迦　身为佛教徒的大臣啊，我何曾不好？

罗　刹　斯　今天我们有事来找你，希望你的固执不要给你我带来两败俱伤的结果。

婆罗流支　对，阇那迦，你还是听大臣一言吧。

阇　那　迦　靠主子施舍为生的婆罗门啊，你终日与佛教徒为伍，恐怕已经把身为婆罗门的荣耀忘得一干二净了吧。混迹于一群马屁精之中的应声虫啊，你逃避人生的艰辛，还想向我教导哈巴狗的人生哲学！请你记住：即便罗刹斯成了神，我也要变成魔鬼跟他斗到底！

婆罗流支　你可是婆罗门啊，兄弟！舍弃、宽恕，以苦行为财富，你身为婆罗门竟如此……

阇　那　迦　舍弃和宽恕，苦行和知识，这些都是为了获得力量和尊严——我们生而为婆罗门，可不是为了在武力和金钱面前低下头颅。用我们赋予的权力来羞辱我们，这办不到。婆罗流支！现在光弄通波你尼[①]是行不通的，还得弄通为政之学和杀伐之道。

婆罗流支　阇那迦，我正在撰写《释补》，我希望你出狱跟我合写

① 波你尼是印度古代语法学家，犍陀罗国婆罗杜尔村人，著有《八章书》，一般认为他生活在公元前4世纪。婆罗流支是印度古代语法学家和数学家，著有《释补》，大约生活在公元前3世纪，又名婆罗流支。——译者注

这部著作。

阇那迦　婆罗流支，我不想给别人做注疏！我要开创一门学问，我要做一个秩序的建立者。

罗刹斯　好吧，别斗嘴了。你明明白白地告诉我：你是想去呾叉始罗做摩揭陀的密使呢还是想去死？至于我为什么信任你，为什么想派你去，等你答应下来我再告诉你。

阇那迦　我倒是想去呾叉始罗，但不是为了供你驱遣。听着，也绝不是为了夹击伯尔沃德希瓦尔。

罗刹斯　够了，不必多言。

婆罗流支　毗湿奴笈多！答应我吧，要不然我的《释补》就不完整了。我需要你去犍陀罗向波你尼弄清楚几个问题。[①]

阇那迦　我没时间去跟波你尼费脑筋。在给语言立规矩之前我想先给人立规矩，明白吗？

婆罗流支　波你尼可不只是个语法学家，他也是哲学家。你这么瞧不起他！

阇那迦　他那一套我不懂，我从来不会把狗、人和大神因陀罗归为一类。狗就是狗，因陀罗就是因陀罗！听着，婆罗流支！我要让狗变回狗去。我不是正在消受因陀罗的权力落入下流货手中带来的福气吗？你走吧！

婆罗流支　你也不想被放出去？

阇那迦　如果是通过你们之手把我放出去，那我也不想。

罗刹斯　好吧，你就等着被打入地牢吧。

（旃陀罗笈多手握沾满鲜血的宝剑冲进来，砍断阇那迦身上的锁链；

① 一般认为，阇那迦和波你尼可能生活在同一个时代，但婆罗流支生活的时代要晚得多。——译者注

罗刹斯正要叫看守）

旃陀罗笈多 别叫了，大臣！尸首是没有力气答应的，你的看守没一个活的。

阇　那　迦 旃陀罗笈多，你不愧是我的好学生！

旃陀罗笈多 走吧，师尊！（举起剑对罗刹斯说）你要是敢弄出点响动，我就……

（罗刹斯一屁股坐了下去；婆罗流支倒地；旃陀罗笈多带着阇那迦出牢房，关门）

第八场

（犍陀罗国王宫一室，犍陀罗国王满面愁容上）

犍 陀 罗 王 身体衰老了，可心还没老，多日的享乐还是没有让我尽兴。阿毗迦还年轻，心怀大志理所当然。他走了一条邪路，好大喜功正驱使他在这条路上越走越急。（想了想）是的，这是不行的，登上顶峰的道路怎会如此笔直平坦？（稍顿）我要阻止他！现在还不算太晚。等希腊人进来了，犍陀罗想给别国带去的苦头自己也会尝到。

（希腊武士和犍陀罗兵押着阿勒嘉上）

犍 陀 罗 王 孩子！阿勒嘉！

阿　勒　嘉 是的，大王，我是阿勒嘉。

犍 陀 罗 王 不，叫我父王。阿勒嘉，你什么时候才能学会不叫我大王？

阿　勒　嘉 不，大王！

犍 陀 罗 王 还是叫我大王！疯丫头，叫我父王！

阿　勒　嘉 大王，那可不行！叫您父王，审案的时候您就会偏袒我。

犍 陀 罗 王 这是怎么回事？

希腊武士　大王！我不知道她是公主殿下，否则我是不会逮捕她的。

犍陀罗王　塞琉古，你真是胆大包天！希腊人，她是我的公主阿勒嘉！过来，孩子！（向阿勒嘉伸出手，阿勒嘉退避）

阿　勒　嘉　不，大王！您先审案吧。

塞　琉　古　公主让一个女人画了一张正在乌德庞达修建的大桥的地图。我向公主索要，结果她把地图交给了一个青年男子。我向您禀报了此事，您命令我逮捕那人，可是那人已经跑掉了。

犍陀罗王　怎么，公主，你想看地图？（对塞琉古说）有什么好担心的？此事到此为止吧。那张地图不会影响你们建桥的。

阿　勒　嘉　不，大王。画地图是一项特殊任务——为了洗去犍陀罗国身上的污点，我才……

犍陀罗王　孩子，这我知道！你就这么不开窍？

（阿毗迦匆匆赶到）

阿　毗　迦　不，父王，一场可怕的阴谋正在您的王国里实施，呾叉始罗的学馆就是这场阴谋的中心，而阿勒嘉则是其中的关键人物。

犍陀罗王　阿勒嘉，是真的吗？

阿　勒　嘉　是真的，大王！为了实现自己的野心，阿毗迦干出了投靠希腊人的勾当。我今天被抓就是他这么做的第一个后果，也许明天就轮到您，后天犍陀罗的国民就要为希腊人服苦役，领头的人就是您那光宗耀祖的阿毗迦！

塞　琉　古　根据条约，亚历山大大帝的帝国跟犍陀罗是盟国。您这是信口乱说。

阿毗迦　塞琉古！你去休息吧。我来规劝规劝她，然后我去找你。

（塞琉古下，四位犍陀罗士兵同时从另一边下）

犍陀罗王　可是阿毗迦，公主被抓起来了，而且送到了我的面前，一个希腊人要治她的罪，这都是你努力的结果！

阿勒嘉　大王！治我的罪吧，把我送进监狱吧。要是放了我，我还会那么做。我要鼓动犍陀罗的子弟用自己的鲜血浇灌雅利安大地！大王啊！不是所有的雅利安大地的子弟都像阿毗迦那样，其中很多人为了捍卫她的尊严不惜粉身碎骨。请记住，起来抗击希腊大军侵略的人必将是这些婆罗多子孙。所有幸存下来的英雄都将给犍陀罗国和印度北大门的保卫者们冠以“叛徒”之名，其中也包括我的父亲！啊，别放了我，不要让我活下来听到有人这么称呼您。惩罚我吧——判我死罪吧！

阿毗迦　那些人给她灌了太多的迷魂汤。她哪里知道什么是政治游戏！父王，伯尔沃德希瓦尔——骄横跋扈的伯尔沃德希瓦尔对我的羞辱难道就不该还以颜色了吗？

犍陀罗王　是的，公主！伯尔沃德希瓦尔毫不含糊地说，他不会把天下闻名的王族之女嫁给胆小鬼阿毗迦。他还违反两国自古以来一直遵守的条约，越过维德斯达河[①]，在我方地界设立了一个哨所。

阿勒嘉　大王，不为自己的荣誉和尊严拼死一战的人，不是胆小鬼是什么？

阿毗迦　闭嘴，阿勒嘉！

犍陀罗王　你俩的话都有道理，我该怎么办呢？

---

① 今名杰卢姆河，作品中古名、今名混用。——译者注

阿 勒 嘉 大王啊，您惩罚我吧！阿毗迦是王国的继承人，他才会为国家的安危着想。我的所作所为都是错的。

犍陀罗王 这样的话我怎么说得出口呢？

阿 勒 嘉 那就请您允许我离开王宫。

犍陀罗王 你要去哪里？你要干什么，阿勒嘉？

阿 勒 嘉 我要鼓动犍陀罗的百姓起来抗争。

犍陀罗王 不，阿勒嘉，你不会那么做的。

阿 勒 嘉 会的，大王，一定会的。

犍陀罗王 那我会发疯的。我不相信你会。

阿 毗 迦 阿勒嘉，要是你那样做，我会亲手杀了你。

犍陀罗王 不，阿毗迦，你给我闭嘴。听着，谁敢对我的阿勒嘉动手，我就和他拼个你死我活。

（阿毗迦低下头）

阿 勒 嘉 那我走了，父王。

犍陀罗王 （神思恍惚地）你走吧。

（阿勒嘉离去）

犍陀罗王 阿毗迦！

阿 毗 迦 父王！

犍陀罗王 你回头吧。

阿 毗 迦 我还回得了头吗？希腊军队近在眼前，桥也建好了——要是不这样，第一个遭殃的就是犍陀罗。

犍陀罗王 唉，该发生的就让它发生吧。阿毗迦，有句话我要跟你说：从今天起，什么事都别再跟我讲，你觉得什么合适你就去做。我要去找阿勒嘉。

（急步离去）

第九场

（旁遮那陀国朝堂上）

伯尔沃德希瓦尔 阇那迦尊者！你的话我听不太懂。

阇　那　迦 怎么听得懂呢！眼下我只能靠嘴巴说，还没办法做出点什么事情来给大家看看。

伯尔沃德希瓦尔 可是我现在要跟希腊人作战，没能力向摩揭陀派出一兵一卒。

阇　那　迦 我也没办法了，还是回去吧。要是你听从了我的计策，摩揭陀大军本可以在希腊人即将发起的战争中在你的麾下作战。正是这个摩揭陀前些时候还轻蔑地拒绝了你的求援呢。

伯尔沃德希瓦尔 没错。谁是摩揭陀这场起义的中心人物？谁将站起来反对难陀？

阇　那　迦 孔雀将军之子旃陀罗笈多，他也跟我一起来了。

伯尔沃德希瓦尔 孔雀家族也属于首陀罗种姓。您要把他推上大位？

阇　那　迦 他们不遵守婆罗门教仪轨才被视为首陀罗，实际上他们是刹帝利。确实，受佛教徒的影响，他们丢弃了吠陀祭礼，但是毫无疑问，他们是刹帝利。再说，婆罗门是正法的掌管者。如果他可成大器，我是有权净化、提升他的。婆罗门拥有泽被寰宇、永生不灭的智慧，这是他们独有的品性。婆罗门还安排了其他种姓保护、供养和侍奉自己。将一个浸淫在刹帝利文化中的人灌顶为王何错之有？

伯尔沃德希瓦尔 （笑）婆罗门啊，您这样想可不对！

阇　　那　　迦　婆私吒仙人陷入困顿的时候，他把波罗婆人、达罗德人和甘波杰人等都变成了刹帝利。国王啊，这不是什么大不了的事。

伯尔沃德希瓦尔　这可是得道大仙才可以做到的事。

阇　　那　　迦　谁可以被称作大仙留给将来的人考虑吧。骄傲的补卢族后裔啊[①]，你可无法断定此事。

伯尔沃德希瓦尔　此话从一个生活在首陀罗统治下的国家里的婆罗门口中讲出来可不是什么增光添彩的事。

阇　　那　　迦　正因为如此，婆罗门才希望刹帝利来治理摩揭陀。补卢族后裔啊！有道是：刹帝利拿起武器，百姓就能安享太平。旃陀罗笈多·孔雀终将证明，他就是这样的刹帝利。

伯尔沃德希瓦尔　痴人说梦！

阇　　那　　迦　会成为现实的。请记住，在即将到来的与希腊人的战争中，你将英勇战败，整个雅利安大地都将遭到希腊人的蹂躏。到那时，你会想起我来。

伯尔沃德希瓦尔　诅咒是婆罗门唯一的武器，我不怕它。但是，吓唬人的婆罗门啊，请你离开我的国土。

阇　　那　　迦　（仰望上方）唉，婆罗门威风扫地，首陀罗给他戴上镣铐，刹帝利把他驱赶出境。那么，燃起你的火焰吧！让你的供养者吠舍、你的侍奉者首陀罗和你的保卫者刹帝利在你的火星里诞生。补卢族后裔，告辞！（离去）

---

① 作家认为本剧中出现的旁遮那陀国国王伯尔沃德希瓦尔是相传公元前 9 世纪初统治俱卢地区（今德里一带）的补卢王的后裔，这是作家个人的看法，不可考。——译者注

第十场

（林间路上，阿勒嘉）

阿　勒　嘉　我走在林中，路没有尽头，没有歇脚处，也没有目的地。像山上跌落下来的水流一样，我不停地游荡，一路跌跌撞撞。我去哪里？（往前望去）啊，希腊人！

（塞琉古着猎人装上）

塞　琉　古　美丽的公主，你到哪里去？

阿　勒　嘉　我的国家，我的山，我的河流，我的森林，这片土地的每一颗微粒都是我的，我身上的每一颗微粒都来自这片土地。希腊人，我还能到哪里去？

塞　琉　古　美丽的公主，你是独自一人吗？

阿　勒　嘉　没错。（突然向一边看去）啊，老虎！

（塞琉古向那边看去，阿勒嘉闪身离开）

塞　琉　古　人不见了！（从另一边离开）

（阇那迦和旃陀罗笈多上）

阇　那　迦　爱徒，你累坏了吧？

旃陀罗笈多　师尊，我累得快散架了，口也很渴。

阇　那　迦　一点儿也走不动了吗？

旃陀罗笈多　您叫走就走。

阇　那　迦　不远处就该是印度河了，我们到岸边去休息吧。

（旃陀罗笈多欲迈步前行，但腿一软又坐在了地上）

阇　那　迦　（扶着他）当心点儿，旃陀罗笈多！

旃陀罗笈多　师尊，我渴得嗓子都快干了，头也很晕。

阇　那　迦　你休息吧，我这就去取水。（离去）

（汗淋淋的旃陀罗笈多躺了下去，一只老虎向他走来。塞琉古上场并张弓搭箭射死老虎，然后试图把旃陀罗笈多叫醒。阇那迦取水回来）

塞 琉 古 来点儿水吧，需要点儿水让这位气宇不凡的行路人恢复神志。

阇 那 迦 （往旃陀罗笈多脸上洒水）您是谁？

（旃陀罗笈多清醒过来）

塞 琉 古 我是希腊将军，你呢？

阇 那 迦 一个婆罗门。

塞 琉 古 这人看上去也非等闲之辈。婆罗门，你是他的朋友吗？

阇 那 迦 是的，我是这位王子的老师。

塞 琉 古 你们来自何方？

阇 那 迦 他叫旃陀罗笈多，是被放逐的摩揭陀国王子。

塞 琉 古 （想了想）好吧，你们到我的营地去吧，休息休息再赶路。

旃陀罗笈多 这老虎是怎么死的？哎呀，我渴得不省人事了。您救了我的命，万分感谢！眼下我们得赶路，改日一定去拜访您。

塞 琉 古 你不省人事的时候，它一步步靠近你。情急之下，我把它给射杀了。我是希腊将军。

旃陀罗笈多 谢谢！印度人不是忘恩负义之徒。将军，您有恩于我，我一定会去拜见您的。

（三人下，阿勒嘉上）

阿 勒 嘉 阇那迦尊者和旃陀罗笈多！他们也成了希腊人的朋友！风灾、雹灾、旱灾、火灾一起降临，那谁还来守护这个国家郁郁葱葱的田野？空荡荡的苍天把问题原样还给了我。这样的人都已被侵略者控制，那抗击外敌还有什么希望？希腊大军正在打算渡过维德斯达河，而失去理智的伯尔沃德希瓦尔却还在孤芳自赏。我这就离开犍陀罗，不，我还是先去拜见苦修大师当德亚因，请他指点迷津，求得内心平静，然后再去别处。（下）

第十一场

（印度河岸边，苦修大师当德亚因的道院）

当　德　亚　因　风一刻也不停歇，印度河水奔流不息，云团下的鸟群总是在飞翔，每一颗微粒不知在什么力量的牵引下运动不止，确实是逝者如斯啊。

（艾尼萨克里提斯上）

艾尼萨克里提斯　圣人！

当　德　亚　因　别说了。其他人都走了，你也走吧。我没时间去，你不会有机会的。

艾尼萨克里提斯　您再……

当　德　亚　因　什么都别跟我说！实在想说的话你就自己说吧，谁想听谁听去。没发现吗？谁也不听谁的。我说：河里那滴水珠，你别跟水流流走，停下来听我说句话吧。它听吗？它停下来吗？根本没有！

艾尼萨克里提斯　可是神之子他……

当　德　亚　因　神之子？

艾尼萨克里提斯　世界征服者亚历山大大帝对您念念不忘。他听说了您的大名，非常想听听您的教导。

当　德　亚　因　（笑）使者啊，有些人视荣华富贵如浮云，那些耀眼的武功是不能令他们佩服的！他们不可能成为任何权贵随意把玩的物件。你们大王还没过维德斯达河就号称世界征服者，这岂不是欺世盗名吗？我不会因为受到利诱、受到恭维或者受到威吓而去见某人。

艾尼萨克里提斯 圣人！何必如此呢？要是您不去招来皇上怪罪，那可怎么办？

当德亚因 上苍满足了我的一切需要。有了它，别的人怎么管得了我？全部的光明、意识和生命力都是上苍赐予的，它又通过死亡把这些都收回去。人不能施与这些东西，却在竞相将它们夺走，还有比这更妄自尊大的吗？我饿了就采野果、块根吃，渴了就捧水喝，倦怠了就躺在草床上安睡。他人不因我而恐惧，我也没理由惧怕他人。如果你硬要把我带走，那也只能带走我的身体。我的心灵是自由的，你们的神之子也无权支配。

艾尼萨克里提斯 婆罗门，您真是无所畏惧。告辞了，我会向神之子如实禀报。

（艾尼萨克里提斯下。阿勒嘉从一边上，阇那迦和旃陀罗笈多从另一边上。三人向当德亚因行礼，然后恭敬地坐下）

阿勒嘉 大师，我要离开犍陀罗。

当德亚因 这是为何，阿勒嘉？你是犍陀罗的吉祥女神，为何要离开它呢？

阿勒嘉 圣人啊，犍陀罗的自主权已经出卖给了希腊人，我没法在这里过仰人鼻息的日子。

当德亚因　吉祥女神啊，你到哪里去躲开这一切呢？（想了想）好，你走吧。你自有不得不这样做的道理。大神把哪些福藏在哪样的祸里，我们都无法参透。不过，你随时都可以来我这里，切莫有丝毫的迟疑。

阿勒嘉　大师，我心里有个疑问。

当德亚因　什么疑问，阿勒嘉？

阿勒嘉　我以前对坐在您面前的这两位大人是深信不疑的，但现在他俩为何也愿意跟希腊人厮混在一起呢？

（当德亚因向阇那迦看去，阇那迦若有所思）

旃陀罗笈多　公主，那只是表达感激之情。

阇那迦　公主，您没有考虑当时的情势，您完全可以打消自己的疑虑。

当德亚因　阿勒嘉，别怀疑他们。你必将受惠于他们，你依然要对他们深信不疑。信任他们会给你带来善果，而不是苦难。

（一希腊军士上）

希腊军士　神之子想来拜见您，您有何吩咐？

当德亚因　军士，我怎会吩咐谁呢？我坦坦荡荡，没有任何秘密可言，连神庙都没有。欢迎任何人随时来这里。

（军士下）

阿勒嘉　那我先走了吧。

当德亚因　别走，阿勒嘉。没什么好怕的。

阇那迦　圣人，我们呢？改日再来吗？

当德亚因　阇那迦，你尚须在此地多住几日。尽管你已满腹经纶，但你还须加点儿火候才能修得正果。你还有些急躁，心不静，这样是不行的。

（亚历山大带着塞琉古、嘉尔内丽娅、艾尼萨克里提斯等人上。亚历山大向当德亚因敬礼，众人坐下）

当德亚因　欢迎光临，亚历山大！愿你智慧圆满。

亚历山大　感谢圣人！但我还需要您赐予我更多的祝福。

当德亚因　我无法给你更多的祝福，因为除了这个祝福，其他的祝福会带来灾祸。

亚历山大　我希望从您口中听到“胜利”二字。

当德亚因　自有御用歌人为你祝祷胜利，为杀戮、流血和战火添薪加柴不会令我愉快。亚历山大，一味追逐胜利必将以失败告终。善政可以让你威震天下，仅凭打胜仗是达不到这一目的的。所以，把精力投入到为臣民谋福利中去吧。

亚历山大　好吧。（指着旃陀罗笈多问）这位气宇不凡的年轻人是谁？

塞琉古　他是被放逐的摩揭陀国王子。

亚历山大　我邀请你光临我的营地。

旃陀罗笈多　多谢！我们雅利安人从来不拒绝他人的邀请。

亚历山大　（对塞琉古说）你是什么时候认识他的？

塞琉古　多日之前我就见过他一面。

旃陀罗笈多　您在我昏迷不醒的时候把我从虎口救下，您的恩德我不会忘记。

亚历山大　既然你们已经是熟人了，那么，塞琉古将军，就由你来接待他吧。

塞琉古　遵命！

亚历山大 （对当德亚因说）圣人啊，征服整个印度后，我再回来拜见您。

当德亚因 亚历山大，当心啊！（指着旃陀罗笈多）瞧，印度未来的皇帝就坐在你的面前。

（所有的人都惊愕地看着旃陀罗笈多，旃陀罗笈多惊奇地向嘉尔内丽娅看去。舞台上出现一片神光）

（幕终）

第二幕

第一场

（乌德庞达，印度河岸边，嘉尔内丽娅坐在希腊军营旁的一棵树下）

嘉尔内丽娅 这风光旖旎的河岸仿佛正在我眼前展开一幅新的画卷。身处其中，我感觉有一种静谧的温馨正在沁入我的心房。走过漫漫长路，我似乎到达了那个我为之出发的地方。多么天然的美！多么迷人的美！是的，今天我要唱一支印度歌曲，看看自己忘了没有。（唱道）

在这个朝霞绚丽的流着蜜的国度，
遥远的地平线也找到了它的归宿；
迷人的黄昏时刻，
树梢在金色的余晖中摇曳；
漫天的晚霞，
向生机勃勃的大地洒下吉祥的番红花；
鸟儿张开天神之弓似的翅膀，
乘着和煦的南风向它们这可爱的家园飞翔；
雨季的云在这里化作慈悲的甘霖，

大海的浪花在这里把岸亲吻；

朝霞捧着金罐把快乐斟满，

人们陶醉其中，醒来已是满天星斗的夜晚。

（菲利普斯上）

菲利普斯 多么甜美的歌啊，嘉尔内丽娅！我们还没有征服印度，你就完全征服了印度音乐。

嘉尔内丽娅 菲利普斯，是你！达拉的女儿今天去瓦尔希迦吗？

菲利普斯 达拉的女儿！不，小姐，请叫她皇后。

嘉尔内丽娅 不可能！菲利普斯，希腊人以为只要打败一个国家，这个国家的民众的心也就被征服了。叫她皇后，这位美若天仙的女子会感到惶恐不安的。她相信自己只是一个伟大帝国的战利品，而不是因为爱而娶进家里的妻子。

菲利普斯 小姐！难道与爱情相比，帝国还不够分量吗？

嘉尔内丽娅 那是当然！

菲利普斯 我心中的爱，日月可鉴。

嘉尔内丽娅 （笑）哦嗬，这话听起来好别扭啊。

菲利普斯 小姐，你这是在嘲笑我的爱吗？

嘉尔内丽娅 不，将军。你的痴情一定很可怕，我应该害怕才对。

菲利普斯 （正色道）大战在即，兵营里的女人跟皇后一起正撤往大本营。我来问小姐，你也走吗？

嘉尔内丽娅 不，只要我父亲在这里，我就不走。

菲利普斯 （想了想）小姐，不知下次何时才能见到你，请允许我吻吻你娇嫩的双手吧。

嘉尔内丽娅 菲利普斯，你可不要做出辱我名节的事来！

菲利普斯 小姐，我死也不敢。可是，爱是盲目的。

嘉尔内丽娅 你也不能因此就强人所难啊！

菲利普斯 （看了看四周）那可不行。

（菲利普斯试图抓住嘉尔内丽娅的手；嘉尔内丽娅喊“来人哪！来人哪！”；旃陀罗笈多上，掐住菲利普斯的脖子；菲利普斯跪地求饶；旃陀罗笈多放手）

嘉尔内丽娅 多谢雅利安英雄！

菲利普斯 （羞惭地）小姐，请你忘了这件事，请你宽恕我。

嘉尔内丽娅 菲利普斯，宽恕可以，忘记不可能！你走吧。

（菲利普斯耷拉着脑袋离去）

旃陀罗笈多 走，我送你进军营。

嘉尔内丽娅 我父亲在哪里？我要把这件事告诉他，这件事……不，还是你告诉他吧。

旃陀罗笈多 你知道是他邀请我来这里的！我得去见他了，我会把这件事告诉他的。

嘉尔内丽娅 你去吧，我也马上走。

（旃陀罗笈多下）

嘉尔内丽娅 菲利普斯央求我忘了这件事，可是这件事还牵涉到另一个人，我怎么忘得了！这两个人碰到了一起，一个暴戾，一个柔情——这故事真是太吸引人了，太令人心潮澎湃了！那位修道仙人预言的不正是这位旃陀罗笈多将成为印度皇帝吗？好一位文质彬彬的英雄豪杰！（下）

（亚历山大带着几名军士上）

亚历山大 疲惫正在把我的征服意志消磨殆尽。我们为发起大战做了这么多准备，这个国家却好像还在酣睡。战斗激情似乎不是他们生活的一部分，他们就像哲人一样专注于自己的冥思苦想。听说波罗斯只是在维德斯达河边驻扎了些许部队抵御或者仅仅是监视我们。等我们到了，他们才战斗！

艾尼萨克里提斯 我觉得这里的人都是些懒汉。

亚 历 山 大 不，不，你不是已经考查过这里的哲人了吗？我们不是见识过当德亚因吗？等着吧，过不了多久我们也会见识到这里的英雄豪杰的。这是一个神奇的国度。

艾尼萨克里提斯 不过，阿毗迦信守承诺，他已经做好了安排。

亚 历 山 大 见利忘义之徒！听说他有个妹妹已经愤然出走了。

艾尼萨克里提斯 我不信，其中必有秘密！不过，我想说的是，在路上定夺军国大事恐怕不妥吧。我们为何不进营帐呢？

亚 历 山 大 艾尼萨克里提斯，我还是想在这个安静的地方思考思考征服印度之大计。那个裸身婆罗门的话让我产生了疑虑，据说他的预言几乎都会应验。

（菲利普斯和阿毗迦从一边上，塞琉古和旃陀罗笈多从另一边上）

亚 历 山 大 菲利普斯，你有何事禀报？

菲 利 普 斯 请阿毗迦先讲吧。

阿 毗 迦 一场阴谋正在这里上演。

菲 利 普 斯 塞琉古正在成全这场阴谋。

塞 琉 古 （吃惊、愤怒地）太无耻了！菲利普斯，我还没把你干的丑事抖搂出来呢，你竟然恶人先告状！你拿出证据来，否则就让剑来做出评判！

亚历山大　塞琉古，别冲动！

菲利普斯　要不是想让神之子也知晓你的叛国行径，我的剑早就做出评判了。杀了你这等无耻逆贼不是罪孽，是功德。

（塞琉古拔剑）

亚历山大　与其拔剑相向，不如力证清白！说说，你对旃陀罗笈多有什么看法。

塞琉古　卑鄙的菲利普斯刚才试图污辱嘉尔内丽娅，旃陀罗笈多把她救了下来，我本来就是来亲自向您控诉菲利普斯的罪行的。

亚历山大　但你没敢。这是为何，塞琉古？

菲利普斯　他怎么敢呢？他女儿到当德业因的苦修道院学习印度哲学，女逆贼阿勒嘉也到那里去。而且，一个谣言已经在民间传开了：旃陀罗笈多是印度未来的皇帝。

塞琉古　住口！让你那三寸不烂之舌停下来吧！

亚历山大　塞琉古，休得如此！你就把自己当成正在受审的被告人吧。对了，旃陀罗笈多！我要问你一些事情。

旃陀罗笈多　想问我什么？

亚历山大　听说摩揭陀当朝国王是个贱婢所生的私生子，臣民对他十分不满，你正在试图夺取这个王国，是吗？

旃陀罗笈多　不是夺取。那个国王已经变成了暴君，我想把摩揭陀从他手里解救出来。

亚历山大　有那婆罗门的话，你也许已经相信自己要当皇帝了吧。不过，从当前的情势来看，那似乎是不可能的！

旃陀罗笈多　为什么不可能？

亚历山大　要是有我希腊大军相助，还有什么事是不可能的呢？

旃陀罗笈多　我是不会向您求助的。

亚历山大　（怒）那你为何要在我希腊大营里待这么多日子？

旃陀罗笈多　塞琉古有恩于我，他盛情邀请，我却之不恭。但是，我不是来邀请希腊人做我的统治者的。

亚历山大　但是，正是我们希腊人将要征服从未被征服的印度。

旃陀罗笈多　这还是未来的事，没有必要现在就为之欢欣鼓舞。

亚历山大　无知的年轻人，你是密探！

旃陀罗笈多　不，绝对不是。当然，在这里待了数日，我已经对希腊大军的战法略知一二。请不要误以为我跟贪婪的犍陀罗国王阿毗迦是一路货色，我希望解救摩揭陀国，但我不会为此寻求希腊强盗的帮助。

亚历山大　希腊人是强盗？你不怕遭殃吗？

旃陀罗笈多　难道我说的不是真话吗？所谓的雄师不过是一伙以杀人为业的刽子手，干的是劫掠的勾当，这难道不是对战争艺术的嘲弄吗？

亚历山大　（又惊又怒）塞琉古！

旃陀罗笈多　与塞琉古无关，把该跟旃陀罗笈多说的话跟旃陀罗笈多说吧。

阿毗迦　休得无礼！

旃陀罗笈多　心地干净的人不懂得懦夫那一套伪装出来的礼数。雅利安人的叛徒！阿毗迦！旃陀罗笈多不是来贪图亚历山大的残羹冷炙的。

亚历山大　把他抓起来！

（阿毗迦、菲利普斯、艾尼萨克里提斯向旃陀罗笈多扑过去；旃陀罗笈多异常神勇，伤三人，全身而退）

亚历山大　塞琉古！

塞　琉　古　臣在，陛下！

亚历山大　这是怎么回事？

塞　琉　古　陛下，您如此待他有失妥当。旃陀罗笈多是一个勇敢的年轻人，他今天的举动说明他绝非凡夫俗子，将来必成大业。我们带着什么使命来到这里，就让我们把它完成吧。请您让菲利普斯跟女眷们去瓦尔希迦。

亚历山大　（想了想）好，走吧。

第二场

（维德斯达河岸边的林中道路上，阇那迦、旃陀罗笈多和阿勒嘉上）

阿　勒　嘉　尊者！现在我们该怎么办？

阇　那　迦　逃走。

旃陀罗笈多　师尊，您就别揶揄我了。

阇　那　迦　那还有什么办法？

阿　勒　嘉　有，怎么会没有？

阇　那　迦　可能有吧。（向别处看去）

旃陀罗笈多　师尊！

阇　那　迦　想出家修行吗？这倒是个容易的办法。

旃陀罗笈多　不，绝不！抵挡希腊人是我的使命，我要为此倾尽全力。

阇　那　迦　这当然好，但辛赫仑到现在还没来。

旃陀罗笈多　他应该得到消息了。

阇　那　迦　肯定得到了。

阿　勒　嘉　要是他来不了呢？

阇　那　迦　阿沙尔月[1]的头几天，乌云布满了天空，不时电闪雷鸣，风停了，越来越闷热，这时最可能发生什么事？

阿　勒　嘉　下雨。

阇　那　迦　同样，一旦获悉国家有战祸降临，摩腊婆人辛赫仑一定会来。

旃陀罗笈多　看，那两人是谁？

（辛赫仑搀着犍陀罗老国王上）

阇　那　迦　大王！

犍陀罗王　我不是大王，我只是个失去了富贵尊荣的老朽！儿子背叛了我，女儿弃我而去，何其不幸啊！

阿　勒　嘉　父亲！（拥抱犍陀罗王）

犍陀罗王　阿勒嘉我的女儿，你到哪里去了啊？

阿　勒　嘉　父亲，我哪里也没去。我为您搭了一间小小的草屋，走，去休息休息吧。

犍陀罗王　不，我不去。把我安顿在你的草屋里，你又会离我而去。王宫都留不住你，草屋怎么信得过呢？

阿　勒　嘉　不，父亲，请您相信我。（对辛赫仑说）摩腊婆人，谢谢您！

（辛赫仑微笑，敬礼；阿勒嘉带父亲下）

阇　那　迦　辛赫仑，你终于来了！

辛　赫　仑　您吩咐吧，我们会各尽其职的。战争的阴云正在天空盘旋。

阇　那　迦　不必忧虑。树苗在暗夜中也会成长，同样，我的谋略也会在危难中得以施展。是的，仅靠勇武是成不了大

---

① 印历四月，在公历六七月份，是雨季开始的月份。——译者注

事的。我要告诉你们的是，阇那迦不择手段，只看结果。你们准备好了吗？

辛　赫　仑　我们准备好了。

阇　那　迦　我们不去参战。

旃陀罗笈多　那我们干什么？

阇　那　迦　辛赫仑和阿勒嘉扮成戏子，旃陀罗笈多扮成耍蛇人，我扮成读书人。旃陀罗笈多，看到了吗？伯尔沃德希瓦尔有支部队单独扎营，那些士兵来自何地？

旃陀罗笈多　我不知道。

阇　那　迦　眼下也没必要知道。我们就跟这支部队演这出戏吧。走，我们走。瞧，这支新部队的年轻将军走过来了。

（三人下，女扮男装的格尔亚妮与一摩揭陀将军上）

格尔亚妮　将军！我斗胆激怒了父王。我的目的是把伯尔沃德希瓦尔比下去，你给我出个能让我取得成功的点子吧。

将　　军　公主。

格尔亚妮　当心叫人听见，将军。

将　　军　对不起，我不会再犯这样的错误了。对了，办法只有一个。

格尔亚妮　你讲讲。

将　　军　担起照料伤员的责任。

格尔亚妮　摩揭陀将军，你是个胆小鬼吗？

将　　军　那就一切听您吩咐吧。（独白）被一个女人管本来就很糟糕了，更何况还是在战场上！老天啊，你救救我吧！

格尔亚妮　我打算在伯尔沃德希瓦尔被希腊军队团团围住的时候，杀进去把他救出来，这样我的心愿就实现了。

将　　军　这想法还是不错的。

格尔亚妮　这时候我们的后备部队……（停下来看）这不，伯尔沃德希瓦尔朝我们这边过来了！

（伯尔沃德希瓦尔身着战袍上）

伯尔沃德希瓦尔　（指着远处）年轻人，那是哪支部队的营地？

格尔亚妮　大王，那是摩揭陀国军队的营地。

伯尔沃德希瓦尔　摩揭陀国军队？不可能！他们拒绝了我的邀请。

格尔亚妮　但是，摩揭陀大军中有一些勇敢的年轻人求战心切，他们自愿组成一支小部队前来参战。

伯尔沃德希瓦尔　东方人也如此有血性？（笑）

格尔亚妮　大王，血性并非专属哪个方向。

伯尔沃德希瓦尔　（笑）年轻人，气魄不小嘛。不过，双方真正打起来的时候，如果你依然如此豪情满怀，那我才信服。我看你年纪轻轻，细皮嫩肉，还是别逞能了吧。你最好还是跟我的后备部队待在一起，明白吗？

格尔亚妮　遵命。

（旃陀罗笈多、辛赫仑和阿勒嘉分别乔装成耍蛇人和戏子上）

辛赫仑　看戏啰，看戏啰！我们演的戏大家一定从未听过，从未看过。

伯尔沃德希瓦尔　戏子！这个时候哪有空看戏！

阿勒嘉　将军，仗还没开始打就害怕了？我们唱的可是武戏。

伯尔沃德希瓦尔　太无礼了！

旃陀罗笈多　不想看戏就看看耍蛇表演吧。

格尔亚妮　大王，真奇怪，这些人是怎么让蛇乖乖听话的！

旃陀罗笈多　（急忙说）大王？那今天我就等着领赏吧！

（做耍蛇人的开场动作，打开小筐把蛇放出）

格 尔 亚 妮 真奇怪！人能驯服这么凶的毒蛇，可就是驯服不了人。

伯尔沃德希瓦尔 耍蛇人，你是怎么让它听话的？

旃 陀 罗 笈 多 咒语之矛能让最狂野的蛇乖乖听话。

伯尔沃德希瓦尔 长矛？

旃 陀 罗 笈 多 是的，大王！就像长矛能使发狂的大象安静下来一样。

伯尔沃德希瓦尔 你们是从哪里来的？

辛 赫 仑 希腊大营。

旃 陀 罗 笈 多 他们的长矛是印度象军的克星。

伯尔沃德希瓦尔 你们该不是阿毗迦的探子吧？

辛 赫 仑 希腊军队一夜之间渡过了维德斯达河——已经很近了，大王！当心啊。

伯尔沃德希瓦尔 摩揭陀武士，把他们逮起来！

（旃陀罗笈多定睛看格尔亚妮）

阿 勒 嘉 这不是以怨报德吗！

旃 陀 罗 笈 多 我们反正已经是囚徒了。可是大王，您一定要精心排兵布阵。快去吧，大王！希腊人的战法跟我们的不一样。

（伯尔沃德希瓦尔心烦意乱地离去）

格 尔 亚 妮 走，去我的营地，有话到那里再说。

旃 陀 罗 笈 多 我有话要讲。

格 尔 亚 妮 好吧，你们先走吧。

（辛赫仑等人离去）

旃陀罗笈多　此战伯尔沃德希瓦尔必败。

格尔亚妮　你是谁？（仔细看）我好像见过……

旃陀罗笈多　摩揭陀国耍蛇人！

格尔亚妮　还是个预言家？

旃陀罗笈多　捍卫摩揭陀国旗帜的荣誉是我的……

格尔亚妮　谁！莫非你是旃陀罗笈多？

旃陀罗笈多　格尔亚妮公主，眼下我是个耍蛇人。

格尔亚妮　（一时无语）我俩要互相保守秘密。走吧！

（二人下）

第三场

（战场上，伯尔沃德希瓦尔与众将士）

伯尔沃德希瓦尔　将军，情况不妙啊。

将军　象军乱成一团，车军也不奏效。

伯尔沃德希瓦尔　将军，冲锋陷阵者当不成功便成仁。

将军　不过，大王，亚历山大在维德斯达河边也好好地见识到了我们的剑有多么锋利。亚历山大本人的马被杀死了，王子的长矛亚历山大也招架不住。

伯尔沃德希瓦尔　现在不是自夸的时候。快，把战象给我赶过来，我要亲自指挥象军。快去！

（众下，格尔亚妮和旃陀罗笈多上）

格尔亚妮　旃陀罗笈多，要是摩揭陀军队知道你反叛朝廷，把你抓起来，怎么办？

旃陀罗笈多　公主，整个国家都变成了囚徒，所有的人都被深仇大恨攥在手里！我怎么会担心被抓起来呢？不过，公主亲赴战场可不是寻常事。

格尔亚妮　只是为了来看你！我知道你一定会加入这场战争。我隐约觉得，我也是你被赶走的原因之一。

旃陀罗笈多　可是公主，我为国家的悲惨遭遇忧心如焚，我的回忆之藤已经枯萎了。

格尔亚妮　旃陀罗笈多！

旃陀罗笈多　公主，时间紧迫！你看，印度民族的灾神已经堆起了黑云，车军连连受挫，象军后退更是灭顶之灾。

格尔亚妮　摩揭陀军队交给你了！你想怎样就怎样！

旃陀罗笈多　先把军队集合到那座山头上去，很快就会派上用场了。我要尽力挽回伯尔沃德希瓦尔的败局。

格尔亚妮　走吧！

（电闪雷鸣，二人下。塞琉古率军从一边上，伯尔沃德希瓦尔率军从另一边上，双方战）

塞琉古　伯尔沃德希瓦尔，缴械投降吧！

伯尔沃德希瓦尔　希腊人，看剑！保住自己的小命吧！

（二人激战，塞琉古受伤撤退）

伯尔沃德希瓦尔　将军，挡住那些懦夫！告诉他们，今天我伯尔沃德希瓦尔将胜败置之度外，他在战场上将岿然不动。告诉他们，印度人会打仗。哪怕箭如雨下，哪怕整个象军被驱散，哪怕失去全部战车，哪怕流尽最后一滴血，伯尔沃德希瓦尔也不会后退半步。在这场神圣的战争中，我们不会乞求饶命。去，叫那伙逃兵停下脚步，不要辱没了他们母亲的乳汁！告诉他们，死亡仅仅是一瞬间的事情。去吧！

（将军下，辛赫仑和阿勒嘉上）

辛　　赫　　仑　大王！此处危险，到那座山上去吧。

伯尔沃德希瓦尔　年轻人，你是谁？

辛　　赫　　仑　一个摩腊婆人。

伯尔沃德希瓦尔　我还从未听到这样的话出自摩腊婆人的口中。摩腊婆人！想见识刀光剑影就站在这里，害怕的话就上山去吧。

辛　　赫　　仑　大王，一队希腊人杀过来了。

伯尔沃德希瓦尔　让他们来吧。你让开。

（菲利普斯上，与辛赫仑和伯尔沃德希瓦尔激战。伯尔沃德希瓦尔受伤，趔趄倒地；旃陀罗笈多和格尔亚妮率军上；亚历山大从另一边上，下令停止战斗）

旃 陀 罗 笈 多　必须一决胜负！

亚　历　山　大　谁？旃陀罗笈多！

旃 陀 罗 笈 多　是的，亚历山大！

亚　历　山　大　跟谁一决胜负？跟奄奄一息的伯尔沃德希瓦尔？跟英雄伯尔沃德希瓦尔？今天我看到了战神才拥有的英雄气概，所以我不计较谁胜谁负。荷马的诗篇在我心中留下的战斗场面今天我亲眼看到了！印度勇士伯尔沃德希瓦尔，我现在该如何对待你？

伯尔沃德希瓦尔　（擦拭鲜血）亚历山大，你当待我一如国王！

亚　历　山　大　惊叹之余，我情不自禁要赞美你。雅利安勇士，我们交个朋友吧，好吗？

伯尔沃德希瓦尔　我也可以与你休战，双方化敌为友。

旃 陀 罗 笈 多　旁遮那陀王！您这是干什么？一整支摩揭陀军队

在等候您的命令，下令打吧。

格尔亚妮 大王，摩揭陀军队足以击垮这股半死不活的希腊人。下令吧！

伯尔沃德希瓦尔 不，年轻人！做英雄也是一门美好的艺术，为之痴迷绝非怪事。我的话已经出口了，即便此时亚历山大反悔我也要信守诺言。

亚历山大 绝不反悔！

格尔亚妮 （脱下头盔扔在地上）刹帝利武士伯尔沃德希瓦尔，我走了！你自甘堕落，我救不了你。你太令我失望了。

伯尔沃德希瓦尔 你是谁？

旃陀罗笈多 摩揭陀国公主格尔亚妮。

伯尔沃德希瓦尔 唉，我输了！一败涂地！

（旃陀罗笈多和格尔亚妮离去。亚历山大莫名其妙地看着这一幕。阿勒嘉扶起受伤的辛赫仑，阿毗迦上前将二人拿下）

伯尔沃德希瓦尔 这是干什么？

阿毗迦 必须把他俩逮起来。

伯尔沃德希瓦尔 那就让他们囚禁在我这边吧。

亚历山大 就依旁遮那陀王的吧。

（众下）

第四场

（摩腊婆国，辛赫仑的花园一角，摩罗维迦上）

摩罗维迦 花儿含笑而来，待花粉散尽便零落成泥了！一阵和风吹来，留下几声叹息走了。难道这个世界只有哭泣？不，万物众生并非都受同一条法则支配。

有的是来哭的，有的是来笑的。（做思考状）近日无事可做，但有几个怪模怪样的外邦人在这里落脚，他们中间有个人一看就让人畏惧。喏，他来了！

（摩罗维迦低头打理花朵，旃陀罗笈多身穿魔术师服装上）

旃陀罗笈多 摩罗维迦！

摩罗维迦 有何吩咐？

旃陀罗笈多 你的铁力木苗圃怎么样？

摩罗维迦 长得绿油油的。

旃陀罗笈多 今天也有表演，看吗？

摩罗维迦 我每天都看表演。不知道人都是从哪里来的，表演一些把戏就离开了。我就是坐在这个花园的角落里看那些表演的。

旃陀罗笈多 摩罗维迦，你会唱歌吗？

摩罗维迦 会倒是会，但是……

旃陀罗笈多 但是什么？

摩罗维迦 但是现在在打仗！到处都在谈论打仗的事，近来摩腊婆没人唱歌奏乐。

旃陀罗笈多 在听到战鼓声之前，如果我能听到甜美的歌声，那会有什么害处呢？摩罗维迦，不知为何我今天突然产生了这样的愿望。

（阇那迦突然到来）

阇那迦 旃陀罗笈多，你还有空跟小姑娘聊天！

旃陀罗笈多 不，师尊！我到维巴夏河[①]岸边打探希腊兵营，今天刚回来。

---

① 今名比阿斯河。——译者注

阇　那　迦　打探到什么了？

旃陀罗笈多　整个希腊军队都已经懈怠下来了。得知我是摩揭陀魔术师，希腊士兵就向我打听摩揭陀军队的情况。我告诉他们，数十万能征善战的武士在舍达竺河[1]岸边等着你们，他们比旁遮那陀战士更加英勇顽强。听说难陀手下有数十万大军，恐慌情绪在希腊军队中蔓延开来，还出现了一些叛乱事件。

阇　那　迦　太好了！还有呢？凯里斯特尼兹的追随者都干了些什么？

旃陀罗笈多　在他的鼓动下，士兵们拒绝渡过维巴夏河，并开始坚持要返回希腊。亚历山大无论怎么劝说，他们都拒绝作战。所以，最后做出了经拉维河水路返回的决定，现在他们已无心恋战。

阇　那　迦　楚德罗迦人有什么消息？

旃陀罗笈多　他们做好了抗击希腊人的准备。我想教训一下这位自吹自擂的“世界征服者”，让他尝尝失败的滋味。不过，此时这里最需要辛赫仑。

阇　那　迦　好，见机行事吧。可能摩腊婆国议事会将在大营里商议战事。我们要慎重行事，毕竟我们已竭尽全力联合摩腊婆人。

旃陀罗笈多　您先去，我随后就到！

（阇那迦离去）

摩 罗 维 迦　摩揭陀人，你做的事很危险吧？

旃陀罗笈多　没什么好担心的。格尔亚妮还没来，是吗？

（一军士上）

① 今名萨特累季河。——译者注

旃陀罗笈多 什么事？

军　　士 将军！请问您对摩揭陀军队有何吩咐？

旃陀罗笈多 把兵马布置在维巴夏河和舍达竺河之间最狭窄的地方。记住，希腊人一旦渡过维巴夏河，摧毁摩揭陀帝国对他们来说就易如反掌了。我们的动静要大，要让亚历山大的军队感到害怕。

军　　士 是，将军！公主问将军何时回去，她不想在摩腊婆国久留。

旃陀罗笈多 向公主转达我的敬意。告诉公主，我是将门之后，打仗是我的天职。楚德罗迦人请我做他们军队的统帅，所以，我留在这里也能为摩揭陀国尽忠。

军　　士 是，将军！（离开）

旃陀罗笈多 （略加思索后）军士！

（军士回来）

军　　士 将军还有何吩咐？

旃陀罗笈多 跟公主说，如果她非回摩揭陀不可，请她不要带走军队。

军　　士 我要回来向将军禀告公主的答复吗？

旃陀罗笈多 不必。

（军士离去）

摩罗维迦 摩腊婆国在很多事情上跟我的国家完全相反。摩腊婆人喜欢战争。天哪，是战争啊！

旃陀罗笈多 这么说你不是摩腊婆人？

摩罗维迦 不，我是信德人。那里没有战乱和纠纷，连法院都不需要。人们过着悠然自得的日子，谁也不用黄金，从来不发生财产纠纷。

旃陀罗笈多　那你是怎么到这里来的？

摩罗维迦　我心想，也到别的国家看看吧！在咀叉始罗，我跟阿勒嘉公主特别要好，就在那里留下来了。她让我陪受伤的辛赫仑来到这里。辛赫仑是个大好人。可是，摩揭陀人，一看到你我就感到胆战心惊！一会儿是魔术师，一会儿是别的！你长得那么英俊，为什么要把自己装扮得怪模怪样的呢？

旃陀罗笈多　好一个纯朴的姑娘！你问那么多干什么？（离去）

摩罗维迦　爱让心变得柔滑，可也容易让人在它上面滑倒。真是个不可思议的人！唉，辛赫仑什么时候才回来呢？

第五场

（牢房里，阿勒嘉和受伤的辛赫仑）

阿勒嘉　可以走动了吗？

辛赫仑　是的，阿勒嘉。可是在牢房里走动有什么意义呢？

阿勒嘉　不，摩腊婆人。你要尽快好起来，有地方还需要你呢。

辛赫仑　什么？

阿勒嘉　亚历山大的军队正在渡拉维河。他们已与旁遮那陀修好，可以放心大胆地前进了。阇那迦尊者派探子传来了消息。

辛赫仑　探子怎么传进来的？

阿勒嘉　那人一身耆那教出家人打扮，唱着歌进来化缘，用暗语把消息讲给了我。

辛赫仑　阇那迦尊者知道我被囚禁在这里？

阿勒嘉　是的，这里的情况阇那迦尊者全都知道。

辛赫仑　这么说，希腊人很快就要入侵摩腊婆国了。

阿勒嘉　不用担心，阇那迦尊者带着旃陀罗笈多在那里做了一件大事。楚德罗迦和摩腊婆已经订立盟约，尊者正在努力说服两国推举旃陀罗笈多担任联军统帅。

辛赫仑　（站起身）那么，阿勒嘉，我应当尽快赶回去。

阿勒嘉　可是你还身陷囹圄啊。

辛赫仑　阿勒嘉，帮我想想脱身的办法吧。

阿勒嘉　（思考）你知道我为什么被关在这里了吗？

辛赫仑　为什么？

阿勒嘉　伯尔沃德希瓦尔跟阿毗迦已修好订约。为了消除两人的嫌隙，亚历山大亲自说服伯尔沃德希瓦尔把妹妹嫁给了阿毗迦。阿毗迦明知我被关在这里，却不想办法营救我。他希望我成为伯尔沃德希瓦尔众多王后中的一个，但我没有答应。

辛赫仑　阿勒嘉，那该怎么办呢？

阿勒嘉　如果我答应嫁给伯尔沃德希瓦尔，可能就有办法救你出去了。

辛赫仑　我……阿勒嘉！你竟然这样问我！

阿勒嘉　还有别的办法吗？

辛赫仑　我感到头晕目眩。阿勒嘉，你要嫁给伯尔沃德希瓦尔？那还不如让我去死。

阿勒嘉　怎么，摩腊婆人，这会伤害到你？

辛赫仑　阿勒嘉，别考验我，我很脆弱。我已经发誓与你生死相依。

阿勒嘉　你想救摩腊婆国吗？

辛赫仑　如果你想做旁遮那陀王后……，那你就让我去战死吧。

阿　勒　嘉　（笑）生气了！阇那迦尊者叫我做旁遮那陀的王后，好左右它的朝政。

辛　赫　仑　亏你还笑得出来！

阿　勒　嘉　囚徒啊，听我的话，去休息吧。（辛赫仑下）

阿　勒　嘉　你有一颗美好善良的心，你有一份坚若磐石的情，即便这是个玩笑对你来说也是不公平的。可是，为了把你送回摩腊婆，我必须强忍痛苦，亲手埋葬爱情。（唱道）

青春的第一杯美酒，令我沉醉令我情窦初开，

应当把心交给谁，一点都不想去猜；

我将无价的心售出，如今它向我索要价钱，

我称量足够的痛苦给它，可是它欲壑难填；

心路上扬起一片烟尘，不经意间你已走进我的心，

我是否应当在心路上洒满泪水，把它变得湿滑难行？

小心点，慢慢走，你可以把路滑当作迟到的托词，

愿心之所愿不会落空，愿心之所想终成现实。

（伯尔沃德希瓦尔上）

伯尔沃德希瓦尔　美人儿阿勒嘉，你要在这里待到何时？

阿　勒　嘉　那要看关我的人想把我关多久。

伯尔沃德希瓦尔　谁想关你呀？你这话可不公道，阿勒嘉！走，富丽堂皇的王宫等着你呢。

阿　勒　嘉　不，补卢族后裔！我害怕王宫，因为王宫里虽有荣华富贵，但在我眼里那只是个囚笼。

伯尔沃德希瓦尔　你这是何意？

阿　　勒　　嘉　王宫里有锦衣玉食、高床软榻，但为了享用这些，里面的人也丢失了自由。

伯尔沃德希瓦尔　阿勒嘉，不要嘲讽我。伯尔沃德希瓦尔的所作所为妇孺皆知，但时运不济，我又怎可奈何？

阿　　勒　　嘉　您说得没错，但您还是心有不甘吧。我们为了您、为了国家舍生忘死，可您却仅仅为了讨好希腊人就把我们囚禁起来。

伯尔沃德希瓦尔　怎么算囚禁呢？

阿　　勒　　嘉　不是囚禁是什么？辛赫仑在与您并肩作战的时候负了伤，为何到今天还不让他出去？旁遮那陀王，您可真公道啊！

伯尔沃德希瓦尔　谁说辛赫仑是囚犯了？我对这位英雄敬仰有加，但我要跟他决斗！

阿　　勒　　嘉　为什么？

伯尔沃德希瓦尔　因为阿勒嘉不能有两个情人。

阿　　勒　　嘉　大王，要是您没有要求亚历山大把你当国王对待，而是向他要求决斗，那阿勒嘉倒是可以考虑考虑。

伯尔沃德希瓦尔　阿勒嘉，如果我与亚历山大为敌，你会爱上我吗？说心里话！

阿　　勒　　嘉　那我会考虑的，但你是不可能与他为敌的。

伯尔沃德希瓦尔　阿勒嘉，你要我如何证明呢？

阿　　勒　　嘉　希腊人就要入侵辛赫仑的国家了，您不要出兵帮希腊人。还有，请您把辛赫仑放回去保卫摩腊婆！

伯尔沃德希瓦尔　我答应了。

阿　　勒　　嘉　那我也可以去王宫了，但还有个条件。

伯尔沃德希瓦尔　什么条件？

阿　　勒　　嘉　在亚历山大离开印度之前，我必须是自由的。旁遮那陀王，请您相信，这伙强盗将会像雨季的洪水一样退去。

伯尔沃德希瓦尔　阿勒嘉，你说得对！好，我发誓，一切按你说的办。会有车来接辛赫仑，也会有轿子来接你。瞧，阿勒嘉，不要忘了我们之间的约定。（神色凝重地走了）

第六场

（摩腊婆国大营，军事会议）

提　婆　巴　罗　我要向议事会报告的是：为了抗击希腊人，摩腊婆人和楚德罗迦人订立了盟约。要想取得成功，两国必须组成联军并让楚德罗迦人推选的摩揭陀人旃陀罗笈多担任统帅 。联军要听他的号令。

（辛赫仑上，众喜）

众　　　　　人　胜利属于辛赫仑公子！

那　迦　达　多　摩揭陀是个帝国，它降服了离车和弗栗恃两个共和国。让一个摩揭陀人号令我们的军队有违公理，我反对。

辛　　赫　　仑　我是摩腊婆国军队的统帅。议事会把兵权交给了我，同时我也负责摩腊婆国交战与媾和之事。我亲眼看见了旁遮那陀国的局势，我也十分了解旃陀罗笈多，所以，我赞成由旃陀罗笈多来指挥这场战争。另外，在做出各自的决定之前，我请求诸位先听听北印度首屈一指的政治家阇那迦尊者的高论。

国　　主　请阇那迦尊者到讲台上来。

阇 那 迦　（走上讲台）摩腊婆国是北印度举足轻重的共和国，它的议事会邀请我在这样一个生死攸关的场合讲讲自己的看法，为此我深表谢意。军争之法必求统一号令，攻防之策不可投票表决，因此，军队必须有一位统帅统一调遣。依当前情况看，能胜任此事的人非旃陀罗笈多莫属。尽管旁遮那陀王伯尔沃德希瓦尔与希腊人订立了盟约，但是，在旃陀罗笈多的努力下，伯尔沃德希瓦尔的军队将不来为希腊人助战。也是在他的努力下，希腊军队中出现了内讧，其势已如强弩之末。不过，亚历山大的算盘是，在返回的途中也要攻城略地。他命令拒绝作战的部队经陆路返回，而亲率其余部队乘船沿河而下，意在征服直到印度河入海口的沿途各地。我们若各自为战，摩腊婆必灭。楚德罗迦人已任命旃陀罗笈多为统帅，请诸位也推举他做统帅吧，这样诸位便会得到楚德罗迦人的合作。

那迦达多　不能这样！

阇 那 迦　两国军队只有拧成一股绳才能形成强大的抵抗力量，联军的勇士们在战争中服从一个人指挥有百利而无一害。我们只是联手抗击侵略，而不是要把两国合并。摩腊婆和楚德罗迦现在和将来都是两个独立的国家，也许这样还会在未来的日子里带来一个东方人的共和国呢。

那迦达多　明白了，看来任命旃陀罗笈多为联军统帅是件好事！

辛　　赫　　仑　负责饮食和医疗护理的妇女们提出了任命摩罗维迦为她们的首领的请求。

国　　　　　主　此事全凭她们自己做主。好了，议事会同意推举旃陀罗笈多为大元帅。

（众人齐声欢呼）

第七场

（伯尔沃德希瓦尔的王宫里）

阿　　勒　　嘉　也许辛赫仑在盼着我呢，可我却陷在这里。说不定今天我就能找到脱身的办法，再也不想待下去了。（向天空望去）黑夜墨蓝色的天幕上布满了星星，它们多像一位身躯巨大的数学家为了解几何题而打下的点。

（伯尔沃德希瓦尔上）

伯尔沃德希瓦尔　阿勒嘉，我真是进退两难啊！

阿　　勒　　嘉　怎么了，大王？

伯尔沃德希瓦尔　我已经向你发誓，不参加希腊人与摩腊婆人之间的战争。可是，亚历山大的使者来了，要我带八千骑兵到拉维河畔会师。我还得知，部分希腊军队已在回国途中。

阿　　勒　　嘉　（心不在焉地）好，说下去！

伯尔沃德希瓦尔　阿勒嘉，你说什么？

阿　　勒　　嘉　我想听你说下去！

伯尔沃德希瓦尔　你说我该怎么办？

阿　　勒　　嘉　你认为怎么办好就怎么办吧。请让我欣赏这美丽的夜空吧——缀满了星星的夜空！

伯尔沃德希瓦尔　你在说什么？

阿　勒　嘉　我想唱支歌，你想听吗？（唱道）

痴情的女子满面愁容秀发凌乱，
她守候在天河岸边把佳期计算；
情郎到来的路上还未腾起烟尘，
远处升起的乌云却把来路藏隐；
夜空出现了一颗亮晶晶的银星，
美丽的星星，你为何无语无声？
傻瓜，满满的天河就在你身边，
它为何无法消除你眼中的渴盼？
美妙的夜晚与清晨的交替时分，
你是否能等到那听你唱歌的人？

伯尔沃德希瓦尔　阿勒嘉，我都快要疯了！你这是在干什么呀！

阿　勒　嘉　我在唱歌呀。

伯尔沃德希瓦尔　别开玩笑了。快说，我该怎么办？

阿　勒　嘉　要是你不接受亚历山大的参战邀请，你就要失去王国！

伯尔沃德希瓦尔　这是多么大的讽刺啊！

阿　勒　嘉　还有比依附于人更大的讽刺吗？现在明白了吧，那不是订立盟约，而是归顺。

伯尔沃德希瓦尔　那我带一千骑兵去吧，然后找个借口把骑兵带走。

阿　勒　嘉　（独白）我也去，没有比这更好的逃走机会了！（对白）好啊，不过我也要去，我一个人在这里多没意思啊。

（二人下）

第八场

（拉维河畔，摩罗维迦和旃陀罗笈多带着军士；远处的河上有几只船）

摩罗维迦 快回答我吧。

旃陀罗笈多 你觉得怎么合适，你就怎么掌管你的必需物资。辛赫仑去哪儿了？

摩罗维迦 可能马上就到了。

旃陀罗笈多 （问众军士）你们走了多远？

军士 百里之内未发现希腊人，但拉维河对岸出现了一股印度部队。摩腊婆有整整五十艘武装船只在那里监视他们的动静，船上配有弓箭手。

（辛赫仑上）

辛赫仑 河对岸很可能是伯尔沃德希瓦尔的军队。可是，摩揭陀人，事情有些蹊跷！

旃陀罗笈多 没什么蹊跷的。

辛赫仑 楚德罗迦的部队只来了几个营，还有……

旃陀罗笈多 别担心。格尔亚妮的摩揭陀军队和楚德罗迦人埋伏下来了，让希腊人到这里来吧。辛赫仑，我需要一批能配备数艘武装船的死士。

辛赫仑 已经有了，请下命令吧。

旃陀罗笈多 他们负责攻击希腊人的水军。不求胜，只是缠住他们，毁其粮草和军械。

（辛赫仑示意，几只船划走）

摩罗维迦 我把物资存放在大营的后半部分，我的小树林里也设一个小仓库。

旃陀罗笈多　（想了想）很好。

（一只船快速驶来，阿勒嘉从船上下来）

辛　赫　仑　（吃惊地）怎么是你，阿勒嘉？

阿　勒　嘉　伯尔沃德希瓦尔违背誓言，他已率军来为亚历山大助战。摩腊婆的船只在河上巡逻，我离开伯尔沃德希瓦尔，故意靠近船只，（笑）于是就被抓来了。

旃陀罗笈多　公主，两军对垒，当然什么都要按规矩办了。摩罗维迦，带她到林子里去吧。

（摩罗维迦和阿勒嘉下，数摩腊婆卫士带一希腊人上）

希　腊　人　我要见摩腊婆国战争与媾和大臣。

辛　赫　仑　你是使者？

希　腊　人　对！

辛　赫　仑　我就是你要见的人，有话请讲。

希　腊　人　神之子有令，请摩腊婆国主去见他，并为他沿河而下提供方便。

辛　赫　仑　摩腊婆人并未与亚历山大签订这样的条约，他们为何要履行这样的义务？是的，摩腊婆人随时准备与外族人相见，无论是在议和的会场上还是在战场上。

希　腊　人　那我就回去如此禀报？

辛　赫　仑　是的，你回去吧。（对卫士们说）把他护送出境。

（希腊人跟数摩腊婆卫士下）

旃陀罗笈多　摩腊婆人，我们担起了一项必须履行的艰巨职责。

辛　赫　仑　英雄啊，那就让我们将生死置之度外，努力将它完成吧！

旃陀罗笈多　不过，希腊人的战法跟我们雅利安人的战法可不一样！我们交战的时候，农夫可以在战场附近自由自在地犁地。希腊人却喜欢制造恐怖气氛震慑人心，他们将这视为其战略的重要组成部分。针对无辜平民的烧杀抢掠十分恐怖，但对他们来说则是常事。

辛　赫　仑　已公告战线另一边的百姓汇集到各个城堡，后面的事视情况再做定夺吧。

旃陀罗笈多　但有一事须谨记在心。

辛　赫　仑　什么事？

旃陀罗笈多　无论用什么办法，我们的目的是要将希腊侵略者从印度人的土地上赶走，所以，我们不妨借鉴敌人的战术来打这场战争。

辛　赫　仑　我会谨遵将军的指教。走吧！

（众下）

第九场

（兵营附近，格尔亚妮和阇那迦）

格尔亚妮　尊者，请允许我回摩揭陀去吧。亚历山大已下令只入侵到维巴夏河，他不会再往前进攻了。再说，罗刹斯大臣也来了，我应当跟他回去。

阇　那　迦　怎么跟旃陀罗笈多说这事呢？

格尔亚妮　我不知道。

阇　那　迦　可是公主，他深深地爱着你，他会心碎的，他会像一只失去了舵的小船随波逐流。

格尔亚妮　尊者，我不想听这些话，因为时光已经把事情变成了一团乱麻。

（罗刹斯大臣上）

罗 刹 斯　谁？阇那迦？

阇 那 迦　是的，大臣！公主想回摩揭陀。

罗 刹 斯　难道还有人阻止得了她？

阇 那 迦　你会让她留下来的。

罗 刹 斯　你以为所有的人都是笨蛋吗？

阇 那 迦　等谜底揭晓了，大家当然也就明白了。大臣啊，难道你不希望摩揭陀安然无恙？

罗 刹 斯　摩揭陀哪有什么危难！

阇 那 迦　那我就去告诉楚德罗迦人，你们别挡着希腊人了。然后我又去跟希腊人说，你们不是因为害怕那支大军而不敢渡过维巴夏河吗？实际上那不是摩揭陀国王的大军，而只是楚德罗迦人的小小军队，而且它可以为你们让开通往摩揭陀的大道。怎么样？

罗 刹 斯　（想了想）唉，婆罗门啊，你说得在理，我接受。我自己留下来吧，但是……

阇 那 迦　又来但是那一套了。你自己留下来，公主也留下来，你带来的军队也必须留下来。等亚历山大到达拉维河源头一带的时候，你的军队就派上用场了。罗刹斯，我毕竟还是爱摩揭陀的，我希望它免遭涂炭。（离去）

格尔亚妮　大臣，你有什么想法？

罗 刹 斯　他那张脸我一眼也不想看到，但他那些话我不得不接受。公主啊，倘若不是因为目前的情势需要他，我已经把摩揭陀的这个逆贼逮起来了。

格尔亚妮　就依你的吧。

（阇那迦又上）

阇 那 迦　大臣！狮子已经成为笼中困兽。

罗 刹 斯　什么情况？

阇 那 迦　亚历山大在水路上遇到重重困难，他只好从陆路入侵摩腊婆。他自以为攻无不克，颇为骄矜，结果却陷入了摩腊婆军队的围困之中。楚德罗迦军队和你新带来的摩揭陀军队就在这里阻击他吧。

罗 刹 斯　你想怎么阻击？

阇 那 迦　这样吧！你率领自己的全部人马守卫维巴夏河，我带楚德罗迦军队从背后向希腊军队发起攻击。你不怕吧？

罗 刹 斯　我接受。

阇 那 迦　要是不接受，你就会给自己招来灾祸。（离去）

格尔亚妮　大臣，他真是个古怪的婆罗门！看见他我就害怕。

罗 刹 斯　不是个好对付的角色！公主啊，我早晚会跟他一决雌雄的，但眼下我想助他一臂之力。

格尔亚妮　您也走吧。（下）

（阇那迦又上）

阇 那 迦　罗刹斯，有件事忘了告诉你，它关系到你的切身利益，你一定想听听。

罗 刹 斯　什么事！

阇 那 迦　难陀已经相信了你跟他的情人苏瓦西妮有私情，你眼下回摩揭陀不妥，明白了吗？

（阇那迦急速离去；罗刹斯抱头，颓然坐下）

第十场

（摩腊婆城堡，一段无人值守的城墙）

摩罗维迦 阿勒嘉，这里一个士兵都没有！要是敌人从这里潜入怎么办？

阿　勒　嘉 希腊人已经架起了攻城的器械，可摩腊婆军队也没有睡大觉。旃陀罗笈多把守城的任务交给了辛赫仑，自己将从河岸向希腊军队的背后发起攻击。希腊军队已经到达了预定地点。今天双方就将一决胜负。

摩罗维迦 好吧，走，又来了一批伤员，得赶紧安排人护理他们。

阿　勒　嘉 （看了看）摩罗维迦！我这儿有把弓和一把刀。兵荒马乱的时候，可得带个兵器防身。你带上这把刀吧。

摩罗维迦 我害怕兵器，也厌恶兵器，快把那嗜血的刀拿开。阿勒嘉，我只管履行我服务官兵的誓言。

阿　勒　嘉 因为怕死，所以厌恶兵器，是吗？

摩罗维迦 生死有命，我没有必要因为害怕失去生命而去保它。我走了。

阿　勒　嘉 好吧，走吧！叫辛赫仑赶快到这里来，不来人我就不能离开这里。

（摩罗维迦下）

阿　勒　嘉 黄昏时分，四处无人，一片寂静，且让我坐一会儿吧。（突然，城墙外传来叫喊声和战斗声）旃陀罗笈多发起攻击了？可是这个地方……没一个人守卫啊！（站起身）啊！那人是谁？是个希腊兵！我得小心点儿。

（张弓搭箭，射倒希腊兵。又上来一个希腊兵，阿勒嘉又将其射倒。第三个上来的是亚历山大本人，他避开射来的箭，跳进城堡，欲擒

住阿勒嘉。这时，辛赫仑上，与亚历山大大战）

辛　赫　仑　（边挥剑搏杀边说）亚历山大，你不该亲自前来冒险！你的命太值钱了！

亚历山大　亚历山大可不是那种只会发号施令的人。保命吧你！

（亚历山大以长矛相击，辛赫仑灵巧地以盾抵挡，亚历山大的长矛脱手；亚历山大被迫拔剑相搏，但辛赫仑的击打凶猛无比，亚历山大受伤倒地。三希腊兵跳进城堡，摩腊婆士兵也随即赶到）

辛　赫　仑　希腊人，别胡来！你们的皇帝伤得不轻，把他带走，好好照料他吧！

希腊士兵　城门就要失守了，我们英勇的战士将摧毁这座城堡。

辛　赫　仑　笨蛋，旃陀罗笈多跟在你们后面呢！攻进城堡你们就成了瓮中之鳖。带走吧，把亚历山大扶起来带走吧，趁还没有更多的摩腊婆人知道他就是亚历山大。

摩腊婆士兵　将军，血债血还！他可是个无故杀害无辜百姓的屠夫。我们要报仇！

辛　赫　仑　且慢！摩腊婆勇士们，且慢！放他走也是一种回报。我们印度欠他一条命！他不杀伯尔沃德希瓦尔，表现出了大度，今天我们要回报他。希腊人！走，快走吧！

（三希腊兵扶亚历山大离开。一摩腊婆士兵慌慌张张上）

辛　赫　仑　何事惊慌？

摩腊婆士兵　城门失守，希腊军队打进来了。

辛　赫　仑　不必惊慌，坚强一些。告诉全体摩腊婆勇士，辛赫仑将与他们一起慷慨赴死。（对阿勒嘉说）你和摩罗维迦一起走地道把内城的女人带到安全地点。阿勒嘉，雅利安人的光辉大厦将在摩腊婆的废墟上高高耸立！去吧！

（阿勒嘉下。希腊军队上；旃陀罗笈多从另一边上；双方战。一希腊兵跑来）

希腊士兵 塞琉古将军，楚德罗迦的军队从后边上来了！我们城外的军队被他们缠住了。

旃陀罗笈多 希腊将军，你想打下去还是想要一条退路？你救过我的命，我欠你一份情。

塞琉古 （想了想）两者我都能接受，但……

旃陀罗笈多 我们讲和吧！把路给他让开！走吧，将军！要是亚历山大的命保住了，你们再来打吧。

（希腊军队退去，众人向旃陀罗笈多欢呼）

第三幕

第一场

（维巴夏河岸的兵营，罗刹斯在踱步）

罗刹斯 有一天阇那迦说，希腊入侵者不会区分谁是婆罗门谁是佛教徒。事实证明他说得一点儿不假。要是摩腊婆人和楚德罗迦人失败了，希腊军队渡过了舍达竺河，那么，摩揭陀一定也就灭亡了。摩揭陀的昏君生了疑心，三番五次下旨催我回去，可是……

（一探子上，向罗刹斯敬礼）

罗刹斯 有何消息？

探子 大人，大事不好了！

罗刹斯 赶快说呀！

探　子　苏瓦西妮已被打入监牢，有人告她与您密谋造反。

罗刹斯　（怒）还有什么消息吗？

探　子　是的，大人。您眼下已是割据一方、反叛朝廷的罪人，朝廷已发出将您捉拿归案的悬赏令。

罗刹斯　岂有此理！你说的都是真话？

探　子　大人，我想说的只是：您赶快想办法自保吧。

罗刹斯　错了！我错了！愚蠢的罗刹斯，你还在为保卫摩揭陀殚精竭虑！让摩揭陀毁灭吧！让它的百姓遭受屠戮吧！让它的城市遭受劫掠吧！好你个难陀！你简直就是暴虐和愚蠢的化身！畜生！为他操什么心！苏瓦西妮！为了苏瓦西妮，我才希望保全摩揭陀国。谁不知伴君如伴虎？去你的尽忠报国吧！

（一军官带数名士兵上）

军　官　罗刹斯大人，摩揭陀皇帝有旨，请您放下武器，您是我们的囚犯了！

罗刹斯　（拔剑）蠢货，你是谁？竟敢如此大胆！

军　官　这个嘛，牢房会告诉你的。那我就只好动粗啰！（对士兵们说）绑了！

（八名士兵从舞台的另一边上，将先前到来的士兵抓了起来。罗刹斯吃惊地看着眼前这一幕）

军　官　你们都是些什么人？

士兵甲　罗刹斯大人的卫兵！

罗刹斯　我的卫兵？

士兵甲　是的，大人！阇那迦大人有令，只要希腊之患不息，我们就要保卫好每一个人，包括罗刹斯大人您。

罗刹斯　多谢阇那迦大人！

士兵甲　可是大人，您还是去当面向阇那迦大人表达谢意吧。

（在士兵甲示意下，新来的士兵把俘虏带走）

罗刹斯　我该去哪里呢？我还是去摩腊婆大营见见公主吧。

士兵甲　大家都在那里等着见您呢。这是给您的请帖。

（罗刹斯接过请帖看起来）

罗刹斯　阿勒嘉跟辛赫仑要成婚了，我也收到了邀请。阇那迦确实是个绝顶聪明的婆罗门，纵横捭阖之术他玩得真是得心应手啊！

士兵甲　是的，大人。您还听到过别的消息吗？

罗刹斯　什么消息？

士兵甲　希腊人向摩腊婆人发来了求和书。亚历山大表示特别想见一见在城墙上抵挡过他的英武女子阿勒嘉。

罗刹斯　不可思议！

探　子　是的，大人！我还没来得及跟您讲这些呢。拉维河的岸边搭起了一大片帐篷，里面还搭了戏台，阿勒嘉的婚礼就在里面举行。亚历山大得知阿勒嘉是呾叉始罗国王阿毗迦的妹妹之后，他可算找到好机会了。他宣布，要借这个好机会举办一个摩腊婆人和希腊人的联欢会。他从阿毗迦那里获得了邀请，将跟着送亲队伍到这里来。

罗刹斯　阇那迦，你真了不起！我都有些嫉妒你了。走吧！

（众下）

第二场

（拉维河畔，伯尔沃德希瓦尔独自一人走在举行婚礼的一大片帐篷间的小道上）

伯尔沃德希瓦尔 唉，奇耻大辱！荡平北印度强敌、傲视群雄的伯尔沃德希瓦尔，在不可一世的亚历山大面前视死如归、昂首挺胸、笑对时运不济的伯尔沃德希瓦尔，你却遭受了这样的羞辱——而且它来自一个女人！而且它来自亚历山大的弦外之音！复仇！嗜血的复仇之魔撕扯着我的筋骨。要么我死，要么他们亡！可是，杀死他们没有可能。辛赫仑和阿勒嘉身穿婚服，精挑细选的摩腊婆勇士围护着他们。亚历山大对他们推崇备至，赞赏有加。此时对辛赫仑动手无异于自取灭亡。那么，我活着还有何用？

（伯尔沃德希瓦尔欲拔刀自戕，阇那迦上前抓住了他的手）

伯尔沃德希瓦尔 谁？

阇　那　迦 婆罗门阇那迦。

伯尔沃德希瓦尔 难道你还想向将死之人索要施舍？

阇　那　迦 是的！

伯尔沃德希瓦尔 我把自己的王国都交出来了。请让开吧。

阇　那　迦 补卢族后裔啊，你是把王国交出来了，但我并没有向你索要。

伯尔沃德希瓦尔 那你还想要什么？

阇　那　迦 一个问题的答案。

伯尔沃德希瓦尔 你是来提醒我你曾经说过什么话吗？没错，婆罗门，你的话应验了，希腊人的铁蹄践踏了雅利安大地。我因为自负，没有听信你的话，我错了，现在就让我去忏悔吧。放开我！

阇　　那　　迦　补卢族后裔啊，平静平静吧！我要问的是另外一件事——旃陀罗笈多是首陀罗还是刹帝利？婆罗门为他灌顶登基是否犯了错误？

伯尔沃德希瓦尔　婆罗门啊，请不要讥讽我！这场盛事就是旃陀罗笈多身为刹帝利的证明。阇那迦尊者啊，兵强将广的我都没能做到的事情，让两手空空的旃陀罗笈多做到了。希腊人从雅利安大地退走就是他拥有强大力量的明证。旃陀罗笈多适合担当一统天下的大皇帝，这是我的肺腑之言。放开我吧……

阇　　那　　迦　补卢族后裔啊，婆罗门不懂得为政之术，他们也不愿意为之操劳，但是，他们懂得为政之道，他们懂得如何匡扶君王，他们懂得如何把一个人推上国王宝座。现在，你必须承担起国王的责任，你要履行刹帝利的职责，你要做一件为印度人增光的事。

伯尔沃德希瓦尔　（扔掉刀）什么事？

阇　　那　　迦　向那些羞辱过你的希腊人复仇！

伯尔沃德希瓦尔　我办不到啊！

阇　　那　　迦　（笑）人对自己的弱点知道得一清二楚，但他也应该知道自己的力量之所在。补卢族后裔啊，不要在还没有做一件事之前就说办不到！那只会让你在事到临头的时候两腿发软，一事无成。你想想看，你到底是不是等闲之辈？亚历山大在这里任命了总督。还有，他都跟我们提出了些什么样的讲和条件啊？他想把劫掠的土地并入他的帝国！只要我阇那迦有一口气，他的图谋就不会得逞！

站出来承担起国王的职责吧！

伯尔沃德希瓦尔 可是尊者，我已经献出了国土。

阇　　那　　迦 补卢族后裔啊，正当的获取胜于不正当的舍弃。你那不是奉献，其中不存在任何正当性。把它收回去吧。

伯尔沃德希瓦尔 那您有何吩咐？

阇　　那　　迦 以后再告诉你吧。此时我只想说，你要把辛赫仑当作兄弟，把阿勒嘉当作姐妹。

（犍陀罗国老国王突然到来）

老　　国　　王 阿勒嘉？阿勒嘉在哪里？

伯尔沃德希瓦尔 老人家，你是谁？

阇　　那　　迦 我认识他，他是犍陀罗国的老国王。

伯尔沃德希瓦尔 尊者，伯尔沃德希瓦尔向您致敬。

老　　国　　王 补卢族后裔啊，我哪里有脸接受你的敬意！我儿子引狼入室，丢尽了我的老脸。我是民族的罪人，活到今天只是为了看一眼我的女儿阿勒嘉。她没有贪心，谁也无法将她收买，我对她抱有期望。我想看一眼我的阿勒嘉，然后就了此残生。（喘息）

阇　　那　　迦 刹帝利啊！你不肖的儿子和你贤德的女儿都安然无恙。阿勒嘉是个有福气的姑娘，今天是她大喜的日子，你快去高高兴兴地把女儿交给新郎吧。

（阇那迦把老国王带走）

伯尔沃德希瓦尔 我也走？可是，我该去哪儿呢？跟阇那迦走？（下）

（嘉尔内丽娅和旃陀罗笈多上）

旃陀罗笈多 姑娘，我今天十分开心。

嘉尔内丽娅 因何事开心？

旃陀罗笈多 因为我没有被忘记。

嘉尔内丽娅 难道记忆也是件好东西？

旃陀罗笈多 美丽的姑娘啊，记忆是对人生的奖赏。

嘉尔内丽娅 可是，我跨越万水千山而来，一路上留下的记忆都很恐怖，它们像囚徒一样锁在我的过去，有时候会发出悲伤的叹息，然后又沉睡在浓稠得化不开的黑暗里。

旃陀罗笈多 吉祥的女子啊，如果是这样，你就把它们都忘了吧。天下大乱，兵祸连绵，谁顾得上那些颠沛流离、受尽屈辱的苍生呢？

嘉尔内丽娅 不，旃陀罗笈多。我越来越爱这片土地了，就像爱我的家乡一样。这里的山脉、溪流和密林，这里郁郁葱葱的雨季、夏夜的月光和冬日的暖阳，这里淳朴的农夫和天真的农家少女……我童年时代听到的故事中描绘的景象活生生地出现在了我的眼前。这是一个梦想中的国度，她是舍弃精神和知识的摇篮，她是爱的舞台。我怎会把婆罗多大地忘记？绝对不会！别的国家是人类的栖息地，婆罗多大地是人道精神的诞生地。

旃陀罗笈多 吉祥的女子啊，你的这番话令我感到惊异。

嘉尔内丽娅 旃陀罗笈多，我感到十分伤心。我满以为我父亲会被任命为这一带的总督，这样我就可以住在印度的近旁观望她，可是事与愿违，皇上任命的总督是菲利普斯。

（菲利普斯突然到来）

菲 利 普 斯 小姐，这有什么不好？塞琉古不做总督，嘉尔内丽娅也可以做这里的统治者呀。菲利普斯甘愿做你忠实的仆人。（认出旃陀罗笈多）又是这个印度年轻人！

旃陀罗笈多 希腊人，当心！我们已经交过一次手了。

菲利普斯 是吗？我跟你扯得上什么关系？不过……

嘉尔内丽娅 菲利普斯，你跟我也没什么关系！我希望你不要跟我说话。

菲利普斯 好啊！但是，我也容不得旃陀罗笈多跟你说话。你的爱……

嘉尔内丽娅 闭嘴！你给我闭嘴！

菲利普斯 （对旃陀罗笈多说）我要跟你决斗！

旃陀罗笈多 你若有此意，我奉陪。很好，破坏条约的人是你。

菲利普斯 条约是国家间的事，这是我的私事。好，我另外找时间约你。

旃陀罗笈多 如果你愿意，就今晚半夜吧！

（菲利普斯下）

嘉尔内丽娅 亚历山大与印度交过手了，我研究过印度了。依我看，这不只是希腊人和印度人之间武力上的交锋，而且是两个民族之间智慧上的交锋。这是亚里士多德和阇那迦之间的一次碰撞，亚历山大和旃陀罗笈多只是他们的武器。

旃陀罗笈多 我能说什么呢？我只是一个被放逐的……

嘉尔内丽娅 不管别人怎么说，我十分清楚，到目前为止，阇那迦是胜利者。我和父亲深入地讨论过这个话题，他可是亚里士多德的弟子。

旃陀罗笈多 很多秘密眼下还隐藏在未来的怀抱里。

嘉尔内丽娅　再次向你表达谢意。好了，我该走了。不过，我相信我还会回来的。

旃陀罗笈多　到时候你一定已经把我忘记了。

嘉尔内丽娅　怎么会呢？旃陀罗笈多，再会！希腊军队的船队今天就要出发了。

（二人对视着离开舞台，罗刹斯和格尔亚妮上）

格尔亚妮　大臣啊，我从来没有看见过这么盛大的场面！摩揭陀有什么值得骄傲的？

罗刹斯　有，当然有！阇那迦和旃陀罗笈多不都是摩揭陀人吗？他们做的可是扭转乾坤的大事啊。

（阇那迦上）

阇那迦　这么说，罗刹斯大臣，你认可我做的事情啰。

罗刹斯　恰如其分地赞扬对手也是为人处世之道。你立下了丰功伟业，这是不争的事实。

阇那迦　所以，你现在可以回去了。摩揭陀会欢迎你的。

罗刹斯　公主明天就走。不过，我现在还没定下来。

阇那迦　我的事已大功告成，公主可以走了，但我还有一句话想说出来。

罗刹斯　什么话？

阇那迦　请不要把这里的任何情况告诉难陀。

格尔亚妮　我发誓，我不会的。

阇那迦　罗刹斯，我本来可以让苏瓦西妮来见你，但她不相信我。

罗刹斯　她也来这里了？

阇那迦　有了你的信物，我就可以把她从难陀的监狱里解救出来。

罗刹斯　给，这是我的指环印。阇那迦，请你把她带到我的身边来！

阇　那　迦　（接过指环印）我会尽力而为的。（下）

罗　刹　斯　那么，公主，请受臣子一拜！

格尔亚妮　你一定好好想过自己应该做什么。我向你保证，我不会做任何于你不利的事情。我走了。

（二人下）

第三场

（拉维河岸边，亚历山大的船队整装待发。阇那迦和伯尔沃德希瓦尔上）

阇　那　迦　补卢族后裔啊，你看，这一场洪水今天就将退去。阇那迦的所作所为是好是坏，现在你明白了吧。

伯尔沃德希瓦尔　我承认，这是您的丰功伟业。

阇　那　迦　补卢族后裔，这是旃陀罗笈多的武功！为了把摩揭陀国从暴君难陀的手中解救出来，我阇那迦曾经求助于你。今天我想再次向你求助，你愿意吗？

伯尔沃德希瓦尔　尊者，我愿意效劳！

阇　那　迦　我相信你。好了，今天我们可是来送别希腊人的。

（亚历山大、塞琉古、嘉尔内丽娅、菲利普斯等人从一边上；旃陀罗笈多、辛赫仑、阿勒嘉、摩罗维迦、阿毗迦等人从另一边上，两边分别奏希腊和印度军乐）

亚　历　山　大　祝贺你，旃陀罗笈多大将军！

旃陀罗笈多　国王啊，祝贺我什么？

亚　历　山　大　你登上印度皇帝宝座的那一天我无法到场，所以提前祝贺你。我完全相信那个赤身露体的婆罗门当德亚因所说的话。

旃陀罗笈多　您是大英雄。

亚历山大 雅利安英雄啊，我在印度既看到了赫拉克勒斯和阿喀琉斯的灵魂，也看到了德摩斯梯尼的灵魂[①]。也许还有柏拉图和亚里士多德呢。我向印度道贺！

塞琉古 陛下，他就是阇那迦尊者！

亚历山大 您太了不起了！我提剑来到印度，走的时候却已把心交给她。真是不可思议！离开的时候，我竟然想向那些在战场上与我比试刀剑的人伸出友谊之手。

阇那迦 亚历山大，我们也愿意向你伸出友谊之手！你是英雄，我们印度人一向敬重优良品性。我们会打仗，但不记仇。祝你一路顺风！

（亚历山大面带笑容，带着随从登船。船开走）

第四场

（路上，探子和罗刹斯）

探子 骗局！阴谋！我们上当了！

罗刹斯 怎么回事？你倒是说呀！

探子 我的好友古楞加今天从摩揭陀来这里了。从他那儿得知，难陀大王一点儿都没有生您的气，他盼你尽快回摩揭陀。

罗刹斯 苏瓦西妮呢？

探子 苏瓦西妮是自由的，她过得很好。上次那些关于摩揭陀的消息都是阇那迦手下的探子告诉我的，我被他骗了。

罗刹斯 这么说我中了阇那迦的奸计？啊，我明白了。我得赶紧逃走。看到我的指环印，苏瓦西妮可别也被他们耍弄了。我得赶紧回摩揭陀。

---

① 赫拉克勒斯，即大力神，希腊神话人物。阿喀琉斯，荷马史诗中的希腊英雄。德摩斯梯尼，古希腊雄辩家。——译者注

探　　　子　您把指环印给他们了？

罗　刹　斯　我太笨了！阇那迦想在摩揭陀兴风作浪啊！

探　　　子　摩揭陀营已经在回摩揭陀的途中了，追上他们阇那迦就拿我们没办法了。我有两匹快马，赶紧！

罗　刹　斯　走！阇那迦要灭摩揭陀国，我可不能做他手中的棋子。

（二人下。阿勒嘉和辛赫仑上）

辛　赫　仑　贤妻，我该怎么办呢？

阿　勒　嘉　不管你怎么办，反正你应该助朋友一臂之力。旃陀罗笈多今天说："我要回摩揭陀去。我要看看伯尔沃德希瓦尔能帮我做点什么。"

辛　赫　仑　阿勒嘉，为了旃陀罗笈多，我愿肝脑涂地，摩腊婆人可不是忘恩负义之徒。瞧，旃陀罗笈多和阇那迦来了。

阿　勒　嘉　伯尔沃德希瓦尔也从另一边过来了。

（旃陀罗笈多、阇那迦和伯尔沃德希瓦尔上）

辛　赫　仑　朋友！要是你们再多待几天就好了，不过还是要听师尊吩咐。

阇　那　迦　伯尔沃德希瓦尔，你向我发过誓。

伯尔沃德希瓦尔　尊者，我随时听您吩咐。

阇　那　迦　那好，你跟我走吧。辛赫仑的国家实行的是共和制，他可以尽其所能帮助我，但不经议事会批准他是没法为我提供帮助的，而我又不想在议事会面前公开这个秘密，所以，补卢族后裔啊，我只能靠你了。辛赫仑只能支配他本人的血肉之躯和他的剑，他是愿意听候我调遣的。拿下摩揭陀国之后，你提什么要求……

伯尔沃德希瓦尔 阇那迦尊者，我已经向您表明过心迹！我已向您献出我的一切，包括我的权力、财富和我的身体。让辛赫仑做我的军队的统帅吧，我的国库由您支配。

旃陀罗笈多 我不想向你们道谢，因为那样会贬低我们之间的友谊。我旃陀罗笈多永远都是你们的伙伴。

阇那迦 你眼下还不宜去摩揭陀。从摩揭陀传来的消息都十分可怕！大将军，你的父亲被投入了监狱！还有……

旃陀罗笈多 就因为这，您就不让我去摩揭陀？

阇那迦 你现在别提这个问题。

（旃陀罗笈多低头。摩罗维迦拿着一封信上）

摩罗维迦 这是写给大将军的信。

旃陀罗笈多 （信阅毕）尊者，我想去也去不成了。

阇那迦 为什么？

旃陀罗笈多 菲利普斯向我发出了决斗邀请。

阇那迦 你没有胆怯吧？

旃陀罗笈多 师尊，您这是笑话我啊。

阇那迦 （笑）这封信来得正是时候！菲利普斯是残余的外来统治的代表，必须把他除掉。旃陀罗笈多是完成这项任务的合适人选。补卢族后裔啊，你留在这里有害无益。我不希望你再跟希腊人对垒，你留在这里也会招来猜疑，所以，你去摩揭陀吧。辛赫仑！你要做好准备，平息希腊人叛乱的事就交给你了。

（众下）

第五场

（摩揭陀王宫戏园，难陀上）

难　　陀　苏瓦西妮！

苏瓦西妮　大王！

难　　陀　别处难得片刻安宁，我还是到你这里来躲躲清静吧。

苏瓦西妮　大王，您有何吩咐？想看我演戏吗？

难　　陀　不，苏瓦西妮！我每天都在看戏，看他们骗我、诓我、反叛我，看得我火冒三丈。我倚重孔雀将军，我宠信孔雀将军，因为有他，我曾经高枕无忧，可他竟然帮他儿子谋反！我刚才给他判了罪，罚他终身关在地牢里。我的心在颤抖。苏瓦西妮，我还能相信谁？

苏瓦西妮　相信自己的近臣，大王！

难　　陀　罗刹斯也不在这里，我很害怕。

苏瓦西妮　我去拿点葡萄酒来？

难　　陀　去吧。（苏瓦西妮离开）苏瓦西妮多么纯朴啊！爱和青春的雨云在绿意盎然的藤蔓之上盘旋，可是……

（苏瓦西妮端着酒和酒杯上，斟酒，递给难陀）

难　　陀　苏瓦西妮，唱支歌吧，就唱那支令人心醉的歌。

（苏瓦西妮唱道）

在春意盎然的树林中，
响起了杜鹃鸟的歌声；
它吸食了醉人的花蜜，
高声颂唱自己的春情；
醉意驱走了它的羞涩，

也打开了它紧闭的心。

月光皎洁，晚风沉醉，

美景中淌着喁喁情语，

是谁让春夜如此醉人？

难　　陀　苏瓦西妮，你的歌声让我忘记了周围的一切！难道只有你一人听那只杜鹃鸟的叫声？啊，苏瓦西妮，我多么不解风情！

（欲亲近苏瓦西妮）

苏瓦西妮　大王，这只是一个卖唱为生的歌女的表演，并非真情流露。

难　　陀　怎么会呢？要是这不是真情流露，那整个世界都是假的。愚笨的难陀从来没聆听过杜鹃鸟的叫声。美人儿，你是我生命的主人！

苏瓦西妮　（惊异地）大王，我是您的奴婢！

难　　陀　你的歌声那么迷人，竟然全是虚情假意！苏瓦西妮，难陀不会忘记！来吧——（欲抓苏瓦西妮的手）

苏瓦西妮　（惊骇地）大王！罗刹斯大臣把我托付在这里，我不能成为大王的人。

难　　陀　罗刹斯大臣只要想活在这世上，他就绝不能成为你的情人。

苏瓦西妮　那我就到天堂去找他。

（难陀强行抓住苏瓦西妮，就在这时，罗刹斯赶到）

难　　陀　（看见罗刹斯，放手）你！罗刹斯大臣！

罗 刹 斯　是的，大王！为了阻止你欺负一个弱女子，我及时赶到了这里。

难　　陀　罗刹斯，原来她是你的情人！真是惭愧！

罗 刹 斯　大王勉力自责，臣下深感欣慰。好吧，我这就离开。走，苏瓦西妮！

（二人下）

第六场

（摩揭陀国都城古苏姆布尔郊外，阇那迦、摩罗维迦和阿勒嘉）

摩罗维迦　苏瓦西妮和罗刹斯没有被监禁，他俩很快就要举行婚礼了。孔雀将军被投打入监牢，婆罗流支被革职，难陀刚愎自用，百姓怨声载道。

阇 那 迦　好，时候到了！摩罗维迦，你可以乔装成舞女吗？

摩罗维迦　可以，我会舞蹈。

阇 那 迦　那你去难陀的戏园吧。给，这是罗刹斯的指环印和一封信。在罗刹斯的婚礼开始之前——刚好半个时辰之前，把它们交到难陀手里！如果难陀问，就说是罗刹斯大臣让交给苏瓦西妮的，但我没法见到她，所以我要把它们还回去。

摩罗维迦　（独白）什么？要我说谎！为了旃陀罗笈多，我什么都愿意做。（对白）好吧。

阇 那 迦　我给辛赫仑写了封信，叫他赶快让旃陀罗笈多到这里来，叫他也在降服希腊人之后赶来这里。在辛赫仑到来之前，阿勒嘉负责保护我的安全。我打算让我们的军队化装成商人，分批潜入古苏姆布尔。我们在罗刹斯举行婚礼那天起事，把旃陀罗笈多推上王位。

阿 勒 嘉　那就请您让旃陀罗笈多别跟菲利普斯决斗了，让他直接赶到这里来吧。谁知道这里会发生什么呢！

阇那迦　会发生什么！一切都不会出阇那迦所料。但是……哪一步如果出现延宕，我们就会满盘皆输。

（摩罗维迦下）

阿勒嘉　师尊，这样能夺取古苏姆布尔，打败难陀吗？

阇那迦　阿勒嘉，阇那迦将以智取胜，你就等着瞧吧。我告诉你做什么，你就做什么。摩罗维迦还是个小姑娘，还需要保护，你得看护好她。

（阿勒嘉下）

阇那迦　古苏姆布尔就在眼前，我人生的早晨就是在那里度过的。那时，我单纯的心渴望着有一个美丽的心灵与我做伴。我曾经急切地在每一个新认识的人身上寻找，我愿意为之付出心中的一切。但是，残酷的世界教导我：你必须等待。等我明白过来，青春已离我远去——花环编织好了，花儿也谢了。在追寻梦想的过程中，多变的世事已把人们美丽的心田变成了沙漠。这是何等的悖谬啊！而我，我已经变成了一个什么样的人啊！多疑、狡诈、冷酷！唉，难道这世上就没有我的知音了吗？有！抱负和自尊都是我的朋友。还有，我人生的画卷上还有一道线条，它已经很浅了。我是否要让它彻底消失？苏瓦西妮，不不不，她不是我的什么人。我要严守誓言，我要担当起对生养之地的职责。这誓言有着可怕的魅力。今天，它像妙龄女子一样散发着青春之光。我忍饥饿、卧草床，但头上却戴着万古流芳这顶金冠！成功就在眼前，（望了望天空）天空聚起了火红的云团，人们似乎都在高喊阇那迦的名字。（向看不清的远处看了看）那边怎么有人像蛇一样在往外爬？我躲起来看看吧。

（阇那迦躲到一边。一堆土塌下，舍迦达尔像野人一样从洞里钻了出来）

舍迦达尔 （环顾四周，闭眼，然后又睁开眼睛）眼睛受不了，可它们一直渴盼的正是这光明啊！啊，太刺眼了！这么说，我还活着！过去了多少天，多少月，多少年！在我的记忆里，黑牢主宰了一切。七个儿子活活饿死！我要感谢那片漆黑，它让我看不见孩子们惨白的面孔。我只听到了他们微弱的断气声。但是，用盐水炒面糊糊充饥，用自己的血解渴，我活下来了！我要复仇！可是，尽管逃出来了，但已奄奄一息。

（舍迦达尔倒地。阇那迦来到他身边，用蘸水的布往他口里挤了点水，舍迦达尔苏醒过来）

阇那迦 真是个苦命人！别怕，我会帮你的。

舍迦达尔 （朝上看了看阇那迦）你！帮我？太让人惊讶了！人会帮人？人不会像猛兽一样将他人撕成碎片？是的，像蚂蟥那样吸血是另一回事，那不会让人马上就痛苦不堪。没有好处还会帮人！我看你像条饿狼！

阇那迦 不幸的人，你这是一朝被蛇咬，十年怕井绳啊！谁都不信任，怎能成事？很多人都受过你这样的苦。如果你不相信有人会无私帮助你，那就互助互利吧。

舍迦达尔 痛苦啊！也许你听说过痛苦二字，或者你曾经自以为痛苦而喊出过痛苦二字。你可曾见过，七个爱子在饥饿中挣扎着死去？你可曾见过，在一片漆黑中，在那个关押活人的墓穴里，年复一年，我的孩子互相推让食物，心甘情愿地去死？你可曾见过，每个孩子临死前都要反复叮嘱活下来的人千万不要忘记复仇？孩子们总是要让给我一些吃的，我身为人父却铁石心肠地吃下了他们的食物，让他们死去，而让自己活了下来！你可知道，我为何如此狠心？因为他们从小娇生惯养，个个都是娇嫩的花朵，吃不了那样的苦，熬不到复仇的那一天。我活下来了，我要复仇！我要狠狠地复仇！我要把那个专横跋扈的魔王碎尸万段！我要用他的血染红大地！

阇 那 迦　当心点儿！（扶舍迦达尔坐起来）

舍迦达尔　让那个欺压弱小的人当心点儿吧！他把摩揭陀国变成了一个哀鸿遍野、民不聊生的地方！用儿子们的骨头挖掘隧道、用双手移开泥土的人是不需要当心的。我遭受的痛苦已经给予我视死如归的勇气。

阇 那 迦　你不是也要复仇吗？我们是同一条道路上的人。别害怕。这个世界还有你的亲人吗？

舍迦达尔　有，但不知道在哪里。有个名叫苏瓦西妮的女儿——她让我想起了她母亲。可是，谁知道她在哪里呢？

阇 那 迦　你说什么？苏瓦西妮？

舍迦达尔　是的，苏瓦西妮。

阇 那 迦　你是舍迦达尔？

舍迦达尔　（掐阇那迦的喉咙）你再提这个名字，我就掐死你！等我向难陀报完仇，随你怎么叫嚷都行。

阇 那 迦　（推开舍迦达尔的手）苏瓦西妮在难陀的戏园里。你认出我来了吗？

舍迦达尔　没有。（端详）

阇　那　迦　我是你的邻居、你的婆罗门朋友阇纳杰的儿子毗湿奴笈多。在得知他是你的“党羽”之后，你帮他争取到的那份婆罗门田产被充公了，人也被赶出了摩揭陀。我正是那个阇纳杰的儿子阇那迦。他们在朝堂上拽我的发辫[1]，他们把我打入死牢！现在你相信我了吧？

舍迦达尔　（思考，站起来）我相信你了。只要能复仇，你叫我干什么我就干什么。

阇　那　迦　那好，去我的草屋吧。来，我们用草把洞口遮住。

（遮住洞口后，二人下）

第七场

（难陀王宫中）

难　　陀　今天我为何突然心神不定起来了呢？该不会……该不会要出事吧。

（婆罗流支带着孔雀将军夫人上）

难　　陀　这个女人是谁？

婆罗流支　大王万岁，她是孔雀将军的夫人。

难　　陀　你有什么话要讲？

孔雀将军夫人　国君是臣民的慈父，国君宽宏大量，臣民则知错能改。大王，旃陀罗笈多是个孩子！他没有做任何有损摩揭陀的事，却被赶出了摩揭陀。再说，孔雀将军犯了什么罪？臣妇孤苦无依，恳请大王放了我夫君，请不要让我跟儿子骨肉分离。

难　　陀　王法无情，哪会姑息乱臣贼子，哪会管你夫妻情深、

① 婆罗门男子常在后脑勺留一条小发辫，拽其发辫是莫大的侮辱。参见第一幕第一场——译者注

母子连心！你们一家好好享受享受玩火自焚的苦果吧。难陀不会因为你这一番哭哭啼啼、苦苦哀求的表演就动摇了心志。

孔雀将军夫人 是的，大王！是我的错，是孔雀将军的错！当古苏姆布尔民怨沸腾的时候，当大莲王的私生子用沾满鲜血的双手维持暴政的时候，孔雀将军早该醒悟了！他哪里知道你会恩将仇报。

难　陀 住嘴，恶妇！

（难陀欲拽孔雀将军夫人头发，婆罗流支阻挡）

婆罗流支 大王息怒！她是个女人。

难　陀 我不知道她是女人？让开！

婆罗流支 您当然知道，只是此时忘了。

难　陀 难道你想让我把你也当作他们的同伙？

婆罗流支 这全凭您怎么想，我能自己做主的只是不做任何人的奴仆。请允许我把佩剑还给您。

难　陀 （接过婆罗流支的佩剑）你这是造反！仗着自己是婆罗门，是吧？你走吧。等一等！侍卫！

（侍卫上）

难　陀 逮捕他！把他和这个女人送到孔雀将军的牢房里关起来！

（侍卫逮捕二人）

婆罗流支 难陀，多行不义必自毙！正如一粒火星能烧毁整片郁郁葱葱的森林，你的横暴将给摩揭陀帝国带来灭顶之灾。你听信阿谀奉承者的谗言，丝毫听不进正义的呼声，但是，就算你掐住正义的脖子，你也无法压制它那凄厉的吼声！

难　　陀　赶快把他带走！

（侍卫把二人带走）

难　　陀　（独白）是不是做得有些过分？可是，他们一个鼻孔出气，怪不得我！（一侍卫上）有什么事？

侍　　卫　大王万岁！在王宫抓到了一个形迹可疑的女人，在她身上搜到了罗刹斯大臣的指环印和一封信。

难　　陀　把她带上来。

（侍卫出去，带摩罗维迦上）

难　　陀　你是谁？

摩罗维迦　大王，我是个女人。

难　　陀　你来找谁？

摩罗维迦　我，我，有个人在舍达竺河边派我来这里走一趟。我在路上病了，所以来晚了。

难　　陀　什么事情晚了？

摩罗维迦　把这封信送给一个名叫苏瓦西妮的女人。

难　　陀　谁派你来的？

摩罗维迦　我不知道他的名字。

难　　陀　（对侍卫说）信呢？

（侍卫把信和指环印递给难陀，难陀看信）

难　　陀　是谁给你的这封信？你必须说出来！快说，是不是罗刹鬼派你来的？

摩罗维迦　不是罗刹鬼，是人。

难　　陀　混账！快说，是不是罗刹斯？

摩罗维迦　您认为是就是呗。

难　　陀　（怒）侍卫，把她也跟那些逆贼关到一起去！等一等，先去把苏瓦西妮和罗刹斯带来。不管他们在干什么，立刻带来！

（难陀忧心忡忡地向另一边踱去，摩罗维迦被缚）

难　　陀　今天我要把他们一并送上绞刑架，不，（跺脚）让大象把他们踩死。这个故事该收场了。难陀不是婢女所生吗？他们就因为这个跟我作对，那我也要让他们瞧瞧我是谁，我要让他们听到我的名字就发抖！不爱戴我，那就敬畏我吧！

第八场

（古苏姆布尔郊外，阇那迦和伯尔沃德希瓦尔）

阇　那　迦　旃陀罗笈多此时在何处？

伯尔沃德希瓦尔　他乔装成商队队长，带着士兵组成的商队，正赶往这里。可能很快就到了。

阇　那　迦　他跟菲利普斯之间的决斗情况如何？

伯尔沃德希瓦尔　旃陀罗笈多异常神勇，整个西北印度都因菲利普斯被杀而欢欣鼓舞。尊者！希腊和印度双方众多的头面人物见证了这场决斗，两人高超的剑术让人大饱眼福！两人英勇搏杀的场面令人赞叹！

阇　那　迦　希腊人有什么反应？

伯尔沃德希瓦尔　辛赫仑率军守卫着决斗场。希腊人有一点骚动，但那只是决斗失败引起的恼怒。菲利普斯的副手尤德米斯情绪异常激动，但最后还是冷静下来了。尤德米斯在那里等待亚历山大的命令，可等到的却是亚历山大一命呜呼的消息！眼下希腊人自顾不暇，加上有您的吩咐，旃陀罗笈多便把辛赫仑留在那里，自己来这里了。

（阿勒嘉上）

阿　　勒　　嘉　师尊，大戏开场了。

阇　　那　　迦　摩罗维迦此时在何处？

阿　　勒　　嘉　她被抓进监狱了。罗刹斯和苏瓦西妮很快也会被抓进监狱，而且刚好赶在他俩举行大婚的时候，因为他俩今天就要……

阇　　那　　迦　那好，阿勒嘉，你赶快去吧！你不能离开婚礼现场。他俩被抓的时候，你要趁机在城中鼓动市民。赶快去！

（阿勒嘉下）

伯尔沃德希瓦尔　您对我有何吩咐？

阇　　那　　迦　挑选一些骑兵待命。旃陀罗笈多在城内一开始行动，你就对城门发起攻击。

（洞口打开，孔雀将军、摩罗维迦、舍迦达尔、婆罗流支上，后面跟着旃陀罗笈多的母亲）

阇　　那　　迦　快过来，孔雀将军！

孔　雀　将　军　救星啊，您就是大贤人阇那迦吧？

摩　罗　维　迦　是的，就是他。

孔　雀　将　军　请受老夫一拜！

阇　　那　　迦　将军，为了复仇，好好活着吧！是难陀恶贯满盈救了你们。现在，你的机会来了。

孔　雀　将　军　黑牢的恐怖还在叩击我这把老骨头。

舍　迦　达　尔　惨不忍睹的血腥景象也在无情地召唤着死神的到来。

（旃陀罗笈多上，向双亲施触足礼）

旃陀罗笈多　父亲！他们竟然把你折磨成了这副样子！你受的每一分苦，他们的每一分凶残，都将得到清算。母亲！冤有头债有主，我要向他们复仇！好你个难陀，我要跟你拼命！

阇那迦　旃陀罗笈多，只有时机成熟，方可一举成功。不要冲动，要审时度势。

旃陀罗笈多　师尊，敬请吩咐！

阇那迦　看，那边来了一群市民。也许这就是机会。你到人群中去，鼓动他们起来抗争。

（市民们上）

市民甲　这跟韦纳和冈萨[①]的横暴统治有何两样？

市民乙　直接把新郎、新娘从婚礼现场拽走！这么大的人物都遭到肆意羞辱！真是没天理了。

市民丙　何况还是罗刹斯大臣和苏瓦西妮！他俩在古苏姆布尔可是人中翘楚啊！

市民丁　而且把文臣武将都打入了黑牢。

孔雀将军　市民们，把文臣武将关押起来的国王多么英明神武啊！摩揭陀应该为他感到骄傲。

市民甲　老头儿，哪里该感到骄傲，应该感到羞耻！简直是穷凶极恶！

婆罗流支　这是摩揭陀的古老传统。这里曾是妖连[②]的竞技场，它早已对专制暴君的骄横跋扈习以为常。

市民乙　就算从前习以为常，现在我们也忍无可忍了。

---

① 韦纳和冈萨都是传说中的暴君。——译者注

② 妖连是史诗《摩诃婆罗多》中的反面人物之一，是摩揭陀国王。——译者注

舍迦达尔　今天你们非常难过，因为你们亲眼看到一场喜事横遭破坏。可是，舍迦达尔全家被投入死牢的那天，人们却在睡大觉。

市民丙　是啊，舍迦达尔大臣曾经像父亲一样护卫着我们。啊，大神哪！

舍迦达尔　我就是舍迦达尔。像一具骷髅，我从那座给活人挖掘的坟墓里逃出来了。如此践踏他人的人岂能安享太平？我回来了。为了给我那七个惨死的无辜儿子复仇，我已经变成了魔鬼。跟不跟我一起去？

市民丁　舍迦达尔大臣！您还活着？

舍迦达尔　是的，我就是惨遭大莲王的私生子、杀人魔王难陀残害的舍迦达尔！

众市民　天理何在！造福百姓的誓言已灰飞烟灰。今天我们要去声讨他！

孔雀将军　我也……

某市民　你是……？

孔雀将军　我是你们不知其下落的孔雀将军。

某市民　真是不可思议！难道我们今天在做梦吗？我们这就进城去向他问个究竟，你们也一起去吧。

舍迦达尔　可是，谁来保护我呢？

（大家你看看我我看看你，旃陀罗笈多挺身而出）

旃陀罗笈多　我！摩揭陀国所有被欺压、被践踏的臣民我都要保护！

阇那迦　太好了，旃陀罗笈多！

（群情激昂。除了伯尔沃德希瓦尔、阇那迦和婆罗流支，其他人下）

婆罗流支 阇那迦，你这可是点燃了燎原烈火啊！

阇那迦 欺压百姓者玩火，必招自焚。婆罗流支，你为何也到黑牢里享福去了？你犯罪了？

婆罗流支 难陀有错，但他还可以改邪归正。宽宏大量的婆罗门啊，原谅他的过错吧！

阇那迦 婆罗流支，实现誓言之后，我跟你一起归隐林泉！先让我们获得力量，然后再考虑宽恕。走，伯尔沃德希瓦尔！要慎之又慎！

（三人下）

第九场

（难陀王的戏园里，苏瓦西妮、罗刹斯身着囚服）

难陀 罗刹斯大臣，这就是你出的好主意？这信是你写的吗？

罗刹斯 （接过信读起来）“苏瓦西妮，赶快逃出监狱，跟这个女子来与我会面！我正在西北建立一个新国家，以后再找难陀算账。”（向难陀看去）奇怪，这不是我写的！太阴险了！不可能是别人，只能是那个婆罗门阇那迦搞的鬼。大王，您可要当心啊！连自己的至亲都不要相信。要出大事了。

难陀 你这些话骗不了我。瞧，你的指环印！（把指环印递给罗刹斯，罗刹斯看后低头）忘恩负义之徒！说话呀，给我一个解释呀！

罗刹斯 此时此刻，您会相信我说的话吗？

难陀 那今天你们也去黑牢里待着吧。来人！

（侍卫上，用锁链锁住罗刹斯的手脚。众市民上，见罗刹斯被锁链锁

住，愤怒）

某　市　民　大王！罗刹斯和其他被打入黑牢的人犯了什么罪？摩揭陀百姓请求您重审他们的案子。

难　　　陀　什么！你们怀疑我冤枉他们了？

市　　　民　我们有证人——舍迦达尔、婆罗流支和孔雀将军！

难　　　陀　（看了看这几个人）舍迦达尔，你还活着？

舍迦达尔　我还活着，难陀！命运比皇帝老子还要有力量。

难　　　陀　这是怎么回事？侍卫，先把这帮逆贼抓起来！（对市民们说）是你们把他们救出来的吗？

市　　　民　大王，请您当着我们的面审他们的案子，这样我们才会相信王法！您的臣民想听听他们犯了什么罪。

难　　　陀　难道国君必须按臣民的意愿行事？

市　　　民　是的，大王！

难　　　陀　你们全都反了不成？

市　　　民　大王，这您可要扪心自问了。

舍迦达尔　你害死了我七个无辜的儿子！

市　　　民　披着公正的外衣，竟干下了这等残害无辜的勾当！

难　　　陀　侍卫！把他们都给我抓起来！

（王宫侍卫上前捆绑众人，旃陀罗笈多带士兵们从另一边上）

旃陀罗笈多　住手！（众惊愕）难陀大王！我们都是您的臣民，都是人，请您不要把我们逼成禽兽。

婆罗流支　唉，想想也是，倘若国君为政清明，臣民怎么会闹事呢？

难　　　陀　（独白）太可怕了！大事不好了！罪人和逆贼全都凑到一起了。（想了想，说）好吧，孔雀将军！还有你，婆罗流支，我让你们官复原职。我原谅你们了。

舍迦达尔 你先问问我们吧！问哪，难陀！想想自己有多残暴吧！原谅？谁原谅谁？你原谅我们？笑话！我们要公审你犯下的滔天罪行。

难　　陀 （挺直了身体）蠢货！如果是这样，那就见识见识我难陀的无情！侍卫们，王权受到了威胁！来，让我们跟这帮逆贼拼个你死我活！

（王宫侍卫上前与旃陀罗笈多等人战，数名侍卫战死。这时，一名士兵前来通报说有人攻打王城。旃陀罗笈多在战斗中俘获难陀。阇那迦上）

阇 那 迦 难陀！我又想让别人拽我的辫子了，所以我来了。难陀，你是王族中的异类，今天我们要审判你。

难　　陀 婆罗门，是你！靠我的残羹剩饭养大的穷鬼，你要审判摩揭陀国国王？你们是一伙强盗！匪徒！逆贼！

阇 那 迦 （走到王座边）难陀！且让我细数你犯下的一桩桩罪行吧。你谋害了大莲王；你监禁舍迦达尔，饿死了他的七个儿子！你企图谋害孔雀将军，还把他的妻子和婆罗流支监禁起来！你毁了多少良家女子的贞操——你把整个都城变成了一个淫窝！你还抢走婆罗门和鳏寡孤独者的生计！你还对苏瓦西妮图谋不轨。她可是舍迦达尔唯一幸存的孩子啊！为了满足自己的兽欲，你……

市　　民 （打断阇那迦的话，喊道）够了！难陀恶贯满盈，不需要再听下去了！证人不都在眼前吗？

旃陀罗笈多 等一等！（对难陀说）你有什么话要说吗？

难　　陀　没有。

（人群喊道：“杀了他！杀了他！”）

阇 那 迦　难陀，你还是好好想想吧。我是婆罗门，我可以为你求情，求他们饶你一命，好吗？

（人群喊道：“不饶他！不饶他！”伯尔沃德希瓦尔押着格尔亚妮上）

难　　陀　啊，女儿，你受苦了！父亲对不起你！阇那迦，我想带着格尔亚妮到森林里去修苦行。

阇 那 迦　市民们！请你们放他走吧！

舍迦达尔　（拔剑刺入难陀的胸膛）七条命啊！让我杀七次，我才可以原谅他。没有他摩揭陀照样活得下去。

婆罗流支　灾难啊！

（众惊）

罗 刹 斯　阇那迦，我可以说几句话吗？

旃陀罗笈多　给罗刹斯大臣解开锁链。今天，摩揭陀的全体市民都自由了。

（罗刹斯、苏瓦西妮和格尔亚妮身上的锁链被解开）

罗 刹 斯　国家不能按以前的办法治理。

阇 那 迦　该如何治理呢？

罗 刹 斯　应该推举一个议事会。

众 市 民　我们推举罗刹斯、婆罗流支、舍迦达尔、旃陀罗笈多和阇那迦为议事会成员。

阇 那 迦　可是，摩揭陀并没有像西北诸国那样实行共和制的条件。摩揭陀自古就是一个帝国。另外，大家应该知道，我们还面临着希腊人的巨大威胁。大敌当前，摩揭陀需要一个强有力同时其权力又受到很好制约的统治者。

市　　民　那谁堪当此重任呢？

阇 那 迦　这正是大家要考虑的问题。

舍迦达尔　旃陀罗笈多！他是我们的救命恩人，他在西北打了许多胜仗，他是英雄！

众 市 民　旃陀罗笈多万岁！

阇 那 迦　那么，来吧，旃陀罗笈多！国不可一日无君。罗刹斯大臣，给新帝举行登基仪式吧！

（死者被抬走，格尔亚妮从另一边离去。罗刹斯牵着旃陀罗笈多的手，扶其坐上帝位）

众 市 民　旃陀罗笈多大帝万岁！摩揭陀万岁！

阇 那 迦　祝贺自由的摩揭陀国民！今天是你们的国家获得新生的日子。我们要记住，我们都是大神创造的，我们人人生而自由，但是，个人自由的限度是不妨碍他人的自由，这就是我们的立国之本。旃陀罗笈多！你亲眼看到了随心所欲的统治带来的后果。现在，请你在大臣会议的制约下为摩揭陀和整个雅利安大地谋福利吧。

（响起“旃陀罗笈多大帝万岁”的欢呼声）

（幕终）

第四幕

第一场

（摩揭陀国御花园，格尔亚妮）

格尔亚妮　我有两个人生梦想：一是历经磨难之后沐浴在旃陀罗笈多的光辉里，二是向伯尔沃德希瓦尔复仇。可是，摩揭陀国的公主今天却成了自家花园里的囚徒。我可曾经是摩揭陀国呼风唤雨的公主啊！身体、面貌和心都一如从前，但权力和衡量一个人身价的财富都被剥夺了。如今我谁都比不上了，只能忍辱含羞地活下去（低头）。难陀王族已遭灭顶之灾，留下我一个公主干什么？

（看见伯尔沃德希瓦尔像醉鬼一样走过来，格尔亚妮打住了自己的话）

伯尔沃德希瓦尔 摩揭陀是我的，半个摩揭陀是我的！可是，没有谁问我一声，旃陀罗笈多就登上皇位，独占了摩揭陀！绝对不行！只要我有一口气，这绝对不行！（向前看）谁？一定是天仙下凡了吧！啊呀，可别是妖精！（下）

格 尔 亚 妮 摩揭陀王宫像从前那样矗立，恒河依旧为了那份情意与宋河交汇，街市熙熙攘攘一如从前，可是，难陀王族只剩下我一人！我又能如何？自杀？不，岂能如此轻贱人生！啊，看哪！看那轮洒下清辉的月儿！就这样，它日复一日地凝视着大地！多像一朵银色的莲花！（唱道）

让心儿沐浴在你的甘露之中，

让心中的波澜平静下来，

别让它们肆意腾翻。

月儿啊，请用你的美，

给这苦涩的心海带来甘甜。

用你的光辉驱走黑暗，

用你的微笑引来群雁，

请你借布谷鸟的歌声，
将美好的月圆之夜到来的消息传遍。
请你把清辉投在悲苦的面庞，
让伤心人儿的泪滴化作珍珠，
请把它们一一拾起，
用你温柔的手儿将它们抚慰一番。

（伯尔沃德希瓦尔返回）

伯尔沃德希瓦尔 美丽的姑娘，你是谁？

格 尔 亚 妮 你是谁？

伯尔沃德希瓦尔 伯尔沃德希瓦尔。

格 尔 亚 妮 我是守卫城池的时候被你俘虏的格尔亚妮。

伯尔沃德希瓦尔 公主！你就是难陀的女儿？

格 尔 亚 妮 是的，伯尔沃德希瓦尔！

伯尔沃德希瓦尔 摩揭陀国曾经要把你嫁给我？

格 尔 亚 妮 现在我要嫁给阎魔王了。

伯尔沃德希瓦尔 不，姑娘！你如此年轻美丽！

格 尔 亚 妮 何必对一个一无所有的人横加羞辱！

伯尔沃德希瓦尔 你不知道，摩揭陀有一半属于我。我会让你幸福地生活下去的。

格 尔 亚 妮 我现在不想要幸福。幸福好还是痛苦好，我无法确定。你不要打扰我。

伯尔沃德希瓦尔 你我联手，整个摩揭陀国都将属于我们。我们远离西北乱局，在此地安享太平。

格 尔 亚 妮 你住口吧。

伯尔沃德希瓦尔 美丽的姑娘，看到你，我怎能住口！

（伯尔沃德希瓦尔想抓住她。格尔亚妮逃，但还是被抓住了。格尔亚妮拔出伯尔沃德希瓦尔的匕首将其刺死。听到尖叫声，旃陀罗笈多赶到）

旃陀罗笈多　格尔亚妮！格尔亚妮！怎么啦？

格尔亚妮　发生了该发生的事。旃陀罗笈多！这个畜生想侮辱我——他利诱我，让我做他的女人，企图借此占有整个摩揭陀国。可是，旃陀罗笈多啊，格尔亚妮已经选定了意中人，他就是旃陀罗笈多！

旃陀罗笈多　是真的吗，格尔亚妮？

格尔亚妮　是的，是真的。可是，你成了我父亲的敌人，所以我只好将那份爱——那份痛苦的爱——踩在脚下，埋在心里！现在，我已经一无所有。父亲，等等我，我也来了。

（格尔亚妮突然挥刀自杀，旃陀罗笈多将她抱起。阇那迦上）

阇那迦　旃陀罗笈多，你的道路上已经没有荆棘了！

旃陀罗笈多　师尊！需要如此冷酷无情吗？

阇那迦　成就伟业这颗珍珠就生长在冷酷无情这个贝壳里！走，去处理军国大事吧，争论不是你的强项。现在你可以放手南征了。（下）

（旃陀罗笈多把格尔亚妮放到地上）

第二场

（路上，罗刹斯和苏瓦西妮）

苏瓦西妮　罗刹斯，原谅我吧！

罗刹斯　为什么，苏瓦西妮？要是难陀不从中作梗，我们已经按照礼俗结为夫妻了！现在又怎么了？

苏瓦西妮 现在需要父亲的同意。

罗 刹 斯 （嘲讽的口吻）为什么？他现在倒可以管你了！你过去的那些遭遇难道跟他没一丁点关系？难道……

苏瓦西妮 罗刹斯！过去我是孤身一人，为了生存，不管我做过什么，但我一直谨守妇德，从来没有出卖过自己。

罗 刹 斯 苏瓦西妮，我曾经想，有了你的爱，我就可以不再误入歧途，就可以尽心为摩揭陀效力了。你这是要让我不能如愿以偿吗？难道你不知道，我的内心深处有一个邪恶的家伙，它总是在那里蠢蠢欲动？不要给它机会，不要把它唤醒！不要让我作恶！

苏瓦西妮 我没有拒绝你的爱，只是要你向我父亲提亲。我苦命的父亲！他现在把我当作出淤泥而不染的莲花捧在手里，他多么希望我是一个正派和清白的女儿啊！罗刹斯，你钟情于我的品貌，但我知道，拥有我的心会比拥有我的身给你带来更大的快乐。罗刹斯，你为情欲所困，你没有看到，与你的心紧紧依偎在一起的这颗受伤的心终将远去，一个圣洁的幻想也将烟消云散。

罗 刹 斯 我相信你的话，也许完全相信。但是，苏瓦西妮，我有些疑虑，你和阇那迦打小就相识，而且你崇拜强者……

苏瓦西妮 别往下说了，罗刹斯！我几乎已经忘记了阇那迦，你不要把沉睡的模糊记忆唤醒！（离去）

罗 刹 斯 阇那迦会忘记吗？永远不会！就算他成为国之重臣，就算他成为弃绝人间烟火的苦修大师，要是苏瓦西妮的倩影已铭刻在他心中，那么……唉……（沉思。幕后传来歌声）

美貌是烈焰，它让心如飞蛾扑火般奋不顾身；
美貌是烈酒，它像傍晚的天空一样令人销魂；
美貌是花环，谁相信它没有铁打的锁链坚硬？

罗　刹　斯　（回过神来）那么，我又要跟阇那迦一决高下了。那就让我跟他斗吧！斗下去要令人愉快得多。从今天起，这就是我内心的目标。我哪有脸去向舍迦达尔提亲呢？要他把苏瓦西妮托付给我，这是不可能的！那就让摩揭陀在来一场暴风雨吧！旃陀罗笈多可以做皇帝，别的人也可以。格尔亚妮之死激起了许多人的不满，只需添上一些油，火就会熊熊燃烧起来。（下）

第三场

（摩揭陀议事会大厅，罗刹斯上）

罗　刹　斯　诸位都认为不需要举行庆功大典？摩揭陀的威风和荣耀岂不是要因此大为逊色？

舍迦达尔　我倒是希望举行，但阇那迦尊者不同意啊。

婆罗流支　凡事皆以不张扬为好。

（孔雀将军夫妇上）

孔雀将军　旃陀罗笈多大胜而归，难道今天我们也不能庆祝一下？表面上是皇帝，实际上是奴隶！

孔雀将军夫人　那就该弄清楚，谁是这个帝国的主人！是百战百胜的旃陀罗笈多呢，还是这个婆罗门或者议事会？

阇　那　迦　（向罗刹斯看去）罗刹斯，你有什么看法？

罗　刹　斯　我哪有什么看法，我听大家的。

阇　那　迦　在其位，谋其政。我要说的是，庆功大典不举行了。

孔雀将军夫人 那好，我再也不想受制于人了。（对孔雀将军说）明白了吗？我们到今天都是囚徒。

孔雀将军 （愤怒地）你说什么？囚徒？不，不能这样！我们走！我倒要看看，谁有能耐阻止我！我孔雀可不是忍辱偷生之辈。走！

（除阇那迦和婆罗流支外，其他人离去）

婆罗流支 毗湿奴笈多，不举行庆功大典，你应该有你的考虑。可是，孔雀将军就这么走了，旃陀罗笈多……

阇那迦 会不高兴！为什么？婆罗流支，难道我有什么地方做得不周到吗？只要结果好就行。要是你也想走，那就走吧！别费口舌了！

（婆罗流支离去）

阇那迦 真不明白，怎么会起这么一场风波？（思考）难道有新的一幕即将上演？我相信自己会赢，但这是一出什么戏呢？（思考）

（苏瓦西妮上）

苏瓦西妮 毗湿奴笈多！

阇那迦 有话就说吧，苏瓦西妮！

苏瓦西妮 刚才父亲从这里走出去的时候看上去很难过。是不是你羞辱他了？

阇那迦 这是谁跟你说的？不举行庆功大典对帝国没有丝毫不利影响。孔雀帝国的一切都是我的职责所系。无论荣辱，我都要尽职尽责。舍迦达尔于我犹如父亲，你怎么会相信我会羞辱他呢？

苏瓦西妮 那罗刹斯怎么这样……

阇 那 迦　是他说的？对！他是该这么说！而且，你也该相信他的话。不是吗，苏瓦西妮？

苏瓦西妮　毗湿奴笈多！我被搅进了一个漩涡。

阇 那 迦　是你自己想掉进去的，兴许掉进去也是对的。

苏瓦西妮　别讽刺我，我相信你会希望我好的。

阇 那 迦　苏瓦西妮，从小我就了解你。玩游戏输了的时候，你总是爱哭。只有我认输了，你才破涕为笑。这些年恐怕你的演技也长进了，这样的话……（盯着苏瓦西妮看）

苏瓦西妮　毗湿奴笈多，你这是为何？你有志将全天下掌控在自己的手心里，怎么就不控制一下自己？拿镜子照照，看看自己那副新面孔是个什么样子。（下）

阇 那 迦　什么？我也有自己的软弱之处？不！谁？

（侍卫上）

侍　　卫　大人，摩罗维迦乘马车到了。

阇 那 迦　直接带她来见我。

（侍卫下，探子甲上）

探 子 甲　大人，皇上的父母刚才乘马车出去了！（下）

阇 那 迦　让他们走吧！他们在这里会成为旃陀罗笈多一统天下的绊脚石。出于过分的亲情，他们什么都干得出来。

（探子乙上）

探 子 乙　大人，瓦尔希格出现了新的乱象。塞琉古摆脱了西部政权的束缚，专意经略亚历山大征服的东部省份，所以，希腊军队又来到了瓦尔希格的边境。

阇 那 迦　（吃惊地）有犍陀罗的消息吗？

探 子 乙　眼下还没有新消息。

阇　那　迦　下去吧。（探子下）莫非那一刻也到来了？来了也好。婆罗门！要坚守誓言！别担心，一切都将水到渠成。

（阇那迦仰天而笑，摩罗维迦上）

摩罗维迦　大人，摩罗维迦有礼了！皇上向您请安并敬告大人：托您的福，南征已取得空前成功。皇上已听从您不得进至最南端的号令，正班师回朝。边境诸国均已答应与我修好。

阇　那　迦　摩罗维迦，去休息吧。各项事务的详细情况到时候我再一并听取。

摩罗维迦　可是大人，京城里怎么一点儿迎接的气氛都没有啊？

阇　那　迦　摩罗维迦，华氏城正在成为种种阴谋的中心！保护旃陀罗笈多的任务就交给你了，你可要加倍小心！

第四场

（摩揭陀王宫一厅，旃陀罗笈多上）

旃陀罗笈多　胜利和成功有涯，但人的欲望无边！心有些烦乱，每时每刻都有劳心费神的事。不知师尊还有什么宏图大略。我为何如此意志消沉！摩罗维迦！

（摩罗维迦上）

摩罗维迦　皇上万岁！

旃陀罗笈多　我已经变成一个人人畏惧的孤家寡人，没有一个亲近的人，连你都叫我皇上了！

摩罗维迦　皇上，那我怎么叫您？

旃陀罗笈多　我想起了自己在摩腊婆御花园做客的日子！

摩罗维迦　皇上，还有好多艰苦的仗要打呢！

旃陀罗笈多　打仗！摩罗维迦，要是你想看打仗，那就撕开我的心看吧！希望和绝望在里面厮杀，知足和不知足在里面搏斗！我什么都不缺了，但不知是谁一直在我的清单里留下空白。摩罗维迦，你不是给我端槟榔包的人。在我的眼里，你就是信任和友谊的化身。你瞧瞧，我是不是在你面前一无所有？我没有对你保留任何秘密！我的心里是不是空空如也？找都找不到什么东西！

摩罗维迦 皇上，您是英雄豪杰，不应该像常人那样软弱！好多天没有编花环了，今天我编了一个。（把花环给旃陀罗笈多戴上）

旃陀罗笈多 摩罗维迦，这些花的蜜汁已经被黑蜂吸走了。

摩罗维迦 花儿无辜，为何责怪它们？它们只管奉上花香，而不管带走花香的是黑蜂还是风。

旃陀罗笈多 唱支歌让我们开心开心吧。

摩罗维迦 （唱道）

黑蜂何曾只把一朵花爱恋？
嗅过花香，吸过花蜜，
黑蜂便将花朵抛弃，
它要把百花的芬芳尝遍；
哪怕身染花粉，
它依然在那条路上勇往直前；
哪怕身陷棘刺，
它采蜜的热情丝毫不减；
它乐在其中，为之沉醉，
无论是荷花还是茉莉，
它需要的是一座令它欢愉的百花园。

黑蜂何曾只把一朵花爱恋？

旃陀罗笈多 摩罗维迦，我的心比黑蜂还要跃跃欲试，比风还要急不可待。

摩罗维迦 皇上，管得住心的人才是真豪杰！

（一宫女上，向摩罗维迦示意。摩罗维迦过去跟她言语数句，回）

旃陀罗笈多 什么事？

摩罗维迦 没什么。她说这间古殿还不干净，所以我叫她把您安排在明月殿就寝。

旃陀罗笈多 随你安排吧。（饮酒）再唱一首吧，摩罗维迦！今天你的歌声像仙音一样甜美。

摩罗维迦 （唱道）

悠扬笛声，昼夜不停，
曼妙琴音，令人销魂，
婉转歌喉，宛若仙音；
你灵动的鹿眼如两杯美酒，
令我的心智顿然失去自由；
悠扬笛声，昼夜不停。

（一侍从上）

侍从 皇上万岁！歇息的时间快到了。

（旃陀罗笈多跟宫女和侍从下）

摩罗维迦 最亲爱的人，去享受快乐人生吧！我要留在这里结束生之痛苦。人生是一个问题，死亡则是它命中注定的答案。刚才，阇那迦尊者传来号令：今晚杀手将光顾寝宫，不得让旃陀罗笈多在寝宫歇息。另外，务必将行凶者抓获。（躺在床上）这是旃陀罗笈多的眠床。

啊，今晚，生命的气息多么醉人！我……我身在何处？我身在何处？记忆啊，跟我一样，你也赶快入睡吧！爱啊，你要比鲜血更加绚丽！（唱道）

啊，人生的记忆！
啊，内心不安分的情意！
是谁坐在那片孤寂的红霞中，
把美妙的歌儿吟唱？
心海里静静地泛着涟漪，
可是，哪里又响起了激越之声？
不要搅扰我的心，
它已经十分不安分；
沉醉的情人纵情嬉戏，
不知会踩坏谁的花苑。
我心中的情意啊，
你是这无边海洋的船夫；
往日的记忆醒来，
化作金色的风帆；
你们带我远离喧嚣的岸边，
打算把我送往何方？
唉，无情的桨击碎浪花，
没看见吗？浪花又惊又怕；
不要迷失航向，
告诉我，你们要把我送往何方？

（摩罗维迦入睡）

第五场

（早晨，王宫一处）

旃陀罗笈多　（独自踱步）夜色像一个机灵的仆人，唤醒世界后就退下了。夜晚的宁静被鸟儿的啁啾打破，一切又恢复了生机！天色明亮起来，昏昏欲睡的夜晚披上朝霞渐渐入眠。这是醒来的时刻。醒来意味着开始劳作。什么是劳作？劳作就是为了生存而斗争！可是，经历了那么艰苦的斗争，我还是什么都不是。我只是别人手中的木偶。再怎么说……我的父母应当受到尊重啊。他们出走了。别说市民了，我的至亲都被剥夺了为我庆祝胜利的权利。这种当木偶的日子何时是个头？来人！（宫女上）

宫　　女　皇上万安！

旃陀罗笈多　把阇那迦大人速速叫来！

（宫女下）

旃陀罗笈多　（踱步）绝不能逆来顺受！

（阇那迦上）

旃陀罗笈多　师尊，弟子有礼了！

阇那迦　长命百岁的人啊，愿你有福！你今天的问候听上去有些沉重！

旃陀罗笈多　我想问您点事。

阇那迦　我早料到了。所以你才在问候我的时候像孩子那样气鼓鼓的，是吧？

旃陀罗笈多　没有，师尊。我的父母……我想知道是谁把他们赶走的。

阇　那　迦　知道是谁之后，你会把他杀了，是吗？（笑）

旃陀罗笈多　别笑！师尊，我知道应当维护您的威望，但他们是我的父母，您也应当知道这一点。

阇　那　迦　所以我才给他们做出了一个合适的安排。他们现在需要安宁，他们已经开始了林居生活[1]，这有什么好难过的呢？

旃陀罗笈多　您凭什么这么做？我看出来了，您不止想把帝国，而且想把我的家控制在自己手中。

阇　那　迦　旃陀罗笈多！我是婆罗门。慈悲是我的帝国，仁爱是我的达摩。我乃欢喜海中平静岛上人，日月星辰是我的灯，无尽的天穹是我的帐篷，郁郁葱葱的大地是我的床。智慧游戏是我的营生，知足常乐是我的财富。可是，我离开婆罗门的故土，来到了一个什么样的地方啊！阴险取代了热忱，荆棘取代了鲜花，恐惧取代了友爱，智慧的甘露化作了奸计的毒汁。还能比这更堕落吗？旃陀罗笈多·孔雀，拿去吧！收回你的权力吧！这将是我的重生。因为要弄政治阴谋，我的人生已经为人所不齿，已经污迹斑斑。为了一幅幻景，为了虚幻的伟大，我误入歧途，苦苦追寻，失去了平静，忘却了本真！我知道自己在哪里了！我知道自己有多么堕落了！（扬长而去）

旃陀罗笈多　走就走吧。（长长地出了一口气）难道我自己不行？哼，没什么不行的。

（辛赫仑上）

---

① 印度教把人的一生分为四行期，即梵行期、家居期、林居期和遁世期。——译者注

辛　赫　仑　皇上万安！我们抓住了几个乱贼，我方也发生了一件十分令人痛心的事。

旃陀罗笈多　（吃惊地）什么事？

辛　赫　仑　摩罗维迦遇害……（哽咽）她穿着您的衣服躺在您的床上。

旃陀罗笈多　所以她才安排我在别处歇息！啊，摩罗维迦！

辛　赫　仑　得到阇那迦大人的消息后，整整一个营被安排来守卫王宫。一场小小的战斗之后，喽啰们都被擒获，但他们的首领罗刹斯逃走了。

旃陀罗笈多　什么？领头的是罗刹斯？

辛　赫　仑　是的，皇上！把师尊请来如何？

旃陀罗笈多　请不来了。他走了，也许再也不回来了。

辛　赫　仑　怎么会这样？您对他说什么了吗？

旃陀罗笈多　是的，辛赫仑！我向他问了我父母出走的原因。

辛　赫　仑　（叹气）命运之神似乎又在弄什么新花样！皇上，我去找师尊！

旃陀罗笈多　（淡漠地）去吧。是的，乐极必悲，盛极必衰！

（辛赫仑离去）

旃陀罗笈多　父亲走了，母亲走了，师尊走了，并肩战斗、生死与共的老友辛赫仑也走了！可旃陀罗笈多必须留下来，而且必须一直留下来。啊，摩罗维迦，天堂里的花朵啊！（愁容满面地离去）

第六场

（印度河畔的草屋里，阇那迦和迦旃延即婆罗流支）

阇　那　迦　迦旃延，不行，我现在不能回去。你要是把我的秘密透露出去，那你就害了摩揭陀。

迦旃延　那我怎么办？阇那迦，我不想操心朝廷里的那些事。

阇那迦　只要犍陀罗不安定下来，你就必须操心朝廷里的那些事。讲一讲，有什么新消息吗？

迦旃延　罗刹斯在塞琉古那里给嘉尔内丽娅当老师，刺杀皇上的阴谋是他一手策划的。这些天他去了瓦尔希格。我已经写完了《释补》，所以才告假来找你！阇那迦，我现在想回摩揭陀，不可能再去希腊大营了。

阇那迦　你尽快回摩揭陀吧。我用好辛赫仑就行。你让旃陀罗笈多到这里来。注意，不要让他知道我在这里，时机一到我自己会出现的。迦旃延，摩揭陀就靠你和舍迦达尔了！要是你把苏瓦西妮派来，那事情就更容易成功了。明白不？

迦旃延　（笑）听你这么说我很高兴，你……苏瓦西妮，好了……毗湿奴笈多！有家室的生活多么美妙啊！

阇那迦　笨蛋！我和你一起办婚礼，好吗？

迦旃延　我？不……我有老婆了！

阇那迦　（笑）那就再娶一个呗。好了，请讲，事情进展到什么程度了？

迦旃延　（把一封信交给阇那迦）给，这是希腊大营的详细情况。不过，毗湿奴笈多，有一句话我不得不说。那个希腊姑娘可是从头到脚都浸染在雅利安文化里啊，必须做于她不利的事情吗？

阇那迦　（笑）迦旃延，你是个真正的婆罗门！真正的婆罗门都有一颗仁慈的心。但是我，冷酷无情！没心没肝！我一心只想看到自己把一个帝国亲手建立的起来的样子。

迦旃延 可是，阇那迦，她的面庞是那样的天真无邪！怎可伤害一个吉祥天女！

阇那迦 （笑）你疯了吗？

迦旃延 阇那迦，你别笑！你笑起来比你发怒还要可怕！向我发誓，你不会伤害她。快说啊！

阇那迦 迦旃延，我们历尽千辛万苦才把亚历山大赶出婆罗多大地，难道你忘了不成？这还是不久前的事情，现在塞琉古又来了！迦旃延，你不知道，塞琉古对旃陀罗笈多有救命之恩，命运却正在把他俩推入拔剑相向的境地！

迦旃延 太不可思议了！

阇那迦 但是，这又算什么！这次我同样能化解危机，就像以前那样！婆罗多大地的命运像云层中的闪电那样在我的心中狂舞，我不为之奋争又该如何？

迦旃延 你就那么铁石心肠吗？

阇那迦 好吧，你发发善心，做一件好事吧。你说，你愿意在旃陀罗笈多和那个希腊姑娘的婚礼上担任祭司吗？

迦旃延 你在说什么呀？你这不是笑话嘛！

阇那迦 这是对你的善心的考验——我想看看你怎么做。这不会伤害那个希腊姑娘吧？

迦旃延 （想了想）这对她来说是桩好事。我愿意成全他俩。

阇那迦 （笑）那你可真是个大好人。

迦旃延 好了，我走了。

阇那迦 好，你走吧。请记住，这是我们此生最后一搏。今天我要见阿毗迦，我要看看这个贪心的国王这次会怎么做。

（迦旃延下，探子上）

探　　子　首辅大人无往不胜！

阇 那 迦　眼下倒真需要一场重大胜利。要是能赢得阿毗迦，我们就无往不胜了。你说，阿毗迦怎么讲的？

探　　子　他本人来了。

阇 那 迦　让他进来吧，你出去。

（探子下，阿毗迦上）

阿 毗 迦　向婆罗门致敬！

阇 那 迦　祝你有福。国王，你不害怕吧？我这人名声可不太好。

阿 毗 迦　尊者，您这是什么话！我不害怕。

阇 那 迦　那就好。有一天，正是在呾叉始罗城的神庙里，我曾说："多疑的刹帝利啊，那你又将如何？正因为这种不信任，野蛮的外族人在扩张帝国的版图，而雅利安民族却站在悬崖边等待着最后一推。"

阿 毗 迦　我记得。

阇 那 迦　你犯下的错误带来了多大的灾难，这你也没有忘记吧？

阿 毗 迦　没有。

阇 那 迦　你知道，旃陀罗笈多已经建立起了一个南达金岭、北及旁遮那陀、西抵索拉施特拉、东至孟加拉国的大帝国。这个帝国不是摩揭陀帝国，而是雅利安帝国。辛赫仑率领摩腊婆、楚德罗迦和尧特耶等北方诸共和国加入了帝国，只有你的犍陀罗国还置身于帝国之外。希腊人第二次来袭，你打算为婆罗多大地守卫大门呢，还是像上次那样，收取贿赂，开门揖盗？

阿 毗 迦　尊者，同样的错误不会再犯！

阇那迦　那么，帝国将守卫杰卢姆河岸，守卫印度河岸的重任就由你承担了。

阿毗迦　我无力独自抵御希腊人的入侵。

阇那迦　那怎么办？

（幕后传来欢呼声，阿毗迦吃惊地向幕后看去）

阇那迦　听到在欢呼什么了吗？

阿毗迦　没听出来。（向幕后看去）一个女人在前面唱着歌向我们走来，后面跟着一大群人。（嘈杂声越来越近）

阇那迦　来，我们躲到一边看吧。（二人躲藏）

（阿勒嘉高举雅利安旗帜，唱着歌，与众人上）

阿勒嘉　呾叉始罗的英雄市民们！旃陀罗笈多大帝刚刚把雅利安大地解救出来，希腊人的铁蹄又要来践踏我们亲爱的祖国了。可是，你们的国王却又要玩弄坐山观虎斗的把戏，要在王宫的窗后观看这福德之地被外人套上枷锁。你们的国王是懦夫，你们呢？

市　民　万民之母啊，我们已经见识过那样做的后果！我们跟你走！

阿勒嘉　好，让我们挺身而出吧！（齐声高歌）

圣洁的智慧的萨罗斯伐底女神[1]，
光辉的灿烂的萨罗斯伐底女神，
站在高高的雪山之巅，
把自由大声呼唤——
你们是不朽的英雄的子孙，

[1] 萨罗斯伐底女神是印度教中的文艺女神和智慧女神，是创造神大梵天的配偶。——译者注

你们要立下坚定的誓言，

英雄之路已为你们铺就，前进！前进！

神圣的火炬发出万丈光芒，

将这条无上光荣的英雄之路照亮，

祖国的好儿男啊，

勇往直前，誓死不退！

冲入敌群，像烈火一样燃烧，

英勇属于你，胜利属于你，前进！前进！

（众下）

阿毗迦 是阿勒嘉！在呾叉始罗煽惑民心——好你个阿勒嘉！

阇那迦 是的，阿毗迦！把她抓起来，堵上她的嘴巴！

阿毗迦 （想了想）那怎么行！我也要加入帝国！

阇那迦 我该怎么说呢？阿勒嘉是我心中的吉祥天女。为了雅利安民族的尊严，她都经历了什么样的磨难啊！她跟你可是一个王族的后裔！何况你还是个男人，你想想看吧！

阿毗迦 虚荣再也不能把我变成危害国家福祉的绊脚石。阇那迦尊者，我加入雅利安帝国。

阇那迦 这样的话，摩揭陀军队就会开进呾叉始罗城堡！你受得了吗？

（阿毗迦低头沉思）

阇那迦 刹帝利，说起来容易做起来难啊！

阿毗迦 （冲动地）我已经失败过一次了，我已经依附过外人一次了。阇那迦尊者啊，现在，我归顺自己的国家不会给我染上比那更大的污点！

阇那迦 那么，犍陀罗和旁遮那陀都由阿勒嘉管辖，以呾叉始罗为首府，你答应吗？

阿 毗 迦 阿勒嘉？

阇 那 迦 是的，阿勒嘉！辛赫仑担任这个大邦的总督。

阿 毗 迦 婆罗门啊，我全都接受！我只想得到在希腊人面前洗清污点的机会。我只想作为一名战士上战场厮杀。别的什么都不要！

阇 那 迦 愿你的宏愿成真。

（阇那迦示意，辛赫仑和阿勒嘉上）

阿 勒 嘉 哥哥，阿毗迦！

阿 毗 迦 妹妹，阿勒嘉！你比我小，可我敬仰你。妹妹，我错了！呾叉始罗有阿勒嘉就足够了，阿毗迦是多余的。

阿 勒 嘉 哥哥，你这是什么话？

阿 毗 迦 我出卖了国家！我卑鄙！我无耻！你给犍陀罗王族的脸面增添了荣光，你才是治理王国的合适人选。

阿 勒 迦 哥哥，到现在你都没有转过弯来！王国不是哪一个人的，它属于善政！热爱这片生养之地的人们已经觉醒了。难道你没有看见，东方已经升起了太阳？旃陀罗笈多大帝本人也是伟大的雅利安帝国的仆人。在赶走外来入侵者的战争中，将军与士兵没有区别。哥哥，谁的剑锋闪耀着胜利的光芒，谁就是众望所归的领袖，谁就会得到我们的崇敬！呾叉始罗既不属于我，也不属于你，它是雅利安大地的一部分。为了让它永远属于雅利安大地，去抛头颅、洒热血吧！然后，你的名字将镌刻在它的每一粒尘土中，我们的父亲也可以在天堂里与因陀罗[1]一争高

---

① 在印度教神话中，因陀罗是众神之王。——译者注

下了，仙女们将带着胜利的花环迎接你，太阳将为你引路，犍陀罗王族将在一片光明中获得永生。

阇那迦　太好了！阿勒嘉，你说得太好了！

阿毗迦　（拔剑）以剑为誓，我必尽忠职守！

辛赫仑　（拥抱阿毗迦）阿毗迦我的朋友！人原本与禽兽无异，有思想方为人，若能无私则可为神。

（阿毗迦下）

辛赫仑　阿勒嘉，皇上近来是不是有些苦闷？

阿勒嘉　摩腊婆人啊，他是英雄，他相信自己肩负着使命。上天或命运之神会助他实现宏图大略，不管是借助阇那迦尊者还是您的辅佐！

辛赫仑　阿勒嘉，我知道皇上勇武盖世，但我也知道他是个凡人。屡次三番地求助过友人之后，人们便会对再次向友人求助产生抗拒心理，因为朋友间的情谊和信赖要求我们自尊自重。遇到需要再次向友人求助的时候，我们的心尽管会装出一副要远离世事纷争的样子，但人生的现实却不管不顾地要我们去奋争，它会说：我才不要什么面子呢，是朋友就赶快来帮我。

（二人下，苏瓦西妮上）

阇那迦　苏瓦西妮，你怎么在这里？

苏瓦西妮　皇上到现在都不知道您身在何方，所以父亲就派我来找您。父亲说，凡事皆应有始有终。

阇那迦　苏瓦西妮，为何只要求我有始有终？我希望你和罗刹斯白头偕老。他投靠了希腊人，而你是摩揭陀国大臣的女儿！你还可以跟他结婚吗？

苏瓦西妮　（叹气）跟罗刹斯结婚！不，不可能！阇那迦，你太无情了！

阇 那 迦　（笑）苏瓦西妮！那场梦已经破碎了。少年时，我的心里也曾对你漾起涟漪，但你一蹙眉就把它吓退了，如今我已心如死灰。苏瓦西妮，我要惩罚你！阇那迦从来不放过任何一个开罪于他的人。

苏瓦西妮　原谅我，毗湿奴笈多！

阇 那 迦　不可能。你必须与罗刹斯结婚，这对我、对你、对摩揭陀都有利。

苏瓦西妮　你太冷酷无情了！

阇 那 迦　（笑）你还必须去演戏。苏瓦西妮，去展示你平生积累的全部演技吧！你到希腊大营去，他们会将你俘获，然后你设法接近罗刹斯和嘉尔内丽娅公主。你要把罗刹斯转化为为国效力的人，你要让公主对旃陀罗笈多的旧情重新燃起，你还要考查考查嘉尔内丽娅能否与旃陀罗笈多结成一对幸福的夫妻。

（苏瓦西妮抱头坐下，阇那迦伸手抚其头）

阇 那 迦　苏瓦西妮！成年之后，你的爱只为罗刹斯萌过芽，孩提时代的种种情感只是亲情。正因为你我之间的那份亲情，罗刹斯对你的爱化成了对我的恨，但是，假以时日，你们爱的萌芽会长成一棵郁郁葱葱的大树！阇那迦认为没有什么是不可能的。你跟罗刹斯的爱能给你带来幸福，而我呢，习惯了之后，也能将你淡忘——这对我有好处。对当下而言，我是冷酷无情的，但是，对未来的幸福和天下太平而言，对结果而言，我并非是冷酷无情的。苏瓦西妮，为了不朽的功业，人应当舍弃一切。你去吧！

苏瓦西妮　（悲凄看着阇那迦的脸）毗湿奴笈多，你要做这么大的牺牲！你要把自己一手建立起来的帝国的权柄，连同自己的雄心壮志，交给自己的对手！而且是为了我！

阇那迦　（惊恐地）要误事了！苏瓦西妮，我得赶紧去当德亚因尊者的净修林。我忘了自己在赶路！像云一样普降哺育生命的甘霖，像太阳一样用光辉普照世间，像大海一样纳百川之欲望而不漫溢，这就是婆罗门的理想。待旃陀罗笈多成为一轮没有乌云遮挡的明月，我便功成身退！

苏瓦西妮　人中翘楚啊，我向您致敬！毗湿奴笈多，您的妹妹向您乞求祝福。（行触足礼）

阇那迦　愿你幸福！（摸了摸苏瓦西妮的头，含泪而去）

第七场

（格比夏，塞琉古的王宫，嘉尔内丽娅和她的女伴爱丽斯上）

嘉尔内丽娅　离开婆罗多大地有些时日了！啊，婆罗多大地！光明的国度，圣洁的土地，眼看就要因杀戮和劫掠变得满目疮痍了——希腊军队要让这片膏腴之地血流成河！父亲不满足于自己的帝国，雄心壮志驱遣着他东征西讨。他中了魔鬼的圈套，几十万生灵又要惨遭涂炭。而且我还听说，这次是跟旃陀罗笈多打仗。

爱丽斯　皇上今天要去大营了！

（罗刹斯上）

罗刹斯　祝公主长命百岁！我来了。

嘉尔内丽娅　向您致敬！曾经在您的国家听说，婆罗门是特别清心寡欲的。

罗　刹　斯　是的，多福的公主。那是我祖上的荣光，但我们已经是佛教徒了。

嘉尔内丽娅　而且你是佛教徒当中的末流。在我的国家，您这种人叫叛国者。你们这里把这种人叫什么？

罗　刹　斯　公主，我不是忘恩负义之徒。在我的国家，知恩图报是堂堂男子汉的品德。食人俸禄，忠人之事……

嘉尔内丽娅　可是，你的国家养育了你，也有恩于你，忘记养育之恩不算忘恩负义吗？苏格拉底的哲学您读过吗？

罗　刹　斯　哲学和政治是两回事。我要复仇。公主，格尔尼迦说……

嘉尔内丽娅　毁灭一切吧。如果是这样，你那一套政治说教我不学了。

罗　刹　斯　课程还剩下了一点。把它学完吧，这是您父亲的吩咐。

嘉尔内丽娅　乌什纳和格尔尼迦那一套说教已经让我厌烦了，您走吧。

（罗刹斯下）

嘉尔内丽娅　爱丽斯！这几天教我读《罗摩衍那》的那个婆罗门去哪里了？他给语法做了一个新的注疏。心地多么纯净的一个学问家啊！

爱　丽　斯　公主，他已经走了。

嘉尔内丽娅　他才是个清心寡欲的真正的婆罗门。（塞琉古上）父亲，是您！

塞　琉　古　是的，孩子。罗刹斯说你不想学习了，这是为何？

嘉尔内丽娅　父亲，他的国家叫他罗刹斯一定是有所考虑的——我害怕罗刹。

塞　琉　古　孩子，他是个学识渊博的学者，我要让他担任印度总督。

嘉尔内丽娅　父亲，他是罪恶的化身。您难道看不出他的内心有多么阴暗？远离他吧。停歇下来！胜利是虚幻的，不要再让自己上它的当。雄心壮志总是让人输掉人性。德摩斯梯尼……

塞　琉　古　我已经对哲学家失去了兴趣。要是希腊只出产武士不出产哲学家该多好！

嘉尔内丽娅　现在不正是如此吗？父亲，您是天下无敌的英雄！您是征服者！我错了，原谅我吧。

塞　琉　古　这才像我的女儿。希腊人的血液里流淌着尚武的因子。如果你想看打仗，就去印度河岸边的大营里待着吧。

嘉尔内丽娅　好，我去。

塞　琉　古　那就准备好了。呾叉始罗城的国王阿毗迦将在这场战争中保持中立，今天我收到他的信了。罗刹斯说，旃陀罗笈多的首辅大臣阇那迦负气出走了。在旁遮那陀，旃陀罗笈多没有一个帮手。孩子，想想看，一个比亚历山大大帝的帝国更大的帝国——比亚历山大大帝取得的胜利更大的胜利。多么光明的前景！

嘉尔内丽娅　是的，父亲。

塞　琉　古　是的，父亲！没有一丝喜悦之情。你为何如此郁郁寡欢？别学下去了！要我说啊，你越来越像个哲学家了——希腊血液！

嘉尔内丽娅　这正是我想说的。也正是您一会儿叫我学，一会儿叫我别学。

塞　琉　古　那么好吧，是我错了。

（二人下）

第八场

（路上，旃陀罗笈多与数名军士）

旃陀罗笈多　旁遮那陀总兵在何处？

军　士　甲　他马上就到，皇上！

（总兵上）

总　　　兵　皇上万岁！

旃陀罗笈多　辛赫仑在何处？

（军士长恭敬地呈上一封信，旃陀罗笈多阅后将信撕掉）

旃陀罗笈多　哼！辛赫仑在等人去接替他的元帅之位。总兵！你能做到紧握宝剑不退缩吗？你能为旃陀罗笈多献出生命吗？我见识过视死如归的英雄。旃陀罗笈多会打仗。相信我吧，为他欢呼胜利的声音就是胜利女神的祝福之歌！从今天起，我就是元帅。今天，我不是皇帝，是战士！有什么好担忧的？辛赫仑和师尊二人都不相助，何惧之有？军士们！你们听好了，从今往后，我只是统帅，别的什么都不是！去吧，带上我的指环印信，让辛赫仑卸下重担。告诉他——辛赫仑，你站在远处观看吧！旃陀罗笈多不是懦夫。去吧。

（总兵移步离去）

旃陀罗笈多　等一等！阿毗迦在搞什么花招？

总　　　兵　阿毗迦对希腊人说，希腊军队可以借道他的国家，但他不会派兵助战，因为他本人都对自己的军队没有信心。

旃陀罗笈多 他还能说什么！懦夫！好了，你走吧。瞧，我们必须尽快赶到维德斯达河对岸。你把军队带到那里跟我会合。

（总兵下）

军　士　甲 皇上对小人有何旨意？回摩揭陀吗？

旃陀罗笈多 你给舍迦达尔尊者送一封信，把这里的情况全部报告给他。我在信里写了，但你还是要告诉他：此时我需要兵员、武器和粮食。让他通告全国，雅利安大地上所有能使用武器的人和所有的财产都归兵部统管。去吧！

（军士甲下）

军　士　乙 皇上，今天在何处宿营？

旃陀罗笈多 马背上，军士！让大家吃点东西，把马换了。一刻也不歇息。对了，等一等，命令送到所有的兵营了吗？

军　士　乙 是的，皇上！

旃陀罗笈多 我恨不得一眨眼就到了前线。去，准备好出发。

（众军士下）

旃陀罗笈多 （望着天空）命运之神啊，你不要耍花招！旃陀罗笈多敢于拥抱比死亡还可怕的厄运！胜利——我永远的伙伴！

（面带微笑下）

第九场

（希腊军队营地）

嘉尔内丽娅 爱丽斯！来到这里之后，我的心情似乎更加沉重了。黄昏的景致勾起了我内心深处的记忆。清纯的黄昏开始用鸟儿的鸣叫声唤来宁静。眼看着星星一颗一颗地显现了，仿佛大自然在用镶嵌着钻石的黑色盾牌护佑万物众生。晚风吹拂，好像负载着一个甜美的故事。爱丽斯，风儿要去往何处？

爱　丽　斯　去找它的爱人！

嘉尔内丽娅　去去去！满脑子爱呀爱的。

（一女仆上）

女　　　仆　公主！有个女俘来了。

嘉尔内丽娅　（吃惊地）一定是父亲叫她来的。赶快把她带进来。

（女仆下，苏瓦西妮上）

嘉尔内丽娅　你叫什么名字？

苏 瓦 西 妮　我叫苏瓦西妮。我在找一个人，突然就被抓起来了。我要找的人可能也被你们抓起来了。

嘉尔内丽娅　他叫什么名字？

苏 瓦 西 妮　罗刹斯。

嘉尔内丽娅　噢，你是不是跟他结过婚了？如果是，那你就真是个不幸的人了。

苏 瓦 西 妮　（吃惊地）怎么会呢？我们是差点儿就结婚了。您知道一些他的情况？

嘉尔内丽娅　坐下吧。你说，你是想当俘虏呢，还是想做我的女伴？赶快说！

苏 瓦 西 妮　我已经是俘虏了。要是能做您的女伴，那我就太幸运了。

嘉尔内丽娅　那你可得向我发誓：没有我的允许你不许结婚。

苏 瓦 西 妮　我答应。

嘉尔内丽娅　好，你接受考试吧。你怎么看已婚女人？

苏瓦西妮　她们就像那些专供有钱人观赏的经过修剪的花树。要是某根枝条一高兴伸出去了，花匠就会把它剪掉！它们只能按照花匠的心意被打扮得没棱没角的。

嘉尔内丽娅　哇，讲得真好！我也是这么想的。是吧，爱丽斯？好，你怎么看待青春和爱情？

苏瓦西妮　青春宛如甜蜜的春天，它会藏在月圆之夜的阴影里突然闯进生命之林；肢体就像苗圃里的花草一样蓬蓬勃勃起来；像布谷鸟一样唱出一声“你是谁呀”，青春之美就来临了，它让人变得矜持起来，又让人在内心里呼唤着什么。公主啊，这时，爱情也就萌芽了，与泪水相伴的记忆也便像花蜜一样潜藏其中了。

嘉尔内丽娅　（拥抱她）啊，女伴！你原来是个诗人！你想拥有爱情，你也懂得它的奥秘。你我太投缘了！爱丽斯！去，去跟父亲讲，我让她做我的女伴了。

（爱丽斯下）

苏瓦西妮　公主！爱情会给人带来相思之乐，也会给人带来相思之痛，那钻心的痛正是爱之呼吸。令人惊讶的是，这种痛栖息在每一个少女的心里。不过，不是每个人都能体会到它，不是每个人都能深切地感受到它。

嘉尔内丽娅　你在讲什么呀？

苏瓦西妮　我在讲女人的真实心境。谁说自己不知道，那她就是在自欺欺人！爱神歌声是和着少女的心跳唱出来的。公主啊，正是爱神的歌化作美之彩色浪花，给少女的面庞增添了羞涩和健康的红晕。

嘉尔内丽娅　女伴啊，请不要在酒杯里掀起梦幻般的浪花。记忆是冷酷无情的。如果爱情是人生的真谛，那么，世界就是一座火山。

（塞琉古上）

塞　琉　古　这么说，女儿呀，你已经把她留在自己身边了！这样你会高兴一些，也好。我马上就出发，明天就要发起攻击。你要处处小心。

嘉尔内丽娅　父亲，向谁发起进攻？

塞　琉　古　旃陀罗笈多的军队！他的军队已经到达维德斯达河的这一边，战争迫在眉睫。

嘉尔内丽娅　父亲，您要跟修道仙人预言要成为印度之王的那个旃陀罗笈多作战？

塞　琉　古　是的，女儿，就是那个旃陀罗笈多。

嘉尔内丽娅　父亲，您曾经把他从死神的口中救出，他也曾救过您的命，是吗？

塞　琉　古　是的，就是他。

嘉尔内丽娅　而且，父亲，菲利普斯图谋不轨的时候，他还保全过您女儿的尊严！

塞　琉　古　正因为如此，我派了塞巴提耶斯去劝降，但旃陀罗笈多答复说："我对塞琉古心存感激，但我是刹帝利，谁来挑战，我都要应战。"这一仗非打不可了。

嘉尔内丽娅　如果是这样，我也没什么好说的了。

塞　琉　古　（充满爱意地）孩子，你生气了。难道我会杀了曾经保全过我女儿尊严的人？

苏 瓦 西 妮　旃陀罗笈多大帝在决斗中诛杀了菲利普斯。听说，他俩之间有个人恩怨……

塞　琉　古　闭嘴！（对嘉尔内丽娅说）孩子，我会让旃陀罗笈多做总督，把欠他的人情还了。我不是屠夫，我是征服者塞琉古。（下）

嘉尔内丽娅　（深吸一口气）夜深了，走，该睡觉了。苏瓦西妮，你会唱歌吧？

苏瓦西妮　以前会，已经忘了。莫非您想弹奏一曲？（向天空望去）公主，夜晚隐藏着多少秘密啊！

嘉尔内丽娅　夜晚！她是我梦的伴侣！

苏瓦西妮　（唱道）

情人啊！
那个情意绵绵的夜晚，
它像梦一样在我眼前重现。
情人啊！
那个情意绵绵的夜晚，
风轻林静，星辉把春花串成花环，
月儿驻足，把人间的美景观看。
情人啊！
那个情意绵绵的夜晚，
你醉眼迷离，春光满面，
袭人的异香让我们如痴如癫。
情人啊！
那个情意绵绵的夜晚，
整个世界化为一座幸福的圣殿，
甜美的琴声响起，记忆如潮水般泛滥，
茫茫人海中，我只把你一人看见。

情人啊！

那个情意绵绵的夜晚。

第十场

（战场附近，阇那迦和辛赫仑）

阇那迦 战争已经开始了？

辛赫仑 是的，尊者！皇上发起猛烈攻击，希腊军队大为惊惧。皇上在今天的战斗中猛冲猛打，简直不要命了。尊者，可别出什么意外！请下命令吧，我已经无法阻止自己了。呾叉始罗和摩腊婆的精锐部队准备好了，请问何时才可出战？

阇那迦 旃陀罗笈多的先头部队开始显出疲态且印度河彼岸的希腊军队全部投入战斗之时，阿毗迦发起攻击，你去换下旃陀罗笈多。城堡的军队守卫桥梁，旃陀罗笈多则渡过印度河，直取希腊大营！清楚了吗？

（辛赫仑下，探子甲上）

探子甲 请问大人有何吩咐？

阇那迦 旃陀罗笈多渡过印度河之后，你要鼓动他进攻希腊大营。你的任务是添薪加柴，让旃陀罗笈多的战斗意志燃烧得更猛烈一些。

探子甲 遵命！

（探子甲下，探子乙上）

探子乙 大人！罗刹斯在希腊大营里。

阇那迦 好！你回希腊大营，跟苏瓦西妮随时保持联系。

（二人下。塞琉古从一边上，旃陀罗笈多从另一边上）

塞琉古 旃陀罗笈多，祝贺你登基为帝。

旃陀罗笈多　多谢，塞琉古！要是能把你迎为座上宾我该有多高兴啊！怎奈我身负刹帝利的重任。雅利安人不是忘恩负义之徒，其明证就是我们会先礼后兵。求你了，退兵吧，我们别打了。

塞琉古　好一个男子汉大丈夫！可是，我非征服印度不可，然后任命你做我的印度总督。

旃陀罗笈多　不可能！那就只好一决胜负了！

（战鼓声，二人战。二人一边厮杀一边退出。阿毗迦率军上）

阿毗迦　摩揭陀军队又退回来了。啊，多么激烈的战斗！我再等等？啊，瞧，战况又逆转了！希腊军队开始后退了。啊，他们开始溃逃了。

（探子上）

探子　阇那迦尊者有令：发起攻击，截住敌军退路，不让他们退到印度河边。

（探子下。战鼓声，一队希腊退兵从另一边上）

塞琉古　谁？大骗子阿毗迦！懦夫！

阿毗迦　是的，塞琉古！阿毗迦一直是个大骗子，但这次骗得有意义。看剑！

（二人战，塞琉古伤，阿毗迦阵亡。希腊军队退去，辛赫仑率军上）

众人　旃陀罗笈多大帝万岁！

（旃陀罗笈多上）

旃陀罗笈多　辛赫仑兄弟，你来得正是时候！

辛赫仑　是的，皇上！尽管其他时候摩腊婆人不一定在场，但他们无法放弃舍生取义的大好时机！阇那迦尊者让摩腊婆和呾义始罗的军队在这里对付希腊人，他叫您去袭取希腊大营。

旃陀罗笈多 师尊也在这里为我操心！我错怪他了，辛赫仑！

辛　赫　仑 这里我来管，您赶快走！时间不等人！我也会来的。

众　　　人 胜利属于辛赫仑大元帅！

（旃陀罗笈多下，辛赫仑等从另一边下）

第十一场

（希腊营地某处，罗刹斯上，一脸惶恐）

罗　刹　斯 怎么办？火着起来了，难道就熄不了了？我去何处栖身呢？我输光了吗？

（苏瓦西妮上）

苏瓦西妮 你输光了，罗刹斯！你没有及时醒悟！

罗　刹　斯 怎么是你，苏瓦西妮？

苏瓦西妮 我来找你，被他们俘虏了。现在该如何是好？离开这里？

罗　刹　斯 苏瓦西妮，我能去哪里啊？前有深渊，后有绝壁！我能去哪里？

苏瓦西妮 我害怕打仗。听，战鼓声越来越近了！这里也不安全。保护我，罗刹斯！（做害怕状）

罗　刹　斯 （振作起来）职责在召唤我。亲爱的，我不能逃离战场，死在旃陀罗笈多手里也是福！可是，你……（四处观望，战斗声传来）

苏瓦西妮 救命啊！

罗　刹　斯 （叹气）时运不济啊！走，苏瓦西妮！

（二人下，嘉尔内丽娅急匆匆上。厮杀声）

嘉尔内丽娅 怎么会这样！一定是打了败仗，不然大营怎么会遭到攻击呢？（思考）有什么好害怕的？为了尊严，希腊女子不怕死！（拔出匕首）在这最后的时刻，叫一声你的名字不算什么罪过吧。旃陀罗笈多！

（胜利者旃陀罗笈多上）

旃陀罗笈多 你这是干什么！（夺过匕首）公主！

嘉尔内丽娅 你好冷酷无情啊，旃陀罗笈多！我的老父亲一定已经死在了你的毒手之下！当上皇帝之后，不看见血腥你的眼睛就不舒服是吧！

旃陀罗笈多 公主，你父亲来了。

（众兵丁带塞琉古上）

嘉尔内丽娅 （双手捂脸）啊！征服者塞琉古也败在了旃陀罗笈多手下。

塞　琉　古 是的，孩子！

旃陀罗笈多 希腊皇帝！雅利安人不是忘恩负义之徒。把您送到安全地点是我的职责。在印度河彼岸您自己的兵营里，您不是我的俘虏。我走了。

塞　琉　古 你竟然如此大度！

旃陀罗笈多 公主！你父亲需要休息。等他休息好了，我们可以像朋友一样相聚。

（旃陀罗笈多率众兵丁下，嘉尔内丽娅一直目送他离去）

第十二场

（大道上，塞巴提耶斯和麦伽斯提尼）

塞巴提耶斯 他不是把我们都给释放了吗？那还挡着我们做甚？

麦伽斯提尼 整个希腊大营都在他们的监控之下！这是他的大臣阇那迦的计策。摩腊婆和呾叉始罗的军队挡在通往赫拉特的路上。

塞巴提耶斯　什么？阇那迦！他不是已经负气离开旃陀罗笈多了吗？罗刹斯就是这么说的，难道其中有诈？

麦伽斯提尼　完全是一场阴谋。他置大营的安危于不顾，不声不响地带着苏瓦西妮溜走了。令人匪夷所思的是，阇那迦今天还告诉我，他获取了安提柯来袭的密报！

（塞琉古上）

塞　琉　古　什么？安提柯！

麦伽斯提尼　是的，陛下！获取这一密报之后，印度人想在几项条件下跟我们修好。

塞　琉　古　我们希腊人如此贪生怕死？塞巴提耶斯，我们要跟他们打下去。我们宁愿全部战死！

麦伽斯提尼　（递信）请陛下您看看这封信。安提柯对叙利亚的侵袭迫在眉睫，您不能失去帝国的根基吧。

塞　琉　古　（看完信，满面愁容）那他们的条件是什么？

麦伽斯提尼　陛下！旃陀罗笈多愿意与我们修好，但条件十分苛刻。印度河西岸的土地是雅利安大地的天然边界，这一带应该由尼沙陀山脉以远的居民拥有。另外，还有……

塞　琉　古　怎么不说了？说吧，不管话有多刺耳，我都想听听。

麦伽斯提尼　阇那迦还提了个条件从中作梗。他说，他十分清楚亚历山大的帝国将会上演什么样的乱局。他说帝国的西部地区将血流成河，所以，如果想在东方保持持久和平，那么，希腊皇帝就要与旃陀罗笈多同心同德。

塞　琉　古　那我该做些什么呢？

麦伽斯提尼　把嘉尔内丽娅公主嫁给旃陀罗笈多。

塞　琉　古　混蛋！希腊人，你竟已如此堕落！

麦伽斯提尼　陛下恕罪！那个婆罗门说，嘉尔内丽娅公主将被立为雅利安帝国的皇后。

塞巴提耶斯　那也得看公主同不同意。

塞　琉　古　不可能！简直是奇耻大辱！

麦伽斯提尼　陛下，恕我直言…… 公主与旃陀罗笈多早就相识了，说不定两人早已两情相悦！陛下，您还记得亚历山大大帝东征时发生的事情吗？我还没有忘记呢。

塞　琉　古　麦伽斯提尼！我怎么不记得？嘉尔内丽娅百般阻止我发动这场战争，这说明她心里有某种感情，她这是旧情难忘啊。可是，可是不知道为什么…… 瞧，她来了。你俩回避一下吧。

（塞巴提耶斯和麦伽斯提尼下，嘉尔内丽娅上）

嘉尔内丽娅　父亲！

塞　琉　古　嘉尔内丽娅！

嘉尔内丽娅　您为何愁眉不展？

塞　琉　古　我怎么惩罚旃陀罗笈多呢？我在为此事发愁。

嘉尔内丽娅　为什么，父亲？旃陀罗笈多有何罪责？

塞　琉　古　有！我这就告诉你，嘉尔内丽娅！哪怕跟他同归于尽，我也要血战到底！

嘉尔内丽娅　已经血战过了！父亲，难道您不能听一听我的恳求？停息下来吧！原谅我，父亲！旃陀罗笈多没罪。（跪下）

塞　琉　古　（佯怒）我看出来了，你倒是对打败你父亲的人一往情深呐！

嘉尔内丽娅　（哭）我自己败给他了。父亲，我有罪！赶快走吧，让我远远地离开印度，不然我会疯的。

塞　琉　古　（拥抱她）嘉尔内丽娅，这样我就明白你的心意了。孩子，祝你幸福！你不必远离印度，你做印度的皇后吧！

嘉尔内丽娅　父亲！

（二人下）

第十三场

（当德亚因的苦行林，阇那迦在打坐；罗刹斯和苏瓦西妮上，满脸惊恐）

罗　刹　斯　到处都是雅利安帝国的军队！我们无路可逃了。这可如何是好，苏瓦西妮？

苏瓦西妮　这里是苦行林，我们找个地方躲起来吧。

罗　刹　斯　我背叛了国家，我也背叛了婆罗门！我的心狂跳不止。怎么办呢？

苏瓦西妮　苦行林里没有爱恨情仇。

罗　刹　斯　那好，找个地方待着吧。（向前看）苏瓦西妮，你看，那是谁？

苏瓦西妮　（定睛看了看）是阇那迦尊者。

罗　刹　斯　原来雅利安帝国的首辅大臣在这片苦行林里。

苏瓦西妮　罗刹斯，这正是婆罗门的伟大之处！愚者弃世也难脱尘俗，但你看阇那迦尊者，他像阳光一样普照世间，却是那么的无欲无求。

罗　刹　斯　苏瓦西妮，是我误会了他！我想上前向这位尊者认错，向他祈求宽恕。

苏瓦西妮　你的想法真是太好了。瞧！

（二人躲藏起来）

阇　那　迦　（睁眼）多么灿烂的黎明！太阳大神啊，愿你的光辉给世界带来吉祥。我今天似乎变得无所欲求了，似乎之前所做的一切都错了，想要的东西今天才出现。今天我才是一个真正的婆罗门——意识之海波澜不兴，智慧之光洁净无垢。莫非已经到了我功成身退的时候了？是的，利乐众生之愿和晨风都在拥抱宁静。大神啊！我今天有福了。

（另一边的树丛里，孔雀将军）

孔雀将军　全是他的奸计。我这大半辈子是看着流血和复仇、凶残和死亡的游戏一路走过来的，现在我还能在这条没有纷争的道路上走下去吗？就算这个婆罗门可以装模作样地闭眼冥思睁眼看世界，可是我呢？不可能！怎么，好像我的血液沸腾起来了！心里好像冒出了一个可怕的念头——不能善罢甘休，要复仇！这里坐着一个凡夫俗子，他弱不禁风，但藐视世界上的一切武器。且让我用剑抵在他的喉咙上，看看他向不向我乞求饶命！谁叫他冒犯旃陀罗笈多大帝的父亲呢？不，不，这可要犯下杀婆罗门之罪。犯就犯！为了复仇，为了给旃陀罗笈多清除隐患！

（孔雀将军拔剑欲杀阇那迦，苏瓦西妮跑上前抓住了他的手。另一边，阿勒嘉、辛赫仑、孔雀将军夫人和旃陀罗笈多上）

旃陀罗笈多　（又惊又怒）父亲，这是怎么回事？苏瓦西妮，你说！

苏瓦西妮　我看到将军大人要杀阇那迦尊者，所以我就拉住了他的手。

旃陀罗笈多　向您致敬，师尊！旃陀罗笈多请求您宽恕，我要主

持公道。我想听听事情的来龙去脉，请您讲一讲吧。父亲，把武器收起来吧！辛赫仑！（辛赫仑上前）

阇　那　迦　（笑）陛下！主持公道是帝王的本分，但此事涉及你的父亲和师尊，这公道你主持得了吗？

旃陀罗笈多　父亲！

孔雀将军　没错，旃陀罗笈多！我就是想杀了这个目中无人、野心勃勃的婆罗门。让我难过的是，没杀成。唉，没能结果了这个满肚子坏水的家伙。

旃陀罗笈多　父亲，王法您肯定是知道的——杀人偿命。师尊是婆罗门，也是雅利安帝国的缔造者，您可知道，谋害他的性命是多么深重的罪孽啊？

阇　那　迦　可是，陛下，他并没有把我杀死，婆罗门还活着。现在要看婆罗门想不想打官司了。

孔雀将军夫人　阇那迦尊者！

阇　那　迦　夫人，您先别讲。（对旃陀罗笈多说）爱徒，我感到十分欣慰。这是我为自己过去演的戏受到的惩罚。我过去所做的一切都是当时必须做的，正是它们累积起来的巨大力量要求我赎罪。我相信你会履行自己的职责。君王能主持公道，但婆罗门能宽恕。

（罗刹斯上）

罗　刹　斯　阇那迦尊者！您是伟大的圣贤，我向您道贺。我背叛了国家，罪孽深重，只有受到了惩罚我才能心安。陛下，愿胜利与您同在！

阇　那　迦　陛下，今天我有权决断一些事情吗？

旃陀罗笈多　当然有，师尊！一切由您定夺。

阇　那　迦　对谁我都不心怀仇恨，但是，对罗刹斯，我有些怀疑自己。今天，我对罗刹斯的仇恨也烟消云散了。塞琉古大帝快要到了吧。在他到来之前，我们应当把我们之间的所有纷争都化解了。

旃陀罗笈多　遵命。

阇　那　迦　我要为舍迦达尔尊者未来的女婿罗刹斯大臣放弃首辅大臣之位。罗刹斯，你要让苏瓦西妮幸福！

（苏瓦西妮和罗刹斯向阇那迦敬礼）

孔雀将军　对我的惩罚呢？阇那迦尊者，要是我不接受宽恕呢？我要自裁！

阇　那　迦　孔雀将军！你的儿子已经是雅利安帝国的皇帝了，你还不知足？披上袈裟吧，这样你就有机会灭除自己的傲气了。爱徒旃陀罗笈多，向罗刹斯授剑吧！

（孔雀将军将剑抛给旃陀罗笈多，旃陀罗笈多将剑赐给罗刹斯，罗刹斯恭敬地接过宝剑）

众　　人　旃陀罗笈多大帝万岁！

（侍卫上）

侍　　卫　塞琉古大帝已经离开营地了。

阇　那　迦　应该在王宫而不是苦行林里迎接他。

旃陀罗笈多　师尊，到时候您不来？

阇　那　迦　视情况而定吧。

（众下）

第十四场

（王宫大殿，旃陀罗笈多一家从一边上，塞琉古带着塞巴提耶斯、麦伽斯提尼、嘉尔内丽娅和爱丽斯从另一边上。众人落座）

旃陀罗笈多 欢迎征服者塞琉古大驾光临！

塞　琉　古 旃陀罗笈多大帝啊，我今天哪里是征服者，充其量是个被征服者！我是来订立和约并向你求助的。

旃陀罗笈多 塞琉古大帝，您不必担心。我们曾刀剑相向，现在，让我们以心相交吧……

塞　琉　古 好啊，好啊。

旃陀罗笈多 欢迎你，公主！我没有忘记我在希腊兵营逗留期间你施与我的恩惠。

塞　琉　古 嘉尔内丽娅，旃陀罗笈多在向你道谢呢！

嘉尔内丽娅 非常高兴看到您成为婆罗多大地的皇帝！

旃陀罗笈多 多谢公主！（对塞琉古说）塞琉古大帝，您与安提柯必有一战，我将派象军为您助阵。一旦您派驻在赫拉特的总督传来消息，雅利安帝国将向您提供更多的帮助。

塞　琉　古 十分感谢！旃陀罗笈多大帝，从今天起，让友谊把我们牢牢地拴在一起吧！我们将有福同享，有难同当。不过，有一个心愿看来只能埋在心里了。

旃陀罗笈多 什么心愿？

塞　琉　古 我一直渴望亲眼看见智慧之海雅利安帝国首辅大臣阇那迦之风采。

旃陀罗笈多 他已经决定远离俗世，过清净日子。

（阇那迦突然到来，众人起身致敬）

塞　琉　古 向您致敬，阇那迦尊者！

阇　那　迦 祝你有福，塞琉古。除了利乐众生之愿，我们婆罗门还有什么别的愿望呢？看到此情此景，我可以放心地远离尘嚣过我的清静日子了。

塞 琉 古 立下和约之后我就班师回国。我特别希望得到您的祝福。有了和约……

阇 那 迦 但是，在巨大的利益面前，和约是没有约束力的，双方的签字是挡不住刀剑的。你俩都是一国之君，都是靠刀剑生存的武士，谁能保证你俩不再武力相向呢？所以，两道沙岸之间，必须有一条清清的溪流相隔。

塞 琉 古 那怎么办呢？

阇 那 迦 我想让希腊公主嘉尔内丽娅来做造福婆罗多大地的吉祥天女——这是一个婆罗门向你提出的请求。

塞 琉 古 我很乐意，如果……

阇 那 迦 不存在“如果”那样的问题。我知道，他俩会幸福美满的。

塞 琉 古 （向嘉尔内丽娅看去，她羞涩地低着头）那么，来吧，孩子……来吧，旃陀罗笈多！

（二人来到塞琉古身边，塞琉古把二人的手牵到一起，天降花雨，欢声雷动）

阇 那 迦 （牵孔雀将军的手）走，我俩该走了。

（剧终）